民国词学史著集成

第十三卷

顧憲融《填詞百法》 顧憲融《填詞門徑》

劉坡公《學詞百法》 傅汝楫《最淺學詞法》

孙克强 和希林◎主编

南開大學出版社

图书在版编目(CIP)数据

民国词学史著集成. 第十三卷 / 孙克强，和希林主编.—天津：南开大学出版社，2016.12
ISBN 978-7-310-05277-6

Ⅰ.①民… Ⅱ.①孙… ②和… Ⅲ.①词学—诗歌史—中国—民国 Ⅳ.①I207.23

中国版本图书馆 CIP 数据核字(2016)第 287706 号

南开大学出版社出版发行
出版人：刘立松
地址：天津市南开区卫津路 94 号　　邮政编码：300071
营销部电话：(022)23508339　23500755
营销部传真：(022)23508542　　邮购部电话：(022)23502200
*
天津市蓟县宏图印务有限公司印刷
全国各地新华书店经销
*
2016 年 12 月第 1 版　　2016 年 12 月第 1 次印刷
210×148 毫米　32 开本　21.25 印张　4 插页　608 千字
定价：98.00 元

如遇图书印装质量问题，请与本社营销部联系调换，电话：(022)23507125

總序

清末民初詞學界出現了新的局面。在以晚清四大家王鵬運、朱祖謀、鄭文焯、況周頤為代表的傳統詞學(亦稱體制內詞學、舊派詞學)之外出現了新派詞學(亦稱體制外詞學)。新派詞學以王國維、胡適、胡雲翼為代表,與傳統詞學強調『尊體』和『意格音律』不同,新派在觀念上借鑒了西方的文藝學思想,以情感表現和藝術審美為標準,對詞學的諸多問題展開了全新的闡述。同時引進了西方的著述方式:專題學術論文和章節結構的著作。傳統的詞學批評理論以詞話為主要形式,感悟式、點評式、片段式以及文言為其特點;民國時期的詞學論著則以內容的系統性、結構的章節佈局和語言的白話表述為其主要特徵。當然也有一些論著遺存有傳統詞話的某些語言習慣。民國詞學論著的作者,既有新派大師王國維、胡適的追隨者,也有舊派領袖晚清四大家的弟子、再傳弟子。他們雖然觀點不盡相同,但同樣運用這種新興的著述形式,他們共同推動了民國詞學的發展。民國詞學論著的蓬勃興起是民國詞學興盛的重要原因。

民國的詞學論著主要有三種類型:概論類、史著類和文獻類。這種分類僅是舉其主要內容而言,實際情況則是各類著作亦不免有內容交錯的現象。

概論類詞學著作主要內容是介紹詞學基礎知識，通常冠以『指南』『常識』『概論』『講義』之名。這類著作無論是淺顯的入門知識，還是精深的系統理論，皆表明著者已經從傳統詞學中片段的詩詞之辨、詞曲之辨，提升到系統的詞體特徵認識和研究，是文體學意識的體現。史著類是詞學論著的大宗，既有詞通史，也有斷代詞史，還有性別詞史。唐宋詞成為後世的典範，對唐宋詞史的梳理和認識成為詞學研究者關注的焦點，如詞史的分期、各期的主要特徵、詞派的流變等。值得注意的是詞學史上的南北宋之爭，在民國時期又一次達到了高潮，有尊南者，有尚北者，亦有不分軒輊者，精義紛呈。南北宋之爭的論題又與新派、舊派基本立場的分歧對立相聯繫，一般來說，新派多持尚北貶南的觀點。史著類中清代詞史亦值得關注，詞學研究者開始總結清詞的流變和得失，清詞中興之說已經發佈，進而加以討論，影響深遠直至今日。文獻類著作主要是指一些詞人小傳、評傳之類，著者廣泛搜集歷代詞人的文獻資料，加以剪裁編排，清晰眉目，為進一步的研究打下基礎。

『民國詞學史著集成』有兩點應予說明：其一，收錄了一些中國文學史類著作中的詞學史部分。民國時期的中國文學史著作主要有兩種結構方式：一種是以時代為經，文體為緯，此種寫法的文學史，詞史內容分散於各個時代和時期。另一種則是以文體為綱，注重文體的發展演變，如鄭賓於的《中國文學流變史》的下冊單獨成冊，題名《詞（新體詩）的歷史》，篇幅近五百頁，可以說是一部獨立的詞史；又如鄭振鐸的《中國文學史》（中世卷第三篇上），單獨刊行，從名稱上看是唐五代兩宋斷代文學史，其實是一部獨立的唐宋詞史。

『民國詞學史著集成』視這樣的文學史著作中的詞史部分，為特殊的詞史予以收錄。其二，『民國詞學史著集成』收入五部詞曲合論的史著，著者將詞曲同源作為立論的基礎，合而論之，本套叢書亦整體收錄。至於詩詞合論的史著，援例亦應收入，如劉麟生的《中國詩詞概論》等，因該著已收入南開大學出版社出版的『民國詩歌史著集成』，故『民國詞學史著集成』不再收錄。

『民國詞學史著集成』收錄的詞學史著，大體依照以下方式編排：參照發表時間、內容分類、著者以及著述方式等各種因素，分別編輯成冊。每種著作之前均有簡明的提要，介紹著者、論著內容及版本情況。

在『民國詞學史著集成』中，許多著作在詞學史上影響甚大，如吳梅的《詞學通論》等，多次重印、再版，已經成為詞學研究的經典；也有一些塵封多年，本套叢書加以發掘披露，如孫人和的《詞學通論》等。這些文獻的影印出版，對詞學研究具有重要的參考價值。近些年，民國詞學研究趨熱，期待『民國詞學史著集成』能夠為學界提供使用文獻資料的方便，從而進一步推動民國詞學的研究。

孫克強　和希林

2016年10月

總目

第一卷

第二卷

第三卷

第四卷

第五卷

第六卷

第七卷

第八卷

第九卷

第十卷

第十一卷

第十二卷

第十三卷

第十四卷

第十五卷

第十六卷

本卷目録

顧憲融《填詞百法》

顧憲融（1898–1955），又名廷璧，字佛影，號大漠詩人，江蘇南匯（今屬上海）人。陳栩弟子，詩詞、散文、小說、戲曲兼擅。曾任上海城東女學國畫科、上海文學專門學校教授、上海商務印書館編輯和中央書店編輯。抗戰期間避居四川，任成都金陵女子大學教授。著有《佛影叢刊》《大漠詩人集》《填詞門徑》《填詞百法》等。

《填詞百法》分上、下兩卷，上卷論作詞法，下卷論詞派研究之法，各五十目，合為一百目，故曰『填詞百法』。上卷論作詞法關涉音韻格律、填詞入門、詞中句法、作詞法則、填詞技巧以及各體之作法，每目先明其方法，後引古人名作分析其精妙處。下卷論詞派，從唐至清，每朝皆有論列。是書多采他人之說，但皆未註明出處。然其為初學填詞者開示以填詞法則，且淺易可循，又有功於詞壇。《填詞百法》1931 年由上海中原書局出版。本書據上海中原書局版影印。

無師自通

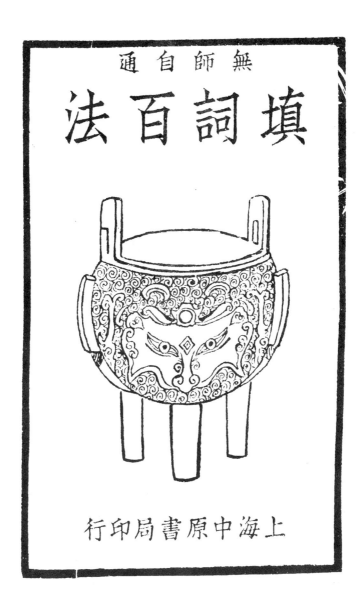

填詞百法

上海中原書局印行

填詞百法自序

我國文章之事至詞而極其工至詞而極其變近以比於詩則詩淺而詞深詩寬而詞隘詩易而詞難也以是之故自唐宋迄今千餘年作者曾不逮詩之十之一雖然學者亦患在不得其門而入爾苟得之矣雖深亦淺雖隘亦寬雖難亦易且惟愈深愈隘愈難而其味亦愈永華嚴之界中有異境徘徊瞻顧有不樂而忘返者乎儀自少角學填詞十餘年來手未嘗一日釋卷雖成就甚小而亦稍稍知甘苦茲編之輯卽爲初學諸君作嚮導故陳義不尙高深遣詞務求淺顯學者苟能從我所指循序以進則雖陟其堂寢焉可也又奚祇及門而止耶乙丑二月佛影書於紅梵精舍

无锡顧憲融自述

填詞百法卷上目錄

無師自通

填詞百法卷上

南匯顧憲融佛影編纂

●四聲辨別法

學填詞者第一步當先知四聲之區別。四聲者何。平上去入是也。凡一字之聲。我人概可因其高低亢墜之度。讀之成四種之階級。此種階級。實出於天然。故無論各地方言土音之不同。苟稍加辨別。未有不豁然貫通者。例如「平」字之聲。柔而長。平聲也。稍用力讀之。則爲「並」其聲厲而舉。較平字爲高。上聲也。更高者爲「病」其聲清而遠。去聲也。高無可高。橐然墜地。則爲入聲。之「辟」字。其聲短促甚矣。此四聲高低之關係。可作圖以表之。

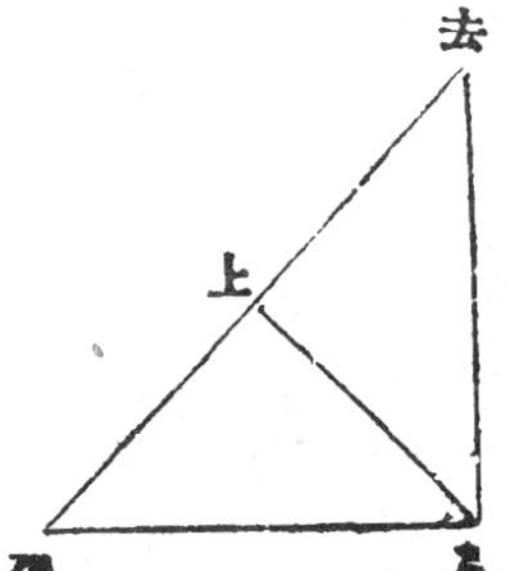

觀於是圖。可知平聲最低。去聲最高。上聲介乎去上之間。而入聲與平聲相等。故

凡入聲之字延長其音卽成平聲此北音所以無入聲而曲韻可以入聲叶平聲也

四聲之辨口授甚易而欲達諸筆墨則甚難茲以鼓聲喻之鼓聲無論大小必不出於東冬二韻今以鼓槌輕擊鼓之中心則其聲爲「東」平聲也擊其邊其聲爲「董」上聲也更重擊其中心則爲「凍」去聲也若以手按其一邊之革重擊之則其聲爲「篤」是爲入聲鼓之小者其聲既爲「東董凍篤」鼓之大者又爲「同動洞獨」鼓聲如是鑼聲亦莫不然蓋鑼聲無論大小亦不出於江陽二韻其聲或爲「堂黨盪達」或爲「湯倘燙塔」因是辨別四聲最爲清晰學者既知其辨別之法更當隨時隨地練習之以求純熟練習之法先自任舉一平聲之字依次以求上去入三聲例如舉一「江」字平聲也依次呼之可得上聲「講」字去聲「絳」字入聲「覺」字次復由上聲入三聲中任舉一字以求其他三聲今按詞韻每部舉數例如下

第七部　園遠怨鬱　元阮愿月　先洗線雪　删散訕撤　官管貫骨
煎剪箭節
第八部　蕭小嘯削　朝早罩卓　交攪教覺　敲巧○却　豪皓號學
刀倒到○
第九部　歌古顧國　多賭○篤　俄我餓○　柯可課哭　波播鏃北
蹉脞挫蹙
第十部　媧瓦畫劃　麻馬駡麥　家假嫁脚　爺夏下藥　巴把霸伯
華瓦話劃
第十一部　庚梗更格　兵丙柄壁　星醒性惜　銘茗命○　登等櫈得
蒸整贈則
第十二部　求舅舊極　留柳溜力　侯後候○　尤有又亦　周走咒則
鳩九救擊

第十三部 侵寢浸卽 深審甚識 壬荏任賊 今噤禁急 陰飲蔭憶
臨懍令力

第十四部 覃淡蛋蹈 甘感紺合 鹽陷豔葉 嚴釅念孽 凡犯飯罰
添餂忝鉄

學者如上表所列。時時練習。自能舉一反三。惟各地方音不同。練習時難免無差誤。故學者稍遇疑惑之處。宜隨時檢查字典。以證其是否。查檢既多。并可熟悉韻目。而一字之平仄。兼收上去通叶者。亦可多所記憶。于將來塡詞造句時。爲益甚大。蓋四聲之用。於詩僅分平仄。而在塡詞。則上去之界。亦甚嚴也。

◉陰陽辨別法

凡字於平上去入四聲之分。就有陰陽之分。陰陽卽清濁也。周挺齋中原音韻祗以平聲分陰陽。後清初王鵕撰音韻輯要。始將上去入三聲各分陰陽。而合爲八聲。按陰陽之辨。平聲最易。例如「東」「同」二字。同爲平聲。而「東」字之聲清而幽有向上之勢陰聲也「同」字之聲濁而沈有和緩之象陽聲也東字之上聲爲「董」故「董」字爲陰上聲同字之上聲爲「動」故「動」字爲陽上聲東字之去聲爲「凍」入聲爲「篤」故「凍」字爲陰去聲「篤」字爲陰入聲同字之去聲爲「洞」入聲爲「獨」故「洞」字爲陽去聲「獨」字爲陽入聲如此則凡上去入三聲之字苟一時不辨其爲陰聲或陽聲者祇須先求其平聲因平聲之陰陽而可斷定其他三聲之陰陽也略舉數例如下

陰聲	陽聲
東董凍篤	同動洞獨
江講絳覺	陽養恙藥
支紙至只	時是事◯
居舉鋸菊	魚雨語玉
皆解戒◯	埋買賣墨

真軫震織　人忍潤入

干趕幹割　寒旱汗◯

蕭小笑削　豪咬號◯

歌果過谷　羅裸邏陸

家假價甲　麻馬罵轄

庚耿◯格　衡頴幸抑

鳩九救擊　由有又亦

侵寢寖戚　尋靜淨寂

監減鑑◯　潭淡啖踏

昔人塡詞。皆以入歌。故陰陽之分。甚爲重要。今人塡詞。祗以供讀。故作者可以不拘。惟一調中陽聲字多。則沈頓。陰聲字多。則激越。必相間用之。方能高下適宜。此在平聲字尤爲顯著。運用之妙。在乎一心。雖無定例可守。亦不可不加以體味也。

◉五音辨別法

人生而有音。音之區別有五。曰脣音。曰牙音。曰齒音。曰舌音。曰喉音。凡度曲家之度曲也。字字須審其音之所屬。精研以出之。則方能字正而腔圓。蓋此五音者。卽宮商角徵羽也。故韻書云。欲知宮舌居中。欲知商開口張。欲知角舌根縮。欲知徵舌拒齒。欲知羽口吻聚。換言之。合口爲宮。開口爲商。捲舌爲角。齊齒爲徵。撮口爲羽。此一道也。喉音爲宮。齒音爲商。牙音爲角。舌音爲徵。脣音爲羽。此一道也。二者相爲徑律。然喉牙舌齒脣又各自有其宮商角徵羽。蓋疾徐高下。清濁輕重之間。變化綦徵。抑揚之間。悉具妙用。熟習既久。自能徵之。此固言乎曲也。而塡詞消息亦在其中矣。

近世以音律論詞者。惟戈順卿爲最精。其言云。韻有四呼七音三十一等。呼分開合。音辨宮商等叙。清濁而其要則有六條。一曰穿鼻。二曰展輔。三曰斂脣。四曰抵齶。五曰直喉。六曰閉口。穿鼻之韻。東冬鍾江陽唐庚耕清青蒸二部。其字必從喉間反入穿鼻而出作收韻謂之穿鼻展輔之韻支脂微齊灰佳半皆咍二部是也其字出口之後必展兩輔如笑狀作收韻謂之展輔斂脣之韻魚虞模蕭宵爻豪尤侯幽三部是也其字在口半啓半閉斂其脣以作收韻謂之斂脣抵齶之韻眞諄臻文欣魂痕元寒桓刪山先仙二部其字將終之際以舌抵上齶作收韻謂之抵齶直喉之韻歌戈佳半麻二部是也其字直出本音以作收韻謂之直喉閉口之韻侵覃談鹽沾嚴咸銜凡二部是也其字閉其口以作收韻謂之閉口凡平聲十四部已盡於此上去卽隨之惟入聲有異耳

如上所述於音韻之辨不可謂不詳然學者不得口授知其理而終不明其用或且畏難而思退焉則將告之曰無傷也夫聲音之道實本自然我人苟於字之本音能辨明脣齒之分時時練習讀之準確而無誤則何論作詩塡詞製曲但求其諧聲悅耳一無勾輈格磔之病者卽協律矣初不必高談乎宮商律呂也

◉詞譜檢用法

詞譜之種類甚多。普通所用有欽定詞譜。萬紅友詞律。毛先舒塡詞圖譜。及白香詞譜等之數種。欽定詞譜共八百二十六調。二千三百六體。萬氏詞律六百五十九調。一千七百七十三體。皆卷帙浩繁。立論龐雜。故初學者終以白香詞譜及塡詞圖譜二書爲較適用。而白香詞譜尤以天虛我生攷正本爲最佳。是書選調雖僅百闋。而一一皆塡詞家日常所習用。且所選諸詞。亦多精美。足資楷模。攷正本則於每調之後。更附以攷正及塡詞法。學者得此一編。大可省冥行索埴之苦。誠詞譜中之第一善本也。惟或者病其太簡。則不妨更備塡詞圖譜及詞律一部以備檢用。今試以此諸書檢用之法。述之於後。

白香詞譜及塡詞圖譜。於每字之右。均附以平仄之符號。平爲◯。仄爲●。平而可仄者爲◓。仄而可平者爲◒。攷正白香詞譜則於後之二者不復分別。但作◉以示平仄不拘。學者按圖塡字。自無失粘之病。詞律雖不字字標明平仄。而實則凡其兩旁不標平仄之字。卽屬平仄不可移易之字。苟有可以通用者。則必於其字

左旁註明可平或可仄其用法實與有圖者無異也

凡各譜中有數種名稱均爲學者所不可不知者試分述之如下

(韻)凡譜中注有韻字者卽本詞起首用韻之處

(叶)凡譜中注有叶字者卽與上用之韻同屬一部不能換押他韻

(句)凡譜中注句字者此句不須押韻

(豆)凡譜中注豆字者卽一句中之頓逗處豆本應寫作讀圈去聲因從簡便都寫作豆今試舉一例如左

醉花陰

薄霧濃雲愁永晝韻 瑞腦噴金獸叶 佳節又重陽句 寶枕紗幮豆 昨夜涼初透叶 東籬把酒黃昏後叶 有暗香盈袖叶 莫道不消魂句 簾捲西風豆 人比黃花瘦

右詞第一句七字以晝字起韻第二句五字以獸字叶卽獸字與晝字必同

在一部韻內也。第三句五字不押韻。第四句九字以透字叶。惟於第四字斷字處作豆。以爲頓挫。後半均如前例。可類推也。

（換）凡譜中注換平者。必其上句皆押仄韻。至此乃換平韻。其法換仄者。必其上句皆押平韻。至此乃換仄韻。既換平韻之後。復押仄韻。而與上文之平韻不必同爲一部者。謂之三換仄。必須同爲一部者。爲之叶。仄由平換仄而三換平者同此例。自三換仄而四換平。三換平而四換仄者。其理更可類推。今試舉一例如左。

菩薩蠻

平林漠漠煙如織。韻 寒山一帶傷心碧。叶 暝色入高樓。換平 有人樓上愁。叶平

玉階空竚立。三換仄 宿鳥歸飛急。叶三仄 何處是歸程。四換平 長亭連短亭。

前詞第一二句叶仄韻。三四句換平韻。五六句三換仄。七八句四換平。如譜

甚明。茲更舉一例。

相見歡

無言獨上西樓。韻 月如鈎。叶 寂寞梧桐。豆 深院鎖清秋。叶 剪不斷。換仄 理還亂。叶仄 是離愁。叶平 別是一般。豆 滋味在心頭。叶平

前詞第一二三句均叶平。第四五句換仄。第六句復換平。而此愁字必與上文樓鈎秋同在一部。故不曰三換平而曰叶平也。

（疊）凡譜中注疊者有四種之區別。一曰疊句。例如下。

如夢令

鶯嘴啄花紅溜。韻 燕尾剪波綠皺。叶 指冷玉笙寒。句 吹徹小梅春透。叶 依舊。叶 依舊。疊句 人與綠楊俱瘦。叶

前詞中依舊依舊。卽疊句也。二曰疊字。例如下。

憶秦娥

簫聲咽。韻 秦娥夢斷秦樓月。叶 秦樓月。疊三字 年年柳色。句 灞陵傷別。叶 樂遊原上清秋節。叶 咸陽古道音塵絕。叶 音塵絕。疊三字 西風殘照。句 漢家陵闕。叶

前詞中秦樓月音塵絕均疊前句尾三字也。三曰。倒。疊。字。例如下。

調笑令

團扇。韻 團扇。疊句 美人並來遮面。叶 玉顏憔悴三年。換平 誰復商量管絃。叶平 絃管。三換仄 絃管。疊句 春草昭陽路斷。叶三仄

前詞中絃管絃管。即倒疊前句尾二字也。四曰。疊。韻。例如下。

長相思

泗水流。韻 汴水流。疊韻 流到瓜山古渡頭。叶 吳山點點愁。叶 思悠悠。叶 恨悠悠。韻疊 恨到歸時方始休。叶 月明人依樓。叶

前詞泗水流汴水流。及思悠悠恨悠悠。均係疊韻。又有一例。

釵頭鳳

紅酥手韻 黃藤酒叶 滿城春色宮墻柳叶 東風惡換仄 歡情薄叶二仄 一懷愁緒句 幾年離索叶二仄 錯叶二仄 錯疊 錯疊 春如舊叶首仄 人空瘦叶首仄 淚痕紅浥鮫綃透叶首仄 桃花落叶二仄 閑池閣叶二仄 山盟雖在錦書難託叶二仄 莫叶二仄 莫疊 莫疊

前詞前後兩結處錯錯錯莫莫莫亦叠韻之一種其實謂之疊字疊句亦無不可也

（闋）闋者一曲告終而少息之謂也雙調都兩闋而成一首長調則有多至三闋或四闋者凡兩闋者稱上半首爲上半闋或稱前闋稱後半首爲後半闋亦稱後闋多至三四闋者則稱第一闋第二闋以下類推萬氏詞律則稱爲段

◉詞韻檢用法

詞韻與詩韻有別而其源仍出諸詩韻乃以詩韻分合之耳詞始於唐而唐人塡詞概用詩韻初無詞韻專書宋有菉斐軒詞韻今已失傳坊間所見詞林要韻題爲菉斐軒刊本者係後人僞託且曲韻非詞韻也其後周德清輯中原音韻范善溱輯中州全韻以入聲派入平上去三聲故均爲曲韻而非詞韻清初沈謙著詞韻略毛先舒爲之括略同時趙鑰曹亮武亦撰詞韻與沈書大同小異嗣後又有李漁之詞韻四卷謝天瑞胡文煥之文會堂詞韻許昂霄詞韻考略吳烺程名世諸人之學宋齋詞韻鄭春波綠猗亭詞韻類皆詳略不同寬嚴各異而其中以沈氏詞韻略爲最善沈氏本取證古詞考据甚博然尤不如戈載所著詞林正韻之盡善而盡美也故今塡詞者儘可以詞林正韻爲定本其他諸書概置不論可矣戈氏詞林正韻列平上去三聲爲十四部入聲爲五部共十九部其目如下

第一部　平聲　一東二冬三鍾通用

仄聲　上聲　一董二腫　去聲　一送二宋三用通用

第二部　平聲　四江十陽十一唐通用
仄聲　上聲　三講三十六養三十七蕩　去聲　四絳四十一漾
四十二宕通用
第三部　平聲　五支六脂七之八微十二齊十五灰通用
仄聲　上聲　四紙五旨六止七尾十一薺十四賄　去聲　五寘
六至七志八未十二霽十三祭十四太半 十八隊二十廢通用
第四部　平聲　九魚十虞十一模通用
仄聲　上聲　八語九麌十姥　去聲　九御十遇十一暮通用
第五部　平聲　十三佳半 十四皆十六咍通用
仄聲　上聲　十二蟹十三駭十五海　去聲　十四太半 十五卦
十六怪十七夬十九代通用
第六部　平聲　十七眞十八諄十九臻二十文二十一欣二十三魂二十四

痕通用

仄聲　上聲　十六軫十七準十八吻十九隱二十一混二十二很

去聲　二十一震二十二稕二十三問二十四焮二十六慁二十七

恨通用

第七部

平聲　二十二元二十五寒二十六桓二十七刪二十八仙一先二

仙通用

仄聲　上聲　二十阮二十三旱二十四緩二十五潸二十六產二

十七銑二十八獮　去聲　二十五願二十八翰二十九換三十諫

三十一襇三十二霰三十三線通用

第八部

平聲　三蕭四肴五爻六豪通用

仄聲　上聲　二十九篠三十小三十一巧三十二晧　去聲　三

十四嘯三十五笑三十六效三十七號通用

第九部　平聲　七歌八戈通用
仄聲　上聲　三十三哿三十四果　去聲　三十八箇三十九過通用

第十部　平聲　十三佳半九麻通用
仄聲　上聲　三十五馬　去聲　十五卦半四十禡通用

第十一部　平聲　十二庚十三耕十四淸十五靑十六蒸十七登通用
仄聲　上聲　三十八梗三十九耿四十靜四十一迥四十二拯四十三等　去聲　四十三映四十四諍四十五勁四十六徑四十七證四十八嶝通用

第十二部　平聲　十八尤十九侯二十幽通用
仄聲　上聲　四十四有四十五厚四十六黝　去聲　四十九宥五十候五十一幼通用

第十三部　平聲　二十一侵獨用
仄聲　上聲　四十七寑　去聲　五十二沁通用

第十四部　平聲　二十二覃二十三談二十四鹽二十五沾二十六嚴二十七咸二十八銜二十九凡通用
仄聲　上聲　四十八感四十九敢五十琰五十一忝五十二儼五十三豏五十四檻五十五范　去聲　五十三勘五十四闞五十五豔五十六㮇五十七驗五十八陷五十九鑑六十梵通用

第十五部　入聲　一屋二沃三燭通用

第十六部　入聲　四覺十八藥十九鐸通用

第十七部　入聲　五質六術七櫛二十陌二十一麥二十二昔二十三錫二十四職二十五德二十六緝通用

第十八部　入聲　八勿九迄十月十一沒十二曷十三末十四黠十五舝十六

屑十七薛二十九葉三十帖通用

第十九部 入聲 二十七合二十八盍三十一業三十二洽三十三狎三十四乏通用

書於每部之內統收三聲而又明分平仄凡十四部至於入聲無與平上去三聲通押之例故別爲五部也

如詞譜所載某調之應押仄韻者或上去聲部或入聲部可以任意檢用然亦有一調之可押平韻而亦可押仄韻者則此所謂仄僅限入聲不能通押上去蓋平上去入四聲之高低度惟入聲與平聲相近故凡入聲之字曼聲呼之卽成平聲平聲之字急促呼之縮去尾聲卽成入聲而上去二聲則迥不同此在精於度曲者類能知之今以詞調之押仄韻而必須用入聲者指明如下

憶秦娥 江城子 霜天曉角 慶春宮 望梅花 聲聲慢 滿江紅

南歌子 看花回 兩同心 慶佳節 丹鳳吟 大酺 蘭陵王 鳳凰

閣　三部樂　西湖月　霓裳中序第一　應天長慢　解連環　好事近
六幺令　暗香　疏影　蕙蘭芳引　惜紅衣　尾犯　淒涼犯　淡黃柳
琵琶仙　雨霖鈴　曲江秋　倚香金童　白苧　浪淘沙慢　一寸金
玉京秋

以上諸調皆宜用入聲韻者勿概之曰仄而用上去也其押上去之調自可通叶矣然亦稍有差別如秋宵吟清商怨魚遊春水則宜單押上聲也玉樓春菊花新翠樓吟則宜單押去聲也此外亦有一調中必須押上必須押去之處有起韻結韻皆宜押上皆宜押去之處不遑一一枚舉又韻上之字最要相發或竟相貼相其上下而調之則聲韻諧暢大概上聲韻韻上應用仄字者去爲妙去入韻則上爲妙平聲韻韻上應用仄字者去爲妙入次之疊則聱牙鄰則無力此中消息均在學者平時多讀古人名作細加考核體味於抑揚抗墜之間而以心領以神會庶下筆時一任自然出之若必字字作刻舟之求則其拘苦已甚奚得復有佳構

耶。

●二字句作法

詞句長短不同而皆有一定之作法。學者宜一一辨別之。今爲分述於下。

句之最簡者莫如一字句。十六字令中之第一句是也。又若醉春風釵頭鳳等之三疊字合之爲一句。分之亦可爲三句。一字句惟前者爲平。復者爲仄也。

二字句有四種之區別。(一)平仄。(二)仄平。(三)仄仄。(四)平平。

(一)平仄者如定風波第四句「清淺」第七句「腸斷」第十句「煙雨」者是。

(二)仄平者如河傳第六句「雨微」第十三句「柳堤」者是。惟雨字柳字可平。

(三)仄仄者河傳第一句棹舉。惟棹字可平。

(四)平平者如南鄉子第四句「眉尖」第九句「懨懨」者是。

前四種中(一)(四)均定格。不能移易。(二)(三)二種其前一字平仄可通用也。

●三字句作法

三字句有八種區別。(一)平。仄。仄。(二)仄。平。平。(三)平。平。仄。(四)仄。仄。平。(五)仄。平。仄。(六)平。仄。平。(七)仄。仄。仄。(八)平。平。平。前四種爲普通句法。後四種爲特別句法。亦謂之抝句。又凡三字以上之詞句。均可因其語氣頓逗之處而定爲上幾下幾之句法。例如三字句。卽有上一下二。與上二下一。之二種。當幷及之。

(一)平仄仄者如更漏子之第一句「春雨細」謁金門之第一句「風乍起」前者上二下一。後者爲上一下二句法。

(二)仄平平者如祝英台近第一句「寶釵分」憶王孫第四句「月黃昏」前者上二下一。後者爲上一下二句法。

(三)平平仄者如憶秦娥之第一首「簫聲咽」鶴冲天之第六七句「花無數」「愁無數」前者爲上二下一。後者爲上一下二

(四)仄仄平者如長相思首二句「汴水流」「泗水流」等是此爲上二下一句法。其上一下二者則未之見。按如仄仄平之句法。雖屬普通。然用者甚少也。

（五）仄平仄者如賀新郎末句「未梳整」「對鸞鏡」

（六）平仄平者如平韻滿江紅末句「聞珮環」

（七）仄仄仄者如一葉落之第一句「一葉落」

（八）平平平者如壽樓春第七句「今無腸」十三句「良宵長」十九句「愁如卿」皆是。

以上所述各種句法。其平仄聲類皆不可移易。（五）（六）（七）（八）四種之特別者。無論矣。即所謂普通句法者。雖詞譜或註有可平可仄者。究亦以悉照古人原作為宜。蓋詞之神韻與其音節有密切關係。三字之句音節短促。一有移易。神韻全非。例如謁金門之首句「風乍起」神韻即全在乍字用去聲。若改作平平仄。便覺乏味。此則學者所最宜註意者也。至於上幾下幾之區別。在四字以上之句亦甚重要。而在三字句則可以不拘。以三字句祇有上一下二與上二下一之二種。字數既少。讀之初無頓逗。故填時自可不拘也。

●四字句作法

四字句有八種之區別。(一)仄仄平平(二)平平仄仄係普通句法(三)平平仄平(四)平仄平仄(五)仄平平平(六)平仄仄平(七)平平平平(八)仄仄仄仄係特別句法。

(一)仄仄平平者。如點絳脣第一句「一夜東風」醜奴兒第二句「滿院花陰」其第一字平仄皆可通用。惟如鎖窗寒第一句「柳暗啼鴉」綺羅香第一句「萬里飛霜」則其第一字不能移易。因此係四字對句。其下句均爲平平仄仄。故須嚴整。非如單句之可以通用也。

(二)平平仄仄者。如減字木蘭花起句「畫橋流水」「徘徊不語」其第一字用仄。則第三字應平。反之亦然。惟如感皇恩第二句「長安重到」作平平平仄句法。第三字必須用平。係定格也。對仗者亦同前例。

(三)平平仄平者。如醉太平之「情高意眞」「眉長鬢青」重要者均在第一及第三。平仄不可易也。

(四)平仄平仄者。如如夢令之「如夢如夢」。調笑令之「團扇團扇」。亦定格也。

(五)仄平平平者。如壽樓春之第五句「照花斜陽」。及後半第六句「楚蘭魂傷」。第一字可平。

(六)平仄仄平者。如感皇恩後半首句「千里斷腸」。第一字可仄。

七八二種之四字均仄或均平者。惟長調中特定之格有之。平仄多不可移易也。

四字句之句法多兩字平行。間有作上一下三。如鶯啼序前後兩結「映盤鴉鬢」「償風月債」。則係特別之定格。不可改也。

●五字句作法

五字句普通句法大都上二下三。與五言詩句相同。細別之有（一）平起仄收（二）仄起平收（三）仄起仄收（四）平起平收之四種。（凡五六七言句。其第二字平謂之平起。第二字仄謂之仄起。末字平謂之平收。末字仄謂之仄收。)

(一)平起仄收者。如菩薩蠻後半闋第一句「玉階空竚立。」首字平仄可不拘。

(二)仄起平收者。如憶江南第二句「昨夜夢魂中。」首字平仄可不拘。

(三)仄起仄收者。如生查子末句「淚濕春衫袖。」首字平仄不拘。

(四)平起平收者。如長相思兩結句「吳山點點愁」「月明人倚樓」皆是。此句法在普通詞調中第三字多用平。如月明句者反爲正格。吳山句實誤。其例除長相思外如菩薩蠻兩結之「有人樓上愁。」「長亭連短亭。」阮郎歸兩結之「日長蝴蝶飛」「畫堂雙燕歸。」皆爲定格蓋實係特別句法也。首字平仄雖不拘。然終以仄聲爲宜。

以上四種皆屬於普通句法。其屬於特別者多爲上一下四句法。蓋卽四字句加一字豆也。則又可分爲下之數種。

(一)如醉太平第四句「寫春風數聲」末句「更那堪酒醒。」第一第四字必仄。第二三五必平。不可移易。

（二）如洞仙歌第二句「自清涼無汗」。晝夜樂末句「盡隨伊歸去」。「也攢眉千度」。第一第五字用仄。第二三四字用平。不可易也。

（三）如暗香第二句「是早梅乍蕚」。惟第三字用平。餘四字均仄不可易。

（四）如雙雙燕第二句「度簾幕中間」。惟第一字可平。餘不能易。

（五）如壽樓春第一句「裁春衫尋芳」。五字俱平。惟第一字可仄。餘不能易。

（六）如蘭陵王第二闋第五句第八句「愁一箭風快」。「望人在天北」。第三字第五字應仄。第四字應平。一二兩字可不拘。

此外有雖係上二下三句法而平仄實拘者。都於長調中偶見之。不能備舉。大致既爲拗句。必係定格。塡時平仄宜悉照原詞爲是。更有上三下二句法。如賀朝第二句「莫怱怱歸去」。讀時與上一下四無異。亦不必强爲分別也。

六字句作法

六字句多爲兩字平行或上二下四或上四下二其中(一)平起平收(二)仄起仄收者爲普通句法(三)平起仄收(四)仄起平收者爲特別句法

(一)平起平收者如調笑令第四句「玉顏憔悴三年」又如相見歡第一句「無言獨上西樓」是也第一字平仄不拘第三字倘用平者則第一字亦宜用仄

(二)仄起仄收者如如夢令第一句「鶯嘴啄花紅溜」昭君怨第一句「春到南樓雪盡」第一字平仄不拘第三第五字雖亦有平仄通用者但第三字用仄第五字宜平反之亦然

(三)平起仄收者如調笑令第二句「美人並來遮面」念奴嬌末句「消磨多少豪傑」前者第四字用平後者第四字用仄皆定格第一字平仄不拘第三第五字則宜各從原句不能易也

(四)仄起平收者如調笑令第四句「誰復商量管絃」念奴嬌後闋第一句「寂寞避暑離宮」前者第四字用平後者第四字用仄皆定格第一字平仄不拘

第三第五字宜各從原句不能易也。

上(三)(四)二種因在詩中爲拗句故屬於特別句法。其屬於特別者。尙有上一下五與上三下三之二種。上一下五者如靑玉案第二句「但目送芳塵去」上三下三者如水龍吟末句「渾不見花開處」實則上一下五者爲五字句加一字豆上三下三者爲三字句加三字豆也。

七字句作法

七字句普通句法。多爲上二下五或上四下三。與七言詩句相同。其平仄有四種。

(一)仄起仄收(二)平起平收(三)平起仄收(四)仄起平收

(一)仄起仄收者如憶江南第三句「還似舊時遊上苑」是爲上二下五句法。又如搗練子第四句「無奈夜長人不寐」爲上四下三句法。

(二)平起平收者。如憶江南第四句「車如流水馬如龍」爲上四下三句法。搗練子「數聲和月到簾櫳」爲上二下五句法。

(三)仄起平收者。如搗練子第三句「斷續寒砧斷續風」。長思第三句「流到瓜州古渡頭」。前者為上四下三。後者為上二下五。

(四)平起仄收者。如菩薩蠻第一句「平林漠漠煙如織」。點絳脣第二句「枕邊吹散愁多少」。前者為上四下三。後者為上二下五。

右舉之例。其上四下三與上二下五之別。無關重要。學者可任意塡之。此外有作上三下四與上一下六之二種。屬於特別句法。不可與普通者相紊。

有上三下四者。如鵲橋仙第四句「你勝却人間無數」。末句「又豈在朝朝暮暮」。蓋前四字句加三字豆也。凡豆皆宜用虛字。若用實字則如此句者。前三字將另成一句矣。

上一下六者。如雙雙燕第七句「又軟語商量不定」。前一字為豆。讀之亦如上三下四句法。

七言拗句均為特別句法。略舉之如洞仙歌第三句「水殿風來暗香滿」。第六字必平疊綉衾第一句「頻摩書眼怯細紋」第六字必仄且必用去賀新郎第四句「芳草王孫知何處」第六字必平壽樓春末句「相思未忘蘋藻香」惟第三字可平餘不能改凡此種拗句其拗處卽爲定格學者最宜注意也

詞中無八字句有之必爲五字句加三字豆或七字句加一字豆若九字句則爲六字句加三字豆或分爲四五兩句讀茲不另贅

◉上去辨微法

平仄固有定律矣然平祇一途仄兼上、去、入三種不可遇仄而以三聲概塡蓋上去二聲其音迥殊上聲厲而舉去聲清而遠必相配用之方能抑揚有致故詞中宜用上宜用去宜用上去宜用去上皆有不可假借之處關係非輕茲舉周清眞花犯詠梅一詞爲例

粉牆陰梅花照眼依然舊風味露痕輕綴疑淨洗鉛華無限佳麗去年勝賞成孤倚冰盤共燕喜更可惜雪中高士香篝熏素被　今年對花太忽忽相

逢似有恨。依依愁悴。吟望久。青苔上。旋看飛墜。相將見脆圓薦酒。人正在空江煙浪裏。但夢想一枝瀟灑。黃昏斜照水。

右詞上半闋第一句粉字必用上聲。照眼二字必用去上。第二句舊字必用去聲。第四字淨洗二字必用去上。第五句麗字必用去聲。第六句勝賞二字必用去上。倚字必用上。第七句燕喜二字必用去上。第八句更可二字必用去上。士字必用上。第九句素被二字必用去上。下半闋第二句有恨二字必用上去。第三句悴字必用上。第四句望久二字必用去上。第六句旋字必用去。第七句見字必用去。薦酒二字必用去上。第八句浪裏二字必用去上。第九句但夢想三字必用去去上。灑字必用上。第十句照水二字必用去上。此調凡去上聲之必應遵守者共三十四字。清眞首唱。方千里和之。以後譚在軒王碧山吳夢窗周草窗諸家無不字字遵守。可見宋人守律之嚴矣。下半闋之第八句尤必用平去上。如此詞清眞云煙浪裏。千里詞作香步裏。草窗作熏草被。夢窗作驚換了。無非平去上者。上下闋之末句尾二字去上尤爲緊要。宋詞雖非逐調如此。而如此者正多。如憶舊遊之收句必用平平去入平上平。蘭陵王之末句必爲去去上、去去入。瑞鶴仙永遇樂之末句必爲去平去上。醉太平兩四字句必用平平去平。兩結句亦必用仄、平平平去平。此等處亦多不勝舉。大致詞之拗調。其用仄聲處。重在去聲。即其去聲字不能易上入聲。何也。三聲之中。上入二者。可以作平。去則獨異。故論聲雖以一平對三仄。論歌則當以去對平上入也。當用去者。非去則激不起。用入且不可。斷斷勿用平上也。以上所云上去之辨。在各家詞譜中皆未能一一註明。學者宜取古名家諸作。綜合比較。斟酌而後下字。方能無疵。或曰。如此則塡詞之道。不亦苦乎。曰是又不然。夫一調有一調之音節。多取古人同調之詞。熟吟之久。口吻間自有此調音響。而下筆時亦能心手相應。初不必字字作斵砌也。

◉塡詞釋義法

詞而曰塡。其義維何。曰、詞之興也。大率先有腔而後有詞。以詞就腔。字數平仄皆有一定不能任意增減移易而後方叶於律故曰塡也攷宋楊元素嘗先製一腔而張子野蘇東坡塡詞實之名曰勸金船沈遵製醉翁操有聲無辭東坡爲塡詞實之亦名醉翁操范石湖製腔而姜白石亦塡詞實之名玉樓令霓裳曲十八闋皆虛譜無詞白石爲作中序第一此皆以詞塡腔俾叶律而便歌者也然亦有先率意爲長短句然後叶之以律定其宮調命之以名如白石長亭怨慢自序云云者要其必精於音律故能自製腔非盡人所能倣傚也

塡詞多取前人之詞以爲模範按其字數平仄一一遵之惟古之詞家因精於音律之故有時而亦不必悉遵原詞者則要其能融洽於腔而歌時無礙者也若今者歌法已失其傳學者惟有確守古人成法庶可免於鹵莽滅裂之誚然則塡字之義眞允乎其不可背矣

◉虛字襯逗法

我人無論作何種文字欲其姿態生動轉折達意蓋全在幾個虛字使用得靈活

詞體尙厚尙實虛字之使用較少然長調曼聲大幅其盤旋處苟無虛字以襯之將不能成文且以體論凡襯豆之字皆虛以濟實者也詞中襯豆有一字者有二字者有三字者今將各家習用諸字彙列於左以供學者之採用焉

◉一字類

又 況 看 正 乍 恰 奈 似 念 記 問 甚 縱 便 怕
但 料 早 算 恰 豈 已 漫 怎 恁 只 有

◉二字類

何處 莫問 却又 正是 恰又 無端 又還 恰似 絕似 何奈
堪羨 記曾 試問 遙想 却喜 又是 不是 獨有 漫道 怎禁
好是 忘却 縱把 更是 那知 那堪 猶是 多少 値怎 不須
誰料 只今 那番 拚把

◉三字類

莫不是、最無端、況而今、且消受、最難禁、更何堪、再休提、都付與、
君莫問、鎭消凝、怎禁得、記當時、又怱怱、都應是、似怎般、又何妨、
當此際、到而今、君不見、倩何人、又早是、嗟多少、空負了、拚負却、
收拾起、要安排、

以上諸虛字用之得當可使通體靈活惟小令之有襯豆者甚少卽有之亦以兩字爲限無用三字者此則學者所宜注意者也

●深淺當體法

塡詞之難難於上不似詩下不類曲須立於二者之中乃空疏者作詞無意肖曲而不覺彷彿乎曲有學問人作詞儘力避詩而究竟不離于詩一則苦于習久難變一則迫於舍此實無也欲去此二弊其究心於淺深高下之間乎

所謂淺深高下者非有跡象可尋當求之於氣韻神理之間劉公勇曰夜闌更秉燭相對如夢寐今宵剩把銀釭照猶恐相逢是夢中意猶是也而疆界各別於此

可悟詩詞之分王阮亭曰無可奈何花落去似曾相識燕歸來定非香奩詩良辰美景奈何天賞心樂事誰家院定非草堂詞蓋皆所謂淺深高下之別也詩句入詞則麤硬詞句入詩則纖弱曲句入詞則剽滑詞句入曲則窒實各有本色各有分寸一加變易都無是處矣

詞之音調有近於詩者如鷓鴣天、玉樓春、浣溪沙等（竹枝、柳枝、清平調等、乃爲詩非詞也、詞律雖收之、當作別論）有近於曲者如江城梅花引、河傳等學者遇此等處下字遣辭最宜審愼

◉塡詞屬對法

詞中工整之調有對句者總宜變換流動不可僅以字面堆砌七字對句如夢窗倦尋芳云珠絡香消空念往紗窗人老羞相見小山云無可奈何花落去似曾相識燕歸來使人讀之忘其爲對蓋詩中所謂流水對也四字對句用於一闋起處者則以凝鍊爲上茲錄陸氏詞旨所集若干則以供參攷

小雨分山。斷雲籠日。煙橫山腹。雁點秋容。問竹平安。點花番次。穉柳蘇晴。
故溪歇雨。虛閣籠雲。小簾通月。蟬碧勾花。雁紅攢月。落葉霞翻、敗窗風咽。
風泊波驚。露零秋冷。花匝幺絃。象奩雙陸。珠疊花輿。翠翻蓮葑。汗粉難融。
袖香新藕。種石生雲。移花帶月。斷浦沉雲。空山掛雨。畫裏移舟。詩邊就夢。
硯凍凝花。香寒散霧。繫馬橋空。移舟岸易。疏綺籠寒。淺雲栖月。竹深水遠。
臺高日出。香茸沾袖。粉甲留痕。就船換酒。隨地攀花。調雨爲酥。催冰作水。
做冷欺花。將煙困柳。巧剪蘭心。偷粘草甲。羅袖分香。翠綃封淚。池面冰膠。
墻腰雪老。枕簟邀涼。琴書換日。薄袖禁寒。輕裝媚晚。倒葦沙閑。枯蘭洲冷。
綠芰擎霜。黃花招雨。紫曲迷香。綠窗夢月。暗雨敲花。柔風過柳。霜杵敲寒。
風燈搖夢。盤絲繫腕。巧篆誰簪。翠葉垂香。玉容消酒。金谷移春。玉壺貯暖。
擁石池臺。約花欄檻。向月賒晴。憑春買夜。醉墨題香。閑簫弄玉。
小令如浣溪沙等中之對聯。或竟有不對者。如顧簡塘云。昔日湖山如畫裏。而今。

眞向畫中看。或用元人幽冷之句寫之。如項蓮生云。秋水滿塘隨鷺宿。斜陽一樹待雅歸。或用古樂府音節以咏之。如楂末谷云。帷月皎於釭酒面。燈花歧似古釵頭。或用尖新之句。如沈小梅云。荻絮因風疑作雪。柳絲弄暝不成煙。皆饒逸趣。總之此種嵌有對句之小令。其精彩處亦在此對句。務以不見堆垜。不落陳腐爲佳。若如三六橋之月白單衫薰北麝。水紅雙履綉南蝴。及黃菊人之一枝簫孔漏相思、等。非不工巧。而格斯下矣。

◉塡詞鍊句法

古人一藝之成。輒闡其畢生之精力。消磨久長之歲月。而後有所成就。斷非鹵莽滅裂者所能奏功。況乎倚聲之學。拘於律。限於韻。長焉而不可減。短焉而不可增。設一篇之中。偶有一語之不工。一字之未穩。則全體爲之減色。蓋詞家所忌者。爲庸俗。爲生硬、若欲使字字敲得響。語語激得起。則鍜鍊之功。又曷可少哉。古來作者。如周清眞之典麗、姜白石之騷雅、史梅溪之句法。吳夢窗之字面、皆有獨擅勝

場之處今從陸輔之詞旨所載將各家名句摘錄一二簡鍊揣摩是在讀者

詞眼

燕嬌鶯姹　綠肥紅瘦　籠燈燃月　醉雲醒月　挑雲研雪　柳昏花暝
翠陰香遠　玉嬌香怨　蝶淒蜂慘　柳腴花瘦　綰燕吟鶯　燕昏鶯曉
漁煙鷗雨　翠顰紅妒　愁臙恨粉　月約星期　雨今雲古　恨煙顰雨
燕窺鶯認　愁羅恨綺　移紅換紫　聯詩換酒　選歌試舞　舞勾歌引

以上四字句每句中兩實字兩虛字虛者即所謂詞眼也學者最宜注意

●填詞布局法

詞之小令猶詩之絕句節短韻長一言警歎自足名篇故其重在練句長調猶詩之歌行自有起結承轉開合呼應必須預先斟酌配合骨肉停勻步武整飭而後方可下筆故其重在布局作者每得一調先視其字數多寡以定局勢之廣狹再視其音節之抑揚高下以定其字面之虛實輕重腔之轉折處即詞之轉折處也

腔之頓挫處卽詞之頓挫處也宋人詞大都上半闋寫景下半闋言情然景中必寓情情中亦必寓景或情景夾寫或兼及敘事總之前半闋不可將意思說盡方留得後半闋地步後半闋須開拓說去方不犯前半闋意思至其起結換頭之法尤爲重要當別章論之

凡詞或言愁苦或賦豔情或鐵板銅琶或紅牙玉笛作者儘可任情揮灑但於一闋中前後必須一律斷不可一句作殘月曉風一句作大江東去也

●小令起結法

詞中小令譬諸詩中絕句寥寥數十字中須着不得一個閒字而其一起一結尤爲重要蓋小令篇幅既短着墨不多放下去就要提起來中間初無廻旋之地若不於起結處着力又何能以少許勝人多許也

小令起處須意在筆先結處須意留言外起處不妨用偏鋒結處最宜用重筆前半從旁面側面做出姿媚略略翻騰點到本題立卽煞住而又不可將意思說盡

令其有不愁明月盡自有夜珠來之妙方是佳構

周邦彥少年遊別情起句云幷刀如水吳鹽勝雪纖指破新橙正是用偏鋒也下云錦幄初溫獸香不斷相對坐調笙則姿媚旁生情事如見後半云低聲問向誰行宿城上已三更馬滑霜濃不如休去直是少人行則以低聲問三字一轉便一步緊一步一筆重一筆直貫到底更不回顧令人掩卷後猶作三日想也

小令結語尤重於起語猶絕詩之重在後聯也惟詞則以格調之不同隨音節而爲變化古來作者神奇百出如唐溫庭筠之一葉葉一聲聲空階滴到明韋莊之勸我早歸家綠窗人似花凝恨對斜暉憶君君不知馮延巳之淚眼問花花不語亂紅飛過秋千去李後主之流水落花春去也天上人間晏幾道之平蕪盡處是春山行人更在春山外無名氏之花無人戴酒無人勸醉也無人管李清照之簾捲西風人比黃花瘦辛棄疾之驀然回首那人正在燈火闌珊處蓋皆所謂正法眼藏也觀其極自然處正是極鍛鍊處

長調起結法

長調布局最宜配合停勻忌平板忌粗率驀然而來悠然而逝神光離合乃爲佳構其起處或以駘蕩出之如太原公子裼裘而來或先於題意作進一層說或先籠罩全首大意如夢窗之送人猶未苦苦送春隨人去天涯稼軒之更能消幾番風雨怱怱春又歸去東坡之似花還似飛花也無人惜從教墜平齋之詩不云乎蒹葭蒼蒼白露爲霜及歸去來兮杜宇聲聲道不如歸清人如項蓮生之賦秋聲云西風已是難聽如何又着芭蕉雨落葉云西風無着處如今開了斜陽高樹皆工於發端者也

長調兩結最爲吃重前結要如奔馬收韁留得後面地步有住而不住之勢後結要如泉流歸海廻環遡源有盡而不盡之意質言之卽書家無垂不縮意也轉換處不欲全脫不欲明黏如畫家開合之法須一氣呵成則神味自足姜白石齊天樂賦促織云

庾郎先自吟愁賦淒淒更聞私語露濕銅鋪苔侵石井都是曾聽伊處哀音似訴正思婦無眠起尋機杼曲曲屏山夜涼獨自甚情緒　西風又吹暗雨爲誰頻斷續相和砧杵候館吟秋離宮弔月別有傷心無數豳詩漫與笑籬落呼燈世間兒女寫入琴絲一聲聲更苦

此詞前半闋結句預爲換頭處留下地步言夜深人獨已無情緒況又西窗吹雨悽和蟲聲其淒涼益可想則上下闋打成一氣矣末云寫入琴絲一聲聲更苦則全闋通體靈活如常山之蛇首尾皆應而語盡意中韻留絃外所以爲佳

周止庵曰吞吐之妙全在換頭煞尾古人名換頭爲過變或藕斷絲連或異軍突起皆須令讀者耳目振動方成佳製換頭多偸聲須和緩和緩則句長節短可容攢簇煞尾多減字須陗動陗動則字過音留可供搖曳白石詠促織齊天樂詞之換頭是藕斷絲連咏武昌安遠樓翠樓吟詞之換頭是異軍突起翠樓吟詞云

月冷龍沙塵清虎落今年漢酺初賜新翻胡部曲聽氈幕元戎歌吹層樓高

峙看檻曲縈紅。檜牙飛翠。人姝麗。粉香吹下。夜寒風細。　此地宜有詞仙。擁素雲黃鶴。與君游戲。玉梯凝望久。嘆芳草萋萋千里。天涯情味。仗酒祓清愁。花消英氣。西山外。晚來還捲。一簾秋霽。

◉塡詞轉折法

詩詞雖同一機杼。而詞家氣象自與詩略有不同。詩以雄直爲勝。宜若長江大河。一瀉千里。詞以婉轉爲上。宜若九曲湘流。一波三折。唐有無名氏醉公子詞云。門外猧兒吠。知是蕭郎至。剗襪下香階。寃家今夜醉。扶得入羅幃。不肯脫羅衣。醉則從他醉。還勝獨睡時。昔人謂讀此詞可悟轉折之法。始聞其聲至而喜。是一層。繼見其醉而怒。是又一層。繼又强扶其醉。使之入幃。轉怒爲憐。是又一層。又繼則强之入幃。不肯脫衣。轉憐爲恨。是又一層。終則以雖不脫衣。勝於獨睡。轉恨爲恕。自家開脫。一篇之中。字字轉。語語折。寫盡醉公子態。可謂神乎技矣。然此猶係小令也。小令節短韻長。絕少襯豆爲輔。故其轉折處。宜挺而不靡。澀而有致。若在長調

則有片段離合全以蘊藉嬝娜見長矣

夫詞之長調猶詩之歌行也然長篇歌行猶可使氣長調使氣便非本色歌行如駿馬邁坡可以一往稱快長調如嬌女步春旁去扶持獨行芳徑倚徙而前一步一態一態一變雖有強力健足無所用之此東坡所以有銅琶鐵板之譏而屯田之曉風殘月所以卓絕千古也轉折之妙爲詞家所獨重宜已

警句揣摩法

詞中要有豔語語不豔則色不鮮又要有雋語語不雋則味不永又要有豪語語不豪則境地不高又要有苦語語不苦則情不摯又要有癡語語不癡則趣不深李重光之小樓吹徹玉笙寒韋莊之春水碧於天畫船聽雨眠范石湖之花影吹笙滿地淡黃月歐陽永叔之青梅如豆柳如眉劉後村之貪與蕭郎眉語不知舞錯伊州朱希眞之料得文君重簾不捲且等閑消息不如歸去受他眞個憐惜豔語也毛滂之酒濃春入夢窗破月尋人劉招山之一般離思兩消魂樓山黃昏馬

上黃昏徐山民之相思無處說相思笑把畫羅小扇覓新詞鍾梅心之花開猶是十年前人不似十年前俊周清眞之春歸如過翼秦少游之斜陽外寒鴉數點流水遶孤村雋語也蘇東坡之卷起千堆雪姜白石之此地疑有詞仙擁素雲黃鶴與君游戲張于湖之盡吸西江細斟北斗萬象爲賓客盧蒲江之猛拍闌干呼鷗鷺道他年我亦垂綸手辛稼軒之易水蕭蕭西風冷滿座衣冠如雪豪語也張玉田之只有一枝梧葉不知多少秋聲張東澤之悠悠歲月天涯醉一分秋一分憔悴落葉西風吹老幾番塵世辛稼軒之休去倚危欄斜陽正在煙柳斷腸處苦語也李易安之惟有樓前流水應念我終日凝眸周美成之淒風休颭半殘燈擬倩今宵歸夢到雲屏辛稼軒之是他春帶愁來春歸何處却不解帶將愁去蘇東坡之若到江南趕上春千萬和春住張玉田之忍不住低低問春痴語也

作豔語勿流於褻作雋語勿流於纖作豪語勿流於粗狂作苦語勿怨傷作痴語勿怪誕此中自有分寸太過猶不及也

◎叶韻宜忌法

詞之用韻似較詩爲寬。而其實則嚴於詩。蓋詩僅分平仄。而詞則上去之辨。不可不明。（別章論之）此猶關於音韻者也。若於詞令言之。亦有數忌。爲學者所不可不知也。

一忌雜湊。無論詩詞。協韻以工穩爲第一。工穩者謂如題之稱。足絲毫移動不得也。而詞以境界較狹。音律較嚴之故。往往好韻預先用盡。入後不得不勉強雜湊塞責。是即所謂以韻害辭。以辭害意也。欲免斯弊。作者宜於下筆之際。先將欲用之韻。多檢出若干字。譬如此調共應叶七個韻者。至少須檢出八九字。意近易叶者。以備臨時選擇。改換否則毋甯捨去本韻。另換別韻之爲愈也。

一忌重複。製曲者。可於一支曲中重叶一韻。詞則不能。即使字同而意義各別。亦在所忌。惟采桑子一剪梅之四字疊句。有時可用重韻。以取駘蕩之致。如風一更。更雨一更更纔下眉頭。又上心頭之數。自屬例外。又蔣竹山之聲聲慢賦秋聲。

全闋叶聲字韻號爲獨木橋體亦係一時游戲之作非正格也

一忌聲啞　一部韻中須擇其字之聲能喊得響者押之庶音節嘹亮可以高唱入雲例如花之與葩香之與芳意義雖相同而花字與香字皆喊得響葩字與芳字即喊不響作者當知所選擇也

一忌生僻　詞中忌用古奥生僻之字而叶韻尤甚勉强用之非入於纖怪即近於雜湊矣然險麗自佳如史梅溪一斛珠云鴛鴦意慳空分付有情眉睫齊家蓮子黃金葉爭比秋苔鳳鞾幾番躡牆陰月白花重叠悤悤輭語頻驚怯宮香錦字將盈篋雨長新寒今夜夢魂接連用慳睫躡篋接等韻字字生新而又字字工穩此所以爲妙也

●空際盤旋法

塡詞長調之難往往意窘於侈字貧於複氣竭於鼓知此則空際盤旋之法尚矣空際盤旋者謂以一層意思分作數層運以輕靈之筆自題前搖曳盪漾出之如

黃雪舟湘春夜月傷春詞云。

近清明。翠禽枝上消魂。可惜一片清歌。都付與黃昏。欲共柳花低訴。怕柳花輕薄。不解傷春。念楚鄉旅宿。柔情別緒。誰與溫存。　空樽夜泣。青山不語。殘月當門。翠玉樓前。惟是有一波湘水。搖蕩湘雲。天長夢短。向甚時重見桃根。這次第。算人間沒箇并刀。剪斷心上愁痕。

此詞作意只在問甚時重見桃根一句。而上半闋用翠禽柳花作陪襯。只是空中搖曳。若斷若續。後半空樽三句。句法較整齊。故翠玉樓前以下。又作波折之法。令人但覺其無限嬝娜。而無意竭字貧氣竭之病。又如近人朱疆村燭影搖紅晚春過黃公度人鏡廬話舊云。

春暝鈎簾。柳條西北輕雲蔽。博勞千囀不成晴。煙約游絲墜。狠藉繁櫻剗地。傍樓陰。東風又起。千紅沉損。鵯鵊聲中。殘陽誰繫。　容易消凝。楚蘭多少傷心事。等閒尋到酒邊來。滴滴滄洲淚。袖手危闌獨倚。翠篷翻。冥冥海氣。魚龍

風惡半折芳馨愁心難寄

此詞下字極凝鍊而用意仍極空靈自春暝鈎簾起至煙約游絲墜可謂千穿百透矣而狠籍繁櫻二句一轉潛氣內移眞力彌滿以下便層層蛻出眞意極氣機動蕩之致此蓋與前闋之以婉約勝者異也

㊀命題選調法

凡詞題意之與音調相輔以成關係極重故作者因題選調相體裁衣最宜節節稱合蓋選調得當則其音節之抑揚高下處處可以助發其意趣作者控御隨心而讀者珠璣在口苟其不然則神離貌合非拘而莫暢卽冗而多泛非板而不靈卽輕而兒弱易地盡成佳構而一誤滿盤皆輸矣

大綱調多至千餘體何調宜用何題使一一論之將不勝其繁且刻舟以求亦無是處神明變化仍在學者茲之所論僅其大略而已

[illegible]歌頭滿江紅念奴嬌音調高亢宜爲激昂慷慨之詞小令浪淘沙尤爲激越

登山臨水懷古撫今用之最適

采桑子醜奴兒令一剪梅之叠句弄姿無限寫景寫情皆有低徊之致

臨江仙淒清道上適於寫情五言對句兩兩作結殊見挺拔

浣溪沙蝶戀花皆甜熟之調作者最多音節亦最諧婉可愛情景皆宜

菩薩蠻宜學三間溫韋縷金襞繡一叠不足作若干叠者最妙

洞仙歌宛轉纏綿可以寫情可以敘事一叠不足作若干叠浙派諸人莫不喜塡此調朱竹垞靜志居紀事連作三十闋極淋漓酣暢之樂惟塡此調者用字宜稍凝澀否則流蕩過甚近乎曲矣

祝英台近妙在有頓挫郭頻迦亦用以紀事連作二十四叠

齊天樂宜寫秋景或作高曠語

金縷曲宜寫抑鬱之情此調古今作者最多變體不一別名賀新郎可賦本意賀人婚娶

沁園春中多四字對句句法板滯祇可用以物別名咏壽星明可詠本意以祝壽誕

高陽台纏綿宕往亦寫情佳調惟前後兩結處三句往往爲韻取苦其實前兩句之韻儘可不拘特前後兩半闋須一律耳

千秋歲引一調句法有迴鸞舞鳳之姿惟近人樊樊山綠波南浦數闋獨有千古蓋流利之調惟側豔爲能工耳

以上所述不過聊舉其例凡音節和近之調均可類推而知總之詞之題意不外寫情寫景紀事詠物四種四種中以寫情爲最多情有喜怒哀樂之異或短言而足或長言而不足或整襟危坐或放誕自恣寄諸其調而宣之無一毫牽强之病則善矣

凡諸調音節必爛熟於胸中而後始有臨時選擇之能力故僻調及極長之調如鶯啼序等正不宜多作以其聲韻生澀何論何題不易討好故也

◉聲律指迷法

詞之聲律究以何者爲標準。將必如曲之倚笛以歌乎。抑僅如詩之供吟咏乎。此今日學詞者之一大疑問也。欲知其鵠。則不可不先明其變遷之迹焉。

詞學導源於唐而暢於宋。元明之季。此道中絕。及清而復盛。有清一代。作者數百家。足以媲美南渡。然讀者當知清之詞。非宋之樂府也。夫古之所謂樂府者。文字其內。而聲律其外。必也可以披諸絃管而歌之。唐詩然。宋詞亦然。北宋之際。國家晏安無事。上而朝廷君臣。下而坊曲優伎。莫不引商刻羽。競耽於音律。其製詞也。用以塡腔便歌而已。故北宋人之詞。聲律重於辭令。我人試檢視耆卿東坡少游之全集十九。皆俚俗不文之作。蓋當筵命筆。卽付管絃。但求諧律。不暇求文字之優美也。迄乎南渡以後。作者愈多。而絲竹晏樂之盛。反不及乎前代。故作者始漸於諧聲叶律之外。相率趨重文字之組織。加以稼軒。于湖。碧山。諸子。愴懷君國。所謂黍離麥秀之思者。一以寄之於詞。俯仰咏歎。所託者大。蓋不僅用以陶情悅耳。

而已故南宋人之詞聲律與辭令並重元人入主合胡樂漢樂而爲曲曲盛而詞衰明人崇理學屏詞章爲不屑而詞益衰或詞謂至元明而亡者非詞果亡也詞之聲律已亡耳亦非聲律之果亡管絃之奏不復能施於詞耳清之詞人若漁洋、竹垞、皐文、止庵、其年、之徒踵緒揚流蔚爲極盛然是時之詞祇重辭令而不重聲律原其故自因宋樂之不可攷雖欲引商刻羽而有所不能然詞之美固不耑在乎聲律詞之文體上不類於詩下不同於曲而自有一種工麗綿密之致卽以聲調而論雖舊譜亡失無復絲竹之助而我人卽以喉舌代管絃因其字句自然之音節諷詠而雒誦之則亦覺入耳醉心有一種不可名言之妙且一調有一調之音節抑者揚者促者遲者婉而悽者亢而厲者變化之多迥非詩所能及而襯字既有限制其聲雅正又自與曲之蕩佚者有別以是之故詞之爲詞終成一種以文字獨立之文學不復附麗於管絃此固學者之所最宜注意者也

後此亦有一二泥古之士好高談律呂斷斷於宮調之辨以爲不知宋之音律而

欲塡詞者是爲背古夫背古固也然今試執此精於音律之家任指一詞命其撥絃擫笛而歌之則亦必謝曰我不能也夫既不能歌則彼其所談終亦扣槃捫燭之類耳總之宋譜既佚（宋詞笛譜今之所存者祇有白石道人歌曲中數闋然亦無人能識）則宋樂之不可復也審矣知宋樂之不可復而仍斷斷於律呂宮調之說者是謂欺人（此僅指塡詞應用而言讀者幸勿誤會）欺人者適以自欺故自來凡以闡明音律自許者如萬紅友戈順卿黃菊人之徒剖音析韻細入毫芒一字之譏嚴於斧鉞而讀其所作終卷無一佳詞蓋守律過嚴已入魔道雖有才技亦無所施至紅友順卿有時而亦自亂其例焉斯眞何苦者耶

或曰如子所說則詞之聲律可廢而四聲陰陽亦可以任意爲之乎曰是又不然我之主張謂詞以文字爲主體而聲律之用儘可屏絲竹而恃喉舌不以歌而以讀讀之與歌其道似異而實同蓋歌者倚絃管而成腔讀者亦就字之本音連絡以成自然之音節所謂自然之音節者仍有四聲以爲之標準故同一詞調令數

人讀之其腔雖各異而一人讀之前後斷無二致苟四聲有誤則上口卽覺其拗戾不諧此又人人所同也（陰陽五音之辨亦自有關係但非如四聲之可以指定耳）詞之爲詞固可離絲竹而不可離喉舌又誰謂聲律之可廢耶

或者又曰子之言則辯矣然今者苟有人焉能以塡曲譜之法施之於詞雖非古音而管絃之用可以不廢則何如曰此亦不過我人一種懸擬而已無論詞體繁多定譜不易卽使可成亦屬另一問題以詞之於文學上之位置自有以文字獨立之價値初不必假管絃之助譬如唐人固以詩入樂李白清平調等今人仍有製爲新譜以歌者歌聲未嘗不諧婉可聽然與詩之佳趣終不相涉人亦未嘗以不歌而廢詩也學者知此必明其旨矣

◉意內言外法

詞與辭通說文云意內言外也古人以是立名其意深矣夫意內言外之義詳言之雖盈篇累牘而不能盡而一涉芟泛反滋歧惑蓋學問至於至高之境實是無

可言說讀古人書求諸神韻之間含咀反覆一旦豁然大悟始知方寸靈山正不在遠雖然近人詞論亦多有精當語足以詮發其微者止庵周氏曰詞非寄託不入專寄託不出一物一事引伸觸類意感偶生假類必達斯入矣萬感橫集五中無主赤子隨母啼笑向人緣劇喜怒能出矣初學詞求有寄託有寄託則表裏相宜斐然成章卽意內之謂也既成格調求無寄託無寄託則指事類情仁者見仁知者見知卽言外之謂也

董晉卿之論詞也曰以無厚入有間蔣劍人之論詞也曰以有厚入無間其實皆意內言外之旨也曰以無厚入有間者重在意內卽以有寄託入也曰以有厚入無間者重在言外卽以無寄託出也塡詞三昧不外乎是學者於以消息焉可也

●先空後實法

張玉田云詞要清空勿質實清空則古雅峭拔質實則凝澁晦昧姜白石如野雲孤飛去留無迹吳夢窗如七寶樓台眩人眼目拆碎下來不成片段愚按玉田詞

派尙空而不尙實故其言如是其實詞之妙處空與實正宜互爲消息蓋空者其氣也實者其體也氣不可實實則滯體不宜空空則滑夢窗佳處固非玉田所能夢見以玉田僅知有空不知有實也夫空實之界實爲兩宋鴻溝周止庵云北宋詞下者在南宋下以其不能空且不知寄託也高者在南宋上以其能實且能無寄託也南宋則下不犯北宋拙率之病高不到北宋渾涵之詣此亦想係時運風會使然淸浙派諸人執於玉田一偏之論但以白石爲止境不肯入北宋人一步而又不能到白石淸靈之境又何怪流弊所極至於剽滑浮薄而不可救乎以言乎學者之程則空易而實難故初學詞必先求空空則靈氣往來既成格調求實實則精力彌滿夫學者果至於精力彌滿則驪珠巳得所謂雷霆萬鈞冰雪一片筆墨之痕亡化尙安有不空且靈者乎

◉言淺意深法

詞有言淺意深一法一以淺淡之語發深窈之思初讀之如不經意細辨之乃較

瑣續滿眼者彌覺有味蓋其自然處仍從追琢中來所謂絢爛之極乃造平淡也李易安之被冷香銷新夢覺不許愁人不起守着窗兒獨自怎生得黑無名氏落日解鞍芳草岸花無人戴酒無人勸醉也無人管李重光夢裏不知身是客一響貪歡皆深得此詣者

傷離念遠之詞無如查荎斜陽影裏寒煙明處雙槳去悠悠令人不能爲懷然尚不如孫光憲兩槳不知消息遠汀時起鵁鶄尤爲黯然洪叔璵醉中扶上木蘭舟醒來忘却桃源路微着色矣然反不如兩君以淺淡語入情也

作淺語易露露則意不深矣故必求其渾成然作詞者大抵意層深者語便刻畫語渾成者意便膚淺欲舉其似偶拈永叔詞云淚眼問花花不語亂紅飛過秋千去此可謂意深語淺而又渾成者矣何也因花而有淚此一層意也因淚而問花此一層意也花竟不語此一層意也不但不語而又亂落飛過秋千此一層意也人愈傷心花愈惱人語愈淺而意愈入又絕無刻畫費力之迹謂非層深而渾成

耶然作者初非措意直如化工生物笋未出而苞節已具非寸寸爲之也若先措意便刻畫愈深愈墮惡境矣

十六要訣法

清　輕　新　雅　靈　脆　婉　轉　留　托　澹　空　皺　韻　超　渾

天之氣清人之品格高者出筆必清五彩陸離不知命意所在者氣未清也清則眉目顯如水之鑑物無遁形故貴清

重則板輕則圓重則滯輕則活萬鈞之鼎隨手移去豈不大妙

陳言滿紙人云亦云有何趣味若目中未曾見者忽焉睹之則不覺拍案起舞矣故貴新

座中多市井之夫語言面目接之欲嘔以其欠雅也街談巷語入文人之筆便成絕妙文章一句不雅一字不雅一韻不雅皆足以累詞故貴雅

惟靈能變惟靈能通反是則笨則木故貴靈

鶯語花間動人聽者以其脆也音如敗鼓人欲掩耳矣故貴脆

恐其平直以曲折出之謂之婉如清眞低聲問數句深得婉字之妙

路已盡而復開出之謂之轉如誰得似長亭樹樹若有情時那會得青青如此當時送行共約雁歸時人賦歸歟雁歸也問人歸如雁也無甚近來翻致無書書縱遠如何夢也都無皆用轉筆以見其妙者也

何謂留意欲暢達詞不能住有一瀉無餘之病貴能留住如懸崖勒馬用於收處最宜

何謂托泥煞本題詞家最忌托開說去便不窘迫卽縱送之法也

天以空而高水以空而明性以空而悟空則超實則滯

石以皺爲貴詞亦然皺必無滑易之病夢窗最善此

韻卽態也美人之行動能令人一見銷魂者以其韻致勝也作詞能攝取古人神韻則傳矣

識見低則出句不超超者出乎尋常意計之外白石尙焉

何謂渾如淚眼看花花不語亂紅飛過秋千去江上柳如煙雁飛殘月天西風殘照漢家陵闕皆以渾厚見長者也詞至渾功候十分矣

●寫情鋪敍法

詩莊詞媚體制使然故寫情勿礙於豔冶特不可流於猥褻耳賀黃公極喜康與之滿庭芳冬景一闋以爲兼詞令議論敍事三者之妙首云霜幕風簾閒齋小戶素蟾初上雕龍寫其節序景物也玉杯醽醁還與可人同古鼎沉煙篆細玉筝破橙橘香濃梳妝懶脂輕粉薄約略淡眉峯則陳設濟楚殽核精良與夫手爪顏色一一如見換頭云清新歌幾許低隨慢唱笑語相供道文書針線今夜休攻莫厭蘭膏更繼明朝又紛冗匆匆則不惟以色藝見長宛然慧心女子小窗中喁喁口角末云酩酊也冠兒未卸先把被兒烘一段溫存旖旎之致咄咄逼人觀此形容節次必非狎邪曲里中人又非望宋窺韓之事正希眞所謂其個憐惜也此等舉

一以概其餘讀詞者自知之

◉卽景抒情法

卽景抒情雖無懷古蒼茫之想亦當格高字響眼前好景道不得崔浩題詩在上頭卽無此才力亦不可不作此想張于湖之過洞庭念奴嬌蘇東坡之中秋水調歌頭皆胸襟闊大氣象萬千最可供學者取法張詞云

洞庭青草近中秋更無一點風色玉界瓊田三萬頃著我扁舟一葉素月分輝明河共影表裏俱澄澈悠然心會妙處難與君說　應念嶺表經年孤光自照肝胆皆冰雪短鬢蕭疏襟袖冷穩泛滄溟空闊盡吸西江細斟北斗萬象爲賓客叩舷獨嘯不知今夕何夕

蘇詞云

明月幾時有把酒問青天不知天上宮闕今夕是何年我欲乘風歸去又恐瓊樓玉宇高處不勝寒起舞弄清影何似在人間　轉珠閣低綺戶照無眠

不應有恨何事偏向別時圓人有悲歡離合月有陰晴圓缺此事古難全但願人長久千里共嬋娟

二詞同一豪邁而又同有寓意于湖生當南渡之後見民生疲敝言和言戰兩不足以救國乃力主自治之說高宗不能用故此詞云悠然心會妙處難與君說亦惜朝廷難與暢陳此理也東坡瓊樓玉宇亦暗指朝廷蓋其時正遭神宗放謫耳

●登臨懷古法

登臨懷古之詞或慷慨激昂或低徊欲絕要宜先擇適宜之調庶與音節相符大致懷古之作欲其聲韻宏亮故平韻之調多勝於仄韻入聲之調勝於上去長調中之念奴嬌滿江紅水調歌頭水龍吟高陽台一萼紅小令中之浪淘沙浣溪沙減字木蘭花臨江仙等皆可用也東坡念奴嬌赤壁懷古云

大江東去浪淘盡千古風流人物故壘西邊人道是三國周郎赤壁亂石穿空驚濤拍岸捲起千堆雪江山如畫一時多少豪傑　遙想公瑾當年小喬

初嬌了雄姿英發羽扇綸巾談笑處檣艣灰飛煙滅故國神遊多情應笑我早生華髮人生如夢一樽還酹江月

此詞可謂奇情壯采卓絕千古矣小令如清朱竹垞浪淘沙雨花台懷古云

衰柳白門灣潮打城還小長干接大長干歌板酒旗零落盡剩有漁竿　秋草六朝寒花雨空壇更無人處一憑闌燕子斜陽來又去如此江山

亦復危絃急響可以裂石也又如竹垞水龍吟謁張子房祠云

當年博浪金椎惜乎不中秦皇帝咸陽大索下邳亡命全身非易縱漢當興使韓仍在肯臣劉季算論功三傑封侯萬戶都未是平生意　遺廟彭城故里有蒼苔斷碑橫地千盤驛路滿山楓葉一灣河水滄海人歸圯橋石杳古墻空閉悵蕭蕭白髮經過擥涕向斜陽裏

此詞前半以翻作案論斷體筆勢極奇恣後半就眼前遺蹟作蒼茫憑弔之語最是動人而學者規撫此法亦絕便也

◉咏物取神法

咏物詞最難體認稍眞則拘而不暢摹寫稍遠則晦而不明要在不即不離恰到好處所謂不取形而取神不用事而用意也白石石湖咏梅之暗香疏影二闋寄意題外包蘊無窮超則超矣要其體物之工亦未得謂臻於絕詣若其齊天樂咏蟋蟀以蟋蟀無可言而言聽蟋蟀者正姚鉉所謂賦水不當僅言水當言水之前後左右也乃張功甫月洗高梧一闋不惟以曼聲勝其高調形容處亦心細如髮皆姜詞之所未發茲錄之於下學者可以與姜作並觀（姜作見前）

月洗高梧露溥幽草寶釵樓外秋深土花沿翠螢火墜牆陰靜聽寒聲斷續微韻轉淒咽悲沉爭求侶殷勤勸織促破曉機心　兒時曾記得呼燈灌穴斂步隨音任滿身花影猶自追尋攜向華堂戲鬥亭臺小籠巧裝金今休說從渠床下涼夜聽孤吟

韓幹畫馬人入其齋見幹身作馬形凝思之極理或然也作詩文亦必如是始佳

史邦卿咏燕云還相雕梁藻井又軟語商量不定又云紅樓歸晚看足柳昏花暝可謂形神俱似其他咏春雨春雪諸作其刻畫之細亦非他人所及蓋南宋諸家體物之工當推此公爲第一也

南宋而後清代作者如朱竹垞鄒程村輩皆盡繪聲繪影之能竹垞有茶煙閣體物集所作既富佳句指不勝屈程村如咏落花云五更風三月雨慣作傷心別蟋蟀云偏與愁人作楚細思量底事關卿白鸚鵡云露冷水晶屏煙暝藍田玉料不夜珠邊常傍冰壺浴詠草云閨中陌上到處欲斷還勻金錢花云金風冷留買斜陽一線怎看秋賤白鸚鵡云便花田珠網移來傍雕闌向梨花閑睡諸如此類皆勾魂攝魄之語也若李似之咏桂云勝如茉莉賽得荼蘼劉叔擬之看來畢强此花强祇是欠些香眞傖父矣

●咏物寓意法

北宋以前塡詞諸家絕少咏物之作卽有之亦不過緣事言情借物遣興不甚求

工切亦未嘗有寄託也及於南宋諸公身丁國變目極胡塵凡所謂禾黍之悲荊棘之慨一寄於詞而於咏物諸作尤寓深意覩於樂府補題如咏白蓮指伯顏也咏蟬思君國也而王碧山尤精此體喜君有恢復之志而惜無賢臣以助之也則有眉嫵之咏新月傷君臣晏安不思國恥天下之將亡也則有高陽台之咏梅言亂世尚有人才惜世之不用也則有慶清朝之咏榴花至白石暗香疏影二闋玉田但賞其隸事之工用杜詩入妙不知胡沙人遠舊恨深宮哀曲玉龍春風難駐皆直指徽欽蒙塵異國而言也讀南宋人詞最宜於此等處體會入微切莫草草讀過

近人詞如庚子秋詞中之賦紅葉咏珍妃投井事也麟楦詞之賦唐花咏聯軍入都某某向西將乞憐事也借題託諷最得風人之道他若王半塘浣溪紗咏馬云苜蓿闌干滿上林西風殘秣獨沈吟遺台何處是黃金空闊已無千里志馳驅枉抱百年心夕陽山影自蕭森蓋老驥伏櫪借以自況一下筆自不覺其商音滿紙

也又如鷓鴣天咏燭云百五韶光雨雪頻輕煙惆悵滿宮春祗應憔悴西窗底消受觀書老去身花影暗淚痕新郢書燕說向誰陳不知餘蠟堆多少孤注曾無一擲人此詞上半闋自寫感慨下半闋所感甚大哀時危苦之言隨處流露而與燭本題仍不脫不粘能入能出自是斫輪老手

●隸事用典法

詞中隸事當如水入鹽融化無痕或用翻騰之法別出新意如東坡永遇樂云燕子樓空佳人何在空鎖樓中燕用張建封事白石疏影云猶記深宮舊事那人正睡裏飛近蛾綠用壽陽公主事又昭君不慣胡沙遠但暗憶江南江北想珮環月下歸來化作此花幽獨用少陵詩皆用事而不爲所使也又如劉叔安水龍吟立春懷內云雙燕無憑尺書難表甚時回首想畫闌倚徧東風閑負却桃花咒則用樊夫人劉綱事妙在與己姓切合若他人用之雖亦好語終減色矣清人蔣鹿潭寄都中友人渡江雲詞云

春風燕市酒旗亭賭醉花壓帽檐香暗塵隨馬去笑擲絲鞭壓笛傍宮牆流鶯別後問可曾添種垂楊但聽得哀蟬曲破樹樹總斜陽　堪傷秋生淮海霜冷關河縱青衫無恙換了二分明月一角滄桑雁書夜寄相思淚莫更談天寶淒涼殘夢醒長安落葉啼螿

此詞當作於庚申前半使李龜事後闋以天寶應之前後鎖鈎精細而感事傷時復不爲典故所束縛殆所謂水中鹽味者非歟

●運用成語法

運用古人成語入詞須重加剪裁或引伸其意或翻陳出新總以使讀者不覺其沿襲乃佳晏小山鷓鴣天云今宵剩把銀釭照猶恐相逢是夢中卽用少陵今宵更秉燭相對如夢寐語陳存熙之相見歡咏淚云搵不住收不住被風吹作一天愁雨損花枝此卽從李後主剪不斷理還亂是離愁別是一般滋味在心頭脫胎而出是皆巧於偸換者也拂水雙飛來去燕曲檻小屛山六扇和魯公語也陳子

高濵爲謁金門云花滿院飛去飛來雙燕紅雨入簾寒不捲曉屏山六扇則以襲而愈工矣天氣殊未佳汝定成行否寒食近且住爲佳爾此晉無名氏帖中語也幸稼軒融化名霜天曉角詞云吳頭楚尾一棹人千里休說舊愁新恨長亭樹今如此宦遊我倦矣玉人留我醉明日落花寒食且住爲佳爾晉人語本入妙而詞復融化之如此益見珠璧相照又如李易安清露晨流新桐初引全用世說語讀者亦但覺其渾成不嫌其剿襲者正以原句本自雋妙也然究不可爲法至如宋子京鷓鴣天直抄唐人身無彩鳳一聯可醜甚矣稼軒踏莎行云長沮桀溺耦而耕某何爲是棲棲者龍洲西江月云天時地利與人和燕可伐歟曰可用經書語入詞殊非本色卽字句亦嫌粗率不可學也

◉和韻疊韻法

張玉田云詞不宜和韻蓋語句參錯復格以成韻支分驅染欲合得離能如李長沙所謂善用韻者雖和猶如自作乃爲妙協章質夫作水龍吟咏楊花東坡和之

不特新意獨翻。即用韻處舉重若輕。反勝原詞。茲將二詞并錄於下。質夫原作云。

燕忙鶯懶芳殘。正堤上柳花飄墮。輕飛亂舞。點畫青林。全無才思。閑趁遊絲。靜臨深院。日長門閉。傍珠簾散漫。垂垂欲下。依舊被風吹起。 蘭帳玉人睡覺。怪春衣雪沾瓊綴。綉床漸滿。香毬無數。才圓却碎。時見蜂兒。仰粘輕粉。魚吞池水。望章台路杳。金鞍遊蕩。有盈盈淚。

東坡和詞云。

似花還似非花。也無人惜從教墮。拋家傍路。思量却似。無情有思。縈損柔腸。困酣嬌眼。欲開還閉。夢隨風萬里。尋郎去處。又還被鶯呼起。 不恨此花飛盡。恨西園落紅難綴。曉來雨過。遺跡何在。一池萍碎。春色三分。二分塵土。一分流水。細看來。只不是楊花。點點是離人淚。

坡公固是大才。然亦偶一爲之。始能臻此神妙。若如方千里之和片玉。張杞之和花間。首首强叶。縱極意求肖。亦復何苦。

用他人韻謂之和韻用自己韻謂之叠韻其實則二而一者也叠韻有一叠再叠三叠至於十餘叠者此體惟陳其年集中爲最多至有題換韻不換者則亦逞才自憙之尤者也

●俗語入詞法

詞以雅爲尚然當北宋之際初有慢詞坊伎謳歌伶倫傳習則俗語俚詞亦所不避按北宋仁宗朝中原息兵汴京繁庶歌台舞席競賭新聲進士柳耆卿失意無聊流連坊曲遂盡收村俗語言編入詞中以便伎人傳習一時動聽散播四方其後東坡少遊山谷輩相繼有作慢詞遂盛耆卿嘗有鶴冲天詞忍把浮名換了淺斟低唱云云其詞恣褻蓋既以便歌亦適投世俗所好也東坡無愁可解一闋云

光景百年看便一世生來不識愁味問愁何處來便解開箇甚底萬事從來風過耳何用不着心裏你喚做展却眉歌便是達者也只恐未　此理本不通言何曾道歡遊勝如名利道則渾是錯不道如何卽是這裏原無我與你

甚喚做物情之外。若須待醉了方開解時。問無酒怎生醉。

又少遊滿園花云。

一向沈吟久。淚珠盈襟袖。我當初不合苦撋就。慣縱得軟頑。見底心先有。行待痴心守。甚捻着脈子。倒把人來僝僽。　近日來非常羅皂醜。佛也須眉皺。怎掩得衆人口。待收了索羅。罷了從來斗。從今後休道共我。夢見也不能得勾。

此二詞。純用俗語。實開元曲之先河。蓋其時無所謂曲。詞卽曲也。一一可披絃管。爲雅俗所同賞。南渡而後。詞體漸就雅正。變化旣繁。雕繢日甚。陽春白雪之音。遂爲士夫所獨好。他如李易安聲聲慢云。

尋尋覓覓。冷冷清清。淒淒慘慘戚戚。乍暖還寒時候。最難將息。三杯兩盞淡酒。怎敵他晚來風急。雁過也。正傷心。却是舊時相識。　滿地黃花堆積。憔悴損。如今有誰堪摘。守着窗兒。獨自怎生得黑。梧桐更兼細雨。到黃昏。點點滴滴。

滴這次第怎一个愁字了得

此詞雖亦一出天籟然俗而不俚淡而彌永實是白描高手與東坡少遊等之粗鄙者大異學者倘見獵心喜宜學易安勿學東坡少遊也

◉書函體作法

古人以詩詞代柬其例甚繁而詞句長短參差尤婉而易達茲錄顧梁汾寄吳漢槎金縷曲二闋云

季子平安否便歸來生平萬事那堪回首行路悠悠誰慰藉母老家貧子幼記不起從前杯酒魑魅搏人應見慣料輸他覆雨翻雲手冰與雪周旋久淚痕莫滴牛衣透數天涯依然骨肉幾家能夠比似紅顏多薄命更不如今還有只絕塞苦寒難受廿載包胥承一諾盼烏頭馬角終相救置此札君懷袖

我亦飄零久十年來深恩負盡死生師友宿昔齊名非忝竊試看杜陵消瘦

曾不減杜陵僝僽薄命長辭知己別問人生到此淒涼否千萬恨爲君剖兄生辛未我丁酉共些時冰霜摧折早衰蒲柳詞賦從今須少作留取心魂相守但願得河清人壽歸日急翻行成稿把空名料理傳身後言不盡歡頓首。

二詞蒼涼沈鬱讀之令人增朋友之重而其一起一結宛然一尺牘也

●告誡體作法

此體起於稼軒蓋以告誡口吻作詞乃詞中別體也其沁園春止酒云

杯汝來前老子今朝檢點形骸甚長年抱渴咽如焦釜於今喜溢氣似奔雷漫說劉伶古今達者醉後何妨死便埋如此嘆汝於知己眞少恩哉　更憑歌舞爲媒算合作平居鴆毒猜況怨無大小生於所愛物無美惡過則爲災與汝成言勿留急去吾力猶能肆汝杯杯再拜道麾之則去招則須來

此詞借告誡一杯以自寫其拓落之懷古文中之毛穎傳也又鄒程村六州歌頭

僮約云。

僮來語汝。約法告兒曹。吾所命。只數事。汝毋囂。記來朝。紅葉闌干畔。縛棕帚。摩苔石。除菊蠹。移蘭盆。早須澆。　庭際幾頭丹鯉。戲萍藻。粉餌時調。便閒將短竹。扶植美人蕉。彈雀驅梟。莫消遙。宜勤應答。捷趨走。護書篋。整詩瓢。燕几側。博山內。水沈燒。火毋焦。煮茶鐺。須熟候。蟹眼聽松濤。　吾無事。痛飲酒。讀離騷。若有客來時候。須滌盞頻進。香醪且抱琴。吹笛長醉。侶漁樵。門掩無敲。

此詞竟以告誡僮僕之言。譜而爲詞。歷歷如話。學者欲倣此體。偶一爲之。未嘗不可。多則無味矣。

◉集句體作法

集古人成句填詞。較作詩有三難。詞句長短湊集。不易一也。詞律較嚴。音韻句法。咸宜巧合。二也。字面易複沓。三也。故學者非於古人之作。繹誦極熟者。大可不必染指。否則撦撏披揀。徒自吃苦。有此工夫。不如直抒己意之爲得矣。茲錄彊村集

夢窗句詞二闋聊示一斑

楚皋相遇笑盈盈眉底暮寒生春寬夢窄密圍留客緩酒銷更　明朝事與孤煙冷徽外斷腸聲魂銷正在輭紅南陌細雨西城(眼兒媚)

紅情密翠眉長杜秋娘欲買千金應不惜楚雲狂　孤負蘸甲清觴年年記一種淒涼今夜西池明月到小迴廊

二詞運用極自然毫無鍼縷之迹蓋此中鍊石補天手也

●福唐體作法

福唐體又曰獨木橋體卽全闋之韻悉用一字也如山谷阮郎歸全用山字稼軒柳稍青全用難字此外蔣竹山最擅此體如聲聲慢之全用聲字水龍吟之全用些字瑞鶴仙之全用也字等茲錄其聲聲慢賦秋聲一闋云

黃花深巷紅葉低窗淒涼一片秋聲豆雨聲來中間夾帶風聲疎疎二十五點麗譙門不鎖更聲故人遠問誰搖玉佩簷底鈴聲　彩角聲吹月墮漸連

營馬動四起笳聲閃爍鄰燈燈前尙有砧聲知他訴愁到曉碎噥噥多少蛩聲訴未了把一半分與雁聲

此詞凡八用韻全叶聲字學者欲倣其體但注意於韻上一字勿使複沓而句法亦能句句變化爲佳然究近纖巧非大雅所宜

●迴文體作法

詞作迴文必其音調平仄可以倒讀者始可文人鬥巧好於險處求勝顧於此道中作生活者究亦不多見淸初毛西河以虞美人調賦迴文音調諧合朱杏孫倣之云

秋聲一夜涼燈瘦寂寂愁新逗病蛩悲蟀小庭中落月㣲垂簾影翠房空
輕煙黛鎖雙眉恨背鏡情無準粉殘脂膩酒醒難簟偏皺痕羅袖倚寒天

又一闋於虞美人詞迴文中更寫七律迴文一首云

孤樓綺夢寒燈隔細雨梧窗逼冷風珠露撲釵蟲絡索玉環圍鬢鳳玲瓏

膚凝薄粉殘粧悄影對疏闌小院空蕪綠引香濃冉冉近黃昏月映簾紅

東坡菩薩蠻四時詞是名倒句卽晦庵之春恨詞云晚紅飛盡春寒淺淺寒春盡飛紅晚長恨送年芳芳年送恨長亦是此格蓋菩薩蠻之平仄只可用倒句不可作迴文者也近人惟見丁藥園一首爲佳錄之以備一格

下簾低喚郎知也也知郎喚低簾下來到莫疑猜猜疑莫到來　道儂隨處好好處隨儂道書寄待何如如何待寄書

◉令慢辨別法

詞有小令中調長調之分草堂創其例而後人因之宋翔鳳樂府餘論曰詞之分小令中調長調者以當筵伶伎以字之多少分調之長短以應時刻之久暫如今京師演劇分大齣中齣小齣也草堂一集蓋以徵歌而設故別題春景、夏景等名使隨時卽景歌以娛客題吉席慶壽更是此意其中詞語間與集本不同其不同者恆平俗亦以便歌以文人觀之適當一笑而當時歌伎必需此也原其始固先有小令唐人樂府皆小令也其後以小令微引而長之於是有陽關引、千秋歲引、江城梅花引、之類又謂之近如訴衷情近、祝英台近、之類以音調相近從而引之也引而愈長者則爲慢慢與曼通曼之訓引也長也如木蘭花慢、長亭怨慢、拜新月慢、之類其始皆令也亦有以小令曲度無存遂去慢字亦有別製名目者則令在樂家所謂小令也曰近曰引者樂家所謂中調也曰慢者樂家所謂長調也不曰令曰引曰近曰慢而曰小令中調長調者取流俗易解又能包括衆題也此說似甚詳盡而於小令中調長調之分究以何者爲標準終未明瞭查近代各家如錢唐毛氏以五十八字以内爲小令五十九字至九十字爲中調九十一字以外爲長調萬紅友駁之謂少一字卽短多一字卽長必無是理故其詞律不分小令中調長調等名其實毛萬二氏均屬武斷天虛我生曰毛氏作詞韻括略純出臆斷而牽强引附乖訛已多已足見其妄萬氏但尋字句不諳音樂謬詡知音乃創推翻小令等說多見其淺且陋耳夫小令卽引子也中調卽過曲也長調卽慢詞也在曲譜中固有區別非可混用蓋引子皆散板惟用於出場過曲則起板贈板用於唱工正場猶皮黃之原板故亦有用衝場過曲不加引子者長調則係慢板正曲猶皮黃之有正板也謂無區別得乎故以臨江仙爲中調者正爲毛氏所誤蓋臨江仙實南呂引子其爲小令固甚明也而紅友以爲小令中調竟不必分則尤非是洵如彼言試問製曲者固可於一曲中引子過曲相間而用否耶要不待問老伶工而後知矣

◉製腔參攷法

宋時詞與樂合凡塡詞家多能自製新腔譜諸絃管製腔之法必先吹竹以定之或笛或簫皆可（金石絲竹無不可製腔造譜者此獨以竹言取其聲易調也）惟我意而吹焉卽以筆識其工尺於紙然後配其句讀劃定板眼（聲之雅俗在板之疏密宋人詞贈板甚少故其聲猶有雅淡之意）而後吹之聽其腔調不美音律不諧之處再三增改務必使其抗墜抑揚圓美如貫珠而後已再看其起

韻處前後兩節是何字眼而知其爲某宮某調（假如是六字起調、六爲黃鐘清、而以第一拍轉至起韻用高五字爲太簇、黃鐘均以太簇爲商、則此屬太簇清商也、在燕樂名爲大石調、餘倣此、若兩結不用高五字、則爲出調、淩犯他宮、非復大石調矣、）至於犯調宮商雖犯而律字相同實有以類相從聲應氣求之義不可以淩犯例之此古人製犯調之精義也（所謂犯調者、或采本呂諸曲合成新調、合成新調而聲不相犯、則不名曰犯、如曹勳八音諧之類是也、或采各宮之曲合成一調、而宮商相犯、則名之曰犯、如道調宮上字住、雙調亦上字住、所住字同、故道調曲中可犯雙調、或雙調曲中可犯道調、如白石淒涼犯、劉過四犯剪梅花、仇遠八犯玉交枝之類是也、）新腔既定命名以實之而後實之以詞此謂塡腔塡腔之法第照其板眼塡之聲之悠揚相應處即用韻處也故宋人用韻少之詞謂之急曲子用韻多者謂之慢曲子義蓋如此此非所難難在審其起韻兩結之高低清濁而以韻配之使歌者便於融入某律某調耳然腔調雖至多韻脚雖至夥而止以清濁高下配之且所重止在起與兩結而其他不論故其法亦簡易不繁古之知音者於酒邊席上任意揮毫莫不可諧諸律呂者蓋識此理也然今人已徒知有律呂之名而不識工尺之理俗工又僅習工尺之節而昧於律呂之源遂使古法失傳元音終閟卽白石道人歌曲所注旁譜亦已無人能解遑論尋宮數羽造譜製腔哉

◉詞曲辨體法

沈天羽云詞名多本樂府然去樂府遠矣南北劇名又本塡詞然去塡詞更遠矣按南北劇與詞同者靑杏兒（中調）卽北劇小石調憶王孫（小令）卽北劇仙呂調小令之搗練子、生查子、點絳唇、霜天曉角、卜算子、謁金門、憶秦娥、海棠春、秋蕊香、燕歸梁、浪淘沙、鷓鴣天、虞美人、步蟾宮、鵲橋仙、夜行船、梅花引、中調之唐多令、一剪梅、破陣子、行香子、靑玉案、天仙子、傳言玉女、風入松、剔銀燈、祝英台近、滿路花、戀芳春、意難忘、長調之滿江紅、尾犯、滿庭芳、燭影搖紅、絳都春、念奴嬌、高陽台、喜遷鶯、東風第一枝、眞珠簾、齊天樂、二郎神、花心動、寶鼎現、皆南劇之引子小令之柳梢青、賀聖朝、中調之醉春風、紅林擒近、驀山溪、長調之聲聲慢、八聲甘州、桂枝香、永遇樂、解連環、沁園春、賀新郎、集賢賓、哨遍、皆南劇慢詞、外此鮮有同者、更有南北曲與詩餘同名而調實不同者、又不能盡數、胡元瑞云、宋人黃鶯兒、桂枝香、二郎神、高陽台、好事近、醉花陰、八聲甘州、之類、與元人毫無相似、若菩薩蠻、西江月、鷓鴣天、一剪梅、元人雖用而不可按腔矣、愚按曲爲詞之變、自有淵源可尋、如今九宮譜所載字句同異處、亦甚明晰、其同者、尙有全體俱似者、或有僅係單調、不用換頭者、大致詞則以樂律失傳、塡者但就古人成法、不敢稍變、曲則宮譜俱存、製者儘可偸聲減字、伸縮於軌律之中、以是之故、途徑日歧、雖然、詞曲之界、固另有畦畛、不得謂調同而詞意悉同、竟至儒墨無辨也、（參看淺深辨微法）

●調名辨異法

詞有調同而名異者有名同而調異者大致唐人小令定譜無多其新創者旣以題名調有如古詩樂府同時作者初不拘於一體如花間所載河傳酒泉子、荷葉杯、等幾於人各一體卽同爲一人之作字數句法雖大略相同而平仄有迴異者及五代而後化單調爲雙調格律漸嚴始有定譜可尋而一二好奇之士又輒取舊譜立新名（如張宗瑞詞一卷悉易新名）致一調而名多至十數恠誕紛拏不可紀極然則學者將何所適從耶曰我從衆而已矣

詞之調同而名異者如如夢令之一曰憶仙姿也菩薩蠻之一曰重疊金也清平樂之一曰憶蘿月也如詞譜所載一調咸有數名究其調之所始名之孰先孰後或可攷或不可攷其可攷者如宋人自度腔原詞未佚我人用其譜卽用其名固可毋論矣若其不可攷者則必古今作者已多擇其習用者而用之庶乎其適葢詞之調名卽表示一調之音節以明顯爲寄故每製一詞必擇普通習用之名標之始可令人披卷曉得不致艱於上口例如如夢令、菩薩蠻、清平樂、皆爲通用極

熟之調今苟易以憶仙姿、重疊金、憶蘿月、者則十九將茫然矣況詞之良否與調名何預耶王阮亭云詞選須從舊名如本草誌藥一種數名必好稱新目無裨方理徒惑觀聽故好用舊譜之改稱者如本草中之別名也又有自立新名按其詞則枵然無有者如清異錄中藥名好奇妄撰撰也然間有古名無謂而偶易佳名者如用修易六醜爲個儂阮亭易秋思耗爲畫屏秋色但就本詞稱之不妨小作狡獪

詞之名同而調異者詞譜率以又一體三字區別之熟見之調如念奴嬌、滿江紅等、亦往往多至十餘體其實此所謂十餘體者大半皆屬胡鬧蓋一調之始原祇一體其後一誤於作者之疏漏再誤於傳抄之脫訛其變遂繁纂譜者搜集務詳而又憚於攷訂乃悉以又一體三字安插之耳今我人遇此等處宜先加以攷訂攷其調所由創名所由起（另見調名攷正法）其無可攷者始取多者證之三人占則從二人可矣亦有宜注意者如仄韻之叶入聲者往往亦可叶平韻此則

確爲二體我人宜於少見之一體冠以平韻或仄韻字樣例如滿江紅憶秦娥以仄韻爲正格則用平韻者必標以平韻滿江紅平韻憶秦娥之名而仄韻者僅書滿江紅憶秦娥可矣若浣溪紗之以平韻爲正格者反之又如花間小令之河傳酒泉子等同時作者音節各異既無攷正又無可比較者則從何人之體必於題下標明從某某體以清眉目

●調名攷正法

詞本樂府之變古人緣題製調調名多屬本意如臨江仙則言水仙女冠子則述道情河瀆神則緣祠廟巫山一段雲則狀巫峽醉公子則賦公子醉也花間一集類可攷見及後人因調塡詞其所賦寄不復拘於本意故調之與詞寖至離畔判爲二途至宋人衍爲慢引新聲日繁每創一曲輒製異名而調名之龐雜至於不可勝計然溯其源不外五種

一　爲緣題製名者

二　爲緣調製名者

三　爲摘取本詞中字句製名者

四　古樂府名或古調失傳別製新譜而襲用舊名者

五　任取古事物或古人名句製名而與詞調渺不相關者

調名起原之說始於楊用修及都元敬而沈天羽掩楊論爲己說胡元瑞則痛駁用修之誤然綜觀升庵詞品、天羽疏名、元敬南濠詩話、元瑞筆叢、所載各有穿鑿可笑者毛稚黃塡詞名解博採衆說著爲專編可謂詳矣而體例駁雜傅會處仍不能免茲擇普通習用諸調名按上述五類分別綴列略加解釋庶學者不至貽數典忘祖之誚也

一　緣題製名者

搗練子（李後主）　漁歌子（張志和）　四時樂（李公麟）　醉公子（無名氏）　蝴蝶兒（張泌）　女冠子（薛昭蘊）　更漏子（溫庭筠）　臨江

仙(首創者已不可攷後皆不註) 採蓮子(皇甫松) 鵲橋仙 惜紅衣(姜夔咏荷) 長亭怨慢(仝上惜別) 暗香(仝上咏梅) 疏影(仝上) 紅情(柳永咏荷) 綠意(仝上) 楊州慢(姜夔過揚州) 雙雙燕(史達祖咏燕) 憶舊游 眉嫵(張敞) 秋霽(李後主) 春霽(胡浩然) 無愁可解(蘇軾) 賀新涼(仝上) 好事近 眼兒媚 少年游 秋宵吟(姜夔)

二 爲緣調製名者

六幺令(此曲前後十八柏故名) 江城梅花引(取江城子前半調梅花引後半調合成) 十六字令(全調十六字) 字字雙(女郎王麗眞作) 三字令(通調俱用三字成句後蜀歐陽烱作) 一七令(一字至七字成調) 品令尾犯側犯 花犯 玲瓏四犯 倒犯(皆周柳諸人所製樂章犯者以本宮犯入他宮也) 百字令(全調百字)

徵招（徵聲也）　十拍子（本調十唱十拍故名即破陣子）

三　爲摘取本詞中字句製名者

閒中好（鄭夢復諸人作取起句）　花非花（白樂天作起句）　憶王孫（一秦觀作取萋萋芳草憶王孫句）　一葉落（唐莊宗作取起句）　西溪子（毛文錫作取昨日西溪游賞）　如夢令（唐莊宗作如夢如夢殘月落花煙重）　天仙子（韋莊作劉郎此日別天仙）　江城子（歐陽炯作空有姑蘇臺月如西子鏡照江城）　巫山一段雲（毛文錫作雨霽巫山上雲輕遠碧天）　憶秦娥（李白作秦娥夢斷秦樓月）　八月圓（王晋卿作華燈盛照八月圓時此調一名青衫濕則取吳彥高句）　落燈風（楊愼作柳外落燈風乍起）　剔銀燈（毛滂作取頻剔銀燈語）　聲聲慢（蔣捷賦秋聲俱用聲字收韻故名）　夢揚州（秦觀作佳會阻離情正亂頻夢揚州）　疏簾淡月（張宗瑞作疏簾淡月照人無寐）　酹江月（即百字令取蘇軾

詞句一樽還酹江月又名大江東去取本詞首句）　送入我門來（胡浩然作東風盡力一齊吹起入此門來）　解連環（周美成作信妙手能解連環）　買陂塘（晁無咎作買陂塘旋栽楊柳）　玉樓春（顧敻作月照玉樓春漏促）　換巢鸞鳳（吳文英作換巢鸞鳳教偕老）

四　古樂府題或係新曲襲用舊名者

玉樹後庭花（陳後主作）　定西番（唐教坊曲）　何滿子（唐歌者名臨刑進此曲以贖死卒不免而世傳其曲）　長相思（梁陳樂府）　烏夜啼（魏何晏繫獄有二烏止晏舍上晏女曰烏有喜聲父必免遂撰此操）　調笑令（唐宮中樂府）　生查子　昭君怨（漢王昭君作琴操晉石崇擬其意爲曲）　醜奴兒令　太常引（卽太常導引曲也）　梅花引（本笛曲名）　唐多令　定風波（唐教坊樂）　破陣子（唐軍中樂）　風入松（古琴曲）　滿江紅　醉翁操（蘇軾作琴曲）　法曲獻仙音　法駕導引

（唐鼓吹曲歌也）水調歌頭（水調者一部樂之名也水調歌者一曲之名也歌頭者曲之始音如六州歌頭氏州第一之類皆是隋煬帝開汴河自造水調其曲頗長此其首章也）　八聲甘州（一名甘州曲龜茲國工製）　萬年歡（唐教坊曲）　霓裳中序第一（唐玄宗作霓裳羽衣之曲曲凡十二叠前六叠無拍第七叠始有拍而舞謂之中序第一蓋此乃宋人舞曲也）　子夜歌（晉女子名子夜作此曲）　六州（宋鼓吹曲也）　蘭陵王（北齊蘭陵王入陣曲也）　大酺（漢唐制有賜酺詞此唐教坊曲）　清平樂（唐教坊曲）　浪淘沙（唐樂府）　謁金門（仝上）

五　任取古事物或古人名句製名者

點絳脣（采江淹詩白雪凝膚貌明珠點絳脣）　浣溪沙（一實浣紗溪之誤用西施浣紗事）　卜算子（駱賓王詩好用數名人稱算博士又曰卜算子）　菩薩蠻（蠻本作鬘西域婦人髻也唐太宗初女蠻國貢女樂晚髻金冠

纓絡被體號菩薩蠻隊）　阮郎歸（用阮肇事）　喜遷鶯（用韋莊詞句）
西江月（衞萬詩祇今唯有西江月曾照吳王宮裏人）　虞美人（項羽美
人卽虞姬）　鷓鴣天（鄭嵎詩春遊雞鹿塞家在鷓鴣天）　一斛珠（唐玄
宗以珍珠一斛賜江妃妃不受作詩進上上令樂府以新聲度之號一斛珠
）　惜分釵（用楊太眞事）　蝶戀花（梁簡文帝翻階蛺蝶戀花情）　蘇
幕遮（西域婦人帽也本胡樂之飾唐敎坊作此戲卽以名曲）　醉春風（
李白詩絲管醉春風）　靑玉案（張衡四愁詩何以報之靑玉案）　師師
令（李師師唐汴京名妓）　婆羅門引（婆羅門西域國名）　祝英台近（
用晉梁山伯祝英台事）　洞仙歌　高陽台（用宋玉賦神女事）　水龍
吟（李白詩笛奏龍吟水）　南浦（楚辭送美人兮南浦）　尉遲盃（尉遲
敬德飲酒必用大盃）　沁園春（取漢沁水公主園爲名）　多麗（張均妓
名多麗）　瀟湘逢故人（柳惲樂府）

以上所列僅就普通易見者言之。至生僻之調。及後人自度腔。猶繁不勝計。間有極熟之調。而其名終不可考者。或字有旣訛。或首製原詞已佚。存以缺疑可爾。

◉宮調遡源法

古者詞與樂合。故塡詞者不能不通宮調之理。所謂宮調者何。卽音階高下之基也。換言之。卽所以限定笛之管色者也。一切樂器。皆以笛爲主。音笛有六孔。吹之可成七音。故捱次變換。可得七調。凡詞之某宮某調。皆分隸於此七調之中。故言某詞之屬於某宮或某調者。卽無異言吹某詞之腔。宜用某管色也。列表如下。

調名	笛孔開放出聲 一	二	三	四	五	六	六孔俱閉 七	所屬宮調
小工調	凡	工	尺	上	乙	四	合	仙呂中呂正宮大石小石般涉道宮
凡字調	工	尺	上	乙	四	合	凡	南呂仙呂商角調黃鍾宮
六字調	尺	上	乙	四	合	凡	工	南呂商調越調商角調黃鐘調
四字調	上	乙	五	六	凡	工	尺	雙調（四字調卽正宮調）
乙字調	乙	五	六	凡	工	尺	上	雙調
上字調	五	六	凡	工	尺	上	乙	商調越調南呂
尺字調	六	凡	工	尺	上	乙	四	仙呂中呂正宮大石小石般涉道宮

觀於上表可了然於宮調之運用詞曲同源古今一體惟調名之多寡同異差有出入耳茲更以我師陳栩園先生之說爲學者一陳音律之理

七音之中正音只五卽「工尺上四合」故正始之音只有五音上字之音位乎中是爲宮音尺字較高是爲商音工字又高是爲角音四字較上字爲低是爲徵音合字尤低是爲羽音此爲五音之正加以二變乃成七音乙字較上字稍低而不及於四字之音故屬變宮凡字較六字（卽重吹合字）稍低而不及於工字之音故屬變徵因其本音屬變故雖重吹亦不能再變是爲二變之音合五正音而成七音加以高音五字卽「仩伬仕五六」則成十二是十二律古以編鐘凡十二口每一口鐘卽屬一音陰陽各六陰爲高音古稱清宮是爲呂陽爲中音古稱正宮是爲律其實無異於今樂之工尺及西樂之123也

樂名	陽律						陰呂					
古樂	黃鐘	太簇	姑洗	蕤賓	夷則	無射	大呂	夾鐘	仲呂	林鐘	南宮	應鐘

今樂	西樂	宮位
上	1	宮
尺	2	商
工	3	角
凡	4	變徵
合六	.5	徵
四五	.6	羽
仩	1·	清宮
伬	2·	清商
仜	3·	清角
五	5	清徵
五	6	清羽
乙	7	變宮

右表列次。依宋儒朱熹註離婁章爲次。其實於音程高下之序不相合也。蓋四合二音低於上字。去凡字甚遠。不宜列在凡字之下。宜以上字居中。由低而高讀之乃見其本音。茲依今樂西樂之序。更列一表以明之。

今樂	西樂	古樂	宮位	陰陽	月令	時屬
合	.5	夷則	徵	陽	七月	申
四	.6	無射	羽	陽	九月	戌
上	1	黃鐘	宮	陽	十一月	子
尺	2	太簇	商	陽	正月	寅
工	3	姑洗	角	陽	三月	辰
凡	4	蕤賓	變徵	陽	五月	午
六	5	林鐘	清徵	陰	六月	未
五	6	南呂	清羽	陰	八月	酉
乙	7	應鐘	變宮	陰	十月	亥
仩	1·	大呂	清宮	陰	十二月	丑
伬	2·	夾鐘	清商	陰	二月	卯
仜	3·	仲呂	清角	陰	四月	巳

觀於右表。足知一陰一陽必相間而成序。上字屬陽十一月。高吹變仩屬陰爲十二月。尺字屬陽爲正月。高吹變伬屬陰爲二月。工字屬陽爲三月。高吹變仜屬陰爲四月。凡字屬陽爲五月。高吹不變。已至絕端。故陽絕而生陰。以上皆陽生陰。故皆高吹。求比凡字高者。則惟六字。而六字屬陰。是爲六月。低吹變合屬陽爲七月。以下皆陰生陽。故皆低吹。五字屬陰爲八月。低吹變四屬陽爲九月。乙字屬陰爲十月。低吹不變。已至絕端。故陰絕而陽生。求比乙字低者。則惟上字。而上字屬陰。故十一月而冬至陽生。明乎此。則於律呂相生之道。可進言矣。茲附一圖於左。

（說明）上圖以●爲陽。以○爲陰。外圍五音。係隔五相生。內圍律呂。則隔八相生。自太簇右旋至大呂。卽自正月至十二月之次序。中樞交綫。乃以直綫指明其相生之律呂。列如次。

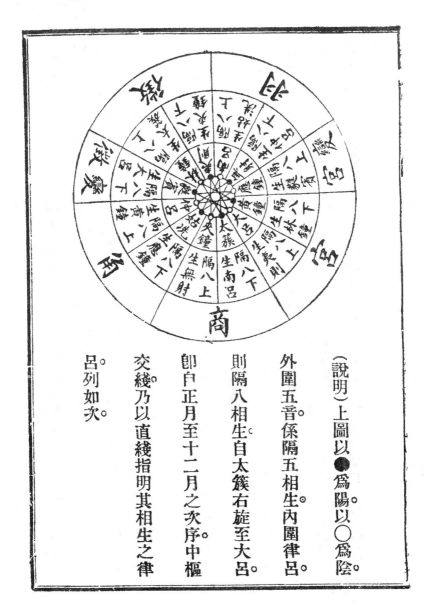

（一）自黃鐘右旋。隔八而生林鐘。是陽生陰也。故爲下生。是宮生徵。卽六與上之和音。在和琴爲六上調。在簫笛爲小工調。以六字居最高之音也。

（二）自林鐘右旋。隔八而生太簇。是陰生陽也。故爲上生。是徵生商。卽六尺之和音。在和琴爲尺合調。在簫笛爲四字調。以尺字居最高之音也。其第一孔爲上字。上爲七音之首。故爲正音。

（三）自太簇右旋。隔八而生南呂。是陽生陰也。故爲下生。是商生羽。卽尺與四之和音。在和琴爲五尺調。在簫管爲尺字調。以五音居最高之音也。

（四）自南呂右旋。隔八而生姑洗。是陰生陽也。故爲上生。是羽生角。卽五與工之和音。在和琴爲四工調。在簫笛爲六字調。以工字居最高之音也。

（五）自姑洗右旋。隔八而生應鐘。是陽生陰也。故爲下生。是角生變宮。卽工與乙之和音。在和琴爲乙工調。（宜用六上調代之）在簫笛爲上字調。以乙字爲最高之音也。

（六）自應鐘右旋隔八而生蕤賓。是陰生陽也。故爲上生。是變宮生變徵。卽乙與凡字之和音。在和琴爲乙凡調。（宜用尺合調代之。）在簫笛爲凡字調。以凡字居最高之音也。

（七）自蕤賓右旋。隔八而生大呂。是陽生陰也。故爲下生。是由變徵還相爲宮。卽凡與仩之和音。在和琴爲凡仩調。（宜用尺合調代之）在簫笛爲乙字調。以乙字居最高之音也。

（八）自大呂右旋。隔八而生夷則。是陰生陽也。故爲上生。是又由宮而生徵。與黃鐘生林鐘之例相對。故仍爲六與上之和音。在和琴仍爲六上調。在簫笛仍爲小工調。

（九）自夷則右旋隔八而生夾鐘。是陽生陰也。故爲下生。是又由徵而生商。與林鐘生太簇之例相對。故仍爲六與尺之和音。在和琴仍爲尺合調。在簫笛仍爲小工調。

(十)自夾鐘右旋隔八而生無射。是陰生陽也。故爲上生。是又由商而生羽。與太簇生南呂之例相對。故仍爲尺與四之和音。在和琴仍爲五尺調。在簫笛仍爲尺字調。

(十一)自無射右旋隔八而生仲呂。是陽生陰也。故爲下生。是又由羽而生角。與南呂生姑洗之例相對。故仍爲五與工之和音。在和琴仍爲四工調。在簫笛仍爲六字調。

(十二)自仲呂右旋隔八而生黃鐘。是陰生陽也。故爲上生。是又由角而生宮。與姑洗隔八而生應鐘之例雖同。而所生乃非變宮。是爲周而復始之象。故相生之道至此而復循故轍。爲律呂之大成。而仩字之音已屬高無可高。不復能以他音爲和。其象已絕。故取黃鐘爲正。仍以上字立調。而以六字應之。又復爲小工調也。

觀於上述。是知律呂之數雖有十二。而爲調只有七也。

無師自通

填詞百法

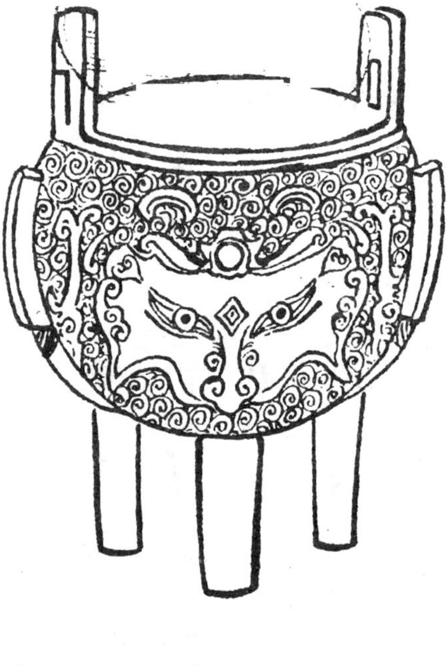

上海中原書局印行

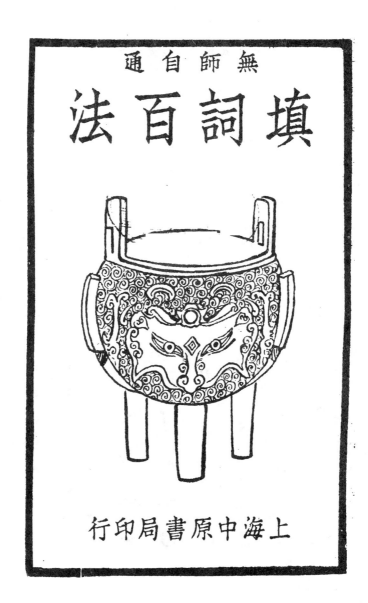

中華民國二十年四月一號六版

填詞百法上下二冊

定價大洋四角

編纂者 南匯顧憲融

校訂者 古邗劉鐵冷

出版者 中原書局

印行者 中原書局

總發行所 上海棋盤街 中原書局

分發行所 廣州雙門底 中原書局

無師自通 填詞百法卷下目錄

史梅溪詞研究法
辛稼軒詞研究法
劉龍州詞研究法
吳夢窗詞研究法
姜白石詞研究法
王碧山詞研究法
周草窗詞研究法
張玉田詞研究法（以上宋）
元遺山詞研究法（以上金）
王漁洋詞研究法
曹升六詞研究法
朱竹垞詞研究法

陳其年詞研究法
彭羨門詞研究法
納蘭容若詞研究法
顧梁汾詞研究法
厲樊榭詞研究法
吳蘭次詞研究法
鄭板橋詞研究法
張皋文詞研究法
項蓮生詞研究法
周稚圭詞研究法
郭頻伽詞研究法
龔定盦詞研究法

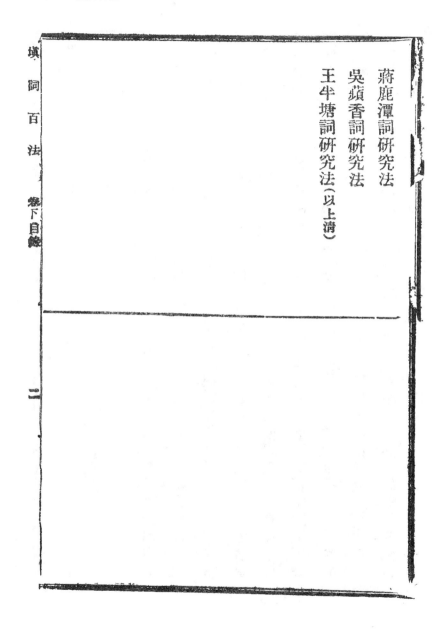

無師自通 填詞百法卷下

南匯顧憲融佛影編纂

◉詞派研究法

研究詞之派別當始於晚唐五季亦猶文之稱先秦諸子詩之祖漢魏樂府也太白飛卿而後作者數十家花間所選未逮十一論其體製則如花初胚葉枝未備故有小令而無長調論其詞藻則鏤金錯采一以雕繢爲工其或者託興閨幃寄懷君國懼忠言之觸機文俳語以自晦其辭則亂其志則苦讀者固不當僅賞其綴組之工也茲編所列計十三家曰李太白曰溫飛卿曰南唐二主曰韋端己曰牛松卿曰魏承班曰孫孟文曰李德潤曰歐陽炯曰張子澄曰馮正中曰和成績曰顧夐降及有宋則由短及長體製日繁作在蔚起多至數十百家風會所趨雖忠范如歐陽司馬猶不能忍俊焉大別之北宋人善用重筆惟重能大惟重能拙南宋去善用深筆惟深能細惟深能密北宋多北風雨雪之感其妙處不在豪快

而在高健不在豔褻而在幽咽至南宋而更極其工北宋主樂章故情景但取當前無窮極高深之趣南宋則文人弄筆彼此爭名變化益多取材益富然南宋有門徑有門徑故似深而轉淺北宋無門徑無門徑故似易而實難北宋承五代之遺響烈遠紹南宋如張玉田輩漸開清初浙江一派運會所繫略可窺見茲編所列計十七家曰晏氏父子曰歐陽永叔曰柳耆卿曰蘇子瞻曰秦少遊曰賀方回曰陳子高曰周美成曰李易安曰史梅溪曰辛稼軒曰劉龍州曰吳夢窗曰姜白石曰王碧山曰周草窗曰張玉田金元文獻盡見於中州一集中州樂府所選亦三十餘家然辛桂之氣未免太重茲編僅取元遺山一人蓋自絃索盛詞已衰矣明人無論詩詞古文皆卑下無足取而詞爲甚一二才異者非不欲勝前人而中實枵然取給而已於神味全未夢見但知貌襲耳故略而不論有清一代爲詞學最盛之時斯時雖樂譜失傳管絃已廢而文藻之工轉軼前代數其流別則龔吳王曹篳路先驅及秀水朱十出一以姜張爲法是爲浙派宜與陳其年武進張皋

文振稼軒之緒優入北宋重神味而薄文采是爲常州派而納蘭氏獨辦香鴛鴦寺主遙情逸韻一唱三歎遂亦自標新幟與二家並乾嘉之際作者愈多氣體稍靡風流未墜擷精擢秀迄於半塘一老又得十八家曰王漁洋曰曹升六曰朱竹垞曰陳其年曰彭羨門曰納蘭容若曰顧梁汾曰厲樊榭曰吳薗次曰鄭板橋曰張臯文曰項蓮生曰周稚圭曰郭頻伽曰龔定盦曰蔣鹿潭曰吳蘋香曰王半塘綜計由唐及清先後凡四十八人分爲四十八章每章先陳其人出處次爲博采諸家評語參以己意一一論次之後列其詞自三四闋至於十餘闋雖多寡詳略不同而初學得之梗概略具矣生存之人則不復述懼涉標榜之嫌也

●李太白詞研究法（以下唐）

李白字太白隴西人徙居蜀供奉翰林求還山後坐永王璘事流夜郎赦還代宗以左拾遺召已卒太白以詩名所作詞甚少蓋當是時詩詞之體初未大分其所謂詞如清平調等大半皆詩也不過用以製譜入樂而已今日我人之所攷見者

自當以白之菩薩蠻憶秦娥二闋爲百代詞曲之祖二詞不特音節頓挫與詩迴異卽以文體而論亦復清奇秀折謂爲詞家鼻祖誰曰不宜張碧論太白詞曰天與俱高青而無際鯤觸巨海瀾濤怒翻蓋亦尊之甚也

菩薩蠻

平林漠漠烟如織寒山一帶傷心碧暝色入高樓有人樓上愁　玉階空佇立宿鳥歸飛急何處是歸程長亭更短亭

憶秦娥

簫聲咽秦娥夢斷秦樓月秦樓月年年柳色灞陵傷別　樂遊原上清秋節咸陽古道音塵絕音塵絕西風殘照漢家陵闕

●溫飛卿詞研究法

溫飛卿名庭筠本名歧太原人唐大中末爲方山尉著有握蘭金荃等集唐自大中以後倚聲漸盛至飛卿始有專集飛卿之詞深美閎約最爲花間之冠菩薩蠻

十餘闋。張皋文以爲皆感士不遇之作。篇法彷彿長門賦。節節逆叙。然讀者正復不必泥定此說。總之飛卿詞佳處在語重心長。神理超越。句句綺琢而字字有脈絡。讀者見仁見知。各極其妙耳。又更漏子柳絲長春細等數闋。亦學者所必讀也。

菩薩蠻

小山重疊金明滅。鬢雲欲墮香腮雪。嬾起畫娥眉。弄妝梳洗遲。　照花前後鏡。花面交相映。新帖綉羅襦。雙雙金鷓鴣。

水晶簾裏玻璃枕。暖香惹夢鴛鴦錦。江上柳如煙。雁飛殘月天。　藕絲秋色淺。人勝參差剪。雙鬢隔香紅。玉釵頭上風。

蕊黃無限當山額。宿妝隱笑紗窗隔。相見牡丹時。暫來還別離。　翠釵金作股。釵上雙蝶舞。心事竟誰知。月明花滿枝。

玉樓明月長相憶。柳絲嫋娜春無力。門外草萋萋。送君聞馬嘶。　畫羅金翡翠。香燭銷成淚。花落子規啼。綠窗殘夢迷。

寶函鈿雀金㶉鶒沉香閣上吳山碧楊柳又如絲驛橋春雨時　畫樓音訊斷芳草江南岸鸞鏡與花枝此情誰得知

●南唐二主詞研究法

晚唐五代之君頗耽於聲律雅好文事如唐之玄宗昭宗後唐莊宗蜀主王衍後蜀主孟昶等文采風流著於史册而詞華之美不能不推南唐父子爲最南唐中主李璟字伯玉徐州人唐宗室之裔嗣父昪僭號改元保大宋建隆二年卒追復帝號爲元宗其詞流傳雖不多而浣溪沙山花子二闋自足千古

浣溪沙

風壓輕簑貼水飛乍晴池館燕爭泥沈郎多病不勝衣　沙上未聞鴻雁信竹間時聽鷓鴣啼此情惟有落花知

山花子

菡萏香銷翠葉殘西風愁起綠波間還與韶光共憔悴不堪看　細雨夢回鷄塞

遠小樓吹徹玉笙寒多少淚珠何限恨倚闌干

後主煜字重光元宗第六子建隆二年嗣立開寶八年國入於宋封違命侯卒追封吳王其詞傳數十闋莫不清逸綿麗本色當行蓋後主雖拙於治國在詞中猶不失爲南面王也斷句如歸時休放燭花紅待踏馬蹄清夜月一寸芳心千萬緒人間沒个安排處剪不斷理還亂是離愁別是一般滋味在心頭皆爲後人開多少法門周止庵評其麤服亂頭不掩國色可謂知言後之學者惟納蘭容若得其彷彿然氣體終不逮也

浪淘沙

簾外雨潺潺春意闌珊羅衾不耐五更寒夢裏不知身是客一晌貪歡　獨自莫凭闌無限江山別時容易見時難流水落花春去也天上人間

虞美人

春花秋月何時了往事知多少小樓昨夜又東風故國不堪回首月明中　雕闌

玉砌應猶在只是朱顏改問君能有幾多愁恰似一江春水向東流

◉韋端己詞研究法

韋端己名莊杜陵人唐乾寧元年進士入蜀爲王建掌書記著有浣花集其詞清豔絕倫如初日芙蓉曉風楊柳菩薩蠻諸闋殆即詞中之古詩十九首也又思帝鄉斷句陌上誰家年少足風流妾擬將身嫁與一身休縱被無情棄不能羞皆花間致語與金荃諸什濃淡各極其妙讀者正可參看也

菩薩蠻

紅樓別夜堪惆悵香燈半卷流蘇帳殘月出門時美人和淚辭　琵琶金翠羽弦上黃鶯語勸我早歸家綠窗人似花

人人盡說江南好遊人只合江南老春水碧於天畫船聽雨眠　爐邊人似月皓腕凝雙雪未老莫還鄉還鄉須斷腸

清平樂

鶯啼殘月繡閣香燈滅門外馬嘶郎欲別正是落花時節　妝成不畫蛾眉含愁獨倚金屏去路香塵莫掃掃時郎去歸遲

女冠子

四月十七正是去年今日忍淚佯低面含羞半斂眉　不知魂已斷空有夢相隨除卻天邊月沒人知

●牛松卿詞研究法

牛松卿名嶠一字延峰隴西人乾符五年進士歷官拾遺尚書郎後仕蜀爲給事中松卿詞淺而不露拙而不率如江城子等作皆可與浣花並美若其菩薩蠻之須作一生拚盡君今日歡更漏子之孤負我悔憐君告天天不聞終覺肉穿骨透少含蓄之趣松卿有侄希濟生查子云新月曲如眉未有團圞意紅豆不堪看滿眼相思淚終日劈桃穰人在心兒裏兩朶隔牆花早晚成連理雋妙如古樂府又洞庭波浪颭晴天七字佳

江城子

鵁鶄飛起郡城東碧江空半灘風越王宮殿蘋葉藕花中簾捲水樓魚浪起千片雪雨濛濛

望江怨

東風急惜別花時手頻執羅幃愁獨入馬嘶殘雨春蕪濕倚門立寄語薄情郎粉香和淚泣

●魏承班詞研究法

魏承班爲蜀駙馬官太尉其詞較南唐諸君更淡而近更寬而盡盡人喜效爲之如相見綺筵時深情黯共知難話此時心梁燕雙來去弄姿無限只是一腔摹出至好天良夜盡傷心爲是玉郎長不見少年何事負初心淚滴縷金雙衽有故意求盡之病

生查子

烟雨晚晴天零落花無數難話此時心梁燕雙來去　琴韻對薰風有恨和情撫
腸斷斷絃頻淚滴黃金縷
寂寞畫堂空深夜垂羅幕燈暗錦屏欹月冷珠簾薄　愁恨夢難成何處貪歡樂
看看又春來還是長蕭索

◉孫孟文詞研究法

孫孟文名光憲貴平人自號葆光子唐時爲陵州判官天成初避地江陵高季興據荊南署爲從事後勸高繼冲歸宋授黃州刺史孟文詞情致極勝而微傷於碎斷句如楊柳祇知傷怨別杏花應信損嬌羞輕打銀箏墜燕泥斷絲高罥畫樓西又春病與春愁何事年年有皆不愧清新若醉後愛稱嬌姐姐夜來留得好哥哥等語是開柳七俳體俚俗無味謁金門一起最遒峭有神河瀆神結句兩槳不知消息遠汀時起鸂鶒尤悠然令人不能爲懷孟文詞單詞隻義頗多可采惟完璧者甚少亦一病也

謁金門

留不得留得也應無益白紵春衫如雪色揚州初去日　輕離別甘拋擲江上滿帆風疾却羨綵鴛三十六孤鸞還一隻

●李德潤詞研究法

李德潤名珣梓州人蜀秀才有瓊瑤集其詞如漁歌子楚山青湘水綠及定風波志在煙霞慕隱淪諸什皆襟懷恬淡筆致亦舒捲自然不假追琢是爲花間別體若其纏綿淒婉之作亦復出入於韋書記牛給事之間

定風波

又見辭巢燕子歸阮郎何書絕音徽簾外西風黃葉落池閣隱沙蛩叫雨霏霏愁坐算程千萬里頻跂等閑經歲兩相違聽鵲憑龜無定處不語淚痕流在畫羅衣

鴈過秋空夜未央隔窗煙月鎖蓮塘往事豈堪容易想惆悵故人迢遞在瀟湘

縱有回文重疊意誰寄解鬟臨鏡泣殘妝沈水香消金鴨冷愁永候蟲聲接杵聲長

●歐陽炯詞研究法

歐陽烱益州人仕後蜀爲中書舍人後從昶歸宋授左散騎常侍烱詞能於粗中見細拙中見巧亦足自樹一幟惟託興都在眼前殊少遠神耳

浣溪沙

落絮殘鶯半日天玉柔風醉只思眠惹閙映竹滿爐煙　獨掩畫屏愁不語斜欹瑤枕髻鬟偏此時心在阿誰邊

相見休言有淚珠酒闌重得敘歡娛鳳屏鴛枕宿金鋪　蘭麝細香聞喘息綺羅纖縷見肌膚此時還恨薄情無

●張子澄詞研究法

張子澄名泌一字珌江南人官南唐內史舍人後歸宋仍入史館遷郎中寓家毗

陵子澄詞蔥蒨韶秀如嬌鳥囀春好花垂露其江城子碧闌干外小中庭二闋爲世傳誦然佳構儘多。

浣溪沙

鈿轂香車過柳堤樺煙分處馬頻嘶爲他沈醉不成泥　花滿驛亭香露細杜鵑聲斷玉蟾低含情無語倚樓西

馬上凝情憶舊游照花淹竹小溪流鈿箏羅幕玉搔頭　早是出門長帶月可堪分袂又經秋晚風斜日不勝愁

生查子

相見稀喜相見相見還相遠檀畫荔支紅金蔓蜻蜓輭　魚雁疎芳信斷花落庭陰晚可惜玉肌膚消瘦成慵懶

胡蝶兒

胡蝶兒晚春時阿嬌初著淡黃衣倚窗學畫伊　還似衣間見雙雙對對飛無端

和淚拭燕支惹教雙翅垂

◉馮正中詞研究法

馮正中名延巳。一名延嗣。其先彭城人。唐末徙家新安。事南唐爲左僕射同平章事。有陽春集樂府一卷。正中詞鼓吹南唐。上翼二主。下啓歐晏。實唐宋間詞流遞變之一大關鍵。固不僅以思深韻逸見長也。正中爲人專蔽固嫉。而其詞忠愛纏綿。此其君之所以深信而不疑也。正中又嘗作謁金門詞。風乍起。吹皺一池春水云云。元宗戲云。吹皺一池春水。干卿底事。對曰。未若陛下細雨夢回雞塞遠。小樓吹徹玉笙寒。不可使聞於隣國也。

蝶戀花

六曲闌干偎碧樹楊柳風輕展盡黃金縷誰把鈿箏移玉柱穿簾燕子雙飛去

滿眼遊絲兼落絮紅杏開時一霎清明雨濃睡覺來鶯亂語驚殘好夢無尋處

莫道閒情拋棄久每到春來惆悵還依舊日日花前長病酒不辭鏡裏朱顏瘦

河畔青蕪堤上柳。爲問新愁。何事年年有。獨立小橋風滿袖。平林新月人歸後。幾日行雲何處去。忘却歸來。不道春將暮。百草千花寒食路。香車繫在誰家樹。淚眼倚樓頻獨語。雙燕來時。陌上相逢否。掩亂春愁如柳絮。依依夢裏無尋處。

●和成績詞研究法

和成績名凝。鄆州人。舉進士。後唐翰林知制誥。後晉天福中拜中書侍郎。入後漢。封魯國公。有紅葉稿。成績詞描畫閨幨。窮極豔冶。氣體雖不逮溫韋。而脂光粉澤。蕩氣移情。正開後世匳豔一派。又斷句幾度試香纖手暖。一回嘗酒絳脣光。佯弄紅絲蠅拂子。打檀郎。又鳌頓金鈿呼小玉。安排紅燭待潘郎。皆情事如見。成績少年好爲曲子。契丹入彝門。號爲曲子相公。

采桑子

蝤蠐領上訶梨子。綉帶雙垂。椒戶閑時。競學樗蒲賭荔支。　叢頭鞋子紅編細。裙窣金絲。無事嚬眉。春思翻教阿母疑。

◉顧敻詞研究法

顧敻仕蜀。官太尉。其詞較和凝尤尖豔。荷葉杯。鬟亂四肢柔。泥人無語不抬頭。甘州子。山枕上。私語口脂香。殊嫌輕薄。至如訴衷情。換我心。為你心。始知相憶深。是透一層寫法。不傷於俗。敻詞佳處。有非成績所及者。如醉公子。衰柳數聲蟬。銷魂似去年。又浣溪沙云云。於不經意中見高渾之致。不能以奩體限之。

浣溪紗

紅藕香寒翠渚平。月籠虛閣夜蛩清。塞鴻驚夢兩牽情。　寶帳玉爐殘麝冷。羅衣金縷暗塵生。小窗孤燭淚縱橫。

荷芰風輕簾幕香。繡衣鸂鶒泳回塘。小屏閑掩舊瀟湘。　恨入空幃鸞影獨。淚凝雙臉渚蓮光。薄情年少悔思量。

二晏詞研究法（以下宋）

晏殊字同叔。臨川人。宋景德初以神童薦。官至集賢殿學士。兼樞密使。卒謚元獻公。著有珠玉詞一卷。幼子幾道。字叔源。嘗監潁昌許田鎭。著小山詞二卷。同叔生當北宋初葉。去五代未遠。故其詞多小令。和婉明麗。所詣與南唐馮氏爲近。惟設色選詞。一洗花間浮豔。蓄情於物。疏淡中自見脉絡。故小山謂其父生平不作婦人語也。小山詞亦熨貼悅人。較其父稍密稍潤。然亦未離門戶。黃魯直謂叔原樂府。常以詩人句法入之。精壯頓挫。能搖動人心。合者高唐洛神之流。下者不減團扇桃葉。皆至言也。竊嘗謂詞之有北宋。猶詩之有晉。晏氏父子。猶陶謝也。體格意趣。皆近。同叔詞錄二闋。

玉樓春

綠楊芳草長亭路。年少抛人容易去。樓頭殘夢五更鐘。花底離情三月雨。　無情不似多情苦。一寸還成千萬縷。天涯地角有窮時。只有相思無盡處。

踏莎行

小徑紅稀。芳郊綠遍。高台樹色陰陰見。春風不解禁楊花。濛濛亂撲行人面。翠葉藏鶯。朱簾隔燕。爐香靜逐遊絲轉。一場愁夢酒醒時。斜陽却照深深院。

叔原詞錄三闋。

鷓鴣天

彩袖殷勤捧玉鍾。當筵拚却醉顏紅。舞低楊柳樓心月。歌盡桃花扇底風。從別後。憶相逢。幾回魂夢與君同。今宵剩把銀釭照。猶恐相逢是夢中。

生查子

金鞍美少年。去躍青驄馬。牽繫玉樓人。繡被春寒夜。消息未歸來。寒食梨花謝。無處說相思。背面秋千下。

阮郎歸

粉痕閑印玉尖纖。啼紅傍晚奩。舊寒新暖尚相兼。梅疏待雪添。春冉冉。恨厭厭。章台對捲簾。箇人鞭影弄涼蟾。樓前側帽簷。

◉歐陽永叔詞研究法

歐陽永叔名修。廬陵人。初號醉翁。晚更號六一居士。熙甯四年以觀文殿大學士太子少師致仕。卒諡文忠。著有六一詞。其詞未脫南唐風會。大率皆中小令和平寬厚。如不經意而自見沈著。集中蝶戀花諸闋。又雜見於樂章珠玉等集。孰眞孰譌。迄今莫可攷正。

蝶戀花（此闋亦見樂章集惟李易安稱是六一詞當非謬）

庭院深深深幾許。楊柳堆煙。簾幙無重數。玉勒雕鞍游冶處。樓高不見章台路。雨橫風狂三月暮。門掩黃昏。無計留春住。淚眼問花花不語。亂紅飛過秋千去。

臨江仙

柳外輕雷池上雨。雨聲滴碎荷聲。小樓西角斷虹明。闌干倚處。待得月華生。燕子飛來窺畫棟。玉鉤垂下簾旌。涼波不動簟紋平。水精雙枕。傍有墮釵橫。

訴衷情

清晨簾幕捲輕霜呵手試梅妝都緣自有離恨故畫作遠山長　思往事惜流芳易成傷擬歌先歛欲笑還顰最斷人腸

採桑子

羣芳過後西湖好狼藉殘紅風絮濛濛垂柳闌干盡日風　笙歌散盡游人去始覺春空垂下簾櫳雙燕歸來細雨中

◉柳耆卿詞研究法

柳耆卿名永初名三變樂安人景祐元年進士歷官屯田員外郎有樂章集九卷音調諧婉尤工於羈旅悲怨之辭閨帷㛮媟之語東坡拈出霜風淒緊關河冷落殘照當樓謂唐人佳處不過如此周止庵曰耆卿爲世訾謷久矣然其鋪敘委宛言近意遠森秀幽淡之趣在骨又曰耆卿樂府固惡濫可笑者多使能珍重下筆則北宋高手也按宋仁宗留意儒雅務本理道深斥浮豔虛薄之文耆卿初爲進士好作淫冶謳歌傳播四方嘗有鶴冲天詞云忍把浮名換了淺斟低唱及臨軒

放榜特落之曰且去淺斟低唱何用浮名耆卿失意無俚益復流連坊曲盡收俚言俗語多製慢詞以便伎人傳習一時動聽故謂詞之由小令中調以遞至慢詞耆卿其關鑰也

雨鈴零（秋別）

寒蟬淒切對長亭晚驟雨初歇都門帳飲無緒方留戀處蘭舟催發執手相看淚眼竟無語凝噎念去去千里煙波暮靄沈沈楚天闊　多情自古傷離別更那堪冷落清秋節今宵酒醒無處楊柳岸曉風殘月此去經年應是良辰好景虛設便縱有千種風流待與何人說

傾杯樂

木落霜洲雁橫煙渚分明畫出秋色暮雨乍歇小檝夜泊宿葦村山驛何人月下臨風處起一聲羌笛離緒萬端聞岸草切切蛩吟如織　爲憶芳容別後山遙水遠何計憑鱗翼想繡閣深沈爭知顦顇損天涯行客楚峽雲歸高唐人散寂寞狂

縱跡望京國空目斷遠峯凝碧

甘草子

秋暮亂灑衰荷顆顆眞珠雨雨過月華生冷澈鴛鴦浦 池上憑欄愁無侶奈此箇單棲情緒都傍金籠教鸚武念粉郎言語

木蘭花慢（淸明）

折相花爛熳乍疏雨洗淸明正豔杏燒林緗桃繡野芳景如屛傾城盡尋勝賞驟雕鞍紺幰出郊坰風暖繁絃脆管萬家競奏新聲 盈盈門草踏靑人豔冶遞逢迎向路旁往往遺簪墮珥珠翠縱橫歡情對佳麗地任金罍罄竭玉山傾拚却明朝永日畫堂一枕春酲

(十)蘇子瞻詞硏究法

蘇子瞻名軾號東坡居士眉山人嘉佑二年試禮部第一復對制策入三等歷官端明殿學士禮部尙書紹聖初安置惠州徙昌化元符初北還高宗卽位再贈太

師謚文忠東坡詞微疏於律其大江東去有銅將軍鐵綽板之譏若柳七曉風殘月謂可令十七八女郎按紅牙檀板歌之此袁綯語也後人遂奉爲美談然坡詞自有橫塑氣概固是英雄本色與柳之以纖豔見長者不同晁無咎云坡詞橫放傑出自是曲子中縛不住者周介存論詞云人賞東坡麤豪吾賞東坡韶秀韶秀是東坡佳處麤豪則病也又云東坡每事俱不十分用力古文書畫皆爾詞亦爾

念奴嬌（赤壁懷古）

大江東去浪淘盡千古風流人物故壘西邊人道是三國周郎赤壁亂石穿空驚濤拍岸捲起千堆雪江山如畫一時多少豪傑　遙想公瑾當年小喬初嫁了雄姿英發羽扇綸巾談笑處狂虜灰飛煙滅故國神遊多情應笑我早生華髮人生如夢一樽還酹江月

卜算子（黃山谷云坡在黃州時作此語意高妙似非喫煙火人語非胸中有數萬卷書筆下無一點塵俗氣孰能至此）

缺月掛疏桐漏斷人初靜時見幽人獨往來縹緲孤鴻影　驚起却回頭有恨無人省揀盡寒枝不肯棲楓落吳江冷

蝶戀花　（坡作此詞常令朝雲歌之雲唱至柳綿句輒爲掩抑惆悵不勝坡問之曰妾所不能竟者天涯何處無芳草也）

花褪殘紅青杏小燕子飛時綠水人家繞枝上柳綿吹又少天涯何處無芳草牆裏秋千牆外道牆外行人牆裏佳人笑笑漸不聞聲漸杳多情却被無情惱

江神子（別意）

相逢不覺又初寒對尊前惜流年風緊離亭冰結淚珠圓雪意留君君且住從此去少清歡　轉頭山下轉頭看路漫漫玉花翻雲海光寬何處是超然知道故人相念否攜翠袖倚朱闌

浣溪沙

蔌蔌衣巾落棗花村南村北響繰車牛衣古柳賣黃瓜　酒困路長惟欲睡日高

人渴漫思茶敲門試問野人家

坡公季子名過字叔黨作點絳脣詞云新月娟娟夜寒江靜山銜斗起來搔首梅影橫窗瘦　好箇霜天閑却傳杯手君知否亂鴉啼後歸興濃於酒此詞作時方禁坡文故隱其名以傳於世今或以爲汪彥章所作非也

●秦少遊詞研究法

秦少游名觀一字太虛號淮海居士高郵人登第後蘇軾薦於朝除太學博士遷正字兼國史院編修官坐黨籍徙徽宗立放還至藤州卒有淮海集秦七與黃九齊名而黃實不及秦此世之公論也蔡伯世曰子瞻辭勝於情耆卿情勝於辭辭情相稱者惟少遊而已葉少蘊曰少遊樂府語工而入律知樂者謂之作家董晉卿曰少遊正以平易近人故用力者終不能到又曰少游詞如花含苞故不甚見其力量其實後來作手無不胚胎於此

滿庭芳（少遊自會稽入京見東坡坡云久別當作文甚勝都下盛唱公山

抹微雲之詞。秦遜謝。坡遽云。不意別後公却學柳七。秦答曰某雖無識亦不至是。先生之言無乃過乎。坡云銷魂當此際非柳詞句法乎。秦慚服。又坡嘗戲屬聯云。山抹微雲秦學士。露花倒影柳屯田。蓋以氣格爲病也。然秦詞自佳。與坡派別不同故爾）

山抹微雲天連衰草畫角聲斷譙門暫停征棹聊共飲離樽多少蓬萊舊事空回首煙靄紛紛斜陽外寒鴉數點流水繞孤村　銷魂當此際香囊暗解羅帶輕分漫贏得秦樓薄倖名存此去何時見也襟袖上空染啼痕傷情處高城望斷燈火已黃昏

水龍吟（此詞寄營妓婁婉。婉字東玉。詞中藏其姓名及字焉）

小樓連苑橫空下窺繡轂雕鞍驟疏簾半捲單衣初試清明時候破暖輕風弄晴微雨欲無還有賣花聲過盡垂楊院宇紅成陣飛鴛甃　玉佩丁東別後悵佳期參差難又名韁利鎖天還知道和天也瘦花下重門柳邊深巷不堪回首念多情

但有當時皓月照人依舊

滿庭芳（春遊）

曉色雲開春隨人意驟雨才過還晴古臺芳榭飛燕蹴紅英舞困榆錢自落秋千外綠水橋平東風裏朱門映柳低按小秦箏　多情行樂處珠鈿翠蓋玉轡紅纓漸酒空金盞花困蓬瀛豆蔻梢頭舊恨十年夢屈指堪驚凭欄久疎煙淡日寂寞下蕪城

踏莎行（東坡絕愛此詞尾兩句自書於扇云少游已矣雖萬人何贖又山谷惜此詞斜陽暮謂意重欲易之實亦未足病也）

霧失樓台月迷津度桃源望斷無尋處可堪孤館閉春寒杜鵑聲裏斜陽暮　驛寄梅花魚傳尺素砌成此恨無重數郴江幸自遶郴山爲誰流下瀟湘去

阮郎歸（旅況）

湘天風雨破寒初沉深庭院虛麗譙吹徹小單于迢迢清夜徂　鄉夢斷旅魂孤

崢嶸歲又除衡陽猶有雁傳書郴陽和雁無

南歌子（贈陶心兒末句卽隱心字）

玉漏迢迢盡銀潢淡淡橫夢囘宿酒未全醒已被鄰鷄催起未分明　臂上粧猶在襟間淚尙盈水邊燈火漸人行天外一鉤殘月帶三星

●賀方囘詞研究法

賀方囘名鑄衞州人孝惠后族孫嘗爲武弁元祐中通判泗州又倅太平州退居吳下築室於橫塘自號慶湖遺老自裒自歌詞爲東山寓聲樂府三卷張文潛曰方囘樂府妙絕一世盛麗如遊金張之堂妖冶如攬嬙施之袂幽索如屈宋悲壯如蘇李按方囘樂府毛刻六十家詞未刊僅見各家選本麗而不淫與少遊同是詞家當行語而梅子黃時一闋尤膾炙人口云

青玉案（人以此詞末句至稱方囘爲賀梅子方囘少髮郭功甫指其髻曰此眞賀梅子矣又山谷句云解道江南腸斷句世間只有賀方囘）

淩波不過橫塘路但目送芳塵去錦瑟年華誰與度月台花榭瑣窗朱戶惟有春知處　碧雲冉冉蘅皋暮綵筆新題斷腸句試問閑愁都幾許一川煙草滿城風絮梅子黃時雨

望湘人

厭鶯聲到枕花氣動簾醉魂愁夢相半被惜餘薰帶驚賸眼幾許傷春春晚泪竹痕鮮佩蘭香老湘天濃暖記小江風月佳時屢約非煙遊伴　須信鸞絃易斷奈雲和再鼓曲終人遠認羅襪無蹤舊處弄波清淺青翰棹艤白蘋洲畔儘目臨皋飛觀不解寄一字相思幸有歸來雙燕

浣溪沙

樓角紅銷一縷霞淡黃楊柳帶棲鴉玉人和月折梅花　笑撚粉香歸綉戶半垂羅幙護窗紗東風寒似夜來些

閑把琵琶舊譜尋四絃聲怨卻沈吟燕飛人靜晝堂陰　欹枕有時成雨夢隔簾

無處說春心一從燈夜到如今
鸜鵒無言理翠襟杏花零落晝陰陰畫橋流水一篙深　芳徑與誰同鬥草繡床
終日罷拈針小牋香管寫春心

●陳子高詞研究法

陳子高名克天台人呂安老帥建康辟爲參議有赤城詞一卷周介存曰子高不甚有重名然格韻絕高昔人謂晏周之流亞晏氏父子俱非其敵以方美成則又擬不於倫其溫韋高弟乎比溫則薄比韋則悍故當出入二氏之門按子高詞全稿不易得花庵選十餘闋皆小令然飛揚廉悍信是異才蓋北宋諸家之能拾唐韻者僅見此公不能以其少而廢之也

菩薩蠻

赤闌橋盡香街直籠街細柳嬌無力金碧上晴空花晴簾影紅　黃衫飛白馬日
日青樓下醉眼不逢人午香吹暗塵

謁金門

愁脉脉。目斷江南江北。煙樹重重芳信隔。小樓山幾尺。　細草孤雲斜日。一向弄晴天色。簾外落花飛不得。東風無氣力。

花滿院。飛去飛來雙燕。紅雨入簾寒不捲。曉屏山六扇。　翠袖玉笙悽斷。脉脉兩蛾愁淺。消息不知郎近遠。一春長夢見。

臨江仙

四海十年兵不解。胡塵直到江城。歲華銷盡客心驚。疏髯渾似雪。衰涕欲生冰。送老齏鹽何處是。我緣應在吳興。故人相望若爲情。別愁深夜雨。孤影小窗燈。

豆葉黃

樹頭初日鵓鴣鳴。野店山橋新雨晴。短褐無泥竹杖輕。水冷冷。梅片飛時春草青。

●周美成詞研究法

周美成名邦彥。錢塘人。元豐初進汴都賦。除太學正。歷官祕書監。進徽猷閣待制。

提舉大晟府。出知順昌府。徙知處州。秩滿。提舉南京鴻慶宮。有片玉集。清眞集。二卷。後集一卷。美成詞。其意淡遠。其氣深厚。其音節又復清妍和雅。最爲詞家之正宗。陳子龍曰。以沈摯之思而出之必淺近。使讀之者驟遇之如在耳目之前。久誦之而得雋永之趣。則用意難也。以儇利之詞而製之必工鍊。使篇無累句。句無累字。圓潤明密。言如貫珠。則鑄詞難也。其爲體也纖弱。明珠翠羽。猶嫌其重。何況龍鸞。必有鮮妍之姿。不藉粉澤。則設色難也。其爲境也婉媚。雖以驚露取妍。實貴含蓄。不盡時在低回唱嘆之餘。則命篇難也。周介存曰。美成思力。獨絕千古。如顏平原書。雖未臻兩晉。而唐初之法。至此大備。後之作者。莫能出其範圍矣。又曰。讀得清眞詞多。覺他人所作。都不十分經意。又曰。鈎勒之妙。無如清眞。他人一鈎勒便薄。清眞愈鈎勒愈渾厚。毛稚黃曰。言欲層深。語欲渾成。諸家論詞之詣。直造精微而求之兩宋。惟清眞足以備之。清眞妙處。尤在渾之一字。詞至於渾。無可復進矣

蘭陵王（美成得罪道君。遷謫出都。越日道君幸李師師家。不遇。至更初。師

師歸愁眉淚眼憔悴可掬道君問故師師奏言邦彥得罪去國略致一杯相別不知得官家來道君問曾有詞否李云有蘭陵王詞道君云唱一遍看李因奉酒歌此詞信是則此詞乃美成別師師作也後人以爲咏柳非是）

柳陰直煙裏絲絲弄碧隋堤上曾見幾番拂水飄綿送行色登臨望故國誰識京華倦客長亭路年去歲來應折柔條過千尺　閑尋舊蹤跡又酒趁哀絃燈照離席梨花榆火催寒食愁一箭風快半篙波暖回頭迢遞便數驛望人在天北　悽惻恨堆積漸別浦縈回津堠岑寂斜陽冉冉春無極記月榭攜手露橋聞笛沈思前事似夢裏淚暗滴

花犯（花庵云此只咏梅花而紆徐反覆道盡三年間事昔人有謂好詩圓美流轉如彈丸余於此詞亦云）

粉牆低梅花照眼依然舊風味露痕輕綴疑淨洗鉛華無限清麗去年勝賞成孤倚冰盤同晏喜更可惜雪中高樹香篝熏素被　今年對花太怱怱相逢似有恨

依依愁悴吟望久青苔上旋看飛墜相將見脆圓薦酒人正在空江煙浪裏但想一枝瀟洒黃昏斜照水

憶舊遊

記愁橫淺黛淚洗紅鉛門掩秋宵墜葉驚離思聽寒螿夜泣亂雨瀟瀟鳳釵半脫雲鬢燈影燭花搖漸暗竹敲涼疏螢照曉兩地魂消　迢迢問音信道逕底花陰時認鳴鑣也擬臨朱戶歎因郎顦顇羞見郎招舊巢更有新燕楊柳拂河橋但滿眼京塵東風盡日吹露桃

瑣窗寒

暗柳啼鴉單衣竚立小簾朱戶相陰半畝靜鎖一庭愁雨灑空階更闌未休故人剪燭西窗語似楚江暝宿風燈零亂少年羈旅　遲暮嬉遊處正店舍無煙禁城百五旂亭喚酒付與高陽儔侶想東園桃李自春小脣秀靨今在否到歸時定有殘英待客攜樽俎

滿庭芳

風老鶯雛雨肥梅子午陰嘉樹清圓地卑山近衣潤費爐煙人靜烏鳶自樂小橋外新綠濺濺凭欄久黃蘆苦竹疑泛九江船　年年如社燕漂流瀚海來寄修椽且莫思身外長近樽前憔悴江南倦客不堪聽急管危絃歌筵畔先安枕簟容我醉時眠

意難忘

衣染鶯黃愛停歌駐拍勸酒持觴低鬟蟬影動私語口脂香荷露滴竹風涼拚劇飲淋浪夜漸深籠燈就月細與端相　知音見說無雙解移宮換羽未怕周郎長顰知有恨貪耍不成妝些箇事惱人腸待說與何妨又恐伊尋消問息瘦減容光

解連環

怨懷誰託嗟情人斷絕信音遼邈縱妙手能解連環似風散雨收霧輕雲薄燕子樓空暗塵鎖一床絃索想移根換葉盡是舊時手種紅藥　汀洲漸生杜若料舟

依岸曲人在天角慢記得當日音書把閑語閑言待總燒却水驛春迴望寄我江南梅蕚拚今生對花對酒爲伊淚落

蝶戀花

月皎驚烏棲不定更漏將闌轆轤牽金井喚起兩眸清炯炯淚花落枕紅綿冷執手霜風吹鬢影去意徊徨別語愁難聽樓上闌干橫斗柄露寒人遠雞相應

●李易安詞研究法

女士李易安名清照格非之女濟南人嫁趙明誠明誠卒再適張汝舟著有漱玉集一卷清波雜誌云易安以重陽醉花陰詞函致明誠明誠嘆賞自愧勿如務欲勝之一切謝客忘食寢者三日夜得五十闋雜易安作以示友人陸德夫德夫玩之再三曰只三句絕佳明誠詰之答曰莫道不消魂簾捲西風人比黃花瘦正易安作也張正夫曰易安元宵永遇樂云落日鎔金暮雲合璧已自工緻至於染柳輕吹梅笛怨春意知幾許氣象更好後疊云于今憔悴風鬟霜鬢怕向花間重去

皆以尋常語度入音律鍊句精巧則易平淡入調者難且夫秋詞聲聲慢此乃公孫大娘舞劍手本朝非無能詞之士未曾有一下至十四疊字者後疊又云到黃昏點點滴滴又使疊字俱無斧鑿痕怎生得黑黑字不許第二人押婦人有此奇筆殆間氣也按男中後主女中易安並稱詞家二李易安詞濃淡各極其妙究苦無骨不脫爲女郎語也聲聲慢諸家皆賞其七疊其實初見固新效之則可厭此調已見上集茲另錄數闋

如夢令

昨夜雨疏風驟濃睡不消殘酒試問捲簾人却道海棠依舊知否知否應是綠肥紅瘦

浣溪沙

髻子傷春懶更梳晚風庭院落梅初淡雲來往月疏疏　玉鴨薰爐閑瑞腦朱櫻斗帳掩流蘇通犀還解辟寒無

醉花陰（重陽）

薄霧濃雲愁永晝瑞腦銷金獸佳節又重陽玉枕紗廚昨夜涼初透 東籬把酒黃昏後有暗香盈袖莫道不銷魂簾捲西風人比黃花瘦

◉史梅溪詞研究法

史梅溪名達祖字邦卿著有梅溪詞二卷張功甫序云織綃泉底去塵眼中妥貼輕圓特其餘事又曰有瓌奇警邁清新閑婉之長而無訑蕩汙淫之失端可以分鑣清眞平睨方回姜白石曰邦卿詞奇秀清逸融情景於一家會句意於兩得戈順卿曰周清眞善運化唐人詩句最爲詞中神妙之境而梅溪亦擅其長筆意更爲相近予嘗謂梅溪乃清眞之附庸若仿張爲作詞家主客圖周爲主史爲客未始非定論也按梅溪以雙雙燕一首最著名已見前卷茲不再錄

臨江仙

愁與西風應有約年年同赴清秋舊遊簾幕記揚州一燈人着夢雙雁月當樓

羅帶鴛鴦塵暗澹，更須整頓風流。天涯萬一見溫柔。瘦應緣此瘦，羞亦爲郎羞。

東風第一枝（春雪）

巧沁蘭心，偷黏草甲，東風欲障新暖。慢疑碧瓦難留，信知暮寒較淺。行天入鏡，做弄出、輕鬆纖軟。料故園、不捲重簾，誤了乍來雙燕。　青未了、柳回白眼。紅欲斷、杏開素面。舊遊憶着山陰，後盟遂妨上苑。熏爐重熨，便放慢、春衫鍼線。怕鳳鞾、挑菜歸來，萬一灞橋相見。

壽樓春（尋春服有感）

裁春衫尋芳。記金刀素手，同在晴窗。幾度因風殘絮，照花斜陽。誰念我，今無裳。自少年、消磨疎狂。但聽雨挑燈，攲牀病酒，多夢睡時妝。　飛花去，良宵長。有絲闌舊曲，金譜新腔。最恨湘雲人散，楚蘭魂傷。身是客，愁爲鄉。算玉簫、猶逢韋郎。近寒食人家，相思未忘蘋藻香。

蝶戀花

二月東風吹客袂蘇小門前楊柳如腰細胡蝶識人遊冶地舊曾來處花開未幾夜湖山生夢寐萍泊尋芳只怕春寒裏今歲清明逢上已相思先到濺裙水

燕歸梁

獨臥秋窗桂未香怕雨點飄涼玉人只在夢雲旁也著淚過昏黃 西風今夜梧桐冷斷無夢到鴛鴦秋鉦二十五聲長請各自耐思量

秋霽

江水蒼蒼望倦柳愁荷共感秋色廢閣先涼古簾空暮雁程最嫌風力故園信息愛渠入眼南山碧念上國誰是鱠鱸江漢未歸客 還又歲晚瘦骨臨風夜聞秋聲吹動岑寂露蛩悲清燈冷屋翻書愁上鬢毛白年少俊遊渾斷得但可憐處無奈冉冉魂驚采香南浦剪梅煙驛

◉辛稼軒詞研究法

辛稼軒名棄疾字幼安歷城人耿京聚兵山東留掌書記奉表南歸高宗見授承

務郎累官龍圖閣待制進樞密都承旨德祐初以謝枋得請贈少師謚忠敏有稼軒長短句十二卷彭羨門曰稼軒詞胸有萬卷筆無點塵激昂排宕不可一世鄒程村曰詞至稼軒經子百家行間筆下驅斥如意又曰稼軒雄深雅健自是本色俱從南華沖虛得來然作詞之多亦無如稼軒者中調小令亦間作嫵媚語觀其得意處眞有壓倒古人之意周止庵曰稼軒不平之鳴隨處輒發有英雄語無學問語故往往鋒穎太露然其才情富豔思力果銳南北兩朝實無其匹無怪流傳之廣且久也又曰此以蘇辛並稱蘇之自在處辛偶能到之辛之當行處蘇必不能到二公之詞不可同日語也又曰後人以粗豪學稼軒非徒無其才并無其情稼軒固是才大然情至處後人萬不能及毛晉刻稼軒集跋曰蔡元工於詞靖康中陷虜庭稼軒以詩詞謁見蔡曰子之詩則未也他日當以詞名家故稼軒晚年來卜築奇獅專工長短句累五百首有奇但詞家爭鬬穠纖而稼軒率多撫時感事之作磊砢英多絕不作妮子態宋人以東坡爲詞詩稼軒爲詞論善評也梨莊

曰辛稼軒當弱宋末造負管樂之才不能盡展於用一腔忠憤無處發洩觀其與陳同甫抵掌談論是何等人物故其悲歌慨慷抑鬱無聊之氣一寄之於詞今乃欲與搔頭傅粉者比是豈知稼軒者王阮亭謂石勒云大丈夫磊磊落落終不學曹孟德司馬仲達狐媚稼軒詞當作如是觀余謂有稼軒之心胸始可爲稼軒之詞今粗淺之輩一切鄉語猥談信筆塗抹自負我稼軒也豈不令人齒冷爰園詞話曰唐詩三變愈下宋詞殊不然歐蘇秦黃足當高岑黃李南渡以後矯矯陸健即不得稱中宋晚宋也惟辛稼軒自度粱肉不勝發哲特出奇險爲珍錯供與劉後村輩俱曹洞旁出學者正可欽佩不必反脣併捧心也

摸魚兒

更能消幾番風雨匆匆春又歸去惜春長怕花開早何況落紅無數春且住見說道天涯芳草無歸路怨春不語算只有殷勤畫簷蛛網盡日惹飛絮　長門事準擬佳期又誤蛾眉曾有人妒千金縱買相如賦脈脈此情誰訴君莫舞君不見玉

環飛燕皆塵土閑愁最苦休去倚危闌斜陽正在煙柳斷腸處（斜陽以喻君也）

祝英台近

寶釵分桃葉渡煙柳暗南浦怕上層樓十日九風雨斷腸點點飛紅都無人管倩誰勸啼鶯聲住　鬢邊覷應把花卜歸期才簪又重數羅帳燈昏哽咽夢中語是他春帶愁來春歸何處却不解帶歸愁去

永遇樂

千古江山英雄無覓孫仲謀處榭歌台風流總被雨打風吹去斜陽草樹尋常巷陌人道寄奴曾住想當年金戈鉄馬氣吞萬里如虎　元嘉草草封狼居胥贏得倉皇北顧四十三年望中猶記燈火揚州路可堪囘首佛貍祠下一片神鴉社鼓憑誰問廉頗老矣尚能飯否

賀新涼

甚矣我衰矣悵平生交遊零落只今餘幾白髮空垂三千丈一笑人間萬事問何物能令公喜我見青山多嫵媚料青山見我應如是情與貌略相似一樽搔首東窗裏想淵明停雲詩就此時風味江左沈酣求名者豈識濁醪妙理回首叫紫雲飛起不恨古人吾不見恨古人不見我狂耳知我者二三子（稼軒守南徐每日開宴必命侍姬歌此詞歌竟拊髀自笑顧問坐客如何一日岳珂在座時年甚少率然對曰冏豪視一世惜前後二警語差相似耳稼軒大喜酌酒謂座中曰夫君實中余痼）

青玉案（元夕）

東風夜放花千樹更吹隕星如雨寶馬琱車香滿路鳳簫聲動玉壺光轉一夜魚龍舞　俄見雪柳黃金縷笑語盈盈暗香去衆裏尋他千百度驀然回首那人却在燈火闌珊處

念奴嬌（書東流村壁）

野棠花落又忽忽過了清明時節剗地東風欺客夢一枕雲屏寒怯曲岸持觴垂楊繫馬此地曾經別樓空人去舊遊飛燕能說　聞道綺陌東頭行人曾見簾底纖纖月舊恨春江流不盡新恨雲山千疊料得明朝尊前重見鏡裏花難折也應驚問近來多少華髮

本蘭花慢（滁州送花倅）

老去情味減對別酒怯流年況屈指中秋十分好月不照人圓無情水都不管共西風只管送歸船秋晚蓴鱸江上夜深兒女燈前　征衫便好去朝天玉殿正思賢想夜半承明留教視草却遣籌邊長安故人問我道愁腸殢酒只依然自斷秋宵落雁醉來時響空絃

◉劉龍洲詞研究法

劉龍洲名過字改之西昌人著有龍洲詞一卷龍洲爲辛稼軒之客故小詞每多相涵如棠上謀臣樽俎之類是也宋子虛稱爲天下奇男子平生以氣義撼當世

其詞激烈讀者感焉花菴謂其詞學辛幼安如別妾天仙子詠畫眉小桃紅諸闋稼軒集中能有此纖秀否耶

賀新郎（自跋云去年秋余試牒四明賦贈老娼至今天下與禁中皆歌之江西人來以爲鄧秀南詞非也）

老去相如倦向文君說似而今怎生消遣衣袂京塵曾染處空有香紅尚軟料彼此魂銷腸斷一枕新涼眠客舍聽梧桐疎雨秋風顫燈暈冷記初見　樓低不放珠簾捲晚妝殘翠蛾狼藉淚痕流臉人道愁來須殢酒無奈愁深酒淺但託意蕉琴紈扇莫鼓琵琶江上曲怕荻花楓葉俱悽怨雲萬疊寸心遠

唐多令

蘆葉滿汀洲寒沙遶水流二十年重到南樓柳下繫船猶未穩能幾日又中秋黃鶴斷磯頭故人今在否舊江山總是新愁欲買桂花重載酒終不似少年遊

醉太平

情高意眞眉長鬢青小樓明月調箏想春風數聲　思君憶君魂牽夢縈翠綃香暖雲屏更那堪酒醒

天仙子（初赴省別妾于三十里頭）

別酒醺醺渾易醉回過頭來三十里馬兒不住去如飛牽一憩坐一憩斷送殺人山與水　是則是青山終可喜不道恩情拚道未雪迷村店酒旗斜去則是住則是煩惱自家煩惱你

沁園春（詠美人足）

洛浦凌波爲誰微步輕塵暗生記踏花芳徑亂紅不損步苔幽砌嫩綠無痕襯玉羅慳銷金樣窄載不起盈盈一段春嬉遊倦笑教人款撚微褪些根　有時自度歌聲悄不覺微尖點拍頻憶金蓮移換文鴛得侶繡茵催袞舞鳳輕分懊恨深遮牽情半露出沒風前煙縷裙知何似似一鈎新月淺碧籠雲

●吳夢窗詞研究法

吳夢窗名文英字君特四明人有甲乙丙丁詞稿四卷戈順卿曰夢窗從履齋諸公遊晚年好塡詞以綿麗爲尙運意深遠用筆幽邃鍊字鍊句迥不猶人貌觀之雕繢滿眼而實有靈氣行乎其間細心吟繹覺味滿於回引人入勝既不病其晦澀亦不見其堆垛此與淸眞梅谿白石並爲詞學之正宗一脈眞傳特稍變其面目耳猶之玉谿生之詩藻采組織而神韻流轉旨趣永長未可妄譏其獺祭也周止庵曰夢窗每於空際轉身非具大神力不能又曰夢窗非無生澀處總勝空滑況其佳者天光雲影蕩漾綠波撫玩無斁追尋已遠又曰君特意思甚感慨而寄情閑散使人不易測其中之所有按夢窗刻意學淸眞而深得其妙但有時用事太晦處人不易知故玉田以爲七寶樓台眩人眼目拆碎下來不成片段蓋山中白雲專主淸空與夢窗家數適相反耳

風入松

聽風聽雨過淸明愁草瘞花銘樓前綠暗分携路一絲柳一寸柔情料峭春寒中

酒交加曉夢啼鶯　西園日日掃林亭依舊賞新晴黃蜂頻撲秋千索有當時纖手香凝惆悵雙鴛不到幽階一夜苔生

憶舊遊（別黃淡翁）

送人猶未苦苦送春隨人去天涯片紅飛都盡陰陰潤綠暗裏啼鴂賦情頓雪雙鬢飛夢逐塵沙嘆病渴淒涼分香瘦減兩地看花　西湖斷橋路想繫馬垂楊依舊欹斜葵麥迷煙處問離巢孤燕飛過誰家故人爲寫深怨空壁掃秋蛇但醉上吳台殘陽草色歸思賒

玉漏遲（中秋）

雁邊風訊小飛瓊望杳碧雲先晚露冷闌干定怯藕絲冰腕淨洗浮雲片玉勝花影春燈相亂秦鏡滿素娥未肯分秋一半　每圓處即良宵甚此夕偏饒對歌臨怨萬里嬋娟幾許霧屏雲幔孤兔淒涼照水曉風起銀河西轉摩淚眼瑤台夢迴人遠

齊天樂

煙波桃葉西陵路，十年斷魂潮尾。古柳重攀，輕鷗驟別，陳跡危亭獨倚。涼颸乍起。渺煙磧飛鴻，暮山橫翠。但有江花，共臨秋鏡照憔悴。　華堂燭暗送客，眼波迴盼處，芳豔流水。素骨凝冰，柔葱醮雪，猶憶分瓜深意。清尊未洗。夢不溼行雲，漫沾殘淚。可惜秋宵，亂蛩疏雨裏。

鶯啼序

殘寒正欺病酒，掩沈香繡戶。燕來晚、飛入西城，似說春事遲暮。畫船載、清明過却，晴煙冉冉吳宮樹。念羈情、遊蕩隨風，化爲輕絮。　十載西湖，傍柳繫馬，趁嬌塵軟霧。遡迴漸、招入仙溪，錦兒偸寄幽素。倚銀屏、春寬夢窄，斷紅濕、歌紈金縷。暝堤空，輕把斜陽，總還鷗鷺。　幽蘭旋老，杜若還生，水鄉尚寄旅。別後訪、六橋無信，事往花萎，瘞玉埋香，幾番風雨。長波妒盼，遙山羞黛，漁燈分影春江宿，記當時、短楫桃根渡。青樓彷彿，臨分敗壁題詩，淚墨慘淡塵土。　危亭望極，草色天涯，歎鬢侵半

苧暗點檢離痕歡唾尙染鮫綃彈鳳迷歸破鸞慵舞殷勤待寫書中長恨藍霞遼海沈過雁慢相思彈入哀箏柱傷心千里江南怨曲重招斷魂在否

●姜白石詞研究法

姜白石名夔字堯章鄱陽人流寓吳興自號白石道人黨進樂書免解不第而卒有白石詞五卷范石湖曰白石有裁雲縫月之妙手敲金戛玉之奇聲沈百時曰白石清勁知音亦未免有生硬處張叔夏曰姜白石如野雲孤飛去留無迹又云白石詞不惟清虛且又騷雅讀之使人神觀飛越宋翔鳳曰詞家之有姜白石猶詩家之有杜少陵繼往開來文中關鍵其流落江湖不忘君國皆借託比興於長短句寄之如齊天樂傷二帝北狩也揚州慢惜無意恢復也暗香疏影恨偏安也蓋意愈切則辭愈微屈宋之心誰能見之凡此皆道著白石佳處周止庵詞辨則深致不滿周氏曰北宋詞多就景敘情故珠圓玉潤四照玲瓏至稼軒白石一變而爲卽事敘景使深者反淺曲者反直吾十年來服膺白石而以稼軒爲外道

由今思之可謂瞽人捫籥也稼軒鬱勃故情深白石放曠故情淺稼軒縱橫故才大白石局促故才小惟暗香疏影二詞寄意題外包蘊無窮可與稼軒伯仲餘俱據事直書不過手意近辣耳又曰白石如明七子詩看是高格響調不耐人細思又曰白石以詩法入詞門徑淺狹如孫過庭書但便後人模倣又曰白石好爲小序序卽是詞詞仍是序反覆再觀如同嚼蠟矣詞序序作詞緣起以此意詞中未備也今人論院本尙知曲白相生不許複沓而獨津津於白石詞序一何可笑按姜氏詞高遠峭拔清氣盤旋其才力自有過人處周氏所云未爲定論若小序繁冗自無足論學者欲求下手處當先自俗處求雅滑處求澁可也

憶王孫（番陽彭氏小樓作）

冷紅葉葉下塘秋長與行雲共一舟零落江南不自由兩綢繆料得吟鸞夜夜愁

淡黃柳（序略）

空城曉角吹入垂楊陌馬上單衣寒惻惻看盡鵝黃嫩綠都是江南舊相識　正

岑寂明朝又寒食强携酒小喬宅怕梨花落盡成秋色燕燕飛來問春何在惟有池塘自碧

揚州慢（序略）

淮左名都竹西佳處解鞍少駐初程過春風十里盡薺麥青青自胡馬窺江去後廢池喬木猶厭言兵漸黃昏清角吹寒都在空城　杜郎俊賞算而今重到須驚縱豆蔻詞工青樓夢好難賦深情二十四橋仍在波心蕩冷月無聲念橋邊紅藥年年知爲誰生

暗香（石湖咏梅）

舊時月色有幾番照我梅邊吹笛喚起玉人不管清寒與攀摘何遜而今漸老都忘却春風詞筆但怪得竹外疏花香冷入瑤席　江國正寂寂歎寄與路遙夜雪初積翠樽易泣紅萼無言耿相憶長記曾携手處千樹壓西湖寒碧又片片吹盡也幾時見得

疏影（仝上）

苔枝綴玉有翠禽小小枝上同宿客裏相逢籬角黃昏無言自倚修竹昭君不慣胡沙遠但暗憶江南江北想珮環月下歸來化作此花幽獨　猶記深宮舊事那人正睡裏飛近蛾綠莫似春風不管盈盈早與安排金屋還教一片隨波去又却怨玉龍哀曲等恁時再覓幽香已入小窗橫幅

◉王碧山詞研究法

王碧山名沂孫字聖與又號中仙會稽人著有花外集一卷一名碧山樂府玉田生最推獎之稱其琢語峭拔有白石意度戈順卿曰予嘗謂白石之詞空前絕後匪特無可比肩抑且無從入手而能學之者則惟中仙其詞運意高遠吐韻妍和其氣清故無沾滯之音其筆超故有宕往之趣是眞白石之入室弟子也周止庵曰中仙最多故國之感故著力不多天分高絕所謂意能尊體也又曰中仙最近叔夏一派然玉田自遜其深遠

齊天樂（螢）

碧痕初化池塘草熒熒野光相趁扇薄星流盤明露滴零落秋原飛燐練裳相近況穿柳生涼度荷分暝誤我殘編翠囊空歎夢無準　樓陰時過數點倚闌人未睡曾賦幽恨漢苑飄苔秦宮墜葉千古淒涼不盡何人爲省但隔水餘輝傍林殘影已覺蕭疏更堪秋夜永

高陽台

殘雪庭除輕寒簾影霏霏玉管春葭小帖金泥不知春是誰家相思一夜窗前夢奈箇人水隔天遮但淒然滿樹幽香滿地橫斜　江南自是離愁苦況遊驄古道歸雁平沙怎得銀箋殷勤說與年華如今處處生芳草縱憑高不見天涯更消他幾度東風幾度飛花

埽花遊（綠陰）

捲簾濕翠過幾陣殘紅幾番風雨問春往否但匆匆暗裏換得花去亂碧迷人總

是江南舊樹漫凝竚念昔日采香人更何許　芳徑攜酒處又蔭得青青嫩苔無數故林晚步想參差漸滿野塘山路倦枕閑床正好微曛院宇送淒楚怕涼聲又催秋莫

●周草窗詞研究法

周草窗名密字公謹濟南人僑居吳興自號弁陽嘯翁又號蕭齋有草窗詞一名蘋洲漁笛譜其詞盡洗靡曼獨標清麗有韶倩之色有緜邈之思與夢窗旨趣相侔二窗並稱允矣無忝周止庵曰公謹敲金戛玉嚼雪盥花新妙無與爲匹又曰公謹只是詞人頗有名心未能自克故雖才情詣力色色絕人終不能超然遐舉按草窗博聞多識著述宏富癸辛雜識齊東野語之外又有浩然齋雅談下卷詞話持論精確所輯絕妙好詞採掇南宋菁英十九皆黍離麥秀之音云

浣溪紗

幾點紅香入玉壺幾枝紅影上金鋪晝長人困門樗蒱　花逕日遲蜂課蜜杏梁

風軟燕調雛茶蘼開了有春無

清平樂

晚鶯嬌咽庭戶溶溶月一樹緗桃飛茜雪紅豆相思漸結　看看芳草平沙游韉猶未歸家自是蕭郎飄泊錯教人恨楊花

醉落魄（送洪仲魯之江西）

寒侵還葉雁飛擊碎珊瑚屑硯涼閑試霜晴帖領鞠騷蘭秋事正奇絕　故人又作江西別畫樓虛度中秋節碧闌倚遍愁難說愁是新愁月是舊時月

南樓令（秋夜次陳君衡韻）

桂影滿空庭秋宵正五更一聲聲都是銷凝新雁舊蛩相應和禁不過冷清清酒與夢俱醒病因愁做成展紅綃猶有餘馨暗想芙蓉城下路花可可霧冥冥

鷓鴣天（清明）

燕子時時度翠簾柳寒猶未透香棉落花門巷家家雨新火樓台處處煙　情默

默恨憮憮東風吹動畫秋千刺桐開盡鶯聲老無奈春風祇醉眠

珍珠簾（琉璨簾）

寶階斜轉春宵醫雲屏敞霧卷東風新霽光動萬星寒曳冷雲垂地暗憶連昌遊冶事照眩轉熒煌珠翠難比是鮫人織就冰綃清淚　猶記夢入瑤台正玲瓏透月瓊扉十二金縷逗濃香接翠蓬雲氣縞夜梨花生暖白浸瀲灩一池春水沈醉恍歸時人在明河影裏

◉張玉田詞研究法

張玉田名炎字叔夏循王俊之後西秦人僑居臨安自號樂笑翁著樂府指迷又有玉田詞三卷山中白雲詞八卷戈順卿曰玉田詞鄭所南稱其飄飄徵情節節弄拍仇山村稱其意度超元律呂協洽是眞詞家之正宗塡詞者必由此入手方爲雅音玉田自云詞欲雅而正雅正二字示後人之津梁卽寫自家之面目知此二字者始可與論詞始可與論玉田之詞蓋世之詞家動曰能學玉田此易視乎

玉田而云然者不知玉田易學而實難學玉田以空靈爲主但學其空靈而筆不轉深則其意淺非入於滑卽入於麤矣玉田以婉麗爲宗但學其婉麗而句不鍊精則其音卑非近於弱卽近於靡矣故善學之則得門而入升其堂造其室卽可與淸眞白石夢窗諸公互相鼓吹否則浮光掠影貌合神離仍是門外漢而已抑更有進焉者善學古人當取古人之是者學之玉田誠不可不學而有不可學之一端則其用平上去三聲之韻也詞之合律與否全在乎韻玉田則眞文庚青侵雜用眞文爲抵齶韻庚青爲穿鼻韻侵爲閉口韻亦有寒删間雜覃鹽寒删亦抵齶覃鹽亦閉口皆斷不能通者南宋詞人多不經意之作取其便易玉田亦未能免俗此其不可學者也至入聲韻則屋沃不混覺藥質陌不混月屑極見謹嚴今人用韻自喜泛濫每以玉田爲藉口而入聲韻則又不肯從之豈非不學古人之是而反學古人之非乎況玉田三百首中不合韻者僅三十七首此亦偶然之誤耳奈何借古人之小疵以爲藏身之固文過之端我甚爲玉田寃已周止庵曰玉

田近人所最尊奉才情詣力亦不後諸人終覺積穀作米把纜放船無開闊手段然其清絕處自不易到又曰玉田詞佳在匹敵聖與往往有似是而非處不可不知又曰叔夏所以不及前人處只在字句上着工夫不肯換意若其用意佳者卽字字珠輝玉映不可指摘近人喜學玉田亦爲修飾字句易換意難耳

解連環（孤雁）

楚江空晚悵離羣萬里恍然驚散自顧影欲下寒塘正沙淨草枯水天平遠寫不成書只寄得相思一點歎因循誤了殘氈擁雪故人心眼　誰憐旅愁荏苒謾長門夜悄錦箏彈怨想伴侶猶宿蘆花也曾念春前去程應轉暮雨相呼怕驀地玉關重見未羞他雙燕歸來畫簾半卷

高陽台（西湖春感）

接葉巢鶯平波卷絮斷橋斜日歸船能幾番遊看花又是明年東風且伴薔薇住到薔薇春已堪憐更淒然萬綠西冷一抹荒煙　當年燕子知何處但苔深韋曲

草暗斜川見說新愁如今也到鷗邊無心再續笙歌夢掩重門淺醉閑眠莫開簾
怕見飛花怕聽啼鵑

甘州

記玉關踏雪事清遊寒氣敝貂裘傍枯林古道長河飲馬此意悠悠短夢依然江表老淚灑西州一字無題處落葉都愁　載取白雲歸去問誰留楚佩弄影中洲折蘆花贈遠零落一身秋向尋常野橋流水待招來不是舊沙鷗空懷感有斜陽處最怕登樓

木蘭花慢（歸隱湖山書寄陸處梅）

二分春是雨采香逕綠陰鋪正私語晴蛙于飛晚燕閒掩紋疏流光慣欺病酒問楊花過了有花無啼鴂初聞院宇釣船猶繫菰蒲　林逋樹老山孤渾忘卻、隱西湖歎扇底歌殘蕉閑夢醒難寄中吳秋痕尚懸鬢影見蓴絲依舊也思鱸黏壁蝸涎幾許清風只在樵漁

◉元遺山詞研究法

元遺山名好問。字裕之。秀容人。金興定五年進士。歷官左司都事。轉行尙書省左司員外郎。金亡不仕。有遺山樂府二卷。張叔夏曰。遺山詞深於用事。精於鍊句。風流蘊藉處。不減周秦。觀其樂府自序云。人莫不飲食。鮮能知味者。譬之羸牸老羝。千煑百煉。椒桂之香。逆於人鼻。然一吮之後。敗絮滿口。或厭而吐之矣。必若金頭大鵝。鹽養之再宿。使一老奚知火候者。烹之。膚黄肪白。愈嚼而味愈出。乃可言其雋永耳。蓋自道其所得也。按金元諸子詞。如折元禮。張蛻巖。吳彥高等。皆習爲雄深蒼健。有朔方健兒橫戈躍馬之風。惟遺山能擢剛爲柔。不失周秦本色。故舉之。

清平樂

離腸宛轉。瘦覺粧痕淺。飛去飛來雙乳燕。消息知郎近遠。　樓前小雨珊珊。海棠簾幕輕寒。杜宇一聲春去。樹頭無數青山。

江月晃重山

塞上秋風鼓角城頭落日旌旗少年鞍馬適相宜從軍樂莫問所從誰　候騎纔通薊北先聲已動遼西歸期猶及柳依依春閨月紅袖不須啼

玉漏遲（詠懷）

浙江歸路杳西南卻羨投林高鳥升斗微官世累苦相縈繞不似麒麟殿裏又不與巢由同調時自笑虛名負我半生吟嘯　擾擾馬足車塵被歲月無情暗消年少鐘鼎山林一事幾時曾了四壁秋蟲夜雨更一點殘燈斜照清鏡曉白髮又添多少

滿江紅（憶別）

一枕餘醒厭厭其相同無力人語定小窗風雨暮寒岑寂繡被留歡香未減錦書封淚紅猶濕問寸腸前暑幾多愁朝還夕　春草遠春江碧雲黯淡花狼藉更柳綿閑颺柳絲難織入夢終疑神女賦寫情除有文通筆恨伯勞東去燕西飛空相憶

◉王漁洋詞研究法（以下清）

王漁洋名士禎字貽上號阮亭別號漁洋山人順治十五年進士歷官至刑部尚書著有衍波詞一卷漁洋詩一振明季膚廓纖仄之弊獨標神韻籠蓋百家屹然爲有清一代大宗而小詞亦雍容華貴蝶戀花和瘦玉詞不徒貌似桐花翠鳳之語最得梁陳之遺賀新郎用竹山韻又居然勝欲因知才人無所不可也清初詞家爲詩名所掩者尙有梅村芝麓梅村沈雄出入辛劉芝麓高雅微近二晏漁洋則花間餘韻而含悽垂縮又斟酌於南宋者也今選漁洋詞吳龔二家略之

點絳脣（春詞和漱玉韻）

水滿春塘栁緜又蘸黃金縷燕兒來去幾陣梨花雨　情似黃絲歷亂難成緒凝眸處白蘋紅樹不見西洲路（源出小樂府）

減字木蘭花（楊花和弇州韻）

紗窗夢起極目玉關人萬里斜綰千條自古銷魂是灞橋春陰不盡除却殘鵑誰

借問陌上樓前消得香閨幾日憐（嬋娟著眼）

醉花陰

香閨小院閒清晝屈戍交銅獸幾日怯輕寒簫局香濃不覺春光透　韶光轉眼梅花後又催裁羅袖最怕日初長生受鸎花打叠人消瘦

山花子（秋閨）

斗帳初垂懶卸頭任他紫棧減秦篝簾外銀河天似水數更籌　梧葉催蛩寒到枕花枝和月午當慶還似殘春寒食夜一般愁

蝶戀花（和漱玉韻）

涼夜沈沈花漏凍欹枕無眠漸聽荒鷄動此際閒愁郎不共月移窗罅春寒重憶共錦衾無半縫郎似桐花妾似桐花鳳往事迢迢徒入夢銀箏斷續連珠弄

（時人都因此詞稱之曰王桐花）

賀新郎（夜飲用蔣竹山韻）

過雨花如繡正罘罳低垂四面毓英香透結客十年知己少何似銀箏翠袖莫須問濤飛山走且解金龜休作惡未傷神絲竹中年後空淚墮金城柳　長安一夜分新舊更誰能望塵膝席爭名鷄口高誓安期靈氣盡一望三山似阜但海水盡成醨酒鸚武螺杯金不落問狂生得似公榮否休暫住握纂手

◉曹升六詞研究法

曹升六名貞吉山東安邱人康煕六年進士官禮部員外郎著有珂雪詞一卷高珩序云予每讀實庵之詞驚魂蕩魄戃怳不定初讀弔古諸作慷慨悲涼羽聲四起如逢祖士雅劉越石諸人旣而讀咏物諸作入微窮變五色陸離又若樹珠幢于谷王之曲而百寶齎赴也已乃過實庵所求諸作盡讀之無體不工而田居世外之音往往而遇如聞魚山之梵兩腋生風五濁欲洗又疑非金馬直廬閒人也王瑋序云安邱曹實庵先生以咏物懷古諸篇爲海內所推予受珂雪詞讀之眞如仰崑崙泛溟渤莫測其所際骯髒磊落雄渾蒼茫是其本色而語多奇氣惝怳

傲睨有不可一世之意朱錫鬯序云詞至南宋始工斯言出未有不大怪者惟實庵舍人意與予合今就咏物諸詞觀之心摹手追乃在中仙叔夏公謹諸子兼出入天遊仁近之間北宋自方回美成外慢詞有此幽細綿麗否張山來云珂雪詞縱橫變化不可方物非辛非柳非蘇非黃非周非秦而辛柳蘇黃周秦之美畢備由其才具閎博學殖淵邃舉生平所誦習子史百家古文奇書含咀醞釀而出之淺陋之士烏能窺其堂奧測其涯涘哉曹禾序云詞以神氣爲主取韻者次也鏤金錯綵其末耳本朝士大夫詞筆風流幾上追南唐北宋彭王鄒董夙擅纖聲近來同人中惟錫鬯蛟門方虎實庵超然並勝實庵不爲閨襜靡曼之音我視之更覺嫵媚其神氣勝也王元美論詞云甯爲大雅罪人予以爲不然文人之才何所不寓大抵比物留連寄託居多國風離騷同扶名教即宋玉賦美人亦猶主文譎諫之義良以端言之不得故長言咏歎隨所指以託興焉必欲如柳屯田之蘭心蕙性枕前月下等語不幾風雅掃地乎實庵詞無一語無寄託者予之所以服膺

也。雲間諸公論詩宗初盛唐。論詞宗北宋。此其能合而不能離也。夫離而得合。乃爲大家。若優孟衣冠。天壤間只生古人已足。何用有我。實庵與予意合。其詞甯爲創。不爲述。甯失之粗豪。不甘爲描寫。妍媸好醜。世必有能辨之者。沈雄云。實庵詞久從南溪讀其一二。恨未闚其全豹。珂雪新楠。欲想見其丰采而未可得。茲覽陳檢討題詞云。愛佳詞一篇。珂雪雄深蒼穩。算蝶板鶯簧。不準多少。詞塲談文藻。向豪蘇膩柳。尋藍本。吾大唉。比蛙黽。君詞更出其望外。陳廷焯云。曹升六珂雪詞。在國初諸老中。最爲大雅。才力不逮朱。而取徑較正。國朝不乏詞家。四庫獨收珂雪。良有以也。升六詞。余最愛其埽花遊春雪一篇。如云。一夜梅花。暗落西窗似雨。飄搖去。試問逐風歸到何處。又云。擁斷闗山。知有離人獨苦。漫凝竚。聽寒城數聲譙皷。緜雅幽細。斟酌于美成梅溪碧山。公謹而出之者。

滿江紅（金臺懷古）

落照蒼然。空掩映荒台數尺。憶當日君臣之際。悲哉昌國。七十二城如解籜。功成翻削英雄色讀先生一紙報燕書爲沾臆　碣石昨風蕭瑟卽墨下牛騰擲笑安平奇計兒童能識騎刼庸才何足道可憐戰血凝深碧問千金馬骨倩誰薶邯鄲陌

滿庭芳（潼關）

太華垂旒黃河噴雪咸秦百二重城危樓千尺刁斗靜無聲落日紅旗半捲秋風急牧馬悲鳴閒憑弔興亡滿眼衰草漢諸陵　泥丸封未得漁陽鼙鼓響入華清早平安烽火不到西京自古王公設險終難恃帶礪之形何年月剗平斥堠如掌看春耕

留客住（鷓鴣）

瘴雲苦徧五溪沙明水碧聲聲不斷只勸行人休去行人今古如織正復何事關卿頻寄語空祠廢驛便征衫溼盡馬蹏難駐　風更雨一髮中原杳無望處萬里炎荒遮莫摧殘毛羽記否越王春殿宮女如花秖今惟賸汝子規聲續想江深月

黑低頭臣甫

水龍吟（春日送客過慈仁寺感舊）

尋常彈指聲中優曇偶現空王地海棠著錦丁香衣紫霞烘烟細急管哀絲青衫白袷嬉春情味歎穠華電擲風流雲散容易下中年泪　身見金閶倦客賦渭城重過蕭寺倡條冶葉笑人岑寂樹猶如此只有孤松似曾扶我當時沈醉倩禪燈老衲往來捐點說花榮瘁

消息（和錫鬯度雁門關）

蕭蕭關門西風吹雪貂求都僵蟻垤行人羊腸驛路哀角邊聲怨魚海冰寒龍沙成斷歷亂蓬根飛捲悵青衫暮雲驅馬望盡蒼修坂　絕壁祠堂趙家良將入夜靈旗如電折戟沈沙老兵拾得磨洗前朝辨塞雁南飛滹沱東注可惜英雄人遠問誰見封侯校尉虎頭仍賤

●朱竹垞詞研究法

朱竹垞名彝尊秀水人康熙己未召試博學鴻詞授檢討預修明史及一統志年十七卽肆力古學凡天下有字之書無不披覽時王漁洋工詩而疏於文汪苕文工文而疏於詩閻百詩毛西河工考據而詩文皆次先生獨淹有諸公之長著有曝書亭集詞十卷詞綜三十六卷曹爾堪曝書亭詞序云芊綿溫麗爲周柳擅場時復雜以悲壯殆與秦缶燕筑相摩盪其爲閨中之逸調耶爲塞上之羽音耶盛年綺筆造而益深案曝書亭詞以江湖載酒集三卷爲正集纏綿悲壯各體皆備靜志居琴趣一卷首首皆有本事卷尾洞仙歌三十闋尤可與其風懷詩參看古來連用數十闋長調紀事者蓋自竹垞始也又茶煙閣體物集二卷咏物之工不減梅溪蕃錦集一卷皆集唐人詩句爲詞亦別體也綜其所作高秀超詣綿密精嚴標格在南宋諸公而但以姜張爲止境又好引經據典餖飣瑣屑遂有朱貪多王（漁洋）愛好之稱可謂切中其弊矣

高陽臺（吳江葉元禮少日過流虹橋有女子在樓上見而慕之竟至病死

氣方絕適元禮復過其門女之母以女臨終之言告葉葉入哭女目始瞑友人爲作一傳余紀以詞）

橋影流虹湖光映雪翠簾不卷春深一寸橫波斷腸人在樓陰游絲不繫羊車住倩何人傳語青禽最難禁倚徧雕闌夢徧羅衾　重來已是朝雲散悵明珠珮冷紫玉煙沉前度桃花依然開徧江潯鍾情怕到相思路盼長隄草盡紅心動愁吟碧落黃泉兩處誰尋（譚復堂云遺山松雪所不能爲）

桂殿秋

思往事渡江干青娥低暎越山看共眠一舸聽秋雨小簟輕衾各自寒（單調小令近世名家）

賣花聲（雨花臺）

衰柳白門灣潮打城還小長干接大長干歌板酒旗零落盡剩有漁竿　秋草六朝寒花雨空壇更無人處一憑闌燕子斜陽來又去如此江山（聲可裂竹）

百字令（度居庸關）

崇墉積翠望關門一綫，檐溜瘦馬登登，愁徑滑，何況新霜時候。畫鼓無聲，朱旗卷盡，惟剩蕭蕭柳。薄寒漸甚，征袍明日添又。　誰放十萬黃巾，丸泥不閉，直入巾箱口。十二園陵風雨暗，響偏哀鴻離獸。舊事驚心，長塗望眼，寂寞閒亭堠。當年鎖鑰，董龍眞是雞狗。

又（偶憶）

橫街南巷，記鈿車小小，翠簾齊揭。綠酒分曹人散後，心事低回潛說。蓮子湖頭，枇杷花下，綰就同心結。明珠未斛，朔風千里催別。　同是淪落天涯，青青柳色，爭思先攀折。紅淚香溫圍夜玉，墮我懷中明月。暮雨空歸，秋河不動，蚪箭丁丁咽。十年一夢，鬢絲今已如雪。（有潛氣內轉之妙）

蝶戀花（揚州早春同沈覃九賦）

十里雷塘歌吹遠，柳巷人家，醮水鵝黃淺。游子春衣都未換，鈿車早已東城徧。

妝冷罷遮蟬雀扇最恨微風不放珠簾卷斜露翠囊剛半面心飛玉燕釵頭顫

（吞吐離卽）

臨江仙

菜甲齊開更歛柳絲欲起還沈一春閒望費沈吟酒旗風著力心事雨驚心　卷
窄搨兒不吠樓高燕子難尋熏爐小篆疊重衾綠陰猶未滿庭院已深深

水龍吟（謁張子房）

當年博浪金椎惜乎不中秦皇帝咸陽大索下邳亡命全身非易縱漢當興使韓
仍在肯臣劉季算論功三傑封侯萬戶都未是、平生意　遺廟彭城故里有蒼苔
斷碑橫地千盤驛路滿山楓葉一灣河水滄海人歸圯橋石杳古牆空閉悵蕭蕭
白髮經過擥涕、向斜陽裏

金縷曲（初夏）

誰在紗窗語是梁間雙燕多愁惜春歸去早有田田新荷葉占斷板橋西路聽半

部新添鼉鼓小白蔫紅都不見但愔愔門巷吹香絮綠陰重已如許　花源豈是重來誤尚依然倚杏雕闌笑桃朱戶隔院秋千看盡折過了幾番疏雨知永日簸錢何處午夢初回人定倦料無心肯到閒庭宇空搔首獨延佇（譚復堂云人才進退知己難尋所感甚深）

憶少年

飛花時節垂楊巷陌東風庭院重簾尚如昔但窺簾人遠　葉底鶯兒梁上燕一聲聲伴人幽怨相思了無益悔當初相見

●陳其年詞研究法

陳其年名維崧號迦陵江蘇宜興人冠而于思士大夫又號陳髯康熙己未召試鴻詞科授檢討著有湖海樓詞二十卷其年詞天才豔發辭鋒橫溢驅使羣籍舉重若輕然其弊在叫囂鹵野未奪稼軒之壘先蹈龍州之轍全集多至千八百餘闋未免玉石雜揉矣又好爲疊韻往往一疊至十餘闋蹈險逞能亦非正格譚復

堂云錫鬯其年出而本朝詞派始成顧朱傷於碎陳厭其率流弊亦百年而漸變錫鬯情深其年筆重固後人所難到嘉慶以前爲二家牢籠者十居七八

滿江紅（悵悵詞五首）

咄汝青衫奚不去白楊荒漠歎是處病蘭不笑瘦琴空削鄴酒紅來心久死越娘紫去懷長惡猛耳酣追憶玉箋河鷩流落　東籥屐西紈芍北金谷南銅雀只詞流騷豔供伊談噱百不憐人游獵賦一生誤我靈光作向要離塚上以呼余余曰諾

日夕此間以眼淚洗胭脂面誰復惜松螺脚短不堪君薦幾帙罵人鸚鵡著半牀詛世芙蓉譔笑嶔崎俠骨縛青衫奚其便　曷不向青河戰曷不向青樓宴問何爲潦倒青藜筆硯老大怕逢裘馬輩顛狂合入烟花院誓從今傅粉上鬚眉簪歌釧

腰綵唇朱渾妝就腐儒花醫堪噴飯騷腸賦骨也來帖括兒輩不關詩酒事乃公

偶墮文章刦看他年百隊厨如霞夔州獵　緗千卷澆元蝶螺千縛漂丹蚨也扶風歌彈陳留花鑷梔子街前梢粉盜鳳凰橋下薰香俠更偏軍夜繞甑山城師常捷

一畝書齋白楊樹今番滿矣想十載墨池滋味不過如此芍藥風流可賜緋丁香年少宜衣紫問奚爲蹀躞鸊鵜橋無聊子　簫欲哭紅冰璽琴欲笑元霜藥歎騷茵墨寶命儕歌婢硯締半車蘭葉鬼詩斟一斛茶花髓也紅顏絕代可憐人因誰死

白柳黃羊宛繪出傷心片幅酸切處短霜供爨古烟供讀觴弄於君何必怒飄浮似我原堪哭聽黃陵磯畔夜深船淒涼曲　梨園內絲憎肉田園內花欺粟更臬廡謗錦薈葹讒菊百隊錢刀爭作横一身風雅單爲僕倚酒悲亂擊紫珊瑚嗚如筑

東風第一枝（踏靑）

檐溜纔停，街泥乍涴，花梢日影搖午。陌頭霽景增妍，水邊煙光添嫵。茜衫笑檢，憶春在、謝橋深處。正沿隄、絮燕吟鸎，吹滿一天風絮。　籬杏糝紅飄塵土，溪柳罨綠凝，門戶畫完。江左亭臺，釀成花朝節序。爲歡併日，況漸偪、韶光百五。約鈿車、明日重游，又聽小樓宵雨。

滿江紅（贈顧梁汾）

二十年前，曾見汝、寶釵樓下。春二月、銅街十里，杏衫籠馬。行處偏遭嬌鳥喚，看時誰讓珠簾掛。只沈腰、今也不宜秋，驚堪把。　且給箇，金門假。好長就，旗亭价。記鑪煙扇影，朝衣曾惹。芍藥纔塡妃子曲，琵琶又聽商船話。笑落花、和淚一般多，沾羅帊。（失職不平）

夏衫臨（本意）

中酒心情，折緜時節，薔朧剛送春歸。一畝池塘，綠陰濃撲簾衣。柳花攪亂晴暉，更畫梁、玉翦交飛。販茶船重，桃筍人忙，山市成圍。　驀然卻想，三十年前，銅駝恨積

金谷人稀畫殘竹粉舊愁寫向闌西招悵移時鎮無聊掐損薔薇許誰知細柳新蒲都付鵑嗁(譚復堂云故家喬木語自不同)

琵琶仙(閶門夜泊用白石韻)

暝色官橋消盡了帶雨綠帆千葉驛口夜火微紅瓊簫正淒絕記醉倚銅街喚馬更間凭畫樓聽鳺無數前情一番春恨檣燕能說　只細數花草吳宮餘夢裏依稀舊時節欲買韶光暫駐待來春梅莢縱尙有鴟夷一舸怕難禁伍潮堆雪悔殺擘帊鴛衾那年輕別(似海上未靖時作)

水龍吟(白蓮)

水明樓下相看涼荷一色瓏鬆地赤闌低壓綠裳輕蘸月明千里小苑梨花重門柳絮算來相似傍前汀白鷺幾番飛下尋不見迷花底　無數弄珠人戲小酥娘水天閒倚明妝束素非關只愛把穠華洗爲怕秋來滿湖紅粉惹人憔悴拚年年玉貌江潭夜悄凝如鉛淚

◉彭羨門詞研究法

彭羨門名孫遹字駿孫浙江海鹽人順治間進士後舉博學鴻詞第一授編修官吏部侍郎著有延露詞嚴秋水云羨門驚才絕豔長調數十闋固堪獨步江左至其小詞啁香怨粉怯月淒花不減南唐風格徐釚云阮亭嘗戲謂彭十是豔情專家駿孫輒怫然不受一日彭賦中柳離別詞阮亭見之謂曰試以此舉似他人得不云我從衆耶彭一笑謝之鄒祇謨云長調惟南宋諸家才情蹀躞盡態極妍阮亭常云詞至姜吳蔣史有秦李所未到者正如晚唐絕句以劉賓客杜紫微爲神詣時出供奉龍標一頭地彭十金粟所作長調妙合斯詣一字之工能生百媚沈雄云延露詞綽然有生趣而又耐人長想如舊社酒徒鬢亂添得紅襟燕落花一夜嫁東風無情蜂蝶輕相許詞家所謂無理而入妙非深情者不辦吳衡照云羨門晚年自悔其少作厚价購其所爲延露詞隨得隨燬與北夢瑣言載晉和凝事適相類文人自愛率復爾爾然陳王八斗江郎五色少年天才俊豔弗可及也詞

中如問病云云。閨恨云云。訊使云云。扶病云云。離別云云。旅夢云云。春盡日有寄云云。螢火云云。蓮花云云。南窗睡覺云云。姿致。幽。眇。神味。綿。遠。良田。取。境。高。故時。逼。秦。柳。今人。學。延。露。詞。適得。其。纖。佻。褻。狎。之。習。非所。謂。知。音。又云。延露。詞。亦。有。兩。副。筆。墨。如華遜來生了云云。長歌云云。酌酒與孫默云云。又時。帶。辛。氣。又云。羨門少宰生前止自刻延露詞。及南溦集。今所行松桂堂全集。皆其卒後付梓。頗有蕪雜繁複之病。先生年二十九成進士。得推官。與王阮亭傾蓋訂金石交。旋家居以江。南奏銷案被累落職。事得解。年四十五矣。復就內閣中書。候選主事。年四十九舉博學鴻詞第一。先生。楷。法。近。董。香。光。讀。書。外。無。他。嗜。好。詞。極。豔。而。終。其。身。無。妾。媵。之。御。不。類。其。詞。與。朱。恭。人。年。皆。五。十。始。舉。子。事。屬。僅。見。又云。羨門。有。才。子。氣。於北。宋。中。最。近。小。山。少。游。耆。卿。諸。公。格韻。獨。絕。謝章鋌云。羨門。眞。得。淄。李。神。髓。由其。骨。姸。故。辭。媚。而非。俗。豔。董東亭謂先生晚年收燬延露詞。故傳本甚少。然迦。陵。之。豪。宕。竹。垞。之。醇。疋。羨門。之。姸。秀。攻倚。聲。者。所。當。鑄。金。事。之。缺一。不。可。卜算子云身作合歡牀臂作游仙枕打起黃鶯不放啼一晌留郎寢彭十豔情當家固宜阮亭怵㞚相傳羨門見沈去矜董文友詞笑謂鄒程村曰泥犂中皆若人故無俗物斯雖戲言亦可見其忍俊不禁矣又云太白如姑射仙人溫尉是王謝子弟溫尉詞當看其淸眞不當看其繁縟胡元任謂庭筠工於造語極爲奇麗然如更漏子云梧桐樹三更雨不道離情正苦一葉葉一聲聲空堦滴到明語彌淡情彌苦非奇麗爲佳者矣羨門深窺此秘生查子云起立悄無言殘月生西弄玉樓春云江南無限斷腸花枝上東風枝下雨又云人從春色去邊來舟向夢魂來處去臨江仙云斜陽如弱水只管向西流著墨無多尋味不盡亦異乎屯田俳語矣

生查子（旅夜）

薄醉不成鄉轉覺春寒重枕席有誰同夜夜和愁共　夢好恰如眞事往翻如夢起立悄無言殘月生西弄

浣溪沙（客中小寒食作）

客裏佳辰祇自憐白楡初改漢宮煙覆堤柳色正三眠　芳樹乍聞花氣息小樓
幾見月團圓教人無奈暮春天

前調

翠浪生紋漲曲池春深閨閣弄妝遲弓鞋羅襪踏青時　鴉鬢輕分金縷縷燕釵
低點玉差差杏花香雨細如絲

憶少年（憶遠）

閑來極目朦朧不辨江天雲樹懷中數行淚向何人彈與　日日潮迴烏角渡趕
不上蕭郎行處仙裙且休繫仗東風吹去

綺羅香（春盡日有寄）

翠遠如空黛濃欲滴簾捲青山無數舊事難尋春色總歸塵土撲蝶會如夢光陰
研花箋相思圖譜怪東風不爲吹愁凝眸又見碧雲暮　年來淪落已慣任一身
長是飄零吳楚紅淚緘題恨字分明寄與想南樓柳絮飛時是玉人夜來凭處應

望。斷。遠。水。歸。帆。濛。濛。江。上。雨。

宴清都（螢火）

四。壁。秋。聲。靜。疏。簾。外。數。點。飛。來。破。暝。輕。沾。葉。露。暗。棲。花。蕊。亂。翻。銀。井。有。時。團。扇。驚。迴。又。巧。坐。人。衣。相。映。空。自。抱。熠。熠。微。光。願增。照。金。樞。景。　幾。番。去。傍。深。林。來。穿。小。幔。高。低。不。定。隨。風。欲。墮。帶。雨。猶。明。流。輝。耿。耿。隋。家。宮。苑。何。在。腐。草。於。今。無。片。影。向。山。堂。且。伴。幽。人。琴。書。清。冷。（絕似中仙）

◉納蘭容若詞研究法

納蘭容若名成德。後改性德。滿州人。清太傅明珠子。廿一歲中進士。授一等侍衛。三十一。卒。著有飲水側帽詞各一卷。容若貂珥朱輪。生長華膴。而其詞哀怨騷屑。類。憔。悴。失。職。者。之。所。為。韻。淡。疑。仙。思。幽。近。鬼。年。之。不。永。殆。兆。於。斯。至其小令清淒。婉。麗。尤。得。南。唐。二。主。之。遺。故。人。多。以。重。光。後。身。稱。之。

浣溪紗（西郊馮氏園看海棠因憶香嚴詞有感）

誰道飄零不可憐舊遊時節好花天斷腸人去自經年　一片暈紅疑著雨晚風吹掠鬢雲偏倩魂銷盡夕陽前（王儼齋云柔情一縷能令九轉腸迴雖山抹微雲君不能道也）

一半殘陽下小樓朱簾斜控軟金鉤倚闌無緒不能愁　有个盈盈騎馬過薄妝淺黛亦風流見人羞澀却回頭

前調（咏五更）

微暈嬌花溼欲流簟紋燈影一生愁夢回疑在遠山樓　殘月暗窺金屈戌軟風徐蕩玉簾鉤待聽鄰女喚梳頭

前調

腸斷斑騅去未還綉屏深鎖鳳簫寒一春幽夢有無間　逗雨疎花濃淡改關心芳草淺深難不成風月轉摧殘

生查子

東風不解愁偷展湘裙衩獨夜背紗籠影著纖腰畫　爇盡水沈煙露滴鴛鴦瓦
花骨冷宜香小立櫻桃下

前調

散帙坐凝塵吹氣幽蘭並茶名龍鳳團香字鴛鴦餅　玉局類彈棋顛倒雙棲影
花月不曾閒莫放相思醒

臨江仙

長記碧紗窗外語秋風吹送啼鴉片帆從此寄天涯一鐙新睡覺思夢月初斜
便是欲啼啼未得不如燕子還家春雲春水帶輕霞畫船人似月細雨落楊花

前調（永平道中）

獨客單衾誰念我晚來涼雨颼颼緘書欲寄又還休箇儂憔悴禁得更添愁　曾
記年年三月病而今病向深秋盧龍風景白人頭藥爐煙裏支枕聽河流

蝶戀花

辛苦最憐天上月一昔如環昔昔長如玦但似月輪終皎潔不辭冰雪爲卿熱無奈鍾情容易絕燕子依然軟踏簾鉤說唱罷秋墳愁未歇春叢認取雙棲蝶

前調

眼底風光留不住和暖和香又上雕鞍去欲倩煙絲遮別路垂楊那是相思樹惆悵玉顏成間阻何事東風不作繁華主斷帶依然留乞句斑騅一繫無尋處

前調

又到綠楊曾折處不語垂鞭踏徧清秋路衰草連天無意緒雁聲遠向蕭關去不恨天涯行役苦只恨西風吹夢成今古明日客程還幾許霑衣況是新寒雨

（勢縱語咽淒澹無聊延已六一而後僅見湘眞）

賀新涼（贈梁汾）

德也狂生耳偶然間緇塵京國烏衣門第有酒惟澆趙州土誰會成生此意不信道遂成知己青眼高歌俱未老向尊前拭盡英雄淚君不見月如水　共君此夜

須沈醉且由他蛾眉謠諑古今同忌身世悠悠何足問冷笑置之而已尋思起從頭翻悔一日心期千刧在後身緣恐結他生裏然諾重君須記（徐釚云金粟顧梁汾舍人風神俊朗大似過江人物無錫嚴蓀友詩云曈曈曉日鳳城開才是仙郎下直回絳蠟未銷封詔罷滿身清露落宮槐其標格如許畫側帽投壺圖長白成容若題詞云云詞旨嶔崎磊落不啻坡老稼軒都下競相傳寫於是敎坊歌曲間無不知有側帽詞者）

●顧梁汾詞研究法

顧梁汾名貞觀字華峰江蘇無錫人康熙丙午舉人官典籍鄒升恆顧梁汾傳先生一生好學至老手不停披於經史子集無不徧覽文兼諸體而尤長於塡詞當世以先生詞與竹垞迦陵並稱而先生實更有超邁處常謂吾詞獨不落宋人圈䙌自信必傳惜容若死無可與語者晚年取所行世彈指詞手自删定付杜子雲川刻之今家有其書學詞者奉爲拱璧先生於友誼最篤松陵才子吳漢槎戍甯

古塔先生祖送時有牛百生還之約寄金縷曲二詞容若見之為泣下極力營救漢槎果以辛酉入關贖鍰皆先生辦也無錫縣志文苑傳貞觀美丰儀才調清麗文兼衆體填詞語業不諱清狂為人雋爽篤古誼初契松陵吳季子兆騫兆騫以才招謗戍甯古塔貞觀洒淚要言曰必歸季子納蘭成德者貞觀金石交而相國子也嘗讀兆騫貞觀作金縷曲二詞示成德寄戍德愴然曰河梁生別之詩山陽死友之傳得此而三此事三千六百日中當任之貞觀曰人壽幾何請五年遂悉力措辦贖鍰相國高其義為之地兆騫卒得生入關如要言焉杜詔彈指詞序彈指詞極情之至出入南北兩宋而奄有衆長詞之集大成者也諸洛彈指詞序先生嘗見謝康樂春草池塘夢中句曰吾於詞曾至此境昔彌勒彈指樓閣門開善才即見百千萬億彌勒化身先生以斯名集殆自示其苦心孤詣出神入化處顧茂倫曰梁汾舍人吾家之司馬散騎也翩翩風采久不作等夸觀矣其詞亦為世所競賞吳兆騫秋笳集寄顧舍人書彈詞集如靈和楊柳韶倩堪憐又如衛洗馬

言愁令人顛頓少游美成更當何處生活瑤華集述顧舍人梁汾乃極口沈遹聲豐垣或有於人前短遹聲少年事者舍人輒切齒又其請生還吳孝廉漢槎亦祇以一詞感動公卿至傾囊篋人之以友朋爲性命未有不於文章結知己者世俗衰薄正須此種事爲詞林長價耳曹秋嶽曰彈指早負盛名而神姿清澈儼如瓊林琪樹故其塡詞纏綿悽惋恍聽坡公柳綿句那得不使朝雲聲咽又曰讀彈指詞有凌雲駕虹之勢無鏤冰剪綵之痕具此手筆方可言香豔之妙洪蓮玉塵集

本朝詞家以朱陳兩檢討爲最然如錫山顧舍人貞觀彈指詞三卷追縱蘇辛何論其下也寄吳漢槎登雨花臺諸作直置之稼軒集中莫能辨同時成侍衞德側帽詞一卷亦佳袁枚隨園詩話一說華峯之救吳季子也太傅方宴客手巨觥謂曰若飲滿爲救漢槎華峰素不飲至是一吸而盡太傅笑曰余直戲耳卽不飲余豈遂不救漢槎耶雖然何其壯也烏乎公子能文良朋愛友太傅憐才眞一時佳話賭棋山莊詞話顧梁汾短調雋永長調委宛盡致得周柳精處跡其生年與吳

漢槎兆騫最稱莫逆秋笳之詩彈指之詞固是騷壇二妙其寄漢槎甯古塔賀新涼云云濃摯交情艱難身世蒼茫離思愈轉愈深一字一淚吾想漢槎當日得此詞於冰天雪窖間不知何以爲情後來效此體者極多然平鋪直敘率覺嚼蠟由無深情眞氣爲之榦而漫云以詞代書也、梁汾詠寒柳臨江仙云西風著意做憐華飄殘三月絮凍合一江花又云永豐西畔卽天涯白頭金縷曲翠黛玉鉤斜詠梅浣溪沙云凍雲深護最高枝又云一片冷香惟有夢十分清瘦更無詩待他移影說相思剔透玲瓏風神獨絕誠詠物雅令也比之排比嫩辭襞積冷典相去豈不萬萬哉丁紹儀聽秋聲館詞話先祖西園瑣述云梁汾典籍弱冠遊輦下寓居蕭寺一日扃戶出適龔文毅鼎孳入寺答客於窗隙中見壁間題詩有落葉滿天聲似雨關卿何事不成眠句大驚嘆向寺僧詢姓名去稱譽於朝時納蘭相國明珠方官侍郞卽延爲上客旋舉康熙五年京兆第二人官內閣典籍云

臨江僊

曾是上清携手處迢遥笙鶴遺音水如環佩月如襟幔亭人杳歸路已難尋　莫倚君身仙骨在曉霜明鏡鬖鬖碧天雲海約投簪舊歡新別回首兩沈吟

雙雙燕（本意用史梅溪均）

單衣小立正秋雨槐花鬢絲吹冷鏡函如水長憶畫眉人並殘葉暗飄金井問燕子歸期未定傷心社日辭巢不是隔年雙影　香徑芹泥猶潤只一縷紅絲誤他嬌俊幾多恩怨絜徹杏梁煙暝傳語別來安穩待二十四番風信那時重試清狂肯放雕闌獨凭

青玉案

天然一幀荆關畫誰打槳斜陽下歷歷水殘山賸也亂鴉千點落鴻孤咽中有漁樵語　登臨我亦悲秋者向蔓草平原淚盈把自古有情終不化青娥塚上東風野火燒出鴛鴦瓦

鷓鴣天

往事驚心碧玉簫燕猜鶯妒可憐嬌風波亭下鴛鴦蝶惶恐灘頭烏鵲橋　搴恨葉摘情條舊時眉眼舊時腰可能還對西窗月狠籍桐花帶夢飄

昭君怨

殘雪板橋歸路的的玉人風度擁袖障輕寒恣他看　聞道昔遊如昨添箇洗紅池閣掩冉壓牆花是誰家

清平樂（書任城店壁壁上多明季公車名士留題之作屢經堊抹不復可認因撮其字句連綴爲詞）

短衣孤劍舊識新豐店看壓小槽香瀲灩醉洗玉船紅釀　早鶯送客登車依微月射銀沙馬上續成春夢牆頭笑擲桃花

謁金門

三十矣彈指韶光能幾梵課村妝從此始心期成逝水　那少眞珠百琲遲卻紅絲一繫得壻今生應似子斯言猶在耳

金縷曲（酬容若見贈次元均）

且住爲佳耳任相猜馳箋紫閣曳裾朱第不是世人皆欲殺爭顯憐才眞意容易得一人知己慚媿王孫圖報薄只千金當灑平生淚曾不直一杯水　歌殘擊筑心逾醉憶當年侯生垂老始逢無忌親在許身猶未得俠烈今生已已但結託來生休悔俄頃重投膠在漆似舊曾相識屠沽裏名預籍石函記

前調（寄吳漢槎甯古塔以詞代書時丙辰冬寓京師千佛寺冰雪中作）

季子平安否便歸來平生萬事那堪回首行路悠悠誰慰藉母老家貧子幼記不起從前杯酒魑魅搏人應見慣總輸他覆雨翻雲手冰與雪周旋久　淚痕莫滴牛衣透數天涯依然骨肉幾家能夠比似紅顏多命薄更不如今還有只絕塞苦寒難受廿載包胥承一諾盼烏頭馬角終相救置此札兄懷袖

前調

我亦飄零久十年來深恩負盡死生師友宿昔齊名非忝竊只看杜陵窮叟曾不

減夜郎僝僽。薄命長辭知己別。問人生到此淒涼否。千萬恨。爲兄剖。　兄生辛未吾丁丑。共些時冰霜摧折。早衰蒲柳。詞賦從今須少作。留取心魂相守。但願得河清人壽。歸日急繙行戍稿。把空名料理傳身後。言不盡。觀頓首。

●厲樊榭詞研究法

厲樊榭名鶚。字太鴻。錢塘人。康熙庚子舉人。著有樊榭山房詞四卷。浙派詞竹垞導其端。樊榭暢其緒。以姜張爲圭臬。而不能入北宋一步。然樊榭思致綿邈。娟然妍雅。如空谷佳人。蒨妝獨立。有惟時徵引僻典。隸事過多。則不免失之餖飣。譚復堂云。填詞至太鴻。眞可分中仙夢窗之席。世人爭賞其餖飣蓏弱之作。所謂微之識碔砆也。又云。樂府補題別有懷抱。後來巧構形似之言。漸忘古意。竹垞樊榭不得辭其過。又云。樊榭思力可到清眞。惜爲玉田所累。

眼兒媚

一寸橫波惹春留。何止最宜秋。妝殘粉薄。矜嚴消盡。只有溫柔。　當時底事匆匆。

去悔不載扁舟分明記得吹花小徑聽雨高樓

玉漏遲（永康病中夜雨感懷）

薄游成小倦驚風夢雨意長牋短病與秋爭葉葉碧梧聲顫溼鼓山城暗數更穿入溪雲千片燈暈翦似曾認我茂陵心眼　少年不負吟邊幾熨帛光陰試香池館歡境消磨盡付砌蟲徵歎客子關情藥裹覓何地煙林疏散懷正遠胥濤曉喧楓岸

百字令（月夜過七里灘光景奇絕歌此調幾令衆山皆響）

秋光今夜向桐江爲寫當年高躅風露皆非人世有人自坐船吹竹萬籟生山一星在水鶴夢疑重續拏音遙去西巖漁父初宿　心憶汐社沈埋清狂不見使我形容獨寂寂冷螢三四點穿過前灣茅屋林淨藏煙峰危限月帆影搖空綠隨風飄蕩白雲還臥深谷

憶舊游（辛丑九月既望風日清霽喚艇自西偃橋沿秦亭法華灣洄以達

於河渚時秋蘆作花遠近蒿目回望諸峰蒼然如出積雪之上菴以秋雪名不虛也乃假僧榻偃仰終日惟聞櫂聲掠波往來使人絕去世俗營競所在向晚宿西溪田舍以長短句紀之）

溯溪流雲去樹約風來山剪秋眉一片尋秋意是涼花載雪人在蘆碕楚天舊愁多少飄作鬢邊絲正浦溆蒼茫涼隨野色行到禪扉　忘機悄無語坐雁底焚香蕠外紘詩又送蕭蕭響盡平沙霜信吹上僧衣憑高一聲彈指天地入斜暉已斷隔塵喧門前弄月漁艇歸

齊天樂（秋聲館賦秋聲）

簟淒鐙暗眠還起清商幾處催發碎竹虛廊枯蓮淺渚不辨聲來何葉桐飄又接盡吹入潘郎一簪愁髮已是難聽中宵無用怨離別　陰蟲還更切切玉窗挑錦倦驚響檐鐵漏斷高城鐘疏野寺遙送涼潮嗚咽微吟漸怯訝籬豆花開雨篩時節獨自開門滿庭都是月（復堂云詞禪）

八歸（隱几山樓賦夕陽）

初翻雁背。旋催雅翼高樹。半挂微暈。銷凝。最是登樓意。常對亂波紅蘸。遠山青襯。不管長亭歌欲斷。漸照去鞭痕。將隱想故苑。燕麥離離。滿地弄金粉。何況春游乍歇。花愁多少。只惱黃昏偏近。冷和帆落。慘連笳起。更帶孤煙斜引。誤雕闌倚徧霽色明朝也應準。無言處。望中容易下。卻西牆相思人老盡（譚復堂云無垂不縮）

高陽臺（落梅）

縞月啼香。青禽警瘦。遺環每恨俱飄。雪沒鞵痕。何人爲掃溪橋。東風欲避層臺遠。御風歸。第一春銷。惱相思。枝北枝南。冷夢迢迢。山空記得吟疏影。拾參差碎玉。自裹冰綃。湖水無聲。流殘舊怨新嬌。餘酸已在濃陰裏。怕重屏半萼難描。更堪他消思經年。雨暮煙朝。（譚復堂云靚妝獨立之態）

●吳薗次詞研究法

吳薗次名綺。江蘇江都人。順治十年由拔貢生到閣。官至浙江湖州府知府。著有藝香詞二卷。林蕙堂集。聽翁自傳。所作塡詞小令。兒童女子。皆能習之。有毘陵閨秀。日誦其把酒囑東風種出雙紅豆二語。以爲秦七黃九不能過也。故號紅豆詞人。云王阮亭曰。園次太守工爲小賦。雋逼庾鮑。詞亦哀江南之流。吳慷庵曰。吳興有藝香山。爲西施種蘭處。家園次通守是邦。取以名詞者也。其深麗綿密。集周秦諸家而爲大成。海內操觚家。堪語此者甚少。蔣景祁曰。園次太守爲明月斜詞。有乳燕尋香未肯歸。玉奴背面秋千下。語較古樂府之女子開簾放燕飛。無多許。又是想他歸者。同一香蒨。徐釚曰。吳湖州內子黃淑人能詩。湖州常贈以臨江仙一闋。中有秦嘉書兩紙。蘇蕙錦千絲之句。其爲林下之風。蓋不在王夫人下矣。吳湖州詞有把酒祝東風。種出雙紅豆。梁溪顧氏女子見而悅之。日夕諷詠。四壁皆書二語。人因目湖州爲紅豆詞人。朱竹垞云。園次之詞。選調寓聲。各有旨趣。其和平雅。麗處絕似陳西麓。賭棊山莊詞話。余嘗論國初諸詞家。以詩譬之。竹垞嚴整。其高岑平迦陵嬌變其李杜乎容若綿至其溫李乎而園次著墨不多都適人意殆王孟歟然難與刻舟求劍者道也園次序錢葆馚湘瑟詞云詞原靡麗體雖本於房中而語必遙深義貫通於世說又云昔夭下歷三百載此道幾屬荆榛迨雲間有一二公斯世重知花草數語括盡

花非花（離情）

月方沈天將曙夢不成留莫住樓中無數可憐人江南盡種相思樹

相見歡（吳興感事）

西風落日登臺眼重開無數繞城山色送靑來　古今事吳越地幾雄才一片項王馬埒亂雲堆

采桑子（題悔庵讀離騷雜劇）

瀟湘千古傷心地歌也誰聞怨也誰聞我亦江邊顦顇人　靑山剪紙歸來晚幾度招魂幾度銷魂不及高唐一片雲

踏莎行（登章貢臺題七姑詞下）

二水交環一亭孤峙飛鴻數盡斜陽裏蛾眉何處問殘碑金鑪篆冷飄香地　豆
架藤荒瓜棚竹倚閒行暫遣羈情耳無端高處轉生愁歸帆不把鄉心寄

滿江紅（醉吟）

海上閒雲緣底事誤來京洛向金門索米玉階持槖髀肉晚銷燕市馬鄉心秋冷
揚州鶴問英雄廣武近何如渾閒却　雞一肋蝸雙角空競逐終消索儘浮沈詩
酒任天安著海上文章蘇玉局人間遊戲東方朔看兒曹得意不尋常非吾樂

念奴嬌（送孫無言歸黃山次曹顧庵）

蘇門鸞嘯儘東華塵坌離魂淒絶把手瓊簫明月下一留又吹橫鐵練水魚肥黃
山鶴瘦溪樹饒鶯舌北窗高臥長卿已倦遊轍　試看眼底紛紜幾年人事花樣
都全別何似釣臺煙水上不問蝸蠅喧熱隴首長饑牀頭濁酒誰巧誰爲拙送君
歸矣柳花正似飛雪

◉鄭板橋詞研究法

鄭板橋名燮。字克柔。興化人。乾隆中進士。濰縣知縣。著有板橋詞一卷。其自序云。燮年三十至四十。氣盛而學勤。閱前作。輒欲焚去。至四十五六。便覺得前作好。至五十外。讀一過便大得意。可知其心力日淺。學殖日退。忘己醜而信前是。其無成斷斷矣。又曰。爲文須千萬酌以求一是。再三更改無傷也。然改而善者十之七。改而謬者亦十之三。乖隔晦拙。反走入荆棘叢中去。要不可以廢改。是學人一片苦心也。燮作詞四十年。屢改屢蹶者。不可勝數。今茲刻本頗多仍舊。而此中却酸甜苦辣備嘗。而有獲者亦多矣。世間爲父師者。見其子弟之文疎鬆爽豁。便喜。見其抝澀晦拙。便憂。吾願少寬歲月以待之。必有屈曲達心。沉着痛快之妙。天下豈有速成而能好者乎。又曰。少年遊冶學秦柳。中年感慨學蘇辛。老年淡忘學劉蔣。皆與時推移而不自知者。人亦何能逃氣數也。凡此皆閱歷有得之言。按乾嘉後各家詞選。皆不列板橋詞。以其非正格也。顧文字工拙。不徒在形式。板橋襟懷沖淡

故其詞純寫天趣疏鬆淡遠別有一種不衫不履之態敘景多於言情然偶爲致語彌覺雋永

漁家傲（王荆公新居）

積雨新晴紅日吐小橋着水煙綿樹茅屋數間誰是主王介甫而今曉得青苗誤呂惠卿曹何足數蘇東坡遇還相恕千古文章根肺腑長憶汝蔣山山下南朝路

蝶戀花（晚景）

一片青山臨古渡山外晴霞漠漠收殘雨流水遠天波似乳斷煙飛上斜陽去徙倚高樓無一語燕不歸來沒個商量處鴉噪暮雲城堞古月痕淡入黃昏霧

青玉案（宦況）

十年蓋破黃紬被儘歷遍、官滋味雨過槐廳天似水正宜撥茗正宜開釀又是文書累　坐曹一片吆呼碎衙子催人裝魂儡東史平情然也未酒闌燭跋漏寒風起多少雄心退

沁園春（恨）

花亦無知月亦無聊酒亦無靈把夭桃斫斷煞他風景鸚哥煮熟佐我杯羹焚硯燒書椎琴裂畫毀盡文章抹盡名榮陽鄭有慕歌家世乞食風情　單寒骨相難更笑席帽青衫太瘦生看蓬門秋草年年破巷疎窗細雨夜夜孤燈難道天公還嵌恨口不許長吁一兩聲顛狂甚取烏絲百幅細寫淒淸

踏莎行

中表姻親詩文情愫十年幼小嬌相護不須燕子引人行畫堂得到重重戶　顛倒思量朦朧劫數藕絲不斷蓮心苦分明一見怕銷魂却愁不到銷魂處

滿江紅（思家）

我夢揚州便想到揚州夢我第一是隋隄綠柳不堪煙鎖潮打三更瓜步月雨荒十里虹橋火更紅鮮冷淡不成圓櫻桃顆　何日向江村躲何日上江樓臥有詩人某某酒人个个花逕不無新點綴紗鷗頗有閒功課將白頭供作折腰人將毋

左。

◉張皐文詞研究法

張皐文名惠言。武進人。著有茗柯詞一卷。又與乃弟翰豐同撰宛陵詞選。雖町。畦。未。盡。而。奧。窔。始。開。是爲。常。州。一。派。之。濫。觴。二張所作。胸襟。噴。薄。大雅。逎。逸。振北。宋。之。緒。嘉慶。以。來。諸。名。家。均。從。之。出。同時如董陸方錢諸家。及親灸緒餘。如歙之金鄭諸子。皆能與之把臂入林。其造就遠矣。

木蘭花慢（楊花）

儘飄。零。盡。了。誰人。解。當花。看。正風。避。重。簾。雨迴深幕。雲護。輕。幡。尋他。一。春。伴。侶。只斷。紅。相。識。夕。陽。間。未忍。無。聲。墜。地。將低。重。又。飛。還。　疏狂情性。眞淒涼耐得到春隙。但月。地。和。梅。花天。伴。雪。合稱。清。寒。收將十分春恨。做一天愁影繞雲山。看取靑青池畔。淚痕點點凝班。（撮兩宋之菁英）

水調歌頭（春日賦示楊生子掞）

東風無一事妝出萬重花閒來閱徧花影惟有月鈎斜我有江南鐵笛要倚一枝香雪吹徹玉城霞淸影渺難即飛絮滿天涯　飄然去吾與汝汎雲搓東皇一笑相語芳意落誰家難道春花開落又是春風來去便了却韶華花外春來路芳草不曾遮

百年復幾許慷慨一何多子當爲我擊筑我爲子高歌招手海邊鷗鳥看我胸中雲夢蔕芥近如何楚越等閒耳肝膽有風波　生平事天付與且婆娑幾人塵外相視一笑醉顏酡看到浮雲過了又恐堂堂歲月一擲去如梭勸子且秉燭爲駐好春過

珠簾卷春晚胡蝶忽飛來游絲飛絮無緒亂點碧雲釵腸斷江南春思黏着天涯殘夢賸有首重回銀算且深押疏影任徘徊　羅帷卷明月入似人開一尊屬月起舞流影入誰懷迎得一鈎月到送得三更月去鶯燕不相猜但莫凭闌久重露濕蒼苔

今月非昨日。明日復何如。揭來眞悔何事。不讀十年書。爲問東風吹老。幾度楓江蘭徑。千里轉平蕪。寂寞斜陽外。渺渺正愁予。　千古意。君知否。只斯須。名山料理身後。也莫古人愚。一夜庭前綠徧。三月雨中紅透。天地入吾廬。容易衆芳歇。莫聽子規呼。

長鑱白木柄。劚破一庭寒。三枝兩枝生綠。位置小窗前。要使花顏四面。和著草心千朵。向我十分妍。何必蘭與菊。生意總欣然。　曉來風。夜來雨。晚來煙。是他釀就春色。又斷送流年。便欲誅茅江上。只怕空林衰草。憔悴不堪憐。歌罷且更酌。與子繞花間。（胸襟學問醞釀噴薄而出賦手文心開倚聲家未有之境）

玉屢春

一春長放秋千靜。風雨和愁都未醒。裙邊餘翠掩重簾。釵上落紅傷晚鏡。　朝雲卷盡雕闌暝。明月還來照孤憑。東風飛過悄無蹤。却被楊花微送影。（善學子野）

項蓮生詞研究法

項蓮生名鴻祚又名廷紀錢塘人道光十二年舉人家世業鹽筴至君漸落性澹然耆古文辭爾雅詩不多作善塡詞幽異窈眇浸淫五代兩宋而擷精棄滓好儗溫韋以下小樂府浸逮夢窗草窗蹊逕旣化自名其家談者比之江淹雜體詩云手訂詞藁矜愼多芟削最後存憶雲詞甲乙丙丁藁四卷行於世先是家被火室燬奉母應其姊壻許文恪之招於京師途次遇水與從子皆道殇君蒼黃歸幽憂疾病不自振旣再上春官被放輱軻久遂卒年祇三十八歲憶雲詞甲藁自序云生幼具愁癖故其情豔而苦其感於物也鬱而深連峰巉巉中夜猿嘯復如淸湘戛瑟魚沈雁起孤月微明其窅敻幽淒則山鬼晨吟瓊妃暮泣風鬟雨鬢相對支離不無累德之言抑亦傷心之極致矣鄧濂序云字必色飛語必魂絕雖皆緣情綺靡之作感遇怨悱之旨而使人鏘鏘洋洋悽然自思黯然自悲凡吾身之所直目之所接纏緜悱惻煩寃鬱積低徊而不能自言者胥若於是畢具焉譚復堂云

蓮生古之傷心人也盪氣回腸一波三折有白石之幽澀而去其俗有玉田之秀折而無其率有夢窗之深細而化其滯殆欲城無古人其乙藁自序近日江南諸子競尚塡詞辨韻辨律翕然同聲幾使姜張頫首及觀其著述往往不逮所言云云婉而可思又丁藁序云不爲無益之事何以遣有涯之生亦可哀其志矣以成容若之君項蓮生之富而塡詞皆幽豔哀斷異曲同工所謂别有懷抱者

東東第一枝（擬小山）

鬬草庭閒斲錢院靜東風吹滿香絮薄寒尙勒花期天意似催春暮杏梁歸燕幾曾會相思言語便等閒飛入盧家不帶離魂同去　空自想俊游伴侶又煩惱酒邊心緒鸞牋待寫深情腸斷都無新句初三下九問舊約更誰還據怕有人燈損雙蛾日日畫樓聽雨

八聲甘州（重陽游百花洲）

更不須携酒看黃花淒涼勝游稀但蘇翁圃外藏稚細柳相對依依回憶西湖舊

夢秋水浸漁磯今日登臨地風景都非　自折茱萸簪帽歎沈腰瘦減淚滿萊衣
況天涯兄弟不似鴈同飛誤江廔玉人凝竚盼歸舟我尙未能歸休長望有闌干
處總是斜暉

水龍吟（秋聲）

西風已是難聽如何又著芭蕉雨冷冷暗起澌澌漸緊蕭蕭忽住候館疏碪高城
斷鼓和成淒楚想亭皋木落洞庭波遠渾不見愁來處　此際頻驚倦旅夜初長
歸程夢阻砌蛩自歎邊鴻自唳剪鐙誰語莫便傷心可憐秋到無聲更苦滿寒江
剩有黃籚萬頃卷離魂去

臨江仙（擬南唐後主）

亂紅盈地春無主宿寒猶戀屛幃夢中何日是歸期玉臺金屋空逐彩雲飛　煙
月不如人事改夜深來照花枝蕙鑪香燼漏聲遲闌珊燈火殘醉欲醒時

八聲甘州（黃葉樓賦夕陽）

界斜紅颭出晚晴天相看轉淒然甚忽忽只是横雀鴈陣低照鷗眠樹外山眉襯黛遠道草芊芊一段蒼涼意都付樊川　漢闕秦宮何處送幾聲畫角吹老華年儘歡游長好到此黯流連倚江樓玉人凝望滯西風帆影落窗前愁無限近黄昏也新月籠煙

戀繡衾（擬草窗）

漏殘酒醒鐙半昏被池寒擅篆自熏想月轉牆西角悄無人愁過夜分　揉藍帊子餘香在怕如今添了淚痕夢不到梨花院任東風吹作碎雲

浣谿紗

青粉墻低柳倚門疎蘆斜入燕尋人最難消遣是深春　閒凭繡床恩夢笑怕繙蕭譜見啼痕櫻桃花下又黄昏

齊天樂（宿雨初收清游尚阻賦此遺懷）

溼雲初放紅樓曉紛紛雨殘猶隕澹寫山眉輕籠日脚笑我清游無分餘寒尚緊

凭纔過春分海棠吹盡忽憶蘇隄香泥多少韈塵印　閒愁幾番自遣一鳩喚午寂難寄芳訊小市評花幽坊換酒誰念鬻茶風韻蟾蜍硯潤記采壁題名舊時疏俊待約明朝刺船應未穩

謁金門（擬孫光憲）

留不得留也不過今日今日雲帆天咫尺明朝何處覓江上潮平風急吹斷幾聲殘笛獨倚小樓寒惻惻欲眠鐙又黑

●周稚圭詞研究法

周稚圭名之琦祥符人著有金梁夢月詞二卷懷夢詞一卷層臺高步竟體芳蘭其陌上花詞題稱與南唐李重光同以七夕生故其樂府小令當瓣香李氏雖天籟人工未能並駕要於珠玉六一之後善自得師黃韻甫曰夢月詞語語藏鋒譚復堂云唐人佳境寄託遙深又曰稚圭中丞撰心日齋十六家詞選截斷衆流金鍼度與雖未及皋文保緒之陳義甚高要亦倚聲家疏鑿手也

三姝媚（海淀集賢院有水石花柳之勝予歲或數十信宿戊寅春暮獨游池畔寓物寫情弁陽翁所謂薄洒孤吟者也）

交枝紅在眼蕩簾波香深鏡瀾痕淺費盡春工占勝游惟許等閒鶯燕步屧廊回盈褪粉蛛絲偸冩小影竛㛹冷到梨雲便成秋苑　容易題襟吹散又酒逐花迷夢將天遠繫馬垂楊但翠眉還識舊時人面暗數韶華空笑我櫻桃三見剩有盈盈胡蝶西窗弄晚（譚復堂云工力甚深）

瑞鶴仙（四月六日出都小憩蘆溝橋偶述）

柳絲征袂縮試錦羽初程玉驄猶戀銅街佩聲遠向天邊回首故人如面藤陰翠晚但怪得琴尊夢短有游蜂知我心期剛是退紅曾見　還看珠巢題字墨暈初乾酒痕微泫晴雲乍展春已在驛橋畔問柔波一樣仙源流下爲底人間校淺要重尋京邑塵香素襟漫浣（譚復堂云仲宣灞岸之篇）

踏莎行

勸客清尊。催詩畫鼓。酒痕不管衣襟汙。玉笙誰與唱銷魂。醉中只想瞢騰去。 綺席頻邀。高軒慣駐。閒來卻覓棲雅語。城頭一角晉陽山。怪他肯到無人處。

思佳客

帊上新題閒舊題。苦無佳句比紅兒。生憐桃蕚初開日。那信楊花有定時。 人悄悄。晝遲遲。殷勤好夢託蛛絲。繡幃金鴨熏香坐。說與春寒總不知。

●郭頻伽詞研究法

郭頻伽名麐。字祥伯。吳江人。著有蘅夢詞二卷。浮眉樓詞二卷。懺餘綺語二卷。爨餘詞一卷。陳鴻壽序云。頻伽少習倚聲。長嫻詩教。走馬磧碻塞上。沽酒烏丸城邊。回腸盪氣。搖曳情靈。既而端憂多暇。雜以變徵。蓋蓄隱而意愉。實懷愁而慕思也。頻伽本吳產。年來僑寓魏塘。魏塘爲昔賢歌觴之地。醋坊橋畔。腸斷東山。水磨頭前。情緣白石。譚復堂云。南宋詞敝。瑣屑餖飣。朱厲二家。學之者流爲寒乞。枚菴高朗。頻伽清疏。浙派爲之一變。而郭詞則疏俊少年尤喜之。予初事倚聲。頗以頻伽

名雋樂於風詠繼而微窺柔厚之旨乃覺頻伽之薄又以詞尙深澀而頻伽滑矣後來辨之

臺城路（同嚴文厯亭游舒氏園作）

薄陰不散霜飛早園林深貯秋意水木清蒼陂陀高下澹與暮雲無際紅泥亭子占一角孤城七分煙水最愛疏疏竹竿萬个滴寒翠　年來儔侶都散便登山臨水只恁蕉萃倦柳攀條清流照鬢暗老悲秋身世荒寒如此又畫角聲中夕陽垂地樹樹西風暮雅寒不起

疏影（燭淚）

珠啼玉泣向畫筵深夜相對愁絕今世紅紅宿世蟲蟲生平最惜離別風簾露席隨升降判滴滿爛銀荷葉算苦心未是灰時肯怕界殘紅頰　便與紗籠護取也應護不到將她時節苦憶高樓網戶曈曨照見粉痕明滅羅襦低解聞薌澤有誰問階前堆積只淒然擁髻人人愁流石榴裙褶（深思密藻漸近張周）

賣花聲

秋水澹盈盈秋雨初晴月華洗出太分明照見舊時人立處曲曲圍屏　風露浩無聲衣薄涼生與誰人說此時情簾幙幾重窗幾扇說也零星

高陽臺（將反魏塘疏香女子亦以次日歸吳下置酒話別離懷惘惘）

暗水通潮痴雲閣雨微陰不散重城留得枯荷奈他先作離聲清歌欲遏行雲住露春纖並坐調笙莫多情第一難忘席上輕盈　天涯我是飄零慣任飛花無定相送人行見說蘭舟明朝也泊長亭門前記取垂楊樹只藏他三兩秋鸝一程程愁水愁風不要人聽（中邊俱徹）

采桑子

尋常侍寢更衣處鐙影紗籠羅幕重重略近前時面發紅　月明雨落無人覺侍婢都慵裙褶惺忪香裹何勞問石崇

沁園春

無分今生何似當初相逢漠然卻雙鸞乳燕見伊小日飛花落絮送我中年玉淚珠啼紅愁綠慘便是無情亦可憐誰知是有心頭暗恨記也難全　那回款語鐙前似密意深情略爲傳道枝名連理種原無地禽名共命修到生天三素雲輕六銖衣薄定在寒簧瘦影邊還能否撥齊煙九點來照孤眠

高陽臺

文孝坊偏百弓地小舊家容易遷流叢桂山邊淮南雞犬曾留營門細柳如絲碧記攀條才拂人頭更移舟黃胖泥孩閒話春遊　前塵如夢都難忘況驚殘楚雨想到秦樓去燕空梁此中無限春愁而今零落知何處對孤山夜月香浮肯歸休一幅生綃環佩聞不

◉龔定盦詞研究法

龔定盦名鞏祚又名自珍字璱人浙江仁和人道光中進士官禮部主事恃才跅弛狂名甚著詩文皆不落凡近詞五種無着詞懷人館詞影事詞小奢摩詞庚子

雅詞所存皆不多段茂堂序云造意造言幾如韓李之於文章銀盌盛雪明月藏鷺中有異境譚復堂云緜麗沈揚意欲合周辛而一之奇作也又曰定公能爲飛仙劍客之語塡詞家長爪梵志也昔人評山谷詩如食蝤蛑恐發風動氣予於定公詞亦云按定公筆力之重爲清代第一何論詩文詞皆然

浪淘沙（書願）

雲外起朱樓縹緲清幽笛聲叫破五湖秋整我圖書三萬軸同上蘭舟　鏡檻與香篝雅淡溫柔替儂好好上簾鉤湖水湖風涼不管看汝梳頭

浣溪紗

鳳脛鐙高花粟圓尋思脉脉未成眠欹鬟沈坐溜犀鈿　一幢梅花紅似酒半庭落月暖於煙春宵原是女郎天

定風波

燕子磯頭擪笛吹平明沈玉大王祠無數蛾眉深院裏晏起曉霜江上阿誰知

山詭潮奔千萬變當面身輕要喚鯉魚騎驀地江斐催我去飛渡尊前說與定何
時

洞仙歌(雲纈鸞巢錄別)

高樓燈火已四更天氣吳語喁喁也嫌碎者新居頗好舊恨堪銷壺漏盡、儂待整
帆行矣　從今梳洗罷收拾箏簫勻出工夫學書字鳩鳥倘欺鸞第一難防須囑
咐鸞媒回避只此際蕭郎放心行向水驛尋燈山程倚[illegible]

水調歌頭(風雨竟晝檢視敗簏中巖江宋先生遺墨滿眼淒然)

風雨颯然至竟日作清寒我思芳草不見忽忽感華年憶昔追隨日久鎖把心魂
相守燈火四更天高唱夜烏起當作古人看　一枝楊一爐茗宛當前幾聲草草
休送萬古遂茫然仙字蟬飢不食故紙蠅鑽不出陳蹟太辛酸一掬大招淚灑向
暮雲間

臨江仙

酒渴茶思交午夜沈煙閒撥釵梁玉梅花合自添香敲詩渾已懶況叠縷金裳才把夢兒牢捉住無端又着思量十分情願是回腸欲拋拋不得明鏡涑飛霜

虞美人

紗窗暝色低迷綠猶未傳銀燭暮寒瑟瑟鏡台邊玉釧微聞應是換吳綿　金鑪香篆憯憯墜新月窺人坐湘簾放下悄含顰生怕梨花和月射啼痕

●蔣鹿潭詞研究法

蔣鹿潭名春霖江陰人咸豐中官淮南鹽官著有水雲樓詞二卷李泳叔序云君爲詩恢雄骯髒若東淘雜詩二十首不減外陵秦州之作乃易其工力爲長短句鏤情劇恨轉豪於銖黍之間直而緻沈而姚曼而不靡譚復堂云文字無大小必有正變必有家數水雲樓詞固清商變徵之聲而流別甚正家數頗大與成容若項蓮生二百年中分鼎三足咸豐兵事天挺此才爲倚聲家杜老而晚唐兩宋一唱三歎之意則已微矣或曰何以與成項並論應之曰阮亭葆酚一流爲才人之

詞宛鄰止庵一派爲學人之詞惟三家是詞人之詞與朱厲同工異曲其他則旁流羽翼而已

木蘭花慢（江行晚過北固山）

泊秦淮雨霽又鐙火送歸船正樹擁雲昏星垂野闊暝色浮天蘆邊夜潮驟起暈波心月影盪江圓夢醒誰歌楚些泠泠霜激哀絃　嬋娟不語對愁眠往事恨難捐看莽莽南徐蒼蒼北固如此山川鉤連更無鐵鎖任排空檣艣自回旋寂寞魚龍睡穩傷心付與秋煙（子山子美把臂入林）

浪淘沙

雲氣壓虛闌青失遙山雨絲風片一番番上已清明都過了只是春寒　華髮已無端何況華殘飛來胡蝶又成團明日朱樓人睡起莫卷簾看（此詞本事蓋感兵事之連結人才之惰窳而作）

踏莎行（癸丑三月賦）

疊砌苔深遮窗松密無人小院纖塵隔斜陽雙燕欲歸來卷簾錯放楊花入　蜨怨香遲鶗鴂語澀老紅吹盡春無力東風一夜轉平蕪可憐愁滿江南北（詠金陵淪陷事此謂詞史）

南浦（春草）

綠意隱汀沙雲痕消又潤村村酥雨山曉睡容蘇斜陽外深淺青無數飛飛胡蜨荒庭也是春來處千里相思誰種出攙了二分塵土　年年空怨裙腰甚愁根欲剗東風未許接岸綠波平銷魂事第一送君南浦鶗鴂幾度憑高不見天涯路陌上閒華開落後多少馬啼歸去（南唐之骨北宋之神此才獨擅）

鷓鴣天

楊柳東塘細水流紅窗睡起喚晴鳩屏開山壓眉翠心鏡裏波生鬢角秋　臨玉管試瓊甌醒時題恨醉時休明朝華落歸鴻盡細雨春寒閉小樓（字字用意氣體甚高不易到也）

虞美人

水晶簾卷徵濃霧夜靜涼生樹病來身似瘦梧桐覺道一枝一葉怕秋風　銀漢何日銷兵器劍指寒星碎遙憑南斗望京華却忘滿身清露在天涯（斜陽煙柳謝其溫厚）

東風第一枝（春雪）

糝草疑霜融泥似水飛花覓又無處樹梢纔褪遙峯簾外暗兼細雨輕冰半霎甚倚著東風狂舞怕一番暝意烘晴還帶落梅消去　華市冷試鐙已誤芳徑滑踏青尙阻依然淺晝溪山愁殺媆寒院宇春囘萬瓦聽滴斷檐聲淒楚賸幾分殘粉樓臺好趁夕陽鈎取（憂時盼捷何減杜陵南國廓清詞人已死其志其遇蓋可哀也）

臺城路（金麗生自金陵圍城出爲逃洲避雨光景感賦此解）

驚飛燕子魂無定荒洲墜如殘葉樹影疑人鴞聲幻鬼欹側春冰途滑積雲萬疊

又雨擊寒沙亂鳴金鐵似引宵程隔谿燐火乍明滅　江間奔浪怒涌斷笳時隱隱相和嗚咽野渡舟危空村草溼一飯蘆中淒絕孤城霧結賸貫網離鴻怨嗁昏月險夢愁題杜鵑枝上血

◉吳蘋香詞研究法

女士吳蘋香名藻浙江仁和人著有花簾詞二卷香南雪北詞二卷蘋香父與夫皆業賈兩家無一讀書者而獨能以詞名世殆夙根也蘋香詞雖不脫浙派科臼而有草窗之秀玉田之潤香南一集首首可誦清空一氣非若浮眉樓之蕪雜同時如趙秋舲之香消酒醒詞名與吳並面目亦近實則流於剽滑不如蘋香之猶不失規矩也清代詞媛除蘋香外尚有關秋芙葉小鸞等秋芙尤精勁過蘋香惜全集已燬小鸞亦盛年殂謝存稿寥寥未足以名一家故略之爾

卜算子

一幅小簾櫳四面明窗格屋裏鶯花門外山忙了春風筆　薄霧籠輕陰細雨催

寒食獨上湖樓看六橋楊柳無人碧

蝶戀花

快剪并刀風又急不卷珠簾重把羅衫疊湖上樓臺春水拍杏花何處人吹笛

萬樹垂楊和雨織第一橋連第六橋頭碧有約踏靑無好日明朝况是逢寒食

木蘭花慢（擬草窗）

明湖千萬頃正春曉鏡匳張看日脚煙浮魚天漲碧鷗夢迷香橫塘鈿車繡幄趁流蘇髻子鬱金裳空翠遥分鬢影亂紅低颭釵梁　垂楊嫩綠𢌞黄開燕剪弄鶯簧認第三橋外花驄慣識酒市深藏匆忙畫船去也漸鐘催暝色入斜陽銀鑰重關乍掩半山皓月飛光

酷相思

一樣黄昏深院宇一樣有箋愁句又一樣秋鐙和夢貯昨夜也瀟瀟雨今夜也瀟瀟雨　滴到天明還不住只少種芭蕉樹問幾箇涼蛩階下語窗外也聲聲絮牆

外也聲聲絮

蘇幕遮

曲闌干深院宇依舊春來依舊春來去一片殘紅無着處綠遍天涯綠遍天涯樹柳花飛萍葉聚梅子黃時梅子黃時雨小令翻香詞太絮句句愁人句句愁人句

戀繡衾（題畫扇寫悶尋鷓鴣說無聊詩意）

東風楊柳花外拖好池臺斜照未[illegible]悄不見驚鴻影是誰來弄調翠哥　玉籠小啄雙紅豆問相思心內幾多隴山遠蓬山隔說無聊都喚奈何

前調

一春風雨難放晴倩誰描帖子丙丁捲不起簾衣重蝶銷魂花太瘦生　韶華百五無佳日誤簫聲深巷賣餳西湖約何時準翠衫見叠皺四停

疎影（雙湖夫人善鼓琴工詩畫性愛梅自毘陵隨宦來杭以梅窗琴趣圖屬題云昔居塞北無梅追憶故園春色而作卽用白石老仙韻譜之）

伊人似玉記黃昏小院曾伴花宿不斷生香寫入冰絲高樓漫倚橫竹無端拋卻家山去只夢繞江南江北有故園仙鶴飛來說與藐姑愁獨　難忘清寒喚起一枝素手折簪上鬟綠薄薄銖衣短短琴床冷晝兩三間屋霜笳吹到鄉心切又譜出相思新曲總負他淡月疏窗印滿碧羅十幅

臺城路（南湖徐氏水樓厲樊榭徵君故居後爲名流觴詠之地以樊榭自號華憶故顏之曰華憶隱樓宋丈芝山繪圖戴金溪李西齋倪米樓諸老輩皆填詞近爲振綺堂汪氏所得徵題及余卽用圖中臺城路原調）

南湖綠淨無今古年年夕陽紅溼賣酒人家試香池館一樣簾波三尺荒涼故迹想曲曲闌干玉纖曾拍舊日妝臺杏粱除是燕相識　袈裟初地又改剩橫枝瘦影吹透鄰笛老去秋孃後來詞史畫裏依然裙屐垂楊自碧便啼殺春禽不成春色花月滄桑水樓傳賦筆

◉王半塘詞研究法

王半塘名鵬運字幼霞又號鶩翁廣西臨桂人同治十三年由舉人到閣官至禮科給事中著有褎墨詞蟲秋集譚復堂云褎墨詞千辟萬灌幾無鑪錘之迹一時無兩又與湖陽張仲遠敘錄嘉詞人爲同聲集以繼宛陵詞選深媺閎約之指未隊而佻巧奮末者自熄顧有以平鈍雷同相訾者謬荃孫宋元三十一家詞序吾友王孚佑遐明月入抱惡風在襟孕幽想夫流黃激涼吹於空碧古懷落落雅詎類於虎賁綺語玲玲蝶不墮於馬腹唐景崧請纓日記王氏在桂林日燕懷堂科第聲出佑遐尤爲烏衣佳子弟也惜有鼻病然盲左腐遷名雄千古刖鼻也何害將以此慰勵佑遐按光緒庚子拳匪倡亂各國聯軍逼京師半塘身困危城中又與劉伯崇朱古微合撰庚子秋詞二卷得七十餘調皆小令半塘詞取逕於珠玉六一雄深蒼穩又雅近辛劉晚清詞家氣體之高此爲第一

卜算子

夢裏半塘秋斷壁迷煙柳詩意空明指似誰鷗外涼蟾透　愁向酒邊新拙是年

時舊話到江湖白髮心猨鶴驚人瘦

人月圓

煙塵滿目蘭成賦休唱憶江南昏昏海日金臺重上淚點青衫　西山一角向人如笑寥落何堪不如歸去生涯白水家世黃柑

太常引

蕭疏短髮不禁搔歸夢楚天遙飲酒讀離騷問名士何時價高　可堪搔落閑身如葉風色滿亭皋魂斷倩誰招記醉踏楊花謝橋

愁懷得酒湧如潮心事付蓬飄月落雁羣高亂峽影星河動搖　商聲夜起斷雲北望粱燕乍離巢魂已不禁消休更說消魂灞橋

更漏子

綉簾低煙穗直寂寬畫屏秋夕檢塞遠雁書囘始終情費猜　酒邊吟燈下課閒夢新來慵作弓樣月兩頭纖歸期九月三

巫山一段雲

秋色吳生畫溪聲賀若琴點塵不到碧山深詩意淡相尋　興往休懷古愁多莫論今閉門寒月照蹤襟身世老書淫

賀新涼（霜露既至雲物皆秋獨弦哀歌用舒予懷調成以示巢隱曰此秋聲也爲之擊節）

寂寞閑門閉又天涯歲華如此旅懷孤寄姹燕嬌鶯前日事依舊定堦絡緯更著甚箜弦清脆薜荔叢深猨狖嘯料靈均應恨歌山鬼還禁得幾憔悴　海山煙樹蒼茫裏目成連刺船歸後果移情未白眼看天星與月但見樓臺彈指問高處闌干誰倚漫遣鈿箏移玉柱鑄相思枉費黃金淚聽嘹亮雁聲起

水龍吟（平生耆睡成癖讀天籟集睡詞深有契於余懷者戲用其均以誌賞心）

輭紅十丈塵飛人間何許藏愁地穨然一咲玉山自倒春生夢寐我已忘情蕉邊

覆鹿槐根封蟻歎無情世故倉皇逐熱誰能解、於中味　謾說朝來柱笏最宜人
西山晴翠何如一枕忘機息影黑甜鄉裏萬事悠悠百年鼎鼎付之酣睡待黃鸝
三請窺閭乘興倩花扶起

顧憲融《填詞門徑》

顧憲融（1898–1955），字佛影，號大漠詩人，江蘇南匯人。抗戰時期流寓四川，抗戰勝利後返回上海。著有《虛詞典》《劍南詩鈔》（上下冊）、《古今詩指導讀本》《填詞百法》《填詞門徑》《無師自習作詩門徑》《作詩百日通》《紅梵精舍詞集》《大漠詩人集》等。

《填詞門徑》分為上下兩編，上編論詞之作法分為三章：緒論、論詞之形式、論詞之內容；下編論歷代名家詞分為五章：論唐五詞、論北宋詞、論南宋詞、論金元明詞、論清詞。論及詞人68位，詞作222首。《填詞門徑》上海中央書店於民國二十二年（1933）初刊，其後，上海中央書店又多次重印。本書據初刊本影印。

顧憲融　**填詞門徑**

填詞門徑

無師自習

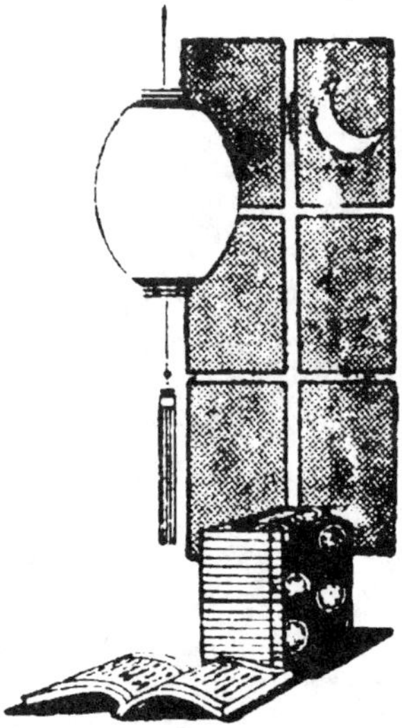

上海中央書店印行

無師自通

填詞門徑

佛影顧憲融著

填詞門徑目次

上編　論詞之作法

第一章　緒論

第二章　論詞之形式

下編　論歷代名家詞

第一章　論唐五代詞

第二章　論北宋詞

第三章　論南宋詞

（附錄）習用諸調平仄譜目次（下編）

填詞門徑

顧憲融編著

上編　論詞之作法

第一章　緒論

一　論詞與詩文之關係

詞者我國文學中之一體。由詩中蛻變而出者也。故古人學詞者。莫不先有詩文之根柢。惟詞之爲體。既已離詩而獨立。不特與文絕異。即與詩亦截然有辨。形式無論。已且論其內容。王阮亭云。無可奈何花落去。似曾相識燕歸來。定非香匳詩。良辰美景奈何天，賞心樂事誰家院。定非草堂詞也。劉公戢亦引老杜詩夜闌更秉燭。相對如夢寐。與叔原詞今宵剩把銀缸照。猶恐相逢是夢中。相較。以見詩詞之分疆。蓋同一意境。我人往往因情感之不同。而所獲印象不同。而描寫之筆致表現之方法。亦隨之而判。精於此者。自能辨別也。昔人恆言。詩莊詞媚。此莊媚字固未足以遽定詩詞之界。我人可以他語補充之。曰詩硬詞軟。詩平詞皺。詩直詞曲。詩外放而詞內斂。詩陽剛而詞陰柔。詩多顯意識之活動。詞多潛意識之活動。此其大較也。總之詞之與詩。實爲二事。故學者之程。初無先彼後此之必要。未學詩者亦非不可學詞也。至於散文。其境尤殊。散文之用。多以述事明理。而詞之用。但以達情。古今天才作家。儘有能詞而不能文者。然在初學。則文氣通順。固爲最低之限度。蓋工具未全。終不足以語技巧也。

二　論詞與音樂之關係

詞在宋代。本以合樂。北宋作家。輒當筵命筆。以付管絃。但求諧律。不暇計文字之工也。南渡以後。作者愈多。絲竹宴樂之盛。反不如前。蓋漸趨重文字之組織。而音樂之用日減。及元人入主。合胡樂漢樂而爲曲。曲盛而詞衰。詞之聲律。終於亡佚。有清詞學中興。則管絃之用已盡廢。詞之爲詞。遂脫離音樂而成獨立之文學。與詩無異。凡一切文學。其發展之程序。莫不如是也。是故我人今日學詞。儘可置音律於不問。塡時但能四聲不誤。則吟誦之時。亦自入耳醉心。初不必求絲竹之助也。且舊譜既佚。無可攷求。一二泥古之士。雖復高談律呂。斤斤於宮調之辨。亦終於叩槃捫燭而已。至如戈順卿萬紅友輩。剖音析韻。細入毫芒。讀其所作。乃終卷無一佳詞。

蓋守律過嚴。已入魔道。雖有才技。亦無所施。此正塡詞家所切戒也。

三　論詞與四聲之關係

我國文字爲單節音。（一字一音）故可就每字發聲之强弱高低而分爲平上去入之四聲。此四聲之用在文學上甚爲重要。因文學所以表達情感。其聲調必求抑揚動聽。而四聲實爲支配聲調之樞機也。至於詞體之成立。半因句法長短之差異。半亦因四聲之變化。故學詞者。不可不先明辨四聲而熟練之也。

四　論四聲之辨別

辨別四聲。口授甚易。今欲筆述之則較難。請以鼓聲爲喻。今以鼓槌輕擊鼓之中心。其聲東東。平聲也。擊其邊。其聲董董。上聲也。更重擊其中心。則作凍凍。去聲也。按其一邊之革而擊之。則其聲爲篤篤。入聲也。鼓之小者其聲爲東董凍篤。鼓之大者又爲同動洞獨。更以鑼聲爲喻。大者堂蕩盪踱。小者湯儻燙託。因是以辨四聲。最爲淸晰。

五　論四聲之練習

四聲之辨別尙易。而欲求純熟則甚難。學者必隨時隨地注意練習之。其法先舉一平聲之字。依次以求上去入三聲。例如舉一江字平聲也。依次呼之。可得講絳覺之上去入三聲。次復由上去入三聲中任舉一字。以求其他三聲。今按詞韻每部舉數例如下。

第一部　東董凍篤　同動洞獨　中腫衆燭　嵩聳送束　容擁用欲　蟲重仲蜀

第二部　江講絳覺　邦綁○卜　章掌障隻　央癢恙藥　王枉旺沃　香響向謔

第三部　支止置質　離李厲力　微尾味○　低底帝滴　提弟第迭　灰賄毀忽

第四部　書恕絮○　魚語御玉　蘆魯路洛　初楚錯矗　徒杜渡獨　枯苦課哭

第五部　街解界脚　孩亥害合　排罷敗白　釵采菜尺　台迨黛突　獃○戴答

第六部　身沈損塞　因影印益　眞軫震職　文吻問物　紛粉奮忽　溫穩問物

第七部　園遠怨鬱　元阮愿月　先洗線雪　姍散訕撒　官管貫骨　煎剪箭節

第八部　蕭小嘯削　朝早罩卓　交攪敎覺　敲巧○却　豪皓號學　刀倒到○

第九部　歌古顧國　多賭○篤　俄我餓○　柯可課哭　波播簸北　蹉脞挫甓

第十部　媧瓦畫劃　麻馬罵麥　家假嫁脚　爺夏下業　巴把霸伯　華瓦話劃

第十一部　庚梗更格　兵丙柄璧　星醒性惜　銘茗命○　登等櫈得　蒸整贈則

第十二部　求舅舊極　留柳溜力　侯後候○　尤有又亦　周走咒則　鳩九救擊

第十三部　侵寢浸卽　深審甚識　壬荏任賊　今噤禁急　陰飲蔭憶　臨懍介力

第十四部　覃淡蛋踏　甘感紺合　鹽陷豔葉　嚴釅念孽　凡犯飯罰　添餂忝鐵

學者如上表所列。時時練習。自能舉一反三。惟各地方音不同。練習時難免無差誤。故學者稍遇疑惑之處。宜隨時檢查字典。以證其是否。查檢既多。并可熟悉韻目。而一字之平仄兼收。上去通叶者。亦可多所記憶。於將來塡詞造句時爲益甚大。

六　論學詞應先讀詞

學詞必先能鑑賞而後方可創作。此一定之程序也。讀他人之詞而得其趣味。其聲調作法。融會於心。一旦自己有所感觸。下筆自能諧合。倘所讀不多。或讀之而未得其趣味。按譜硬塡。決無是處。且文藝之事。創作須有天才。鑑賞則幾盡可人能。故學詞而但求鑑賞。不求創作。卽祇讀而不塡。亦未始不可謂已達其一半之目的也。）

七　論讀詞之方法

讀詞之法。先宜小令而後長調。取其音節之美易見也。宜先近人而後唐宋。取其時代相近。材料背景多相似也。尤宜先郭頻伽吳蘋香鄭板橋諸家。取其輕鬆流利。易得其趣味也。宜先選本而後專集。取其省決擇之勞也。宜先擇有圈點評註之本。圈點取其易讀。評註取其能助我思考也。初讀一生調之詞。必取譜旁置。認明此調之聲韻及句法。然後發聲吟誦。而字音必須個個準確。不容稍有牽强。苟能如是。則卽使無人面授。讀二三遍後。亦自能上口。且自覺其疾徐輕重之間。固有一定之標準。入耳會心。詞句之美。乃與音調之美融而爲一。一似天造地設。有此調斯有此詞。有此詞斯有此調者。至於如是。鑑賞之能事方盡。則可更取其他同調之詞讀之。以求精熟。每調能熟讀名作四五首。則此調之平仄自能背誦不忘矣。

第三章　論詞之形式

一　論字句

詞句長短不同。而其平仄句法皆有一定。學者不可不細辨也。詞句之最短者爲一字句。如十六字令之第一句是。然其用甚少。稍長則爲二字句。其平仄可分四種。

（一）平仄　如河傳之「湖上」「閑望」（溫庭筠）（以下所引諸詞皆見本書）

（二）仄平　如河傳之「終朝」「柳堤」（同前）

（三）仄仄　如惜紅衣之「故國」（姜夔）

（四）平平　如南鄉子之「茫茫」「斜陽」（馮延巳）

以上四種後一字平仄皆不可移易。前一字或可通融。但總以從原詞爲是。

二　論三字句

三字句之平仄可分八種。

（一）平仄仄　如更漏子之「春雨細」（溫庭筠）

（二）仄平平　如祝英台近之「寶釵分」（辛棄疾）

（三）平平仄　如憶秦娥之「簫聲咽」（李白）

（四）仄仄平　如長相思之「汴水流」「泗水流。」（白居易）
（五）仄平仄　如金縷曲之「爲兄剖。」（顧貞觀）
（六）平仄平　如平韻滿江紅之「聞珮環。」（姜夔）
（七）仄仄仄　如一葉落之「一葉落。」（後唐莊宗）
（八）平平平　如壽樓春之「今無腸」「良宵長。」（史達祖）

以上八種中前四種爲普通句法。後四種爲特別句法。平仄皆不可移易。至於上幾下幾之區別。在四字以上之句固甚重要。而三字則可不拘。以其祇有上一下二與上二下一之二種。字數既少。讀之初無頓逗。塡時自可隨意也。

三　論四字句

四字句之平仄普通者有二種。

（一）平平仄仄　如減字木蘭花之「徘徊不語。」如係單句。一三平仄可移易。例如原詞「畫橋流水。」（王安國）如係對句。則其所對之句必爲仄仄平平。故第三字不能易而第一字亦須與其所對之句相對也。

（二）仄仄平平　如減字木蘭花之「月破黃昏」「不似垂楊」（王安國）平仄惟第一字可易。

此外更有特別句法多種。略舉於下。

（三）平平仄平　如醉太平之「情高意眞」「眉長鬢青」（劉過）

（四）平仄平仄　如如夢令之「依舊依舊」（秦觀）調笑令之「團扇團扇」（王建）其實係二字疊句非四字句也。

（五）仄平平平　如壽樓春之「照花斜陽」「楚蘭魂傷」（史達祖）

以上（三）（四）皆定格。（五）惟第一字可易。至於四字皆平或皆仄者。惟長調中特定之格有之。平仄更不可易也。凡四字之句皆兩兩平行。惟水龍吟末句揾英雄淚（辛棄疾）作上一下三耳。

四　論五字句

五字句普通句法大都上二下三。與五言詩句相同。茲如詩句之例。分爲平起仄收等四種。（凡五六七言之句第二字平聲曰平起。第二字仄聲曰仄起。末字仄聲曰仄收。末字平聲曰平收。）

（一）平起仄收　如菩薩蠻之「玉階空佇立」（李白）首字平仄不拘。

（二）仄起平收　如憶江南之「獨倚望江樓」（溫庭筠）首字平仄不拘。

（三）仄起仄收　如菩薩蠻之「宿鳥歸飛急」（李白）首字平仄不拘。

（四）平起平收　如菩薩蠻之「有人樓上愁」（李白）一三兩字雖可不拘。但總以用仄平平仄平爲宜。

此外有作上一下四者。爲特別句法。實即四字句加一字豆也。如洞化歌「自清涼無汗」（蘇軾）壽樓春「裁春衫尋芳」（史達祖）等。不多舉例。此種句法其首字平仄皆不可易。下四字則如四字句法之例。

五　論六字句

六字句皆兩字平行。普通句法有二。

（一）平起平收　如相見歡之「無言獨上西樓。」（李後主）一三平仄不拘。

（二）仄起仄收　如如夢令之「鶯嘴啄花紅溜。」（秦觀）一三五平仄不拘。

此外有特別句法二種。

（三）平起仄收　如念奴嬌之「消磨多少豪傑。」（蘇軾）調笑令之「美人並來遮面。」（王建）前者第四字用仄。後者第四字用平。皆爲定格。

（四）仄起平收　如念奴嬌之「遙想公瑾當年。」（蘇軾）調笑令之「誰復商量管絃。」（王建）前者第四字用仄。後者第四字用平。皆定格。

此種特別句法卽詩中拗句。其一三五字之平仄。雖有可通者。但總以從原句爲妥。更有上一下五之句法。如青玉案之「但目送芳塵去。」（賀鑄）上三下三之句法。如水龍吟之「渾不見花開處。」（蘇軾）實則前者爲五字句上加一字豆。後者爲三字句上加三字豆也。

六　論七字句

七字句之普通句法多爲上四下三或上二下五。此二種之分別實無關重要。學者可以不問。至其平仄有四種。

（一）仄起仄收　如減字木蘭花之「雨濕落紅飛不起。」（王安國）

（二）平起平收　如阮郎歸之「南園春半踏青時。」（馮延己）

（三）仄起平收　如醜奴兒之「中有傷春一片心。」（朱藻）

（四）平起仄收　如菩薩蠻之「平林漠漠煙如織。」（李白）

此外更有上三下四與上一下六之特別句法。上三下四者如唐多令之「二十年重到南樓。」（劉過）洞仙歌之「金波淡玉繩低轉。」（蘇軾）上一下六者如雙雙燕之「又軟語商量不定。」（史達祖）第一字爲豆讀法與上三下四者無異也。

七言拗句均爲特別句法。略舉之。如洞仙歌之「水殿風來暗香滿。」（蘇軾）第六必平。戀繡衾之「漏殘酒醒燈半昏。」（項鴻祚）第六字必仄。且以用去爲佳。賀新郎之「芳草王孫知何處。」（蘇軾）第六字必平。壽樓春之「相思未忘蘋藻香。」（史達祖）惟第三字可平。餘不能易。凡此種拗句。其拗處卽爲定格。學者最宜注意也。

詞中無八字句。有之必爲五字句加三字豆。或七字句加一字豆。若九字句。則爲六字句加三字豆。或分作四五二句讀。茲不贅。

七　論詞韻之種類

南宋以前。初無詞韻專書。塡詞者但以當時普遍之語音作標準。且有雜以自己方音者。蓋但求其音相近。可以歌唱而已。及南宋初朱希眞始作應制詞韻十六條。元陶宗儀曾譏其混淆。今此書早亡佚。紹興間更有菉斐軒詞韻。今江都秦氏所刻詞學全書中有之。但後人疑其僞託。謂係曲韻而非詞韻。清初沈謙著詞韻略。毛先舒爲之括略。自是趙鑰曹亮武之詞韻李漁之詞韻。吳文煥之文會堂詞韻。許昂霄之詞韻考略。吳烺之學宋齋詞韻。鄭春波之綠猗亭詞韻。戈順卿之詞林正韻等。先後續出。詳略不同。寬嚴各異。而要以戈氏詞林正韻爲最完善。塡詞者儘以此爲依據。而其他諸書概置不論可矣。

八　論詞韻之檢用法

詞韻與詩韻略有不同。試檢本書下卷之韻目觀之。可見其與詩韻分合之異。其中共十九部。以平聲領上去二聲統爲十四部。而入聲另爲五部。普通平聲入聲皆獨押。而上去則可通押。茲舉例如下。

十六字令　周邦彥

眠。月影穿窗白玉錢。無人弄。移過枕函邊。

此爲叶平聲之例。眠錢邊三字同屬第七部平聲韻也。

好事近　黃魯直

一弄醒心絃。意在兩山斜疊。彈到古今愁處。有眞珠承睫。　使君來去本無心。休淚界紅頰。自恨老來慣酒。負十分蕉葉。

此爲叶入聲之例。疊睫頰葉四字皆屬十八部之入聲韻也。

謁金門　薛昭蘊

春滿院。疊損羅衣金綫。睡覺水晶簾不卷。簾前雙語燕。　斜掩金鋪一扇。滿地落花千片。早是

相思腸欲斷忍教頻夢見

此乃叶上去聲之例。阮線燕扇片見六字皆去聲。而卷斷二字則爲上聲。因同屬第七部。故可通叶。

九　論詞譜之種類

讀詞既多。調自精熟。某字平仄可易。某字平仄不可易。自能辨別。塡時固毋須用譜。惟長調記憶較難。而初學者尤患無所依據。則詞譜亦自有用也。詞譜之種類甚多。普通所用有欽定詞譜。萬紅友詞律。毛先舒塡詞圖譜。舒夢蘭白香詞譜。顧佛影增廣白香詞譜等數種。欽定詞譜共八百二十六調。二千三百六體。萬氏詞律六百五十九調。一千七百七十三體。皆卷帙浩繁。立論龐雜。而毛氏塡詞圖譜訛誤尤多。初學者以白香詞譜爲最適用。以是書所選祇一百調。爲塡詞家所習用也。此書更有各家攷正本。其中尤以天虛我生攷正本爲最佳。每調之後更附攷正及塡詞法。學者得此一編。大可省覓行索塡之苦矣。倘病其太簡。則又更備顧氏增廣白香詞譜一部。此書除白香詞譜所收百調外。更增選二百餘調。每調亦附攷正詞中可攷之調實盡於是矣。

十　論詞譜檢用法

白香詞譜及塡詞圖譜於每字之右均附以平仄之符號平爲○仄爲●平而可仄者爲◓。仄而可平者◒。改正白香詞譜則於後之二者不復分別但作◉以示平仄不拘學者按圖塡字。自無失粘之病。詞律雖不字字標明平仄而實則凡其兩旁不標平仄之字卽屬平仄不可移易之字。苟有可以通用者。則必於其左旁註明可平或可仄。其用法實與有圖者無異也。

凡各譜中有種種名稱均爲學者所不可不知者。玆分述之如下。

（韻）凡譜中注有韻字者。卽本詞起首用韻之處。

（叶）凡譜中注有叶字者。卽與上用之爲韻屬一部。不能換押他韻。

（句）凡譜中注句字者。此句不須押韻。

（豆）凡譜中注豆字者。卽一句中之頓逗處。豆本應寫作讀。圈去聲。因從簡便都寫作豆。

今舉一例如左。

醉花陰

薄霧濃雲愁永晝韻 瑞腦噴金獸叶 佳節又重陽句 寶枕紗幮豆 昨夜涼初透叶 東籬把酒黃昏後叶 有暗香盈袖叶 莫道不消魂句 簾捲西風豆 人比黃花瘦

右詞第一句七字。以晝字起韻。第二句五字。以獸字叶。即獸字與晝字必同在一部韻內也。第三句五字不押韻。第四句九字以透字叶。惟於第四字幮字處作豆。以爲頓挫。後半均如前例。可類推也。

（換）凡譜中注換平者。必其上句皆押仄韻。至此乃換平韻。其注換仄者。必其上句皆押平韻。至此乃換仄韻。既換平韻之後。復押仄韻。而與上文之平韻不必同爲一部者。謂之三換仄。必須同爲一部者。爲之叶仄。由平換仄而三換平者同此例。自三換仄而四換平。三換平而四換仄者。其理更可類推。今舉一例如左。

菩薩蠻

平林漠漠煙如織韻 寒山一帶傷心碧叶 暝色入高樓換平 有人樓上愁叶平 玉階空佇

立三換仄宿鳥歸飛急叶三仄何處是歸程四換平長亭連短亭叶四平

前詞第一二句叶仄韻。三四句換平韻。五六句三換仄。七八句四換平。如譜甚明。茲更舉一例。

相見歡

無言獨上西樓韻月如鈎叶寂寞梧桐豆深院鎖清秋叶 剪不斷換仄理還亂叶仄是離愁叶平別是一般滋味在心頭叶平

前詞第一二三句均叶平。第四五句換仄。第六句復換平。而此愁字必與上文樓鈎秋同在一部。故不曰三換平。而曰叶平也。

（疊）凡譜中注疊者有四種之區別。一曰疊句。例如下。

如夢令

鶯嘴啄花紅溜韻燕尾剪波綠皺叶指冷玉笙寒句吹徹小梅春透叶依舊叶依舊疊句人與綠楊俱瘦叶

前詞中依舊依舊卽叠句也。二曰叠字。例如下。

憶秦娥

簫聲咽韻 秦娥夢斷秦樓月叶 秦樓月叠三字 年年柳色句 灞陵傷別叶 樂遊原上清秋節叶 咸陽古道音塵絕叶 音塵絕叠三字 西風殘照句 漢家陵闕叶

前詞中秦樓月音塵絕均叠前句尾三字也。三曰倒叠字。例如下。

調笑令

團扇韻 團扇叠句 美人並來遮面叶 玉顏憔悴三年換平 誰復商量管絃叶平 絃管 三換仄倒叠二字 絃管叠句 春草照陽路斷叶 三仄

前詞中絃管卽倒叠前句尾二字也。四曰叠韻。例如下

長相思

泗水流韻 汴水流叠韻 流到瓜山古渡頭叶 吳山點點愁叶 思悠悠叶 恨悠悠韻叠 恨到歸時方始休叶 月明人依樓叶

前詞泗水流汴水流及思悠悠恨悠悠均係叠韻。又有一例。

釵頭鳳

紅酥手韻 黃縢酒叶 滿城春色宮墻柳叶 東風惡換仄 歡情薄叶二仄 一懷愁緒句 幾年離索叶二仄 錯叶二仄 錯疊錯疊 春如舊叶首仄 人空瘦叶首仄 淚痕紅浥鮫綃透 叶首仄 桃花落叶二仄 閑池閣叶二仄 山盟雖在錦書難託叶二仄 莫叶二仄 莫疊莫疊

前詞前後兩結處錯錯錯莫莫莫亦叠韻之一種。其實謂之叠字叠句亦無不可也。

(闋)闋者一曲告終而少息之謂也。雙調都兩闋而成。一首長調則有多至三闋四闋者。凡兩闋者稱上半首爲上半闋。或稱前闋。稱下半首爲後半闋。亦稱後闋。多至三四闋者。則稱第一闋第二闋。以下類推。萬氏詞律則稱爲段。

十一 論調名與詞之關係

兪少卿云。唐詞多緣題作賦。臨江仙則言水仙。女冠子則述道情。河瀆神則緣祠廟。巫山一段雲則述巫峽。醉公子則咏公子醉也。胡元瑞云。諸詞所詠固卽詞名。然詞家亦間如此不盡泥也。菩薩蠻稱唐世諸調之祖。昔人著作最衆。乃無一曲與詞名相合。餘可類推。猶樂府然。題即詞曲之名也。聲調即詞曲音節也。宋人塡詞絕唱。如流水孤村曉風殘月等篇。皆與調名了不關涉。而王晉卿人月圓謝無逸漁家傲殊碌碌無聞。則樂府所重。在調不在詞矣。按詞調初起皆民間樂曲。如今之一枝花四季相思之類。文人按歌塡詞。但求協律。而於字數平仄漫無限制。花間集中河傳酒泉子荷葉杯等之幾於人各一體者是也。惟此種樂曲爲數不多。遂有別著新詞創爲新調者。即以詞題名其調。河瀆神臨江仙女冠子等是也。亦有不以詞題而摘取詞中字句製名者。如憶王孫（秦觀作萋萋芳草憶王孫句）如夢令（唐莊宗作如夢如夢殘月落花煙重）等是也。更有襲用古樂府舊題爲名者。如調笑令何滿子昭君怨等是也。更有任取古事物或古人名句製名者。如浣溪沙（實浣紗溪之誤用西施浣紗事）菩薩蠻（蠻本作鬘西域婦人髻也唐太宗初女蠻國貢女樂危髻金冠纓絡被體號菩薩鬘隊）是也。由是以言。則調名之與詞意本無甚關係。蓋調名者形式之事也。詞意者內容之事也。我人塡詞儘可取其音節而自抒所感。至於調名則但視爲一種音節之符號可矣。

十二　論令慢之別

詞有小令中調長調之分。草堂創其例。而後人因之。宋翔鳳樂府餘論曰。詞之分小令中調長調者。以當筵伶伎。以字之多少分調之長短。以應時刻之久暫。如今京師演劇。分大齣中齣小齣也。草堂一集。蓋以徵歌而設。故別題春景夏景等名。使隨時卽景歌以娛客。題吉席慶壽更是此意。其中詞語間與集本不同。其不同者恆平俗。亦以便歌。以文人觀之。適當一笑。而當時歌伎。必需此也。原其始。固先有小令。唐人樂府。皆小令也。其後以小令微引而長之。於是有陽關引千秋歲引江城梅花引之類。又謂之近。如訴衷情近。祝英台近之類。以音調相近。從而引之也。引而愈長者。則爲慢。慢與曼通。曼之訓引也。長也。如木蘭花慢長亭怨慢拜新月慢之類。其始皆令也。亦有以小令曲度無存。遂去慢字。亦有別製名目者。則令之樂家所謂小令也。曰近曰引者。樂家所謂中調也。曰慢者。樂家所謂長調也。不曰令曰引曰近曰慢。而曰小令中調長調者。取流俗易解。又能包括衆題也。此說似甚詳盡。而於小令中調長調之分。究以何者爲標準。終未明瞭。沓近代各家。如錢唐毛氏。以五十八字以內爲小令。五十九字至九十字爲中調。九十一字以外爲長調。萬紅友駁之。謂少一字卽短。多一字卽長。必無是理。故其詞律不分小令中調長調等名。其實毛萬二氏均屬武斷。天虛我生曰。毛氏作詞韻括略。純出臆斷。而牽强引附。乖訛已多。已足見其妄。萬氏但尋字句。不諳音樂。謬詡知音。乃創推翻小令等說。多見其淺且陋耳。夫小令卽引子也。中調卽過曲也。長調卽慢詞也。在曲譜中固有區別。非可混用。蓋引子皆散板。惟用於出場。過曲則起板。贈板用於唱工正場。猶皮黃之原板。故亦有用衝場過曲。不加引子者。長調則係慢板。正曲。猶皮黃調之有正板也。謂無區別得乎。故以臨江仙爲中調者。正爲爲毛氏所誤。蓋臨江仙實南呂引子。其爲小令固甚明也。而紅友以爲小令中調竟不必分。則尤非是。洵如彼言。試問製曲者固可於一曲中引子過曲相間而用否耶。要不待問老伶工而後知矣。此說最爲透徹。當無可疑。然詞在今日。既不須歌。則引子過曲等尙有何別。小令中調等之分。亦已全失其意義。我人倘爲說明便利計。仍欲沿用其名。則姑從毛氏之說。亦未爲不可也。

十三　論調名之同異

詞有調同而名異者。有名同而調異者。如唐人小令河傳酒泉子荷葉杯等字數平仄差異絕多。幾於人各一體。卽同爲一人之作。而亦每有不同。至於後創之調其始原祇一體。乃亦以後來作者之疏漏。或傳抄之脫訛。而變爲數體。此皆所謂名同而調異者也。纂譜者搜集務詳。而又憚於攷訂。每別之爲又一體又一體。詞律等書中卽熟見之調如滿江紅念奴嬌等亦往往多至十餘體。可謂胡鬧。今我人倘用唐人小令則可註明從某某體。以清眉目。若用後創之調則宜先加以攷訂。攷其調所由創。名所由起。其無可攷者。始取多者證之。三人占則從二人可矣。亦有宜注意者。如仄韻之叶入聲者。往往亦可叶平韻。此則確爲二體。我人宜於少見之一體。冠以平韻或仄韻字樣。例如滿江紅憶秦娥以仄韻爲正格。則用平韻者必標以平韻滿江平韻憶秦娥之名。而仄韻者僅書滿江紅憶秦娥可矣。若浣溪紗之以平韻爲正格者反之。至所謂調同而名異者。大率爲一二好奇之士。取舊譜立新名。（張宗瑞詞一卷悉易新名）如如夢令之一曰憶仙姿也。菩薩蠻之一曰重疊金也。清平樂之一曰憶蘿月也。詞譜所載一調咸有數名。究其調之所始。名之孰先孰後。或可攷。或不可攷。其可攷者如宋人自度腔原詞未佚。我人用其譜卽用其名。固可毋論矣。若其不可攷者。則必古今作者已多。我人既用此調。必擇普通習用之名標之。始可令人披卷曉然。況詞之良否與調名何預耶。王阮亭云。詞選須從舊名。如本草誌藥。一稱數名。必好稱新目。無裨方理。徒惑觀聽。故好用舊譜之改稱者。如本草中之別名也。又有自立新名。按其詞則枵然無有者。如清異錄中藥名。好奇妄撰也。然間有古名無謂而偶易佳名者。如用脩易六醜爲個儂。阮亭易秋思耗爲畫屏秋色。但就本詞稱之。不妨小作狡獪。

第三章　論詞之內容

一　論意內言外

詞與辭通。說文云。意內言外。此不過解釋詞字之本義。謂以言達意而已。與詞體之詞。初無關係。惟後之詞家。每喜借意內言外四字。以詮發詞之內容。引申曲譬。遂成神祕之談。言之愈玄。而其義愈晦。蓋文學實有至高之境。無可言說。惟有談古人名作。求諸神韻之間。含咀反覆。一旦豁然大悟。始知方寸靈山。正不在遠耳。雖然。近人論詞。亦多有精當語。足以發其微者。止庵周氏曰。詞非寄託不入。專寄託不出。一物一事。引伸觸類。意感偶生。假類必達。斯入矣。萬感橫集。五中無主。赤子隨母啼笑。向人緣劇喜怒。能出矣。初學詞求有寄託。有寄託則表裏相宜。斐然成章。即意內之謂也。既成格調。求無寄託。無寄託則指事類情。仁者見仁。知者見知。即言外之謂也。又董晉卿之論詞也。曰以無厚入有間。蔣劍人之論詞也。曰以有厚入無間。其實皆意內言外之旨也。以無厚入有間者。重在意內。即以有寄託入也。以有厚入無間者。重在言外。即以無寄託出也。塡詞三昧。不外乎是。學者於以消息焉可也。

二　論先空後實

張玉田云。詞要清空。勿質實。清空則古雅峭拔。質實則凝澀晦昧。姜白石如野雲孤飛。去留無迹。吳夢窗如七寶樓台。眩人眼目。拆碎下來。不成片段。按玉田詞派尙空而不尙實。故其言如是。其實詞之妙處。空與實正宜互濟。蓋空者其氣。實者其體也。氣不可實。實則滯。體不宜空。空則滑。夢窗佳處。固非玉田所能夢見。以玉田僅知有空。不知有實也。夫空實之界。實爲兩宋鴻溝。周止庵云。北宋詞下者在南宋下。以其不能空。且不知寄託也。高者在南宋上。以其能實。且能無寄託也。南宋則下不犯北宋拙率之病。高不到北宋渾涵之詣。此亦想係時運風會使然。清浙派諸人執於玉田一偏之論。但以白石爲止境。不肯入北宋人一步。而又不能到白石清靈之境。又何怪流弊所極。至於剽滑浮薄而不可救乎。今以言學者之程。則空易而實難。故初學詞必先求空。空則靈氣往來。既成格調求實。實則精力彌滿。夫學者果至於精力彌滿。則驪珠已得。所謂雷霆萬鈞。冰雪一片。筆墨之痕已化。尚安有不空且靈者乎。

三　論十六要訣

清　輕　新　雅　靈　脆　婉　轉　留　托　澹　空　皺　韻　超　渾

天之氣清。人之品格高者出筆必清。五彩陸離。不知命意所在者。氣未清也。清則眉目顯。如水之鑑物無遁形。故貴清。

重則板。輕則圓。重則滯。輕則活。萬鈞之鼎。隨手移去。豈不大妙。

陳言滿紙。人云亦云。有何趣味。若目中未曾見者。忽焉睹之。則不覺拍案起舞矣。故貴新。

詞中多市井之夫語。言面目。接之欲嘔。以其欠雅也。街談巷語。入文人之筆。便成絕妙文章。一句不雅。一字不雅。一韻不雅。皆足以累詞，故貴雅。

惟靈能變。惟靈能通。反是則笨則木，故貴靈。

鶯語花間。動人聽者。以其脆也。音如敗鼓。人欲掩耳矣。故貴脆。

恐其平直。以曲折出之。謂之婉。如清眞低聲問數句。深得婉字之妙。

路已盡而復開出之。謂之轉。如誰得似長亭樹。樹若有情時。那會得青青如此。共約雁歸時。人賦歸歟。雁歸也。問人歸如雁也無，甚近來翻致無書。書縱遠。如何夢也都無，皆用轉筆以見其妙者也。

何謂留。意欲暢達。詞不能住。有一瀉無餘之病。貴能留住。如懸崖勒馬。用於收處最宜。

何謂託。泥煞本題。詞家最忌。托開說去。便不窘迫。即縱送之法也。

天以空而高。水以空而明。性以空而悟。空則超。實則滯。

石以皺爲貴。詞亦然。皺必無滑易之病。夢窗最善此。

韻即態也。美人之行動。能令人一見銷魂者。以其韻致勝也。作詞能識取古人神韻。則傳矣。

識見低則出句不超。超者出乎尋常意計之外。白石尙焉。何謂渾。如淚眼看花花不語。亂紅飛過秋千去。江上柳如煙。雁飛殘月天。西風殘照。漢家陵闕。皆以渾厚見長者也。詞全渾功候十分矣。

四　論詞之布局

詞中小令。猶詩之絕句。寥寥數語。謀篇自易。但有一二警句。即可綴飾成章。長調則猶詩之歌行。其起結承轉。開合呼應。必先斟酌配合。務使骨肉停勻。步武整飭。而後方可下筆。故布局之事。尤爲重要。作者擇定一調。先視其字數多寡。以定局勢之廣狹。再視其音節之抑揚高下。以定其字面之虛實輕重。腔之轉折處。即詞之轉折處也。腔之頓挫處。即詞之頓挫處也。宋人詞大都上半闋寫景。下半闋言情。然景中必寓情。情中亦必寓景。或情景夾寫。或兼及敘事。總之前半闋不可將意思說盡。方留得後半闋地步。後半闋須開拓說去。方不犯前半闋意思。而通篇尤須限定一種意境。不可一句作殘月曉風。一句作大江東去也。

五　論詞之起結

小令篇幅既短。着墨不多。放下去就要提起來。中間初無迴旋之地。故起處須意在筆先。結處須意留言外。起處不妨用偏鋒。結處最宜用重筆。如周邦彥少年遊別情起句幷刀如水。吳鹽勝雪。纖指破新橙。正是用偏鋒也。下云。錦幄初溫。獸香不斷。相對坐調笙。則姿媚旁生。情事如見。後半云低聲問、向誰行宿。城上已三更。馬滑霜濃。不如休去。直是少人行。則以低聲問三字一轉、便一步緊一步。一筆重一筆。直貫到底。更不回顧。令人掩卷後猶作三日想也。

小令結語尤重於起語。猶絕詩之重在後聯也。惟詞則以調之不同。意隨音節而變。古來作者。神奇百出。如唐溫庭筠之一葉葉。一聲聲。空階滴到明。韋莊之勸我早歸家。綠窗人似花。凝恨對斜暉。憶君君不知。馮延巳之淚眼問花花不語。亂紅飛過秋千去。李後主之流水落花春去也。天上人間、晏幾道之平蕪盡處是春山。行人更在春山外。無名氏之花無人戴。酒無人勸。醉也無人管。李清照之簾捲西風。人比黃花瘦、辛棄疾之驀然回首。那人正在燈火闌珊處。皆極自然而正是極經意處。

長調最宜配合停勻。忌平板粗率。驀然而來。悠然而逝。神光離合。乃爲佳構。其起處或以駘蕩出之。如太原公子裼裘而來。東坡之似花還似非花。也無人惜從教墜。中齋之詩不云乎。蒹葭蒼蒼。白露爲霜。及歸去來兮。杜宇聲聲。道不如歸。稼軒之更能消幾番風雨。匆匆春又歸去。是也。或先於題前透一層說起。如夢窗之送人猶未苦。苦送春隨人去天涯。項蓮生之西風已自難聽。如何又着芭蕉雨。是也。

長調兩結最爲吃重。前結要如奔馬收韁。留得後面地步。有住而不住之勢。後結要如泉流歸海。廻環遡源。有盡而不盡之意。質言之。即書家無垂不縮意也。

詞中換頭一名過變。不可全脫。不可明黏。須用畫家開合之法。或藕斷絲連。或異軍突起。皆須令讀者耳目振動。方成佳製。如白石詠促織。齊天樂詞之換頭。是藕斷絲連。詠武昌安遠樓翠樓吟詞之換頭。是異軍突起也。（二詞均見後卷）

六　論詞之轉折

詩詞雖同一機抒。而詞家氣象自與詩略有不同。詩以雄直爲勝。宜若長江大河。一瀉千里。詞以婉轉爲上。宜若九曲湘流。一波三折。唐有無名氏醉公子詞云。門外猧兒吠。知是蕭郎至。剗襪下香階。寃家今夜醉。扶得入羅幃。不肯脫羅衣。醉則從他醉。還勝獨睡時。昔人謂讀此詞可悟轉折之法。始聞其聲至而喜。是一層。繼見其醉而怒。是又一層。繼又强扶其醉使之入幃。轉怒爲憐。是又一層。又繼則强之入幃。不肯脫衣。轉憐爲恨。是又一層。終則以雖不脫衣勝於獨睡。轉恨爲恕。自家開脫。一篇之中。字字轉。語語折。寫盡醉公子態。可謂神乎技矣。然此猶係小令也。小令節短韵長。絕少襯豆爲輔。故其轉折處宜挺而不靡。澀而有致。若在長調則有片段離合。全以蘊藉嬝娜見長矣。

夫詞之長調。猶詩之歌行也。然長篇歌行。猶可使氣。長調使氣。便非本色。歌行爲駿馬邁坡。可以一往稱快。長調如嬌女步春。旁去扶持。獨行芳徑。徜徉而前。一步一態。一態一變。雖有强力健足。無所用之。此東坡所以有銅琶鐵板之譏。而屯田之曉風殘月。所以卓絕千古也。轉折之妙。爲詞家所獨擅。宜已。

七　論詞之用韵

詞之用韵。似較詩爲寬。而其實則嚴於詩。蓋詩僅分平仄。而詞則上去之辨。不可不明。此猶關於音韵者也。者於詞介言之。亦有數忌。爲學者所不可不知也。

一忌雜湊　無論詩詞。協韵以工穩爲第一。工穩者謂如履之稱足。絲毫移動不得也。而詞以境界較狹。音律較嚴。之故。往往好韵預先用盡。入後不得不勉強雜湊塞責。是卽所謂以韵害辭。以辭害意也。欲免斯弊。作者宜於下筆之際。先將欲用之韵。多檢出若干字。譬如此調共應叶七個韵者。至少須檢出八九字。意近易叶者。以備臨時選擇改換。否則毋甯拚去本韵另換別韵之爲愈也。

一忌重複　製曲者可於一支曲中重叶一韵。詞則不能。卽使字同而意義各別。亦在所忌。惟采桑子一剪梅之四字疊句。有時可用重韵。以取駘蕩之致。如風一更更雨一更更。纔下眉頭。又上心頭之類。自屬例外。又蔣竹山之聲聲慢賦秋聲。全闋叶聲字韵。號爲獨木橋體。亦係一時游戲之作。非正格也。

一忌聲啞　一部韵中。須擇其字之聲能喊得響者押之。庶音節瞭亮。可以高唱入雲。例如花之與葩。香之與芳。意義雖相同。而花字與香字皆喊得響。葩字與芳字卽喊不響。作者當知所選擇也。

一忌生僻　詞中忌用古奧生僻之字。而叶韵尤甚。勉強用之。非入於纖怪。即近於雜湊矣。然險麗自佳。如史梅溪一斛珠云。鴛鴦意。悵空分付有情眉睫。齊家蓮子黃金葉。爭比秋苔鳳韈幾番蹋。墻陰月白花重疊。悤悤軟語頻驚怯。宮香錦字將盈篋。雨長新寒。今夜夢魂接。連用悵睫蹋篋接等韵。字字生新。而字字工穩。此所以爲妙也。

八　論詞之屬對

詞中工整之調。有對句者。總宜變化流動。不可僅以字面堆砌。七字對句。如夢窗云。珠絡香消空念往。紗窗人老羞相見。小山云。無可奈何花落去。似曾相識燕歸來。使人讀之忘其爲對。蓋詩中所謂流水對也。四字對句用於一闋起處者。則以凝鍊爲上。茲錄陸氏詞旨所集若干則供參攷。

小雨分山斷雲鎖口　煙橫山腹雁點秋容　問竹平安點花番次　穉柳蘇晴故溪歇雨

虛閣籠雲小簾通月　蟬碧勾花雁紅攢月　落葉霞翻敗窗風咽　風泊波驚露零秋冷

花匝么絃象匳雙陸　珠鬘花輿翠翻蓮額　汗粉難融袖香新竊　種石生雲移花帶月

斷浦沉雲空山掛雨　畫裏移舟詩邊就夢　硯凍凝花香寒散霧　繫馬橋空移舟岸易

疏綺籠寒淺雲棲月　竹深水遠台高日出　香茸沾袖粉甲留痕　就船換酒隨地攀花

調雨為酥催冰作水　做冷欺花將煙困柳　巧剪蘭心偷粘草甲　羅袖分香翠綃封淚

池面冰膠牆腰雪老　枕簟邀涼琴書換日　薄袖禁寒輕裝媚晚　倒葦沙閑枯蘭洲冷

綠芰擎霜黃花招雨　紫曲迷香綠窗夢月　暗雨敲花柔風過柳　霜杵敲寒風燈搖夢

盤絲繫腕巧篆誰簪　翠葉垂香玉容消酒　金谷移春玉壺貯暖　擁石池台約花欄檻

向月賒晴憑春買夜　醉墨題香閑簫弄玉

小令如浣溪沙等中之對聯。或竟有不對者。如顧簡塘云。昔日湖山如畫裏。而今真向畫中看。或用元人幽冷之句寫之。如項蓮生云。秋水滿塘隨鷺宿。斜陽一樹待鴉歸。或用古樂府音節以咏之。如桂未谷云。帷月皎於缸酒面。燈花歧似古釵頭。或用尖新之句。如沈小梅云。荻絮因風疑作雪。柳絲弄暝不成煙。皆饒逸趣。總之此種嵌有對句之小令。其精彩處亦在此對句。務

以不見堆梁不落陳腐爲佳。、

九　論詞之襯逗

我人無論作何種文字。欲其姿態生動。轉折達意。全在幾個虛字使用得靈活。詞體尙厚尙實。虛字之使用較少。然長調曼聲大幅。其盤旋處。苟無虛字以襯之。將不能成文。且以體論。凡襯豆之字皆虛以濟實者也。詞中襯豆有一字者。有二字者。有三字者。今將各家習用諸字彙列於左。以供學者之採用焉。

一字類

又　況　看　正　乍　恰　奈　似　念　記　問　甚　縱　便　怕　但　料　早

算　恰　豈　已　漫　怎　恁　只　有

二字類

何處　莫問　却又　正是　恰又　無端　又還　恰似　絕似　何奈　堪羨　記曾

試問　遙想　却喜　又是　不是　獨有　漫道　怎禁　好是　忘却　縱把　更是

那知　那堪　猶是　多少　値怎　不須　誰料　只今　那番　拚把

三字類

莫不是　最無端　況而今　且消受　最難禁　更何堪　再休提　都付與　君莫問

鎮消凝　怎禁得　記當時　又忽忽　都應是　似怎般　又何妨　當此際　到而今

君不見　倩何人　又早是　嗟多少　空負了　拚負却　收拾起　要安排

以上諸虛字用之得當。可使通體靈活。

十　論詞之風格

詞中要有豔語。語不豔則色不鮮。又要有雋語。語不雋則味不永。又要有豪語。語不豪則境地不高。又要有苦語。語不苦則情不摯。又要有癡語。語不癡則趣不深。李重光之小樓吹徹玉笙寒。韋莊之春水碧於天畫船聽雨眠。范石湖之花影吹笙滿地淡黃月。歐陽永叔之青梅如豆柳如眉。劉後村之貪與蕭郎眉語。不知舞錯伊州。朱希眞之料得文君重簾不捲。且等閑消息。不如歸去。受他眞個憐惜。豔語也。毛滂之酒濃春入夢窗破月尋人。劉招山之一般離思兩消魂。樓上黃昏。馬上黃昏。徐山民之相思無處說相思。笑把畫羅小扇覓新詞。鍾梅心之花開猶是十年。前人不似十年前俊。周清真之春歸如過翼。秦少游之斜陽外寒鴉數點。流水遶孤村。雋語也。蘇東坡之卷起千堆雪。姜白石之此地疑有詞仙擁素雲黃鶴與君游戲。張于湖之盡吸西江。細斟北斗。萬象爲賓客。盧蒲江之猛拍闌干呼鷗鷺。道他年我亦垂綸手。辛稼軒之易水蕭蕭西風冷。滿座衣冠如雪。豪語也。張玉田之只有一枝梧葉。不知多少秋聲。張東澤之悠悠歲月天涯醉。一分秋一分憔悴。落葉西風吹老。幾番塵世。辛稼軒之休去倚危欄。斜陽正在煙柳斷腸處。苦語也。李易安之惟有樓前流水。應念我終日凝眸。周美成之淒風休颭半殘燈。擬倩今宵歸夢到雲屏。辛稼軒之是他春帶愁來。春歸何處。却不解帶將愁去。蘇東坡之若到江南趕上春。千萬和春住。張玉田之忍不住低低問春。痴語也。

作豔語勿流於褻。作雋語勿流於纖。作豪語勿流於粗狂。作苦語勿怨傷。作癡語勿怪誕。此中自有分寸。太過猶不及也。

十一　論詞之選調

一、凡詞題意之與音調。相輔以成。關係極重。故作者因題選調。相體裁衣。最宜節節稱合。蓋選調得當。則其音節之抑揚高下。處處可以助發其意趣。作者控御隨心。而讀者珠璣在口。苟其不然。則神離貌合。非拘而寡暢。即宂而外泛。非板而不靈。即輕而見弱。易地盡成佳構。而一誤滿盤。皆輸矣。

夫詞調多至千餘體。何調宜用何題。使一一論之。將不勝其繁。且刻舟以求。亦無是處。神明變化。仍在學者。玆之所論。僅其大略而已。

水調歌頭滿江紅念奴嬌音調高亢。宜爲激昂慷慨之詞。小令浪淘沙尤爲激越。登山臨水。懷古撫今。用之最適。

采桑子醜奴兒令一剪梅之疊句弄姿無限。寫景寫情。皆有低徊之致。

臨江仙淒清遒上。適於寫情、五言對句、兩兩作結。殊見挺拔。

浣溪沙蝶戀花皆甜熟之調。作者最多。音節亦最諧婉。可愛。情景皆宜。

菩薩蠻宜學溫韋之縷金錯繡。一疊不足可作若干疊洞仙歌宛轉纏綿。可以寫情。可以敘事。

一叠不足作者千叠。浙派諸人莫不喜塡此調。朱竹垞靜志居紀事連作三十闋。極淋漓酣暢之樂。惟塡此調者用字宜稍凝澀。否則流蕩過甚。近乎曲矣。

祝英台近妙在有頓挫。郭頻迦亦用以紀事。連作二十四叠。

齊天樂宜寫秋景。或作高曠語。

金縷曲宜寫抑鬱之情。此調古今作者最多。變體不一。別名賀新郎。可賦本意賀人婚娶。

沁園春中多四字對句。句法板滯。祇可用以咏物。別名壽星明。可詠本意以祝壽誕。

高陽台纏綿宕往。亦寫情佳調。惟前後兩結處三句往往爲韵所拘。其實前兩句之韵儘可不拘。特前後兩半闋須一律耳。

千秋歲引一調。句法有廻鸞舞鳳之姿。惟近人樊樊山綠波南浦數闋獨有千古。蓋流利之調。惟側艷爲能工耳。

以上所述不過聊舉其例。凡音節和近之調。均可類推而知。總之詞之題意不外寫情寫景紀事詠物四称。四種中以寫情爲最多。情有喜怒哀樂之異。或短言而足。或長言而不足。或整襟危坐。或放誕自恣。寄諸其調而宣之。無一毫牽强之病。則善矣。

凡諸調音節必爛熟於胸中。而後始有臨時選擇之能力。故僻調及極長之調如鶯啼序等正不宜多作。以其聲韻生澀無論何題。不易討好故也。

下編　論歷代名家詞

第一章　論唐五代詞

昔人言詞。多推太白之菩薩蠻憶秦娥二首為鼻祖。然今頗有議其偽者。大抵詞體之成立。實在唐太中以後。至五代而漸盛。花間等集所載。凡數十家。論其形式。尚限於小令。論其內容。則十九為閨幨兒女之言。琢句務工。設色務重。蓋實承西崑詩派之變也。詩至西崑。詩之途徑幾窮。其不得不變而為詞者。勢也。同此意境。同此作法。入詞則高。入詩則卑。入詞則厚。入詩則薄。固體製之異耳。今舉溫李韋馮四家分論之。而以餘子附焉。

一　温庭筠

溫庭筠本名歧。字飛卿。太原人。唐大中末爲方山尉。著有握蘭金荃等集。唐詞在大中以前。皆未脫詩之窠臼。直至飛卿出。詞體始漸定。其所創南歌子荷葉杯蕃女怨遐方怨訴衷情河傳等各體。雖亦自詩中變化而出。但形式內容皆與詩迥殊。花庵詞選謂飛卿詞極流麗。宜爲花間集之冠。劉融齋言飛卿詞精艷逼人。皆當。但世人率稱賞其菩薩蠻十四首。張皋文更以爲皆感士不遇之作。篇法彷彿長門賦。節節逆敍云云。其實此十餘首詞意境駁雜。絕無篇法可言。殆非一時之作。張氏之論。眞夢囈耳。且有設色過重。意爲詞累者。茲但錄其二首。

河傳

湖上。閑望。雨蕭蕭。煙浦花橋路遙。謝娘翠蛾愁不銷。終朝。夢魂迷晚潮。 蕩子天涯歸棹遠。春已晚。鶯語空腸斷。若耶溪。溪水西。柳隄。不聞郎馬嘶。

更漏子

玉爐香。紅蠟淚。偏照畫堂秋思。眉翠薄。鬢雲殘。夜長衾枕寒。 梧桐樹。三更雨。不道離情正苦。

一葉葉一聲聲空階滴到明

柳絲長春雨細花外漏聲迢遞驚塞雁起城烏畫屏金鷓鴣　香霧薄透簾幕惆悵謝家池閣

紅燭背繡簾垂夢長君不知

憶江南

梳洗罷獨倚望江樓過盡千帆皆不是斜暉脈脈水悠悠腸斷白蘋洲

菩薩蠻

玉樓明月長相憶柳絲嫋娜春無力門外草萋萋送君聞馬嘶

畫羅金翡翠香燭銷成淚花落子規啼綠窗殘夢迷

寶函鈿雀金鸂鶒沈香閣上吳山碧楊柳又如絲驛橋春雨時

畫樓音信斷芳草江南岸鸞鏡與花枝此情誰得知

二　李後主

李後主名煜字重光南唐元宗第六子建隆二年嗣立開寶八年國亡降宋封違命侯卒追封

吳王。

晚唐五代之君。多耽於聲律。雅好文事。而詞華之美。不能不推南唐父子爲最。中主元宗之詞存者絕少。後主則傳三十餘首。莫不清逸綿麗。本色當行。國亡以後。處人世最難堪之境。乃至用賦體作白描。語語驚心動魄。固不獨纏綿悽婉已也。周止庵評其亂頭麤服。不掩國色。可謂知言。後之學者惟納蘭容若得其彷彿耳。或言後主雖拙於治國。而在詞中猶不失爲南面王信哉。

虞美人

春花秋月何時了。往事知多少。小樓昨夜又東風。故國不堪回首月明中。　雕闌玉砌應猶在只是朱顏改。問君能有幾多愁。恰似一江春水向東流。

浪淘沙

簾外雨潺潺。春意闌珊。羅衾不耐五更寒。夢裏不知身是客。一晌貪歡。　獨自莫凭闌。無限江山。別時容易見時難。流水落花春去也。天上人間。

相見歡

林花謝了春紅，太怱怱，無奈朝來寒雨晚來風。　燕支淚，相留醉，幾時重，自是人生長恨水長東。

清平樂

恨來春半，觸目愁腸斷，砌下落梅如雪亂，拂了一身還滿。　雁來音信無憑，路遙歸夢難成，離別却如春草，更行更遠還生。

阮郎歸

東風吹水日銜山，春來長是閒。落花狼藉酒闌珊，笙歌醉夢閒。春睡覺，晚妝殘，無人整翠鬟。留連光景惜朱顏，黃昏獨倚闌。

三　韋莊

韋莊字端己，杜陵人，唐乾寧元年進士，入蜀爲王建掌書記，著有浣花集。

韋詞淸艷絕倫，如初日芙蓉，曉風楊柳，其菩薩蠻諸什，惓惓故國之思，尤耐尋味，蓋唐末中原鼎沸。韋以避亂入蜀。欲歸未得。言愁始愁。所謂未老莫還鄉。還鄉須斷腸也。陳亦峯謂其似直而紆。似達而鬱。洵然。世以溫韋並稱。然溫濃而韋淡。各極其妙。固未可軒輊焉。

清平樂

鶯啼殘月繡閣香燈滅門外馬嘶郎欲別正是落花時節　妝成不畫蛾眉含愁獨倚金扉去路香塵莫掃掃時郎去歸遲

謁金門

空相憶無計得傳消息天上嫦娥人不識寄書何處覓　新睡覺來無力不忍把君書跡滿院落花春寂寂斷腸芳草碧

菩薩蠻

紅樓別夜堪惆悵香燈半卷流蘇帳殘月出門時美人和淚辭　琵琶金翠羽絃上黃鶯語勸我早歸家綠窗人似花

前調

人人盡說江南好遊人只合江南老春水碧於天畫船聽雨眠
壚邊人似月皓腕凝雙雪未老莫還鄉還鄉須斷腸

前調

如今卻憶江南樂當時年少春衫薄騎馬倚斜橋滿樓紅袖招
翠屏金屈曲醉入花叢宿此度見花枝白頭誓不歸

前調

洛陽城裏春光好洛陽才子他鄉老柳暗魏王隄此時心轉迷
桃花春水淥水上鴛鴦浴凝恨對殘暉憶君君不知

望江怨

東風急惜別花時手頻執羅幃愁獨入馬嘶殘雨春蕪溼倚門立寄語薄情郎粉香和淚泣

女冠子

四月十七正是去年今日忍淚佯低面含羞半斂眉
不知魂已斷空有夢相隨除却天邊月

沒人知。

四 馮延巳

馮延巳字正中。其先彭城人。唐末徙家新安。事南唐爲左僕射同平章事。有陽春集一卷。正中詞鼓吹南唐。上翼二主。下器歐晏。實唐宋間詞流遞變之一大關鍵。蓋唐人詞風神固美。意境未深。及正中蝶戀花諸作。思力特重。純是內心的表現。生命的追求。讀之但覺掩抑撩亂。如不勝情。此卽近人所謂印象派作法也。六一因之。而詞風丕變矣。陽春集中詞多別見於溫韋歐陽等集中者。則傳鈔之誤。未可深考。

南鄉子

細雨濕流光。芳草年年與恨長。煙鎖鳳樓無限事。茫茫。鸞鏡鴛衾兩斷腸。　魂夢任悠揚。睡起楊花滿繡牀。薄倖不來門半掩。斜陽。負你殘春淚幾行。

阮郞歸

南園春半踏青時。風和聞馬嘶。青梅如豆柳如絲。日長蝴蝶飛。　花露重。草烟低。人家簾幕垂。

鞦韆慵困解羅衣畫梁雙燕棲

采桑子

馬嘶人語春風岸芳草綿綿楊柳橋邊落日高樓酒旆懸　舊愁新恨知多少目斷遙天獨立花前更聽笙歌滿畫船

前調

小堂深靜無人到滿院春風惆悵牆東一樹櫻桃帶雨紅　愁心似醉兼如病欲語還慵日暮疏鐘雙燕歸棲畫閣中

謁金門

風乍起吹皺一池春水閑引鴛鴦芳徑裏手挼紅杏蕊　鬬鴨闌干獨倚碧玉搔頭斜墜終日望君君不至舉頭聞鵲喜

蝶戀花

幾日行雲何處去忘了歸來不道春將暮百草千花寒食路香車繫在誰家樹　淚眼倚樓頻

獨語雙燕飛來陌上相逢否撩亂春愁如柳絮悠悠夢裏無尋處

前調

誰道閑情拋棄久每到春來惆悵還依舊日日花前常病酒不辭鏡裏朱顏瘦 河畔青蕪隄上柳為問新愁何事年年有獨立小橋風滿袖平林新月人歸後

前調

六曲闌干偎碧樹楊柳風輕展盡黃金縷誰把鈿箏移玉柱穿簾海燕雙飛去 滿眼遊絲兼落絮紅杏開時一霎清明雨濃醉覺來鶯亂語驚殘好夢無尋處

五 其餘諸家

唐五代詞家除以上數人外茲更錄後唐莊宗毛文錫牛希濟顧夐歐陽炯孫光憲等各一首

一葉落 莊宗

一葉落搴朱箔此時景物正蕭索畫樓月影寒西風吹羅幕吹羅幕往事思量著

醉花間 毛文錫

休相問怕相問相問還添恨春水滿塘生鸂鶒還相趁　昨夜雨霏霏臨明寒一陣偏憶戍樓人久絕邊庭信

生查子　牛希濟

新月曲如眉未有團圞意紅豆不堪看滿眼相思淚　終日劈桃穰人在心兒裏兩朵隔牆花早晚成連理

浣溪沙　顧夐

紅藕香寒翠渚平月籠虛閣夜蛩清塞鴻驚夢兩牽情　寶帳玉爐殘麝冷羅衣金縷暗塵生小窗孤燭淚縱橫

三字令　歐陽炯

春欲盡日遲遲牡丹時羅幌卷翠簾垂彩牋書紅粉淚兩心知　人不在燕空歸負佳期香燼落枕函欹月分明花淡薄惹相思

謁金門　孫光憲

留不得。留得也。應無益。白紵春衫如雪色。揚州初去日。　輕別離。甘拋擲。江上滿帆風疾。卻羨綵鴛三十六。孤鸞還一隻。

第二章　論北宋詞

北宋開國。汴京繁庶。競賭新聲。歐晏雖承南唐之緒。而洗刷浮詞。氣韻已變。耆卿創爲長調。體製既繁。意境亦愈富。東坡出以豪健。少遊工於婉約。而美成集其大成焉。茲即以此六家分論於後。

一　晏殊晏幾道

晏殊字同叔。臨川人。宋景德中以神童薦。官至集賢殿學士。兼樞密使。卒謚元獻公。著珠玉詞一卷。幼子幾道。字叔原。嘗監潁昌許田鎮。著小山詞二卷。

同叔生當北宋初葉。去五代未遠。故其詞多小令。和婉明麗。與南唐馮氏爲近。又以身爲顯宦。生活優裕。但有閒適之趣。絕少深窈之思。而其子幾道則性格境遇絕異。黃魯直小山詞序謂幾道有四癡。仕宦連蹇。而不一傍貴人之門。是一癡也。論文自有體。不肯一作新進士語。此又一癡也。費貲千百家。人飢寒。而面有孺子之色。此又一癡也。人百負之。絕不疑其欺己。此又一癡也。有是四癡。何怪其詞能精壯頓挫。動搖人心也。然其輕婉熨貼處亦正未離乃翁門戶。余嘗謂詞之有北宋。猶詩之有晉。晏氏父子其大小謝也。體格意趣皆近。

玉樓春 晏殊

綠楊芳草長亭路。年少拋人容易去。樓頭殘夢五更鐘。花底離情三月雨。 無情不似多情苦。一寸還成千萬縷。天涯地角有窮時。只有相思無盡處。

踏莎行

小徑紅稀。芳郊綠遍。高台樹色陰陰見。春風不解禁楊花。濛濛亂撲行人面。 翠叶藏鶯。朱簾隔燕。爐香靜逐遊絲轉。一場愁夢酒醒時。斜陽卻在深深院。

點絳唇 晏幾道

裝席相逢。旋勻紅淚歌金縷。意中曾許。欲共吹花去。 長愛荷香。柳色殷橋路。留人住。淡烟微雨。好箇雙棲處。

臨江仙

夢後樓台高鎖。酒醒簾幕低垂。去年春恨却來時。落花人獨立。微雨燕雙飛。 記得小蘋初見。兩重心字羅衣。琵琶絃上說相思。當時明月在。曾照彩雲歸。

生查子

金鞍美少年。去躍青驄馬。牽繫玉樓人。繡被春寒夜。 消息未歸來。寒食梨花謝。無處說相思。背面秋千下。

清平樂

留人不住。醉解蘭舟去。一棹碧濤春水路。過盡曉鶯啼處。 渡頭楊柳青青。枝枝葉葉離情。此後錦書休寄。畫樓雲雨無憑。

二 歐陽修

歐陽修字永叔。廬陵人。號六一居士。官至兵部尚書。卒諡文忠。著六一詞。

宋初大臣多喜填詞。元獻文忠尤爲傑出。六一詞情景但取當前。亦有極淺率者。而和平寬厚。

胸襟流露。其質樸處如不經意。而實沈着。至如踏莎行蝶戀花等。融情入景。一片化機。即今之哲學家所謂主觀與客觀合一。此詞中最高之境也。學者不能於筆墨中求之。

臨江仙　歐陽修

柳外輕雷池上雨。雨聲滴碎荷聲。小樓西角斷虹明。闌干倚處。待得月華生。　燕子飛來窺華棟。玉鈎垂下簾旌。涼波不動簟紋平。水精雙枕。旁有墮釵橫。

踏莎行

候館梅殘。溪橋柳細。草薰風暖搖征轡。離愁漸遠漸無窮。迢迢不斷如春水。　寸寸柔腸。盈盈粉淚。樓高莫近危闌倚。平蕪盡處是春山。行人更在春山外。

采桑子

羣芳過後西湖好。狼藉殘紅。飛絮濛濛。垂柳闌干盡日風。　笙歌散盡游人去。始覺春空。垂下簾櫳。雙燕歸來細雨中。

蝶戀花

庭院深深深幾許楊柳堆烟簾幕無重數玉勒雕鞍游冶處樓高不見章台路　雨橫風狂三月暮門掩黃昏無計留春住淚眼問花花不語亂紅飛過秋千去

三　柳永

柳永初名三變字耆卿樂安人景祐元年進士歷官屯田員外郎有樂章集九卷

耆卿早歲熱中功利而屢爲仁宗所斥失意無聊乃流連坊曲以俚詞俗語多製慢詞便於伎人傳習於是詞體始由小令中調而遞至慢詞矣耆卿詞既求諧俗自多惡濫可笑者至其佳者則舖敘委宛言近意遠森秀幽淡之趣在骨而尤工於羈旅離別之言東坡所舉霜風悽緊關河冷落殘照當樓數語正神來之筆也

雨霖鈴　柳永

寒蟬淒切對長亭晚驟雨初歇都門帳飲無緒方留戀處蘭舟催發執手相看淚眼竟無語凝咽念去去千里烟波暮靄沈沈楚天闊　多情自古傷離別更那堪冷落清秋節今宵酒醒何處楊柳岸曉風殘月此去經年應是良辰好景虛設便縱有千種風情更與何人說

八聲甘州

對瀟瀟暮雨灑江天一番洗清秋漸霜風淒緊關河冷落殘照當樓是處紅衰綠減冉冉物華休惟有長江水無語東流　不忍登高臨遠望故鄉渺邈歸思難收歎年來跡迹何事苦淹留想佳人粧樓長望誤幾回天際識歸舟爭知我倚闌干處正恁凝愁

傾杯樂

木落霜洲雁橫煙渚分明畫出秋色暮雨乍歇小楫夜泊宿葦村山驛何人月下臨風處起一聲羌笛離愁萬緒聞岸草切切蛩吟如織　爲憶芳容別後水遙山遠何計憑鱗翼想繡閣深沈爭知憔悴損天涯行客楚峽雲歸高唐人散寂寞狂蹤迹望京國空目斷遠峯凝碧

卜算子慢

江楓漸老汀蕙半凋滿目敗紅衰翠楚客登臨正是暮秋天氣引疏砧斷續殘陽裏對晚景傷懷念遠舊愁新恨相繼　脈脈人千里念兩處風情萬重煙水雨歇天高望斷翠峯十二儘無言誰會憑高意縱寫得離腸萬種奈綿鴻誰寄

安公子

遠岸收殘雨。雨殘稍覺江天暮。拾翠汀洲人寂靜。立雙雙鷗鷺。望幾點漁燈掩映蒹葭浦。停畫橈兩兩舟人語。道去程今夜。遙指前村烟樹。　游宦成羈旅。短檣吟倚閒凝佇。萬水千山迷遠近。想鄉關何處。自別後風亭月榭孤歡聚。剛斷腸惹得離情苦。聽杜宇聲聲。勸人不如歸去。

四　蘇軾

蘇軾字子瞻。號東坡居士。眉山人。嘉祐二年試禮部第一。歷官端明殿學士禮部尚書。紹聖初安置惠州。徙昌化。高宗即位。再贈太師。謚文忠。

東坡詞微疏於律。其大江東去有銅將軍鐵綽板之譏。若柳七曉風殘月。謂可令十七八女郎按紅牙檀板歌之。此袁綯語也。然坡詞自有橫槊氣概。固是英雄本色。與柳之以纖豔見長者不同。周介存云。人賞東坡粗豪。我賞東坡韶秀。韶秀是東坡佳處。粗豪則病也。又云。東坡每事俱不十分用力。古文書畫皆爾。詞亦爾。

水調歌頭　丙辰中秋歡飲達旦大醉作此篇兼懷子由

明月幾時有把酒問青天不知天上宮闕此夕是何年我欲乘風歸去又恐瓊樓玉宇高處不勝寒起舞弄清影何似在人間　轉朱閣低綺戶照無眠不應有恨何事偏向別時圓人有悲歡離合月有陰晴圓缺此事古難全但願人長久千里共嬋娟

洞仙歌

冰肌玉骨自清涼無汗水殿風來暗香滿繡簾開一點明月窺人人未寢欹枕釵橫鬢亂　起來攜素手庭戶無聲時見疏星度河漢試問夜如何夜已三更金波淡玉繩低轉但屈指西風幾時來又不道流年暗中偷換

念奴嬌　赤壁懷古

大江東去浪淘盡千古風流人物故壘西邊人道是三國周郎赤壁亂石穿空驚濤拍岸捲起千堆雪江山如畫一時多少豪傑　遙想公瑾當年小喬初嫁了雄姿英發羽扇綸巾談笑間狂虜灰飛煙滅故國神遊多情應笑我早生華髮人生如夢一樽還酹江月

水龍吟　次韵章質夫楊花詞

似花還是非花也無人惜從敎墜拋家傍路思量却是無情有思縈損柔腸困酣嬌眼欲開還閉夢隨風萬里尋郎去處又還被鶯呼起 不恨此花飛盡恨西園落紅難綴曉來雨過遺蹤何在一池萍碎春色三分二分塵土一分流水細看來不是楊花點點是離人淚

五 秦觀

秦觀字少游一字太虛號淮海居士高郵人因蘇軾薦除祕書省正字兼國史院編修官坐黨籍徙後放還至藤州卒著淮海集

少游詞如花初苞故不甚見力量而其婉約處爲後人所不能到所謂淡語皆有味淺語皆有致也蔡伯世曰子瞻辭勝於情耆卿情勝於辭情辭相稱者惟少游而已

望海潮 洛陽懷古

梅英疏淡冰澌溶洩東風暗換年華金谷俊游銅駝巷陌新晴細履平沙長記誤隨車正絮翻蝶舞芳思交加柳下桃蹊亂分春色到人家 西園夜飲鳴笳有華燈礙月飛蓋妨花蘭苑未空行人漸老重來事事堪嗟烟暝酒旗斜但倚樓極目時見棲鴉無奈歸心暗隨流水到天涯

好事近 夢中作

春路雨添花花動一山春色行到小橋深處有黃鸝千百　飛雲當面化龍蛇天矯轉空碧醉臥古藤陰下了不知南北

滿庭芳

山抹微雲天粘衰草畫聲斷譙門暫停征棹聊共引離尊多少蓬萊舊事空回首烟靄紛紛斜陽外寒鴉數點流水繞孤村　消魂當此際香囊暗解羅帶輕分漫贏得青樓薄倖名存此去何時見也襟袖上空染啼痕傷心處高城望斷燈火已黃昏

前調

晚色雲開春隨人意驟雨方過還晴高台芳樹飛燕蹴紅英舞困榆錢自落秋千外綠水橋平東風裏朱門映柳低按小秦箏　多情行樂處珠鈿翠蓋玉轡紅纓漸酒空金榼花困蓬瀛豆蔻梢頭舊恨十年夢屈指堪驚凭闌久疏烟淡日寂寞下蕪城

阮郎歸

滿天風雨破寒初燈殘庭院虛麗譙吹徹小單于迢迢清夜徂　鄉夢斷旅情孤崢嶸歲又除衡陽猶有雁傳書郴陽和雁無

踏莎行 郴州旅舍

霧失樓台月迷津渡桃源望斷無尋處可堪孤館閉春寒杜鵑聲裏斜陽暮　驛寄梅花魚傳尺素砌成此恨無重數郴江幸自遶郴山爲誰流下瀟湘去

浣溪紗　秦觀

漠漠輕寒上小樓曉陰無賴似窮秋淡烟流水畫屏幽　自在飛花輕似夢無邊絲雨細如愁寶簾閑挂小銀鈎

六　周邦彥

周邦彥字美成錢塘人元豐初進汴都賦除太學正歷官祕書監進徽猷閣待制提舉大晟府出知順昌府徙知處州秩滿提舉南京鴻慶宮有片玉集清眞集二卷後集一卷

美成詞其意淡遠其氣深厚其設色鮮妍其鑄詞屴密其音節又復清新和雅最爲詞家之正

宗。周介存曰。美成思力獨絕千古。如顏平原書。雖未臻兩晉。而唐初之法至此大備。後之作者莫能出其範圍矣。又曰。讀得清眞詞多。覺他人所作都不十分經意。又曰鉤勒之妙無如清眞。他人一鉤勒便薄。清眞愈鉤勒愈渾厚。毛稚黃曰。言欲層深。語欲渾成。諸家論詞之詣。直造精微。而求之兩宋。惟清眞足以備之。清眞妙處尤在渾之一字。詞至於渾。無可復進矣。

蘭陵王（美成得罪道君。遷謫出都越日。道君幸李師師家。不遇。至更初。師師歸。愁眉淚眼。憔悴可掬。道君問故。師師奏言邦彥得罪去國。略致一杯相別。不知得官家來。道君問曾有詞否。李云。有蘭陵王詞。道君云。唱一遍看。李因奉酒歌此詞。信是則此詞乃美成別師師作也。後人以爲咏柳。非是。

柳陰直煙裏絲絲弄碧隋堤上曾見幾番拂水飄綿送行色登臨望故國誰識京華倦客長亭路年去歲來應折柔條過千尺　閑尋舊蹤跡又酒趁哀絃燈照離席梨花榆火催寒食愁一箭風快半篙波暖回頭迢遞便數驛望人在天北　悽惻恨堆積漸別浦縈迴津堠岑寂斜陽冉冉春無極記月榭攜手露橋聞笛沈思前事似夢裏淚暗滴

花犯（花庵云。此只咏梅花。而紆徐反覆。道盡三年間事。昔人有謂好詩圓美流轉如彈丸。余折此詞亦云。）

粉牆低梅花照眼依然舊風味露痕輕綴疑淨洗鉛華無限清麗去年勝賞曾孤倚冰盤同晏喜更可惜雪中高樹香篝熏素被　今年對花太匆匆相逢似有恨依依愁悴吟望久青苔上旋看飛墜相將見脆圓薦酒人正在空江煙浪裏但夢想一枝瀟灑黃昏斜照水

瑣窗寒

暗柳啼鴉單衣竚立小簾朱戶相陰半畝靜鎖一庭愁雨灑空階更闌未休故人剪燭西窗語似楚江瞑宿風燈零亂少年羈旅　遲暮嬉遊處正店舍無煙禁城五百旂亭喚酒付與高陽儔侶想東園桃李自春小唇秀靨今在否到歸時定有殘英待客攜樽俎

滿庭芳

風老鶯雛雨肥梅子午陰嘉樹清圓地卑山近衣潤費爐煙人靜烏鳶自樂小橋外新綠濺濺凭欄久黃蘆苦竹疑泛九江船　年年如社燕漂流瀚海來寄脩椽且莫思身外長近樽前憔

悴江南倦客。不堪聽急管繁絃。歌筵畔先安枕簟。容我醉時眠。

七　其餘諸家

北宋詞家。除以上諸人外。更錄宋祁范仲淹王安國黃庭堅晁補之張先王觀亢侯雅言陳克李易安等各一二首。

玉樓春（春景）　宋　祁

東城漸覺風光好。縠皺波紋迎客棹。綠楊烟外曉寒輕。紅杏枝頭春意鬧。　浮生長恨歡娛少。肯愛千金輕一笑。爲君持酒勸斜陽。且向花間留晚照。

蘇幕遮（別恨）　范仲淹

碧雲天。紅葉地。秋色連波。波上寒烟翠。山映斜陽天接水。芳草無情。更在斜陽外。　黯芳魂。追旅意。夜夜除非。好夢留人睡。明月樓高休獨倚。酒入愁腸。化作相思淚。

減字木蘭花（春情）　王安國

畫橋留水。雨濕落紅飛不起。月破黃昏。簾裏餘香馬上聞。　徘徊不語。今夜夢魂何處去。不似

垂楊猶解飛花入洞房

清平樂（晚春）　王庭堅

春歸何處寂寞無行路若有人知春去處喚取歸來同住　春無蹤跡誰知除非問取黃鸝百囀無人能會因風飛過薔薇

憶少年（送別）　晁補之

無窮官柳無情畫舸無根行客南山尙相送只高城人隔　罨畫園林溪紺碧算重來盡成陳迹劉郎鬢如此況桃花顏色

青玉案　賀鑄

凌波不過橫塘路但目送芳塵去錦瑟年華誰與度月台花榭瑣窗朱戶惟有春知處　碧雲冉冉蘅皋暮彩筆新題斷腸句試問閑愁知幾許一川烟草滿城風絮梅子黃時雨

天仙子（春恨）　張先

水調數聲持酒聽午醉醒來愁未醒送春春去幾時回臨晚鏡傷流景往事悠悠空記省　沙

上並禽池上暝雲破月來花弄影重重翠幙密遮燈風不定人初靜明日落紅應滿徑

慶清朝慢（踏青）　王觀

調雨爲酥催冰做水東君分付春還何人便將輕暖點破殘寒結伴踏青去好平頭鞋子小雙
鸞煙郊外望中秀色如有無間　晴則箇陰則箇餖飣得天氣有許多般須教撩花撥柳爭要
先看不道吳綾繡襪香泥斜沁幾行斑東風巧盡收翠綠吹在眉山

昭君怨　万俟雅言

春到南樓雪盡驚動燈期花信小雨一番寒倚闌干　莫把闌干頻倚一望幾重烟水何處是
京華暮雲遮

長相思（雨）

一聲聲一更更窗外芭蕉窗裏燈此時無限情　夢難成恨難平不道愁人不喜聽空階滴到
明

菩薩蠻（春）　陳克

赤欄橋盡香街直，籠街細柳嬌無力。金碧上晴空，花晴簾影紅。　黃衫飛白馬，日日青樓下。醉眼不逢人，午香吹暗塵。

前調（春詞）

綠蕪牆遶青苔院，中庭日淡芭蕉卷。胡蝶上堦飛，風簾自在垂。　玉鈎雙語燕，寶甃楊花轉。幾處簸錢聲，綠窗春夢輕。

一剪梅（別愁）　李易安

紅藕香殘玉簟秋，輕解羅裳，獨上蘭舟。雲中誰寄錦書來，雁字回時，月滿西樓。　花自飄零水自流，一種相思，兩處閑愁。此情無計可消除，才下眉頭，却上心頭。

第三章　論南宋人詞

詞至南宋。可云極盛時代。黃昇散花庵中興以來絕妙詞選及周密絕妙好詞所載不下二百餘家。而以稼軒白石玉田碧山梅溪夢窗六家爲其表率焉。南宋之詞有不同於北宋者。北宋人善用重筆。惟重能大。惟重能拙。南宋人善用深筆。惟深能細。惟深能密。北宋多雨雪之感南宋多禾黍之思。北宋主樂章。故情景但取當前。無窮極高深之趣。南宋則文人弄筆。彼此爭名。鈎心鬥角。無巧不臻。然南宋有門徑。故似深而轉淺。北宋無門徑。故似易而實難也。

一　辛棄疾

辛棄疾字幼安。歷城人。耿京聚兵山東。留掌書記。奉表南歸。高宗見。授承務郎。累官龍圖閣待制。進樞密都承旨。德祐初以謝枋得請。贈少師。謚忠敏。有稼軒長短句十二卷。

彭羨門曰。稼軒詞胸有萬卷。筆無點塵。激昂排宕。不可一世。鄒程村曰。詞至稼軒。經子百家行間筆下。驅斥如意。又曰。稼軒雄深雅健。自是本色。俱從南華沖虛得來。然詞之多。亦無如稼軒者。中調小令亦間作嫵媚語。觀其得意處。眞有壓倒古人之意。周止庵曰。稼軒不平之鳴。隨處輒發。有英雄語。無學問語。故往往鋒穎太露。然其才情富豔。思力果銳。南北兩朝。實無其匹。無怪流傳之廣且久也。又曰。世以蘇辛並稱。蘇之自在處。辛偶能到。之辛之當行處。蘇必不能到。二公之詞。不可同日語也。又曰。後人以粗豪學稼軒。非徒無其才。并無其情。稼軒固是才大。然情至處。後人萬不能及。梨莊曰。辛稼軒當弱宋末造。負管樂之才。不能盡展於用。一腔忠憤。無處發洩。觀其與陳同甫抵掌談論是何等人物。故其悲歌慨慷抑鬱無聊之氣。一寄之於詞。今乃欲與搔頭傅粉者比。是豈知稼軒者。王阮亭謂石勒云大丈夫磊磊落落。終不學曹孟德司馬仲達狐媚。稼軒詞當作如是觀。余謂有稼軒之心胸。始可爲稼軒之詞。今粗淺之輩。一切鄉語猥談。信筆塗抹。自負我稼軒也。豈不令人齒冷。

祝英台近

寶釵分桃葉渡煙柳暗南浦怕上層樓十日九風雨斷腸點點飛紅都無人管倩誰勸啼鶯聲住鬢邊覷試把花卜歸期才簪又重數羅帳燈昏哽咽夢中語是他春帶愁來春歸何處却不解帶歸愁去

摸魚兒

更能消幾番風雨匆匆春又歸去惜春長怕花開早何況落紅無數春且住見說道天涯芳草無歸路怨春不語算只有殷勤畫簷蛛網盡日惹飛絮　長門事準擬佳期又誤蛾眉曾有人妒千金縱買相如賦脈脈此情誰訴君莫舞君不見玉環飛燕皆塵土閑愁最苦休去倚危闌

斜陽正在煙柳斷腸處

永遇樂

千古江山英雄無覓孫仲謀處舞榭歌台風流總被雨打風吹去斜陽草樹尋常巷陌人道寄奴曾住想當年金戈鐵馬氣吞萬里如虎　元嘉草草封狼居胥贏得倉皇北顧四十三年望中猶記烽火揚州路可堪回首佛貍祠下一片神鴉社鼓憑誰問廉頗老矣尚能飯否

木蘭花慢（滁州送花倅）

老來情味減對別酒怯流年況屈指中秋十分好月不照人圓無情水都不管共西風只管送歸船秋晚蓴鱸江上夜深兒女燈前　征衫便好去朝天玉殿正思賢想夜半承明留教視草却遣籌邊長安故人問我道愁腸殢酒只依然目斷秋宵落雁醉來時響空絃

念奴嬌（書東流村壁）

野棠花落又忽忽過了清明時節剗地東風欺客夢一枕雲屏寒怯曲岸持觴垂楊繫馬此地曾經別樓空人去舊遊飛燕能說　聞道綺陌東頭行人曾見簾底纖纖月舊恨春江流不盡

新恨。雲山千疊。料得明朝。尊前重見。鏡裏花難折。也應驚問。近來多少華髮。

青玉案（元夕）

東風夜放花千樹。更吹隕星如雨。寶馬瑚車香滿路。鳳簫聲動。玉壺光轉。一夜魚龍舞。　蛾兒雪柳黃金縷。笑語盈盈暗香去。衆裏尋他千百度。驀然回首。那人却在。燈火闌珊處。

二　姜夔

姜夔字堯章。鄱陽。　流寓吳興。自號白石道人。進樂書。免解不第而卒。有白石詞五卷。

范石湖曰。白石有裁雲縫月之妙手。敲金戛玉之奇聲。沈百時曰。白石清勁知音。亦未免有生硬處。張叔夏曰。姜白石如野雲孤飛。去留無迹。又云。白石詞不惟清虛。且又騷雅。讀之使人神觀飛越。宋翔鳳曰。詞家之有姜白石。猶詩家之有杜少陵。繼往開來。文中關鍵。其流落江湖。不忘君國。皆借託比興。於長短句寄之。如齊天樂傷二帝北狩也。揚州慢惜無意恢復也。暗香疏影恨偏安也。盍意愈切則辭愈微。屈宋之心。誰能見之。凡此皆道著白石佳處。獨周止庵詞辨則深致不滿。周氏曰。北宋詞多就景敘情。故珠圓玉潤。四照玲瓏。至稼軒白石。一變而爲即事敍景使深者反淺曲者反直吾十年來服膺白石而以稼軒爲外道由今思之可謂瞽人捫籥也稼軒鬱勃故情深白石放曠故情淺稼軒縱横故才大白石局促故才小惟暗香疏影二詞寄意題外包蘊無窮可與稼軒伯仲餘俱據事直書不過手意近辣耳又曰白石如明七子詩看是高格響調不耐人細思又曰白石以詩法入詞門徑淺狹如孫過庭書但便後人模倣又曰白石好爲小序序即是詞詞仍是序反覆再觀如同嚼蠟矣詞序序作詞緣起以此意中未備也今人論院本尙知曲白相生不許複沓而獨津津於白石詞序一何可笑按姜氏詞高遠峭拔淸氣盤旋其才力自有過人處周氏所云未爲定論若小序繁冗自無足論學者欲求下手處當先曰俗處求雅滑處求澀可也

暗香（石湖咏梅）

舊時月色算幾番照我梅邊吹笛喚起玉人不管淸寒與攀摘何遜而今漸老都忘却春風詞筆但怪得竹外疏花香冷入瑤席　江國正寂寂歎寄與路遙夜雪初積翠尊易泣紅萼無言耿相憶長記曾攜手處千樹壓西湖寒碧又片片吹盡也幾時見得

疏影（仝上）

苔枝綴玉有翠禽小小枝上同宿客裏相逢籬角黃昏無言自倚脩竹昭君不慣胡沙遠但暗憶江南江北想珮環月下，歸來化作此花幽獨　猶記深宮舊事那人正睡裏飛近蛾綠莫似春風不管盈盈早與安排金屋還教一片隨波去又却怨玉龍哀曲等恁時再覓幽香已入小窗橫幅

揚州慢（序略）

淮左名都竹西佳處解鞍少駐初程過春風十里盡薺麥青青自胡馬窺江去後廢池喬木猶厭言兵漸黃昏清角吹寒都在空城　杜郎俊賞算而今重到須驚縱豆蔻詞工青樓夢好難賦深情二十四橋仍在波心蕩冷月無聲念橋邊紅藥年年知爲誰生

淡黃柳（序略）

空城曉角吹入垂楊陌馬上單衣寒惻惻看盡鵝黃嫩綠都是江南舊相識　正岑寂明朝又寒食强攜酒小喬宅怕梨花落盡成秋色燕燕飛來問春何在惟有池塘自碧

憶王孫（番陽彭氏小樓作）

冷紅葉葉下塘秋長與行雲共一舟零落江南不自由兩綢繆料得吟鸞夜夜愁

齊天樂（蟋蟀）

庾郎先自吟愁賦淒淒更聞私語露濕銅鋪苔侵石井都是曾聽伊處哀音似訴正思婦無眠起尋機杼曲曲屏山夜涼獨自甚情緒　西窗又吹暗雨爲誰頻斷續相和砧杵候館吟秋離宮弔月別有傷心無數豳詩漫與笑籬落呼燈世間兒女寫入琴絲一聲聲更苦

翠樓吟（武昌安遠樓成）

月冷龍沙塵清虎落今年漢酺初賜新翻胡部曲聽氈幕元戎歌吹層樓高峙看檻曲縈紅簷牙飛翠人姝麗粉香吹下夜寒風細　此地宜有詞仙擁素雲黃鶴與君游戲玉梯凝望久歎芳草萋萋千里天涯情味仗酒祓清愁花消英氣西山外晚來還捲一簾秋霽

三　張炎

張炎字叔夏號玉田循王俊之後西秦人僑居臨安自號樂笑翁著樂府指迷又有玉田詞三

卷山中白雲詞八卷

戈順卿曰玉田詞鄭所南稱其飄飄徵情節節弄拍仇山村稱其意度超元律呂協洽是眞詞家之正宗塡詞者必由此入手方爲雅音玉田自云詞欲雅而正雅正二字示後人之津梁卽寫自家之面目知此二字者始可與論詞始可與論玉田之詞蓋世之詞家動曰能學玉田此易視乎玉田而云然者不知玉田易學而實難學玉田以空靈爲主但學其空靈而筆不轉深則其意淺非入於滑卽入於麤矣玉田以婉麗爲宗但學其婉麗而句不鍊精則其音卑非近於弱卽近於靡矣故善學之則得門而入升其堂造其室卽可與淸眞白石夢窗諸公互相鼓吹否則浮光掠影貌合神離仍是門外漢而已周止庵曰玉田近人所最尊奉才情詣力亦不後諸人終覺積穀作米把纜放船無開闊手段然其淸絕處自不易到又曰玉田詞佳者匹敵聖與往往有似是而非處不可不知又曰叔夏所以不及前人處只在字句上着工夫不肯換意若其用意佳者卽字字珠輝玉映不可指摘近人喜學玉田亦爲脩飾字句易換意難耳

高陽台（西湖春感）

接葉巢鶯平波卷絮畫橋斜日歸船能幾番遊看花又是明年東風且伴薔薇住到薔薇春已堪憐更悽然萬綠西冷一抹荒煙　當年燕子知何處但苔深韋曲草暗斜川見說新愁如今也到鷗邊無心再續笙歌夢掩重門淺醉閑眠莫開簾怕見飛花怕聽啼鵑

木蘭花慢（歸隱湖山書寄陸處梅）

二分春是雨采香逕綠陰鋪正私語晴蛙于飛晚燕閒掩紋疏流水慣欺病酒問楊花過了有花無啼鴂初聞院宇釣船猶繫菰蒲　林逋樹老山孤偏忘却隱西湖歎扇底歌殘蕉間夢醒難寄中吳秋痕尚懸鬢影見蓴絲依舊也思鱸黏壁蝸涎幾許清風只在樵漁

解連環（孤雁）

楚江空晚悵離羣萬里恍然驚散自顧影欲下寒塘正沙淨草枯水天平遠寫不成書只寄託相思一點歎因循誤了殘氈擁雪故人心眼　誰憐旅愁荏苒謾長門夜悄錦箏彈怨想伴侶猶宿蘆花也曾念春前去程應轉暮雨相呼怕驀地玉關重見未羞他雙燕歸來畫簾半捲

甘州

記玉關踏雪是清遊寒氣敝貂裘傍枯林古道長河飲馬此意悠悠短夢依然江表老淚灑西州一字無題處落葉都愁　載取白雲歸去問誰留楚佩弄影中洲折蘆花贈遠零落一身秋向尋常野橋流水待招來不是舊沙鷗空懷感有斜陽處最怕登樓

四　王沂孫

王沂孫字聖與又號中仙會稽人著有花外集二卷一名碧山樂府

戈順卿曰予嘗謂白石之詞空前絕後匪特無可比肩抑且無從入手而能學之者則惟中仙其詞運意高遠吐韻妍和其氣清故無粘滯之音其筆超故有宕往之趣是眞白石之入室弟子也周止庵曰中仙最多故國之感故着力不多天分高絕所謂意能尊體也又曰中仙最近叔夏一派然玉田自遜其深處

掃花遊（綠陰）

捲簾濕翠過幾陣殘紅幾番風雨問春往否但匆匆暗裏換得花去亂碧迷人總是江南舊樹漫凝佇念昔日采香人更何許　芳徑攜酒處又陰得靑靑嫩苔無數故林晚步想參差漸滿

野塘山路倦枕閑床正好微曛院宇送淒楚怕涼聲又催秋莫

齊天樂（螢）

碧痕初化池塘草熒熒野光相趁扇薄星流盤明露滴零落秋原飛燐練裳相近況穿柳生涼度荷分瞑誤我殘編翠囊空嘆夢無準　樓陰時過數點倚闌人未睡曾賦幽恨漢苑飄苔秦宮墜葉千古淒涼不盡何人爲省但隔水餘輝傍林殘影已覺蕭疏更堪秋夜永

高陽台

殘雪庭除輕寒簾影霏霏玉管春葭小帖金泥不知春是誰家相思一夜窗前夢奈箇人水隔天遙但淒然滿樹幽香滿地橫斜　江南自是離愁苦況遊驄古道歸雁平沙怎得銀箋殷勤說與年華如今處處生芳草縱憑高不見天涯更消他幾度東風幾度飛花

五　史達祖

史達祖字邦卿著有梅溪詞二卷

張功甫梅溪詞序云織綃泉底去塵眼中妥貼輕圓特其餘事又曰有瓌奇警邁清新閑婉之

長而無詘蕩汙淫之失端可以分鑣淸眞平睨方回姜白石曰邦卿詞奇秀淸逸融情景於一家會句意於兩得戈順卿曰周淸眞善運化唐人詩句最爲詞中神妙之境而梅溪亦擅其長筆意更爲相近予嘗謂梅溪乃淸眞之附庸若仿張爲作詞家主客圖周爲主史爲客未始非定論也

雙雙燕

過春社了度簾幕中間去年塵冷差池欲住試入舊巢相並還相雕梁藻井又軟語商量不定飄然快拂花梢翠尾分開紅影　芳逕芹泥雨潤愛貼地爭飛競誇輕俊紅樓歸晚看足柳昏花暝應是棲香正穩便忘了天涯芳信愁損翠黛雙蛾日日畫闌獨凭

壽樓春（尋春服有感）

裁春衫尋芳記金刀素手同在晴窗幾度因風殘絮照花斜陽誰念我今無裳自少年消磨疏狂但聽雨挑燈欹牀病酒多夢睡時妝　飛花去良宵長有絲闌舊曲金譜新腔最恨湘雲人散楚蘭魂傷身是客愁爲鄉算玉簫猶逢韋郎近寒食人家相思未忘蘋藻香

秋霽

江水蒼蒼望倦柳愁荷共感秋色廢閣先涼古簾空暮雁程最嫌風力故園信息愛渠入眼南山碧念上國誰是膾鱸江漢未歸客　還又歲晚瘦骨臨風夜聞秋聲吹動岑寂露蛩悲清燈冷屋翻書愁上鬢毛白年少俊遊渾斷得但可憐處無奈苒苒魂驚采香南浦剪梅煙驛

燕歸梁

獨臥秋窗桂未香怕雨點飄涼玉人只在夢雲旁也著淚過昏黃　西風今夜梧桐冷斷無夢到鴛鴦秋鉦二十五聲長請各自耐思量

臨江仙

愁與西風應有約年年同赴清秋舊遊簾幕記揚州一燈人着夢雙雁月當樓　羅帶鴛鴦塵暗澹更須整頓風流天涯萬一見溫柔瘦應緣此瘦羞亦爲郎羞

六　吳文英

吳文英字君特號夢窗四明人有甲乙丙丁詞稿四卷

戈順卿曰。夢窗從履齋諸公遊。晚年好塡詞。以綿麗爲尙。運意深遠。用筆幽邃。鍊字鍊句。迴不猶人。貌觀之雕繢滿眼。而實有靈氣行乎其間。細心吟繹。覺味滿於回。引人入勝。既不病其晦澀。亦不見其堆垛。此與淸眞梅谿白石並爲詞學之正宗。一脈眞傳。特稍變其面目耳。猶之玉谿生之詩。藻采組織。而神韵流轉。旨趣永長。未可妄譏其獺祭也。周止庵曰。夢窗每於空際轉身。非具大神力不能。又曰。夢窗非無生澀處。總勝空滑。況其佳者。天光雲影。蕩漾綠波。撫玩無斁。追尋已遠。又曰。君特意思甚感慨。而寄情閑散。使人不易測其中之所有。按夢窗刻意學淸眞。而深得其妙。但有時用事太晦。處人不易知。故玉田以爲七寶樓台。眩人眼目。拆碎下來不成片段也。

憶舊遊（別黃淡翁）

送人猶未苦苦送春隨人去天涯片紅飛都盡陰陰潤綠暗裏啼鴉賦情頓雪雙鬢飛夢逐塵沙嘆病渴淒涼分瘦香減兩地看花　西湖斷橋路想繫馬垂楊依舊欹斜葵麥迷煙處問離巢孤燕飛過誰家故人爲寫深怨空壁掃秋蛇但醉上吳台殘陽草色歸思賒

風入松

聽風聽雨過清明愁草瘞花銘樓前綠暗分攜路一絲柳一寸柔情料峭春寒中酒交加曉夢啼鶯 西園日日掃林亭依舊賞新晴黃蜂頻撲秋千索有當時纖手香凝惆悵雙鴛不到幽階一夜苔生

鶯啼序

殘寒正欺病酒掩沈香繡戶燕來晚飛入西城似說春事遲暮畫船載清明過却晴煙冉冉吳宮樹念羈情遊蕩隨風化爲輕絮 十載西湖傍柳繫馬趁嬌塵軟霧遡迴漸招入仙溪錦兒偷寄幽素倚銀屏春寬夢窄斷紅濕歌紈金縷暝堤空輕把斜陽總還鷗鷺 幽蘭旋老杜若還生水鄉尚寄旅別後訪六橋無信事往花委瘞玉埋香幾番風雨長波妒盼遙山羞黛漁燈分影春江宿記當時短楫桃根渡青樓彷彿臨分敗壁題詩淚墨慘淡塵土 危亭望極草色天涯歎鬢侵半苧暗點檢離痕歡唾尚染鮫綃嚲鳳迷歸破鸞慵舞殷勤待寫書中長恨藍關遼海沈過雁慢相思彈入哀箏柱傷心千里江南怨曲重招斷魂在否

七 其餘諸家

南宋詞除以上數家外。更錄張孝祥康與之蔣捷劉過周密朱藻等各一二首。

念奴嬌（過洞庭） 張孝祥

洞庭青草近中秋更無一點秋色玉界瓊田三萬頃著我扁舟一葉素月分輝明河共影表裏俱澄澈悠然心會妙處難與君說 應念嶺表經年孤光自照肝膽皆冰雪短髮蕭疎襟袖冷穩泛蒼溟空闊盡吸西江細斟北斗萬象為賓客叩舷獨嘯不知今夕何夕

六洲歌頭

長淮望斷關塞莽然平征塵暗霜風勁悄邊聲暗銷凝追想當年事殆天數非人力洙泗上絃歌地亦羶腥隔水氈鄉落日牛羊下區脫縱橫看名王宵獵騎火一川明笳鼓悲鳴遣人驚念腰間箭匣中劍空埃蠹竟何成時易失心徒壯歲將零渺神京干羽方懷遠靜烽燧且休兵冠蓋使紛馳騖若為情聞道中原遺老常南望翠葆霓旌使行人到此忠憤氣塡膺有淚如傾

滿庭芳（冬景） 康與之

霜幕風簾閒齋小戶素蟾初上雕籠玉杯醽醁還與可人同古鼎沉煙篆細玉筍破橙橘香濃梳妝懶脂輕粉薄約略淡眉峯　清新歌幾許低隨慢唱笑語相共道文書針線今夜休攻莫厭蘭膏更繼明朝又紛冗匆匆酩酊也冠兒未卸先把被兒烘

虞美人　蔣捷

少年聽雨歌樓上紅燭昏羅帳壯年聽雨客舟中江闊雲低斷雁叫西風　而今聽雨僧廬下鬢已星星也悲歡離合總無情一任階前點滴到天明

霜天曉角（折花）

人影窗紗是誰來折花折花折則從他折去知折去向誰家　簷牙枝最佳折時高折些說與折花人道須插向鬢邊斜

醉太平（閨情）　劉過

情高意眞眉長鬢青小樓明月調箏寫春風數聲　思君憶君魂牽夢縈翠綃香暖雲屏更那堪酒醒

一萼紅（登蓬萊閣） 周密

步深幽。正雲黃天淡。雪意未全休。鑑曲寒沙。茂林烟草。俯仰古今悠悠。歲華晚。飄零漸遠。誰念我同載五湖舟。磴古松斜。厓陰苔老。一片清愁。　回首天涯歸夢。幾魂飛西浦。淚灑東州。故國山川。故園心眼。還似王粲登樓。最負他秦鬟妝鏡。好江山何事此時游。爲喚狂吟老監。共賦銷憂。

醜奴兒（春暮） 朱藻

障泥油壁人歸後。滿院花陰。樓影沈沈。中有傷春一片心。　閒穿綠樹尋梅子。斜日曨明。團扇風輕。一徑楊花不避人。

第四章 論金元明詞

金源立國淺陋。其文獻盡見於中州一集。中州樂府所列亦三十餘家。大都患在竊豪辛桂之氣太重。其差可稱者。祇元遺山好問趙閑閑秉文二人而已。元人入主。絃索登場。雜劇盛行。而詞學遂廢。然如趙子昂孟頫薩天錫都剌張仲舉翥倪元鎮瓚等。猶偶有精作。足以自立。及至明代文人專重科第。學術掃地。塡詞者一味摹擬花間草堂。而於神味全未夢見。祇可略而不論耳。

清平樂　元好問

離腸宛轉。瘦覺粧痕淺。飛去飛來雙乳燕。消息知郎近遠。　樓前小雨珊珊。海棠簾幕輕寒。杜宇一聲春去。樹頭無數青山。

青杏兒　趙秉文

風雨替花愁。風雨罷花也應休。勸君莫惜花前醉。今年花謝。明年花謝。白了人頭。　乘興兩三甌。揀溪山好處追遊。但教有酒身無事。有花也好。無花也好。選甚春秋。

浣溪沙（贈歌者）　趙孟頫

滿捧金卮低唱詞。尊前再拜索新詩。老夫慚愧鬢成絲。　羅袖染將修竹翠。粉香須上小梅枝。相逢不似少年時。

滿江紅（金陵懷古）　薩都剌

六代豪華春去也更無消息空悵望山川形勝已非疇昔王謝堂前雙燕子烏衣巷口曾相識聽夜深寂寞打孤城春潮急 思往事愁如織懷古國空陳跡但荒煙衰草亂鴉斜日玉樹歌殘秋露冷胭脂井壞寒螿泣到如今只有蔣山青秦淮碧

多麗（西湖泛舟） 張翥

晚山青一川雲樹冥冥正參差煙凝紫翠斜陽畫出南屏館娃歸吳台遊鹿銅仙去漢苑飛螢懷古情多憑高望極且將樽酒慰飄零自湖上愛梅仙遠鶴夢幾時醒空留得六橋疏柳孤嶼危亭 待蘇堤歌聲散盡更須攜妓西冷藕花深雨涼翡翠菰蒲軟風弄蜻蜓澄碧生秋鬧紅駐景采菱新唱最堪聽見一片水天無際漁火兩三星多情月為誰留照未過前汀

人月圓 倪瓚

傷心莫問前朝事重上越王台鷓鴣啼處東風草綠殘照花間 悵然歌嘯靑山故國喬木蒼苔當時明月依依素影何處飛來

第五章 論清詞

清代文學鼎盛。詞人之多。幾於度越兩宋。且以宋譜亡佚。樂律無徵。所重惟在詞翰。而發展因之更易。溯其初葉。竹垞容石。並爲大宗。竹垞標舉姜張。而時有沈雄之作。後人但取其清疏衍爲浙派。容石則瓣香重光。幽豔哀斷。小令之美。古今無匹。同時其年縱橫。梁汾沈咽。樊榭以窈曲爲工。名亦相敵。乾嘉之際。常州派盛行。則皋文爲之倡。而板橋道人如孤雲白鶴。翔舞天表。雖不以詞名。而詞自足傳。嘉道而後。作者愈多。蓮生以境勝。鹿潭以格勝。定庵以氣力勝。頻伽以情致勝。而蘋香女士。呼吸清光。乃盡浙派空靈之能事。迄於晚清。詞運就衰。顧猶有三人。其才力足以包舉兩宋。並爲大家。則半塘靜安彊村是也。茲爲一一分述之。

一　朱彝尊

朱彝尊字竹垞。秀水人。康熙己未召試博學鴻詞。授檢討。著有曝書亭集詞十卷。詞綜三十六卷。

曹爾堪曝書亭詞序云。芊綿溫麗。爲周柳擅場。時復雜以悲壯。殆秦缶燕筑相摩盪。其爲閨中之逸調耶。爲塞上之羽音耶。盛年綺筆。造而益深。案曝書亭詞以江湖載酒集三卷爲正集。纔綿悲壯各體皆備靜志居琴趣一卷首首皆本事卷尾洞仙歌三十闋尤可與其風懷詩參看古來連用數十闋長調紀事者蓋自竹坨始也又茶煙閣體物集二卷咏物之工不減梅溪蕃錦集一卷皆集唐人詩句爲詞亦別體也綜其所作高秀超逸綿密精嚴標格在南宋諸公而但以姜張爲止境又好引經據典餖飣瑣屑遂有朱貪多王（漁洋）愛好之稱可謂切中其弊矣

桂殿秋

思往事渡江干青蛾低映越山看共眠一舸聽秋雨小簟輕衾各自寒

酷相思（阻風湖口）

社鼓神鴉天外樓見渺渺江流去向晚來石尤君莫渡大姑也留人住小姑也留人住　杜宇催歸朝復暮轉把歸期誤儘燈火孤篷愁幾許風急也聲聲雨風定也聲聲雨

水龍吟（謁張子房）

當年博浪金椎惜乎不中秦皇帝咸陽大索下邳亡命全身非易縱漢當興使韓仍在肯臣劉

季算論功三傑封侯萬戶都未是平生意　遺廟彭城故里有蒼苔斷碑橫地千盤驛路滿山楓葉一灣河水滄海人歸圯橋石杳古牆空閉悵蕭蕭白髮經過擘涕向斜陽裏

高陽台（吳江葉元禮少日過流虹橋有女子在樓上見而慕之竟至病死氣方絕適元禮復過其門女之母以女臨終之言告葉葉入哭女目始瞑友人爲作一傳余紀以詞）

橋影流虹湖光映雪翠簾不卷春深一寸橫波斷腸人在樓陰游絲不繫羊車住倩何人傳語青禽最難禁倚徧雕闌夢徧羅衾　重來已是朝雲散悵明珠珮冷紫玉煙沉前度桃花依然開徧江潯鍾情怕到相思路盼長隄草盡紅心動愁吟碧落黃泉兩處誰尋

浪淘沙（雨花台）

衰柳白門灣潮打城還小長干接大長干歌板酒旗零落盡剩有漁竿　秋草六朝寒花雨空壇更無人處一憑闌燕子斜陽來又去如此江山

百字令（度居庸關）

崇墉積翠望關門一綫檐溜瘦馬登登愁徑滑何況新霜時候畫鼓無聲朱旗卷盡惟剩蕭蕭

柳薄寒漸甚征袍明日添又 誰放十萬黃巾丸泥不關直入巾箱口十二園陵風雨暗響偏哀鴻離獸舊事驚心長塗望眼寂寞問亭堠當年鎖鑰董龍真是雞狗

二 納蘭性德

納蘭性德字容若。滿州人。清太傅明珠子。廿一歲中進士。授一等侍衞。三十一卒。著有飲水側帽詞各一卷。

容若貂珥朱輪。生長華胄。而其詞哀怨騷屑。類憔悴失職者之所爲。蹈淡疑仙。思幽近鬼。年之不永。殆兆於斯。至其小令清淒婉麗。尤得南唐二主之遺。故人多以重光後身稱之。

蝶戀花

辛苦最憐天上月一昔如環昔昔長如玦但似月輪終皎潔不辭冰雪爲卿熱 無奈鍾情容易絕燕子依然軟踏簾鉤說唱能秋墳愁未歇春叢認取雙棲蝶

前調

眼底風光留不住和暖和香又上雕鞍去欲倩煙絲遮別路垂楊那是相思樹 惆悵玉顏成

間阻何事東風不作繁華主斷帶依然留乞句斑騅一繫無尋處

前調

又到綠楊曾折處不語垂鞭踏徧清秋路衰草連天無意緒雁聲遠向蕭關去　不恨天涯行役苦只恨西風吹夢成千古明日客程還幾許霑衣況是新寒雨

臨江仙

長記碧紗窗外語秋風吹送啼鴉片帆從此寄天涯一鐙新睡覺思夢月初斜　便是欲歸歸未得不如燕子還家春雲春水帶輕霞畫船人似月細雨落楊花

前調（永平道中）

獨客單衾誰念我晚來涼雨颼颼緘書欲寄又還休箇儂憔悴禁得更添愁　曾記年年三月病而今病向深秋盧龍風景白人頭藥爐煙裏支枕聽河流

生查子

東風不解愁偷展湘裙衩獨夜背紗籠影著纖腰畫　爇盡水沈煙露滴鴛鴦瓦花骨冷宜香

小立櫻桃下

前調

散帙坐凝塵 吹氣幽蘭並 茶名龍鳳團 香字鴛鴦餅 玉局類彈棋 顛倒雙棲影 花月不曾閒 莫放相思醒

浣溪紗（西郊馮氏園看海棠因憶香嚴詞有感）

誰道飄零不可憐 舊遊時節好花天 斷腸人去自經年 一片暈紅疑着雨 晚風吹掠鬢雲偏 倩魂銷盡夕陽前

前調

一半殘陽下小樓 朱簾斜控軟金鉤 倚闌無緒不能愁 有個盈盈騎馬過 薄妝淺黛亦風流 見人羞澀却回頭

前調

腸斷斑騅去未還 繡屏深鎖鳳簫寒 一春幽夢有無間 逗雨疏花濃淡改 關心芳草淺深難

不成風月轉摧殘。

三　陳維崧

陳維崧字其年。號迦陵。江蘇宜興人。康熙己未召試鴻詞科。授檢討。著有湖海樓詞二十卷。其年詞天才豔發。辭鋒橫溢。驅使羣籍。舉重若輕。然其弊在叫囂儱野。未奪稼軒之壘。先蹈龍州之轍。全集多至千八百餘闋。未免玉石雜揉矣。又好爲疊韻。往往一疊至十餘闋。蹈險逞能。亦非正格。譚復堂云。錫鬯其年出而本朝詞派始成。顧朱傷於碎。陳厭其率。流弊亦百年而漸變。錫鬯情深。其年筆重。固後人所難到。嘉慶以前爲二家牢籠者十居七八。

東風第一枝（踏青）

檐溜纔停。街泥乍涴。花梢日影搖午。陌頭露景增妍。水邊煙光添嫵。茜衫笑檢。憶春在謝橋深處。正沿隄絮燕吟鸝。吹滿一天風絮。　雛杏糝紅飄麈土。溪柳罨綠凝門戶。畫完江左亭台。釀成花朝節序。爲歡併日。況漸值韶光百五。約鈿車明日重游。又聽小樓宵雨。

滿江紅（贈顧梁汾）

二十年前曾見汝。寶釵樓下春二月。銅街十里。杏衫籠馬。行處偏遭嬌鳥喚。看時誰讓珠簾掛。只沈腰今也不宜秋。驚堪把。　且給箇。金門假。好長就。旗亭价。記鎗煙扇影。朝衣曾惹。芍藥纔填妃子曲。琵琶又聽商船話。笑落花和淚一般多。沾羅帕。（失職不平）

水龍吟（白蓮）

水明樓下相看。涼荷一色瓏鬆地。赤闌低壓。綠裳輕蘸。月明千里。小苑梨花。重門柳絮。算來相似。傍前汀白鷺。幾番飛下。尋不見。迷花底。　無數弄珠人戲。小酥娘。水天閒倚。明妝束素。非關只愛。把穠華洗。爲怕秋來。滿湖紅粉。惹人憔悴。拚年年玉貌。江潭夜悄。凝如鉛淚。

四　顧貞觀

顧貞觀字華峯。一字梁汾。江蘇無錫人。康熙丙午舉人。官典籍。著彈指詞一卷。

鄧升恆顧梁汾傳。先生於友誼最篤。松陵才子吳漢槎戍甯古塔。先生祖送時有牛百生還之約。寄金縷曲二詞。容若見之。爲之泣下。極力營救。漢槎果以辛酉入關。贖鍰皆先生辦也。吳兆騫秋笳集寄顧舍人書。彈詞集如雲和楊柳。韵倩堪憐。又如衞洗馬言愁。令人顛頓。少游美成更當何處生。陳曹秋嶽曰。彈指早負盛名。而神姿清徹。儼如瓊林琪樹。故其塡詞纏綿悽惋。恍聽坡公柳綿句。那得不使朝雲聲咽。又曰。讀彈指詞。有凌雲駕虹之勢。無鏤冰剪綵之痕。具此手筆。方可言香豔之妙。賭棋山莊詞話。顧梁汾短調雋永。長調委宛盡致。得周柳精處。跡其生平。與吳漢槎兆騫最稱莫逆。秋笳之詩。彈指之詞。固是騷壇二妙。其寄漢槎甯古塔賀新涼云云。濃摯交情。艱難身世。蒼茫離思。愈轉愈深。一字一淚。吾想漢槎當日得此詞於冰天雪窖間。不知何以爲情。後來效此體者極多。然平鋪直敘。率覺嚼蠟。由無深情眞氣爲之斡。而漫云以詞代書也。梁汾詠寒柳臨江仙云。西風著意做繁華。飄殘三月絮。凍合一江花。又云。永豐西畔郎天涯。白頭金縷曲。翠黛玉鉤斜。詠梅浣溪沙云。凍雲深護最高枝。又云。一片冷香惟有夢。十分淸瘦更無詩。待他彩影說相思。剔透玲瓏。風神獨絕。誠詠物雅令也。比之排比嫩豔。襞積冷典。相去豈不萬萬哉。

金縷曲（寄吳漢槎甯古塔以詞代書時丙辰冬寓京師千佛寺冰雪中作）

季子平安否。便歸來平生萬事。那堪回首。行路悠悠誰慰藉。母老家貧子幼。記不起從前杯酒。

魑魅搏人應見慣總輸他覆雨翻雲手冰與雪周旋久 淚痕莫滴牛衣透數天涯依然骨肉幾家能夠比似紅顏多命薄更不如君還有只絕塞苦寒難受廿載包胥承一諾盼烏頭馬角終相救置此札兄懷袖

前調

我亦飄零久十年來深恩負盡死生師友宿昔齊名非忝竊只看杜陵窮瘦曾不減夜郎僝僽薄命長辭知己別問人生到此淒涼否千萬恨爲兄剖 兄生辛未吾丁丑共些時冰霜摧折早衰蒲柳詞賦從今須少作留取心魂相守但願得河清人壽歸日急翻行戍稿把空名料理傳身後言不盡觀頓首

謁金門

三十矣彈指韶光能幾梵課村妝從此始心期成逝水 那少眞珠百琲遲卻紅絲一繫得壻今生應似子斯言猶在耳

清平樂（書任城店壁壁上多明季公車名士留題之作屢經堊抹不復可認因撮其字

句連綴爲詞）

短衣孤劍舊識新豐店看壓小槽香瀲灩醉洗玉船紅釅　早鶯送客登車依微月射銀沙馬上纈成春夢牆頭笑擲桃花

青玉案

天然一幀荆關畫誰打稾斜陽下歷歷水殘山賸也亂鴉千點落鴻孤咽中有漁樵語　登臨我亦悲秋者向蔓草平原淚盈把自古有情終不化青娥塚上東風野火燒出鴛鴦瓦

昭君怨

殘雪板橋歸路的的玉人風度擁袖障輕寒恣他看　聞道昔遊如昨添箇洗紅池閣掩冉壓牆花是誰家

五　厲鶚

厲鶚字太鴻號樊榭錢塘人康熙庚子舉人著有樊榭山房詞四卷

浙派詞竹垞導其端樊榭暢其緒以姜張爲圭臬而不能入北宋一步然樊榭思致綿邈娟然

姸雅。如空谷佳人。倩妝獨立。有惟時徵引僻典。隸事過多。則不免失之餖飣。譚復堂云。填詞至太鴻。眞可分中仙夢窗之席。世人爭賞其餖飣窳弱之作。所謂徵之識碔砆也。又云。樂府補題。別有懷抱。後來巧構形似之言。漸忘古意。竹垞樊榭。不得辭其過。又云。樊榭思力可到淸眞。惜爲玉田所累。

眼兒媚

一寸橫波惹春留。何止最宜秋。妝殘粉薄。矜嚴消盡。只有溫柔。　當時底事匆匆去。悔不載扁舟。分明記得。吹花小徑。聽雨高樓。

八歸（隱几山樓賦夕陽）

初翻雁背。旋催雁翼。高樹半掛微暈。銷凝最是登樓意。常對亂波紅蘸。遠山青襯。不管長亭歌欲斷。漸照去鞭痕將隱。想故苑燕麥離離。滿地弄金粉。　何況春游乍歇。花愁多少。只惱黃昏偏近。冷和帆落。慘連笳起。更帶孤煙斜引。誤雕闌倚徧。霽色明朝也應準。無言處。望中容易。下卻西牆。相思人老盡。

高陽台（落梅）

縞月啼香青禽警瘦遺環每恨俱飄雪没韉痕何人爲掃溪橋東風欲避層台遠御風歸第一
春銷惱相思枝北枝南冷夢迢迢　山空記得吟疏影拾參差碎玉自裹冰綃湖水無聲流殘
舊怨新嬌餘酸已在濃陰裏怕重屏半尊難描更堪他消思經年雨暮雲朝

玉漏遲（永康病中夜雨感懷）

薄遊成小倦驚風夢雨意長牋短病與秋爭葉葉碧梧聲顫濕鼓山城暗數更穿入溪雲千片
燈暈翦似曾認我茂陵心眼　少年不負吟邊幾熨帛光陰試香池館歡境消磨盡付砌蟲微
歎客子關情藥裏覓何地煙林疏散懷正遠胥濤曉喧楓岸

百字令（月夜過七里灘光景奇絶歌此調幾令衆山皆響）

秋光今夜向桐江爲寫當年高躅風露皆非人世有人自坐船吹竹萬籟生山一星在水鶴夢
疑重續拏音遙去西巖漁父初宿　心憶汐社沈埋清狂不見使我形容獨寂寂冷螢三四點
穿過前灣茅屋林淨藏煙峯危瞰月帆影搖空綠隨風飄蕩白雲還臥深谷

六　鄭燮

鄭燮字克柔。號板橋。興化人。乾隆中進士。濰縣知縣。著有板橋詞一卷。

乾嘉後各家詞選皆不列板橋詞。以其非正格也。顧文字工拙不徒在形式。板橋襟懷冲淡。故其詞純寫天趣。疏鬆淡遠。別有一種不衫不履之態。敍景多於言情。然倘爲致語。彌覺雋水。

漁家傲（王荊公新居）

積雨新晴紅日吐。小橋着水煙綿樹。茅屋數間誰是主。王介甫。而今曉得青苗誤。　呂惠卿曹何足數。蘇東坡過還相恕。千古文章根肺腑。長憶汝。蔣山山下南朝路。

沁園春（恨）

花亦無知。月亦無聊。酒亦無靈。把天桃斫斷。煞他風景。鸚哥煮熟。佐我杯羹。焚硯燒書。椎琴裂畫。毀盡文章抹盡名。滎陽鄭。有慕歌家世。乞食風情。　單寒骨相難更。笑席帽青衫太瘦生。看蓬門秋草。年年破巷。疏窗細雨。夜夜孤燈。難道天公。還嵌恨口。不許長吁一兩聲。顛狂甚。取烏絲百幅。細寫淒清。

踏莎行

中表姻親詩文情愫十年幼小嬌相護不須燕子引人行畫堂得到重重戶　顛倒思量朦朧刼數藕絲不斷蓮心苦分明一見怕銷魂却愁不到銷魂處

滿江紅（思家）

我夢揚州便想到揚州夢我第一是隋隄綠柳不堪煙鎖潮打三更瓜步月雨荒十里虹橋火更紅鮮冷淡不成圓櫻桃顆　何日向江村躲何日上江樓臥有詩人某某酒人个个花逕不無新點綴沙鷗頗有閒功課歸白頭供作折腰人將毋左

青玉案（宦況）

十年蓋破黃紬被儘歷遍官滋味雨過槐廳天似水正宜撥茗正宜開釀又是文書累　坐曹一片吆呼碎衙子催人裝傀儡束吏平情然也未酒闌燭跋漏寒風起多少雄心退

蝶戀花（晚景）

一片青山臨古渡山外晴霞漠漠收殘雨流水遠天波似乳斷煙飛上斜陽去　徙倚高樓無

一語燕不歸來沒個商量處鴉噪暮雲城堞古月痕淡入黃昏霧

七　張惠言

張惠言字皐文武進人著有茗柯詞一卷又與乃弟翰豐同撰宛陵詞選茗柯兄弟以文章之法爲詞胸襟噴薄大雅遒逸振北宋之緒自嘉慶以來諸名家均從之是爲常州派同時如董陸方錢諸家及親灸緒餘如歙之金鄭諸子皆能與之把臂入林其造就遠矣

水調歌頭（春日賦示楊生子掞）

東風無一事妝出萬重花閒來閱徧花影惟有月鉤斜我有江南鐵笛要倚一枝香雪吹徹玉城霞清影渺難即飛絮滿天涯　飄然去吾與汝汎雲槎東皇一笑相語芳意落誰家難道春花開落又是春風來去便了却韶華花外春來路芳草不曾遮

百年復幾許慷慨一何多子當爲我擊筑我爲子高歌招手海邊鷗鳥看我胸中雲夢蔕芥近如何楚越等閒耳肝膽有風波　生平事天付與且婆娑幾人塵外相視一笑醉顏酡看到浮

雲過了。又恐堂堂歲月。一擲去如梭。勸子且秉燭。爲駐好春過。

珠簾卷春晚。蝴蝶忽飛來。游絲飛絮無緒。亂點碧雲釵。腸斷江南春思。黏着天涯殘夢。賸有首重回。銀蒜且深押。疏影任徘徊。　羅帷卷。明月入。似人開。一尊屬月起舞。流影入誰懷。迎得一鈎月到。送得三更月去。鶯燕不相猜。但莫憑闌久。重露濕蒼苔。

今月非昨日。明日復如何。朅來眞悔何事。不讀十年書。爲問東風吹老。幾度楓江蘭徑。千里轉平蕪。寂寞斜陽外。渺渺正愁予。　千古意。君知否。只斯須。名山料理身後。也莫古人愚。一夜庭前綠徧。三月雨中紅透。天地入吾廬。容易衆芳歇。莫聽子規呼。

長鑱白木柄。劚破一庭寒。三枝兩枝生綠。位置小窗前。要使花顏四面。和著草心千朶。向我十分妍。何必蘭與菊。生意總欣然。　曉來風。夜來雨。晚來煙。是他釀就春色。又斷送流年。便欲誅茅江上。只怕空林衰草。憔悴不堪憐。歌罷且更酌。與子繞花間。

八　項鴻祚

項鴻祚又名廷紀。字蓮生。錢塘人。道光十二年舉人。著憶雲詞甲乙丙丁稾四卷。

蓮生家世業鹽筴。至君漸落、家被火、室燬。奉母應其姊聟許文恪之招。於京師途次遇水。母與從子皆道殞。君蒼黃歸、幽憂疾病不自振。既再上春官被放。轗軻久。遂卒。年祇三十八歲。憶雲詞甲藁自序云。生幼具愁癖。故其情艷而苦。其感於物也。鬱而深。如連峯巉巉。中夜猿嘯。復如清湘戛瑟。魚沈雁起。孤月徽明。其窅曼幽淒。則山鬼晨吟。瓊妃暮泣。風鬟雨鬢。相對支離。不無累德之言。抑亦傷心之極致矣。鄭濂序云。字必色飛。語必魂絕。雖皆緣情綺靡之作。感過怨悱之旨。而使人鏘鏘洋洋。悽然自思。黯然自悲。凡吾身之所直。目之所接。纏綿悱惻。煩冤鬱積。低徊而不能自言者。皆若於是畢具焉。譚復堂云。蓮生古之傷心人也。盪氣回腸。一波三折。有白石之幽澀。而去其俗。有玉田之秀折。而無其率。有夢窗之深細。而化其滯。殆欲前無古人。其乙藁自序。近日江南諸子。競尚塡詞。辨韻辨律。翕然同聲。幾使姜張頫首。及觀其著述。往往不逮所言。云云。婉而可思。又丁藁序云。不爲無益之事。何以遣有涯之生。亦可以哀其志矣。以成容若之貴。項蓮生之富。而塡詞皆幽艷哀斷。異曲同工。是所謂別有懷抱者。

東坡引

闌干愁倚偏幽懷怎消遣看花悄步閒庭院海棠開一半海棠開一半 綠窗自掩朱簾還捲羅帳揭香衾展繡匳未整熏爐煖如何人不見如何人不見

醉花間

愁君去看君去君去誰留住明日一帆風不見長干樹 曲廊携手處後會知能否除了莫相思那有閒言語

書難寄恨難寄難寄盈盈淚判作負情人翠被籠香睡 舊歡應忘記驀地遠提起秋雨五更頭冷在心兒裏

浣溪紗

曾向西池采玉遊可人天氣近中秋半年前事到心頭 今夜夢魂何處去一重簾幕一重愁重重遮斷舊妝樓

卜算子

花落小樓寒客散重門靜明月隨人出畫廊曲曲闌干影 淺醉幾曾歡薄睡忽忽醒也似相

思也似愁人比秋風冷

謁金門（湖上暮秋）

秋水漫鴨陣怯波分散鳥柏紅飛霜葉亂夕陽山一半 雲被晚鐘敲斷兩兩歸舟相喚煙月滿湖人不管畫橈齊占岸

更漏子

藕腸纖花骨軟一枕淚光紅泫愁信息繡工夫夢殘嚦鷓鴣 當時錯如今莫情比秋羅更薄霜裏角月中更行人聽不聽

臨江仙

亂紅零地春無主宿寒還戀屏幃夢中何日是歸期玉台金屋空逐綵雲飛 煙月不知人事改夜深來照花枝薰鑪香燼漏聲遲闌珊燈火殘醉欲醒時

臨江仙

有限春宵無限夢夢回依舊難留淚珠長傍枕函流書來三月尾燈盡五更頭 見說而今容

易病日高還掩妝樓。桃花臉薄不禁羞。瘦應如我瘦。愁莫向人愁。

九　龔自珍

龔自珍字璱人。號定庵。浙江仁和人。道光中進士。官禮部主事。詞五種。無着詞、懷人館詞、影事詞、小奢摩詞、庚子雅詞。所存皆不多。

定庵筆力之重。爲淸代第一。無論詩詞皆然。段茂堂序其詞云。造意造言。幾於韓李之於文章。銀盌盛雪。明月藏鷺。中有異境。譚復堂云。綿麗沈揚。意欲合周辛而一之。奇作也。又曰定公能爲飛仙劍客之語。塡詞家長爪梵志也。昔人評山谷詩。如食蝤蛑。恐發風動氣。予於定公詞亦云。

定風波

燕子磯頭壓笛吹。平明沈玉大王祠。無數蛾眉深院裏。晏起。曉霜江上阿誰知。　山詭潮奔千萬變。當而身輕要喚鯉魚騎。驀地江蛩催我去。飛渡。尊前說與定何時。

洞仙歌（雲纈鸞巢錄別）

高樓燈火已四更天氣吳語喁喁　嫌碎著新居頗好舊恨堪銷壺漏盡儘待整帆行矣　從今梳洗罷收拾箏簫勻出工夫學書字鵁鳥倘欺鶯第一難防須囑咐鶯媒回避只此際蕭郎放心行向水驛尋燈山程倚轡

虞美人

紗窗暝色低迷綠猶未傳銀燭暮寒瑟瑟鏡台邊玉釧微聞應是換吳綿　金鑪香篆愔愔墜新月窺人坐湘簾放下悄含顰生怕梨花和月射啼痕

臨江仙

酒渴茶思交午夜沈煙閒撥釵梁玉梅花合自添香敲詩渾已媚兒疊縷金裳　才把夢兒牢捉住無端又着思量十分惜顛是回腸欲抛抛不得明鏡凍飛霜

水調歌頭（風雨竟晝檢視敗簏中巖江宋先生遺墨滿眼淒然）

風雨颯然至竟日作清寒我思芳草不見忽忽感華年憶昔追隨日久鎮把心魂相守燈火四更天高唱夜烏起當作古人看　一枝楊一爐茗宛當前幾聲草草休送萬古溘茫然仙字嬋

飢不食故紙蠧鑽不出陳蹟太辛酸一掬大招淚灑向暮雲間

浪淘沙（書願）

雲外起朱樓縹緲淸幽笛聲叫破五湖秋整我圖書三萬軸同上蘭舟　鏡檻與香篝雅淡溫柔替儂好好上簾鈎湖水湖風涼不管看汝梳頭

浣溪紗

鳳脛鐙高花栗圓尋思脈脈未成眠欹鬟沈坐淄犀鈿　一桁梅花紅似酒半庭落月暖於煙春宵原是女郎天

十　蔣春霖

蔣春霖字鹿潭江陰人咸豐中官淮南鹽官著有水雲樓詞二卷

李冰叔序云君爲詩恢雄骯髒若東淘雜詩二十首不減少陵秦州之作乃易其工力爲長短句鏤情劌恨轉豪於鉄黍之間直而致沈而姚曼而不靡譚復堂云文字無大小必有正變必有家數水雲樓詞固淸商變徵之聲而流別甚正家數頗大與成容若項蓮生二百年中分鼎

三足。咸豐兵事。天挺此才。爲倚聲家杜老。而晚唐兩宋。一唱三歎之意。則已微矣。或曰。何以與成項並論。應之曰。阮亭葆馚一流。爲才人之詞。宛鄰止庵一派。爲學人之詞。惟三家是詞人之詞。與朱厲同工異曲。其他則旁流羽翼而已。

南浦（春草）

綠意隱汀沙。雪痕消。又潤村村酥雨。山曉睡容蘇。斜陽外。深淺青無數。飛飛胡蝶。荒庭也是春來處。千里相思誰種出。撥了二分塵土。　年年空怨裙腰。甚愁根欲剗。東風未許。接岸綠波平銷魂事。第一送君南浦。鷓鴣幾度。憑高不見天涯路。陌上開華開落後。多少馬蹄歸去。

踏莎行（癸丑三月賦）

疊砌苔深。遮窗松密。無人小院纖塵隔。斜陽雙燕欲歸來。卷簾錯放楊花入。　蜨怨香遲。鷃嫌語澀。老。吹盡春無力。東風一夜轉平蕪。可憐愁滿江南北。

木蘭花慢（江行晚過北固山）

泊秦淮雨霽。又鐙火。送歸船。正樹擁雲昏。星垂野闊。暝色洋天。蘆邊夜潮驟起。暈波心月影。盪江圓夢醒誰歌楚些冷冷霜激哀絃　嬋娟不語對愁眠往事恨難捐看莽莽南徐蒼蒼北固如此山川鉤連更無鐵鎖任排空檣艣自回旋寂寞魚龍睡穩傷心付與秋煙

浪淘沙

雲氣壓虛闌青失遙山雨絲風片一番番上已清明都過了只是春寒　華發已無端何況華殘飛來蝴蝶又成團明日朱樓人睡起莫卷簾看

虞美人

水晶簾卷澂濃霧夜靜涼生樹病來身似瘦梧桐覺道一枝一葉怕秋風　銀潢何日銷兵氣劍指寒星碎遙憑南斗望京華忘却滿身清露在天涯

十一　郭麐

郭麐字祥伯號頻伽吳江人著有蘅夢詞二卷浮眉樓詞二卷懺餘綺語二卷爨餘詞一卷

陳鴻壽云頻伽少習倚聲長嫺詩敎走馬磧礪塞上沽酒烏丸城邊回腸盪氣搖曳情靈既而端憂多暇雜以變徵蓋蓄隱而意愉實懷愁而慕怨也譚復堂云南宋詞屑敝屑餖飣朱厲二

家學之者流為寒乞枚菴高朗頻伽清疏浙派為之一變而郭詞則疏俊少年尤喜之予初事倚聲頗以頻伽名雋樂於風詠繼而微窺柔厚之旨乃覺頻伽之薄又以詞尚深澀而頻伽滑矣後來辨之

闌干萬里心（自題浮眉樓圖）

濛濛絲柳不藏秋隱隱疏簾半上鈎見說年年愛遠遊一重樓兩點眉山相對愁

台城路（同嚴文歷亭游舒氏園作）

薄陰不散霜飛早園林深貯秋意水木清蒼陂陀高下澹與暮雲無際紅泥亭子占一角孤城七分煙水最愛疏疏竹竿萬个滴寒翠　年來俊侶都散便登山臨水只恁蕉萃倦柳攀條清流照鬢暗老悲秋身世荒寒如此又畫角聲中夕陽垂地樹樹西風暮雅寒不起

賣花聲

秋水瀅盈盈秋雨初晴月華洗出太分明照見舊時人立處曲曲闌屏　風露浩無聲衣薄涼生與誰人說此時情朦朧幾重窗幾扇說也零星

疏影（燭淚）

珠啼玉泣向畫筵深夜相對愁絕今世紅紅宿世蟲蟲生平最惜離別風簾露席隨升降判灑滿爛銀荷葉算苦心未是灰時肯怕界淺紅頰　便與紗籠護取也應護不到將殘時節苦憶高樓網戶曈曨照見粉痕明滅羅襦低解聞薌澤有誰問階前堆積只淒然擁髻人人愁涴石榴裙褶

高陽台（將反魏塘疏香女子亦以次日歸吳下置酒話別離懷惘惘）

暗水通潮痴雲閣雨微陰不散重城留得枯荷奈他先作離聲清歌欲遏行雲住露春纖並坐調笙莫多情第一難忘席上輕盈　天涯我是飄零慣任飛花無定相送人行見說蘭舟明朝也泊長亭門前記取垂楊樹只藏他三兩秋鶯一程程愁水愁風不要人聽

十二　吳藻

女士吳藻字蘋香浙江仁和人著有花簾詞二卷香南雪北詞二卷

蘋香父與夫皆業賈兩家無一讀書者而獨能以詞名世殆夙根也蘋香詞雖不脫浙派科臼

而有草窗之秀。玉田之潤。香南一集首首可誦。淸空一氣。非若浮眉樓之蕪雜。同時如趙秋舲之香消酒醒詞。名與吳並。面目亦近。實則流於剽滑。不如蘋香之猶不失規矩也。

卜算子

一幅小簾櫳四面明窗格屋裏鶯花門外山忙了春風筆 薄霧籠輕陰細雨催寒食獨上湖樓看六橋楊柳無人碧

戀綉衾（題畫扇寫悶尋鷓鴣說無聊詩意）

東風楊柳花外拖好池台斜照未娃悄不見驚鴻影是誰來調弄翠哥 玉籠小啄雙紅豆問相思亦內幾多隴山遠蓬山隔說無聊都喚奈何

前調

一春風雨難放晴倩誰描帖子內丁捲不起簾衣重蝶銷魂花太瘦生 韶華百五無佳日誤簫聲深巷賣餳西湖約何時準翠衫兒疊皺四停

酷相思

一樣黃昏深院宇一樣有箋愁句又一樣秋鐙和夢著昨夜也瀟瀟雨今夜也瀟瀟雨　滴到天明還不住只少種芭蕉樹問幾箇涼蛩階下語窗外也聲聲絮牆外也聲聲絮

蘇幕遮

曲闌干深院宇依舊春來依舊春來去一片殘紅無着處綠遍天涯綠遍天涯樹　柳花飛萍葉聚梅子黃時梅子黃時雨小令翻香詞太絮句句愁人句句愁人句

蝶戀花

快剪并刀風又急不卷珠簾重把羅衫疊湖上樓台春水拍杏花何處人吹笛　萬樹垂楊和雨織第一橋連第六橋頭碧有約踏青無好日明朝況是逢寒食

十三　王鵬運

王鵬運字幼霞號半塘又號鶩翁廣西臨桂人同治十三年由舉人到閣官至禮科給事中著有袌碧詞蟲秋集

譚復堂云袌碧詞千辟萬灌幾無鑪鍾之迹一時無兩繆荃孫宋元三十一家詞序吾友王子

佑遐明月入抱惠風在襟孕幽想夫流黃激涼吹於空碧古懷落落雅詎類於虎賁綺語玲玲蝶不墮於馬腹按半塘詞取逕於珠玉六一雄深蒼穩又雅近辛劉晚清詞家氣體之高此爲第一。

巫山一段雲

秋色吳生畫溪聲賀若琴點塵不到碧山深詩意淡相尋　興往休懷古愁多莫論今閉門寒月照疏襟身世老書淫

太常引

蕭疏短髮不禁搔歸夢楚天遙飲酒讀離騷問名士何時價高　可堪搖落閑身如葉風色滿亭皋魂斷倩誰招記醉踏楊花謝橋

前調

愁懷得酒湧如潮心事付蓬飄月落雁羣高亂峽影星河動搖　商聲夜起斷雲北望梁燕乍離巢魂已不禁消休更說消魂灞橋

人月圓

煙塵滿目蘭成賦。休唱憶江南。昏昏海日。金台重上。淚點青衫。　西山一角。向人如笑。篆落何堪。不如歸去。生涯白水。家世黃柑。

更漏子

綉簾低。煙穗直。寂寞畫屏秋夕。檢塞遠。雁書回。始終情費猜。　酒邊吟。燈下課。閒夢新來慵作。弓樣月。兩頭纖。歸期九月三。

卜算子

夢裏半塘秋。斷壁迷煙柳。詩意空明指似誰。鷗外涼蟾透。　愁向酒邊新。拙是年時舊。話到江湖白髮心。猿鶴驚人瘦。

十四　王國維

王國維字靜安。浙江海寧人。著人間詞甲乙稿。

靜安學人也。攷訂甲文功在史乘。餘事爲詞。體格高峻。亦有睥睨一世之意。惜以不善處世。矛盾自攻。幽憂困阨。卒致投海而死。可哀也已。人間詞二卷。皆有山陰樊志厚序。甲稿序云。君之於詞。於五代喜李後主馮正中。於北宋喜永叔子瞻少游美成。於南宋除稼軒白石外。所嗜蓋鮮矣。尤痛詆夢窗玉田。謂夢窗砌字。玉田壘句。一彫琢。一敷衍。其病不同。而同歸於淺薄。六百年來詞之不振。實自此始。其持論如此。及讀君自所爲詞。則誠往復幽咽。搖動人心。快而沈直而能曲。不屑屑於言詞之末。而名句間出。往往度越前人。至其言近而指遠。意決而詞婉。自永叔以後。未有工如君者也。君始爲詞時。亦不自意其至此。而卒至此者。天也。非人之所能爲也。又乙稿序云。文學之工不工。亦視其意境之有無。與其深淺而已。夫古今人詞之以意勝者。莫若歐陽公。以境勝者。莫若秦少遊。至意境兩渾。則唯太白後主正中數人足以當之。靜安之詞。大抵意深於歐。而境次於秦。至其合作。如浣溪沙之天末同雲。蝶戀花之昨夜夢中。百尺朱樓等闋。皆意境兩忘。物我一體。高蹈乎八荒之表。而抗心於千秋之間。此固君所得於天者獨厚。抑豈非致力於意境之效也。凡此皆能道出王詞佳處。或言樊君之名。未見於近代文壇。疑爲烏有先生之流。而二序固靜安自撰。不然。言之不能如是深切也。

少年游

垂楊門外，疎燈影裏，上馬帽簷斜。紫陌霜濃，青松月冷，炬火散林鴉。　歸來驀看西窗上，翠竹影交加。跌宕歌詞，縱橫書卷，不與遣年華。

蝶戀花

閱盡天涯離別苦，不道歸來，零落花如許。花底相看無一語，綠窗春與天俱莫。　待把相思燈下訴，一縷新歡，舊恨千千縷。最是人間留不住，朱顏辭鏡花辭樹。

阮郎歸

女貞花白草迷離，江南梅雨時。陰陰簾幙萬家垂，穿簾雙燕飛。　朱閣外，碧窗西，行人一舸歸。清溪轉處柳陰低，當窗人畫眉。

浣溪沙

天末同雲黯四垂，失行孤雁逆風飛，江湖寥落爾安歸。　陌上挾丸公子笑，座中調醋麗人嬉，今宵歡宴勝平時。

蝶戀花

昨夜夢中多少恨細馬香車兩兩行相近對面似憐人瘦損衆中不惜搴帷問　陌上輕雷聽
漸隱夢裏難從覺後那堪訊蠟淚窗前堆一寸人間只有相思分

浣溪沙

六郡良家最少年戎裝駿馬照山川閒拋金彈落飛鳶　何處高樓無可醉誰家紅袖不相憐
人間那信有華顛

蝶戀花

百尺朱樓臨大道樓外輕雷不間昏和曉獨倚闌干人窈窕閒中數盡行人小　一霎車塵生
樹杪陌上樓頭都向塵中老薄晚西風吹雨到明朝又是傷流潦

踏莎行

絕頂無雲昨宵有雨我來此地聞天語疎鐘暝直亂峯回孤僧曉度寒溪去　是處青山前生
儔侶招邀盡入閒庭戶朝朝含笑復含顰人間相媚爭如許

朱祖謀

朱祖謀字古微。浙江歸安人。官侍郎。著有彊村詞四卷。又校刊宋人詞集彊村叢書若干卷，彊村詞雷霆萬鈞。冰雪一片。工力之深。已臻極地。可謂前無古人。光緒拳匪之亂。公困危城中，與王半塘劉伯崇合撰庚子秋詞二卷。皆小令，辛丑以後。詞境日趨於渾。氣息亦益靜。彊村語業中所選。首首精警。半塘云。自世之人知學夢窗。知尊夢窗。皆所謂但學蘭亭面者。六百年來，得眞髓者。非公更有誰耶。

燭影搖紅（晚春過黃公度人境廬話舊）

春暝鈎簾。柳條西北輕雲蔽。博勞千囀不成晴。煙約遊絲墜。狼籍繁櫻剗地。傍樓陰、東風又起。千紅沈損。鵯鵊聲中。殘陽誰繫。　容易銷凝。楚蘭多少傷心事。等閒尋到酒邊來。滴滴滄洲淚。袖手危闌獨倚。翠蓬翻、冥冥海氣。魚龍風惡。半折芳馨。愁心難寄。

浣溪沙

獨鳥衝波去意閒。壞霞如赭水如牋。爲誰無盡寫江天。　並舫風絃彈月上。當窗山髻截雲還。

獨經行地未荒寒

前調

翠阜紅厓夾岸迎阻風滋味暫時生水窗官燭淚縱橫　禪悅新耽如有會酒悲突起總無名長川孤月向誰明

阮郎歸

水墟花瀨上彊邨雙溪溜竹分鬟絲供得十年塵飛泉清角巾　拕瘦策理空綸重尋釣石溫年年含笑待歸人春山清淨身

前調

松風夾徑響鳴篠溪雲相後先丁丁啄木似哀絃居人方掩關　羅帶水玉屏山誰家好墓田野花香繡翠微邊春樵紅一肩

清商怨

琤琤乱葉下似雨颭岸鐙三五怨動西風昏鴉相爾汝　輕橈芙蓉別浦阿那邊畫橋朱戶禁

斷情塵遷蓬中夜語

木蘭花

華燈添酒西樓別酒醒天涯聞語缺曉簾隔淚數殘葩夜鏡和愁遮滿月　相思畫字簪塵滅
緘恨玉鐺終不達一春孤館雨留人憔悴東風無可說

十六　其餘諸家

清人詞除以上諸家外更錄彭孫遹周濟趙慶熺蔣敦復鄭文焯樊增祥況周頤等各一二首

生查子　彭孫遹

薄醉不成鄉轉覺春寒重鴛枕有誰同夜夜和愁共　夢好卻如眞事往翻如夢起立悄無言
殘月生西弄

蝶戀花　周濟

柳絮年年三月暮斷送鸎花十里湖邊路萬轉千回無落處隨儂只恁低低去　滿眼頹垣欹
病樹縱有餘英不直封姨妒煙裏黃沙遮不住河流日夜東南去

蘇幕遮 趙慶熺

雨聲多梧葉墜點點相思點點相思淚貧裏相如秋更累得酒偏難得酒偏難醉 鼓三通燈一穗入夜還愁入夜還愁聽四壁寒蟲心叫碎夢也全無夢也全無謂

生查子

青溪幾尺長中有雙枝艣楊柳小於人便解留船住 秋聲接暮雲酒氣蒸香霧又落碧桃花紅了來時路

阮郎歸 蔣敦復

玉驄人去畫樓西天涯芳草低落花情願作香泥但隨郎馬蹄 新燕語舊鶯啼小園胡蝶飛春風昨夜解羅幃今朝裙帶吹

湘月（壞塔山塘秋集分題） 鄭文焯

夜鈴語斷更斜陽瘦影誰問今古獨立蒼茫鎮占老一角青山無主衰草叢生枯楓倒出時見歸禽度殘烽零劫仗他半壁支拄 長見峭倚荒天淒涼如筆寫愁邊風雨不許登臨怕倦客

題徧傷心秋句臥影空邱招魂破寺賸有孤雲駐夢魂飛上故王台榭何處

千秋歲引　樊增祥

綠波南浦一段消魂賦怕見江南念歡樹梨花影似娉婷女娉婷淚似梨花雨曲欄干深院宇愁來路　妾自傍鴛鴦湖畔伴郎自向鳳凰山畔去試問銀河幾時渡有情總被無情負負情悔被多情誤欲往訴休往訴天憐汝

前調

蓬山青鳥枉寄相思字勞燕東西等閑事儂情深似桃花水郎情薄似桃花紙白頭吟秋扇賦休相擬　了不羨朱翁他日貴更不望連波今日悔身似井桐別秋蒂玉環領略夫妻味雙文通達夫妻例笑不是啼不是難爲計

浣溪沙　況周儀

重到長安景不殊傷心料理舊琴書自然傷感强歡娛　十二迴闌凭欲遍海棠渾似故人姝海棠知我斷腸無

附紅梵精舍詞

顧憲融

少年遊

杜鵑啼血漸成喑白日去駸駸暗水漂花空梁墜羽重覓少年心　層樓翻恨無風雨鬱檻滯孤斟狼藉春光觀空一笑暮色動遙岑

小重山

高髻當門耐晚涼一雙箏雁小傍伊行湘蘭媚絕楚雲狂金樽底重與訊殘妝　密徑暗塵香臨邛歸計左悄商量含嚬指點遠山長誰家瓦今夕有微霜

生查子（索友人一片石劚爲小章書此一笑）

平生不善書詩在芭蕉樹淡墨不曾留何況綢繆語　伊誰割紫雲中有橫波縷乞取一分紅鑿出愁憑據

木蘭花

飛花白日春如海暮雨相思愁似酒逢君煙柳不成妝別去風檮猶共載 懷中密札香應在
鏡裏朱顏那便改還持明月照君心只恐君心癡未解

更漏子

玉繩欹蘭穗直長記比肩涼夕拋綉枕捲羅衣單棲未耐棲 月離紘春過翼寒暖自家將息
江上柳別情牽初三下水船

蝶戀花

才得春歸春又至撩亂遊絲苦抱輕紅墜百轉千迴無可避重添一頁傷心史 難道聰明成
禍水翻怪仙蟬不蝕菩提字負盡今生拚已矣今生只當前生事

前 調

雨雨風風三月尾爲問東皇可識人間味况是江南鶯燕地春愁日夜如潮沸 樹底殘紅襟
上淚淚眼觀空癡絕登樓意一霎明知無過未不教留戀仍無計

鷓鴣天

靜夜薰下香翠帷閒愁疊疊強支持境空常有模糊月風定猶飄宛轉絲　春去也夢回時一波又起是相思鴛鴦被冷銀燈熱此病年年只自知

金縷曲

此地重來又像人生一湖春水幾多平皺暫洗江南兒女淚贏得歡情休負正不雨微雲時候似舊畫船人似玉細思量我亦模糊透鷗與鷺漫根究　登臨乍覺吟懷瘦更相攜一番吟望一番僝僽我是斜陽君是水渠是垂垂煙柳祇合把心魂廝守直待西風吹夢冷賸儂肩蕭鏡還消受持此意付杯酒

蝶戀花（刼後歸海上遇友人因訂故里看桃之約）

不道春來還見汝刼後眉痕寫出愁滋據一例飄零風轉絮人間那得長相聚　重剔銀缸溫舊句後約家山漫把芳時誤繞屋桃花千萬樹花神待汝商晴雨

劉坡公《學詞百法》

劉坡公，生卒年不詳。民國初年吳縣（今蘇州）人，著有古典詩詞啟蒙讀物《學詩百法》《學詞百法》等。

《學詞百法》是為學作詞指導作法的書。匯集前人論詞精華，精心搜求文獻，刪減前人錯誤之處，證以實例，自成體系。全書分音韻、字句、規則、源流、派別、格調六個部分，將詞的創作具體劃分為百種方法，採取由易到難、由淺入深、由簡單到複雜的循序漸進的方式，引導讀者理解和把握詞的要領和創作方法。《學詞百法》世界書店1928年初版，上海書店1982年版據此複印。2000年遼寧人民出版社將其收入『名家文化精品叢書』系列中出版，2014年中國書店出版社再版。本書據世界書店1928年初版影印。

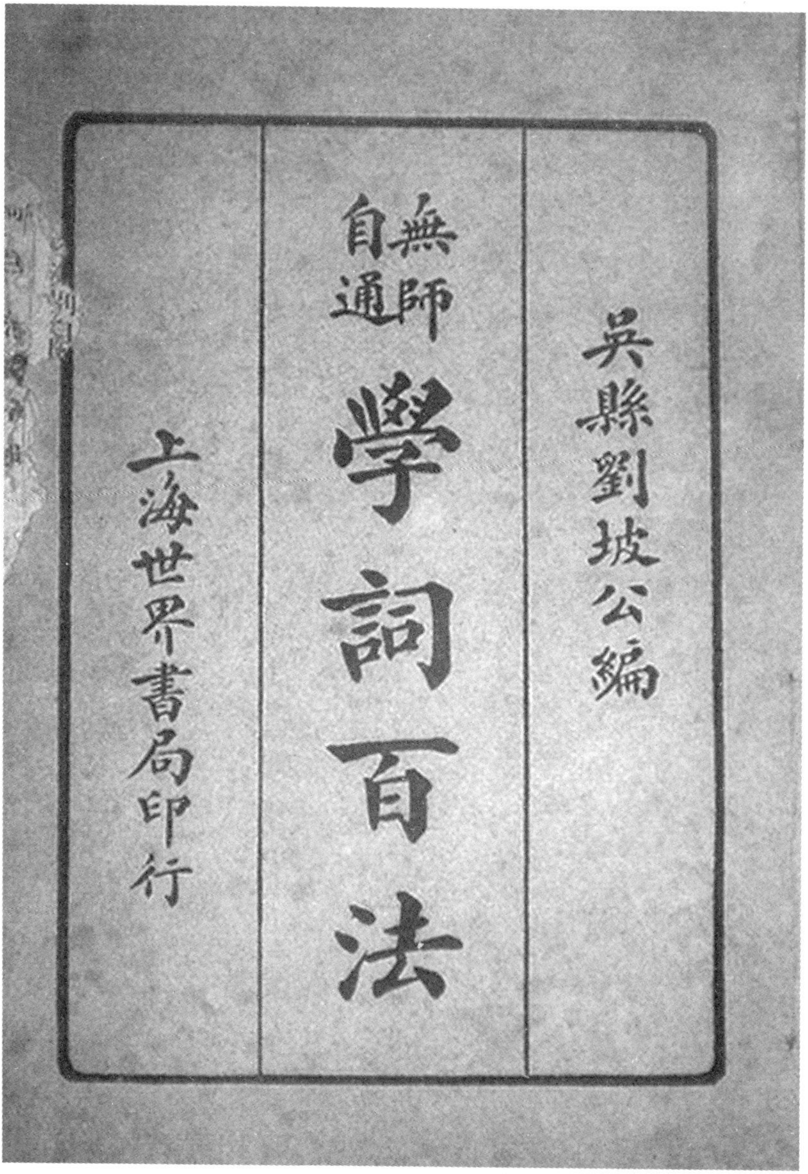

吳縣劉坡公編

無師自通

學詞百法

上海世界書局印行

編輯大意

一　音有清濁。韻分陰陽。學詞之法。音韻最嚴。本書廣徵博引。不特考其源流。正其是非。而尤注意於辨音叶韻之道。庶幾初學倚聲者。可無落韻失腔之病。

一　詞之字句。與詩不同。本書由漸而進。示以種種作法。兼採古人之警句詞眼。以爲模楷。俾學者得此。既無躐等之弊。又獲他山之助。

一　金元而後。詞學日蕪。作者但知風華自尚。不復研究格律。遂使詞不合樂。本書有鑒於此。特將詞譜要訣。詳細論列。並起結轉折等法。無不示以準繩。證以實例。學者不必考求他本。自有左右逢原之樂。

一　詞之體製。繁複最甚。詞之名目。歧異尤多。本書於詞曲之分合。體製之異同。詞學之源流。調名之緣起。應有盡有。不憚詳述。學者細細翻閱。於塡詞之學。不難思過半矣。

一　詞之派別。自晚唐以迄明清。何止數十百家。本書甄采各家精華。按時代之先後。一一列入。而又略將其人之出處。先爲說明。學者得此。不但可以判各派之軒輊。且可以觀世運之興衰焉。

一 詞之圓轉與拗僻。各調不同。本書所選。率皆詞林所習見者。於拗僻之調。概屏勿錄。蓋求其雅。不求其備也。

學詞百法目錄

音韻

字句

規則

四

學詞百法

音韻

審辨五音法

五音者．宮、商、角、徵、（音止）羽也．喉音爲宮．齒音爲商．牙音爲角．舌音爲徵．脣音爲羽．音人塡詞度曲字字須審其音之所屬．而後精研以出之．故能律協聲諧．絕無落韻失腔之弊．韻書云．欲知宮舌居中．欲知商開口張．欲知角舌根縮．欲知徵舌拄齒．欲知羽口吻聚．此卽審辨五音之不二法門．而亦學習塡詞者所當注意也．夫學詞與學詩．雖有難易之分．而其注重音韻則一．南宋時有內司所刊樂府混成集．列舉各種詞曲宮調．當日塡詞家莫不奉爲圭臬．迨後混成集失傳．好塡詞者但依舊譜．按字塡綴．不復研究宮商．而詞律遂日漸廢矣．今欲學習塡詞之法．不可不先審辨五音．至於辨別四聲．則已敘明在學詩百法第一則．茲不復述焉．

考正音律法

古人按律治譜。以詞定聲。故玉田生平好爲詞章。用功逾四十年。錘鍛字句。必求協平音律。音生於日。律生於辰。日爲十母。甲乙、角也。丙丁、徵也。戊己、宮也。庚辛、商也。壬癸、羽也。辰爲十二子。六陽爲律。六陰爲呂。一曰黃鐘。元間大呂。二曰太簇。二間夾鐘。三曰姑洗。三間仲呂。四曰蕤賓。四間林鐘。五曰夷則。五間南呂。六曰無射。音亦六間應鐘。此陰陽聲律之名也。五音中宮屬土。徵所生。其聲濁。商屬金。宮所生。其聲次濁。角屬木。羽所生。其聲半清半濁。徵屬火。角所生。其聲次清。羽屬水。商所生。其聲最清。六律中黃鐘。所以宣養六氣九德也。太簇。所以金奏贊揚出滯也。姑洗。所以修潔百物考神納賓也。蕤賓。所以安靖神人獻酬交酢也。夷則所以詠歌九則平民無貳也。無射。所以宣布哲人之令德示民軌儀也。大呂。助宣物也。夾鐘。出四隙之細也。仲呂宣中氣也。林鐘。和展百事俾莫不任肅純恪也。南呂贊揚秀也。應鐘均利器用俾應復也。此陰陽聲律之說也。今欲使所塡之詞諧聲悅耳。則考正音律。尤爲所當之急務。試附圖如下。

古者以宮、商、角、徵、羽五音爲正調。變宮變徵爲變調。共爲七調。乘黃鐘、大呂、太簇、

二

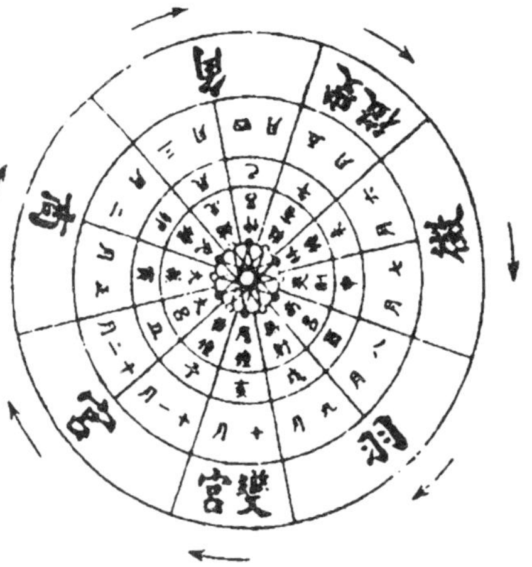

夾鐘、姑洗、仲呂、蕤賓、林鐘、夷則、南宮、無射、應鐘、十二律。得八十四調。上圖以○爲陽之符號。以●爲陰之符號。外圍五音係陽五相生。內圍律呂則陽八相生。自黃鐘右旋隔八而生林鐘。是宮生徵陽生陰也。自林鐘右旋隔八而生太簇。是徵生商陰生陽也。自太簇右旋隔八而生南呂。是商生羽陽生陰也。自南宮右旋隔八而生姑洗。是羽生角陰生陽也。自姑洗右旋隔八而生應鐘。是角生變宮陽生陰也。自應鐘右旋隔八而生蕤賓。是變宮生變徵。陰生陽也。自蕤賓右旋隔八而生大呂。是由變徵還相爲宮。陽生陰也。自大呂右旋隔八而生夷則。是又由宮而生徵。陰生陽也。自夷則右旋隔八而生夾鐘。是又由徵而生商。陽生陰也。自夾鐘右旋隔八而生無射。是又由商而生羽。陰生陽也。自無射右旋隔八而生仲呂。是又由羽而生角。陽生陰也·自仲呂右旋·隔八而生黃鐘·是又由角而生宮·陰生陽也·五音相生之道·至此周而復始·故知律呂之數·雖有十二·而其爲調·實祇有七也·

如上所述·於考正音律之法·不可謂不詳·苟學者不知其理·或知其理而不明其用·則將如之何·曰、是無傷也·夫聲音之道·出乎天然·吾人能於字之本音·分其輕重·辨其清濁·時時練習·讀之準確·則至下筆塡詞之時·自不患其不協律矣·

分別陰陽法

昔人所作之詞·皆以播諸管絃·故陰陽之分·甚爲重要·陰陽卽清濁也·元周德清論塡詞之法·謂欲作樂府·必正言語·欲正言語·必宗中原之音·辨聲之平仄·別字之陰陽·字惟平有陰陽·而仄無之·聲惟有平上去而入無之·以入聲派入平上去三聲也·迨清初王鵕撰音韻輯要·始將上去入三聲各分陰陽·而合爲八音·實則陰陽之分·祇須先辨平聲·因平聲之陰陽·卽可斷定上去入三聲之陰陽也·例如「東」「同」二字同爲平聲·而「東」字之音清而幽·陰聲也·「同」字之音濁而沉·陽聲也·東字之上聲爲「董」·故「董」字爲陰上聲·去聲爲「凍」·故「凍」字爲陰去聲·

入聲爲「篤」。故篤字爲陰入聲。同字之上聲爲「動」。故「動」字爲陽上聲。去聲爲「洞」。故「洞」字爲陽去聲。入聲爲「獨」。故「獨」字爲陽入聲。作詞一調之中。陰聲字多則激越。陽聲字多則沉頓。必須相間用之。方能高下適宜。運用之妙。在乎一心。學者不可不辨別之。今再略舉數例於左

陰聲	東董凍篤　居舉鋸菊　歌哿箇谷　鳩九救擊
陽聲	同動洞獨　魚雨御玉　羅裸邏陸　尤有宥亦

陰聲	江講絳覺　眞軫震織　家假價甲　侵寢浸敢
陽聲	陽養漾藥　人忍潤入　麻馬罵襪　尋靜淨寂

剖析上去法

上去二聲。其音絕然不同。上聲輕清而高。去聲重濁而遠。而在曲調中則反是。調之高者。宜用去聲字。調之低者。宜用上聲字。故詞中逢上去二聲連用之處。用去

上者必佳用上去者次之學者須剖析清楚用之得當而後所填之詞方能抑揚有致矣茲試舉詞之注重上去二聲者一闋以爲例

花犯 詠梅

粉牆陰句 梅花照眼句 依然舊風味韻 露痕輕綴叶 疑淨洗鉛華句 無限佳麗叶 去年勝賞成孤倚叶 冰盤共燕喜叶 更可惜豆 雪中高士句 香篝熏素被叶 今年對花太匆匆句 相逢似有恨句 依依愁悴叶 吟望久句 青苔上句 旋看飛墜叶 相將見豆 脆圓薦酒句 人正在豆 空江煙浪裏叶 但夢想豆 一枝瀟灑句 黃昏斜照水叶

右詞前段第一句「粉」字必用上聲第二句「照眼」二字必用去上第三句「舊」字必用去聲第五句「淨洗」二字必用去上第六句「麗」字必用去聲第七句「勝賞」二字必用去上「倚」字必用上聲第八句「燕喜」二字必用上去第九句「更可」二字亦必用去上「士」字必用上聲第十句「素被」二字必用去上後段第二句「有恨」二字必用上去第三句「悴」字必用上聲第四句「望久」二

六

字。必用去上。第六句「旋」字。必用去聲。第七句「見」字。亦必用去聲。「爲酒」二字。必用去上。第八句「浪裏」二字。亦必去用上。第九句「但夢想」三字。必用去去上。「灑」字必用上聲。第十句「照水」二字。必用去上。此謂凡上去聲之必須遵守者。共三十四字。學者宜奉爲圭臬也。

檢用詞韻法

詞之用韻。觀似較寬於詩。實則較嚴於詩。蓋詩韻止分平仄。而詞則於平仄之中。又分上去入三聲。入本無聲。故可平可上可去。若夫上去二聲。則各有其特立之獨質也。今欲學習填詞。不可不先知用韻。詞韻平聲獨押。上去聲通押。入聲亦獨押。雖間有三聲通押者。然不多見。清初沈謙齊取詩韻分合而成詞韻略一書。至今填詞家皆習用之。此外又有戈載之詞林正韻。李漁之詞韻四卷。許昂霄之詞韻考略。鄭春波之綠猗亭詞韻。謝天瑞胡文煥之文會堂詞韻。吳烺程名世諸人之學宋齋詞韻類。皆詳略不同。寬嚴各異。而要以沈氏之詞韻略爲最善。沈氏之本。取證古詞。考据甚博。統平上去三聲爲十四部。因入聲無與平上去通押之法。

七

故又別爲五部・共十九部・今列其目於後・

第一部 （平）一東二冬通用（仄）（上）一董二腫（去）一送二宋通用

第二部 （平）三江七陽通用（仄）（上）三講二十二養（去）三絳二十二漾通用

第三部 （平）四支五微八齊十灰半通用（仄）（上）四紙五尾八薺十賄半（去）四寘五味八霽九泰半十隊半通用

第四部 （平）六魚七虞通用（仄）（上）六語七麌（去）六御七遇通用

第五部 （平）九佳半十灰半通用（仄）（上）九蟹半十賄半（去）九泰半十隊半通用

第六部 （平）十一真十二文十三元半通用（仄）（上）十一軫十二吻十三阮半（去）十一震十二問十三願半通用

第七部 （平）十三元半十四寒十五刪一先通用（仄）（上）十三阮半十四旱十五潸十六銑（去）十三願半十四翰十五諫十六霰通用（仄）四質十一陌

八

十二錫十三職十四緝通用

第八部　(平)二蕭三肴四豪通用(仄)(上)十七篠十八巧十九皓(去)十七嘯十八效十九號通用

第九部　(平)五歌獨用(仄)(上)九蟹半二十哿(去)二十個通用

第十部　(平)九佳半六麻通用(仄)(上)九蟹半二十一馬(去)九泰半二十一禡通用

第十一部　(平)八庚九青十蒸通用(仄)(上)二十三梗二十四迥二十五拯(去)二十三映二十四徑二十五證通用

第十二部　(平)十一尤獨用(仄)(上)二十六有(去)二十六宥通用

第十三部　(平)十二侵獨用(仄)(上)二十七寑(去)二十七沁通用

第十四部　(平)十三覃十四鹽十五咸通用(仄)(上)二十八感二十九琰三十豏(去)二十八勘二十九豔三十陷通用

第十五部　(仄)一屋二沃通用

九

第十六部　(仄)三覺十藥通用

第十七部　(仄)四質十一陌十二錫十三職十四緝通用

第十八部　(仄)五物六月七曷八黠九屑十六葉通用

第十九部　(仄)十五合十七洽通用

配押詞韻法

宋賢詞令之妙。不但由其字句之斟酌盡善。即其字句之音韻。亦皆配押得當。故凡塡詞能純用一韻者最佳。例如此闋應押平韻者。即於平聲中任取一韻。應押仄韻者。即於上去入三聲中任取一韻。其叶韻亦即取材於本韻者最妙。如不得已。則始就其相通之韻叶之。今試將詞之押平韻者。舉例如下。此調前後段各四句。共五韻。

琴調相思引　　闋名

膽樣瓶兒幾點春。韻　剪來猶帶水雲痕。叶　且移孤冷。相伴最深樽。叶　每爲惜花無曉夜。教人甚處不銷魂。叶　爲君惆悵。何處是黃昏。叶押仄韻（即上去聲）者。例如下。此調前段後段各四句。共六韻。

關河令　周邦彥

秋陰時作漸向暝。韻 變一庭淒冷。叶 佇聽寒聲。雲深無雁影。叶 更深人去寂靜。叶 但照壁孤燈相映。叶 酒已都醒。如何消夜永。叶

押入聲韻者。例如下。此調前後段各六句。共十韻。

惜瓊花　張先

汀蘋白。韻 苕水碧。叶 每逢花駐樂。叶 隨處歡席。叶 別時攜手看春色。叶 螢火而今飛破秋夕。叶 河流如帶窄。叶 任輕似葉何計歸得。叶 斷雲孤鶩青山極。叶 樓上徘徊無盡相憶。叶

又有押疊韻之調。亦爲詞中所常見。如下調前後段第一二句即是。

長相思　馮延巳

紅滿枝。韻 綠滿枝。叶 宿雨懨懨睡起遲。叶 閒庭花影移。叶 憶歸期。叶 數歸期。叶 夢見雖多相見稀。叶 相逢知幾時。叶

更有三疊押韻之法。如下調前後段結句皆承上韻疊三字也。

釵頭鳳　陸游

紅酥手韻 黃藤酒。叶 滿城春色宮牆柳。叶 東風惡。換韻 歡情薄。叶 一懷愁緒。幾年離索。叶 錯。叶 錯。疊韻 錯。疊韻 春如舊。叶首仄 人空瘦。叶首仄 淚痕紅浥鮫綃透。叶首仄 桃花落。叶二仄 閒池閣。叶二仄 山盟雖在。錦書難託。叶二仄 莫。叶二仄 莫。疊韻 莫。疊韻

變換詞韻法

詩惟古風換韻。近體則否。而詞則無論小令長調。一闋之中。往往變換無常。或平起而仄結。或仄起而平結。其法分兩韻、三韻、四韻三種。茲先將兩韻平換仄式列下。此調首句用平。二句叶。三句換仄。四五句叶。

南鄉子又一體　歐陽炯

嫩草如煙。平韻 石榴花發海南天。叶 日暮江亭春影淥。換仄韻 鴛鴦浴。叶 水遠山長看不足。叶

兩韻仄換平式如下。此調前段首句用仄。二句叶。三句換平。四句叶。

感恩多　　牛嶠

兩條紅粉淚。仄韻 多少香閨意。叶 强攀桃李枝。換平韻 斂愁眉。叶 陌上鶯啼蝶舞。柳花飛。叶 柳花飛。三字疊 願得郎心。憶家還早歸。叶

換兩韻而平仄間叶者式如下。此調前段用平。後段起句換仄。二三兩句叶仄。末句叶前平。

濕羅衣　　毛文錫

荳蔻花繁煙豔深。平韻 丁香軟結同心。叶 翠鬟女相與共淘金。叶 紅蕉葉裏猩猩語。換仄韻 鴛鴦浦。叶 鏡中鸞舞。叶 絲雨隔荔枝陰。叶前平

三韻上下用平、中間用仄式如下。此調起韻用平。二韻換仄。三韻再換平。

鶴冲天　　歐陽修

梅謝粉。柳拖金。平韻 香滿舊園林。叶 養花天氣半晴陰。叶 花好卻愁深。叶 花無數。換仄韻 愁無數。叶 花好卻愁春去。叶 戴花持酒祝東風。換平韻 千萬莫匆匆。叶

三韻上下用仄、中間用平式如下。此調起韻用仄。二韻換平。三韻再換仄。

一三

調笑令　馮延巳

春色春色。仄韻 依舊青山紫陌。叶 日斜柳暗花嫣。換平韻 醉臥春風少年。叶 年少年少。換仄韻 行樂真須及早。叶

換三韻而平仄間叶者式如下．此調前段首句用平．二句叶平．三句換仄．四句叶仄．五句叶前平．後段首句叶前仄．二句亦叶前仄．三句又叶前平．四句另換仄韻．五句叶仄．六句再叶前平．

定風波　葉夢得

破萼初驚一點紅。平韻 又看青子映簾櫳。叶 冰雪肌膚誰復見。換仄韻 清淺。叶 尚餘疎影照晴空。叶前平 惆悵年年桃李伴。叶前仄 腸斷。叶前仄 祇應芳信負東風。叶前平 待得微黃春亦暮。換仄韻 烟雨。叶 半和飛絮作濛濛。叶前平

換四韻者大概平仄多相間而用式如下．此調起韻用仄．二韻換平．三韻再換仄．四韻再換平．

怨王孫　李清照

夢斷漏悄。愁濃酒惱。仄韻 寶枕生寒。翠屏向曉。叶 門外誰掃殘紅。換平韻 夜來風。叶 玉簫聲斷人何處。換仄韻 春又去。叶 忍把歸期負。叶 此情此恨此際。擬托行雲。換平韻 問東君。叶

尙有全換平韻者。例如下。此調前段用平韻。後段另換平韻。

臨江仙　馮延巳

冷江飄起桃花片。靑春意緒闌珊。平韻 高樓簾幕卷輕寒。叶 酒餘人散。獨自倚闌干。叶 夕陽千里連芳草。風光愁煞王孫。換平 徘徊飛盡碧天雲。叶 鳳城何處明月照黃昏。叶

更有全換仄韻者。例如下。此調前段用仄韻。二段第五句另換仄韻。三段第三句仍換仄韻。

采桑子近　辛棄疾

千峯雲起。驟雨一霎兒價。仄韻 更樹遠斜陽。風景怎生圖畫。叶 靑旗賣酒。山那畔別有人家。只消山水光中。無事過者一霎。叶 午睡醒時。松窗竹戶。萬千瀟灑

一五

野鳥飛來。又是一飛流萬壑。叶共千巖爭秀。韻換仄孤負平生弄泉手。歎輕衫帽幾許紅塵。還自喜濯髮滄浪依舊。叶人生行樂耳。身後虛名。何似生前一杯酒。韻換仄便此地結吾廬。叶待學淵明。更手種門前五柳。叶且歸去。父老約重來。問如此青山定重來否。叶

避忌落韻法

詞之爲道。最忌落韻。落韻者。卽落腔之謂也。蓋用韻之喫緊處。全在起調與畢調。起是始韻。畢是末韻。某調當用何字起。某調當用何字畢。有一定不易之則。詞之諧不諧。卽由是以判焉。韻各有其類。亦各有其音。用之不紊。始能融入本調。收足本音耳。韻有四呼七音三十一等。呼分開合。音辨宮商。等敍清濁。而其要則有六。一曰穿鼻。二曰展輔。三曰斂脣。四曰抵齶。五曰直喉。六曰閉口。穿鼻之韻。東、冬、江、陽、庚、青、蒸三部是也。其字必從喉間反入穿鼻而出作收韻。故謂之穿鼻。展輔之韻。支、微、齊、灰半、佳半、灰半二部是也。其字出口之後。必展兩輔如笑狀作收韻。故謂之展輔。斂脣之韻。魚、虞、蕭、肴、豪、尤三部是也。其字在口半啓半閉。斂其脣以作

一六

收韻。故謂之斂脣。抵齶之韻。真文元半、元半寒刪先二部是也。其字將終之際。以舌抵着上齶作收韻。故謂之抵齶。直喉之韻。歌佳半蕭二部是也。其字直出本音。以作收韻。故謂之直喉。閉口之韻。侵覃鹽咸二部是也。其字閉其口以作收韻。故謂之閉口。凡平聲十四部。已盡於此。上去卽隨之。惟入聲有異耳。學者明此六音。庶幾韻不假借。而起調畢調。自然無不合矣。又何慮其落韻乎。

■字句

填一字句法

詞句長短不同。而皆有一定之作法。其最短者。莫如十六字令中之第一句。今舉二例於下。其起首之「眠」字「天」字。卽押韻而成一字句也。

十六字令　周邦彥

眠。韻 月影穿窗白玉錢。叶 無人弄。移過枕函邊。叶

前調　蔡伸

天。韻 休使蟾圓照客眠。叶 人何在。桂影自嬋娟。叶

塡二字句法

二字句有四種區別。一、平平。二、仄仄。三、平仄。四、仄平。茲分別舉例於下。所謂平平者。如南鄉子前段第四句之「茫茫」。後段第四句之「斜陽」。是所謂仄仄者。如河傳第一句之「曲檻」。是所謂平仄者。如定風波前段第四句之「爭忍」。後段第二句之「腸斷」。第五句之「音信」。是所謂仄平者。如河傳後段第六句之「斷腸」。是惟一三兩種均爲定格平仄不能通用二四兩種其前一字則可平可仄也。

南鄉子又一體　馮延巳

細雨濕流光。韻芳草年年與恨長。叶煙鎖鳳樓無限事。茫茫。叶鸞鏡鴛衾兩斷腸。叶魂夢任悠揚。叶睡起楊花滿繡牀。叶薄倖不來門半掩。斜陽。叶負你殘春淚幾行。叶

河傳又一體　顧敻

曲檻。仄韻春晚。叶碧梳紋細。綠楊絲軟。叶露花鮮。杏枝繁。鶯囀。野蕪平似剪。叶

一八

直是人間到天上。換仄韻 堪遊賞。叶 醉眼疑屏障。叶 步池塘。換平韻 惜韶光。叶 斷腸：叶 爲花須盡狂。叶

定風波　歐陽炯

暖日閑窗映碧紗。平韻 小池春水浸晴霞。叶 數樹海棠紅欲盡。換仄韻 爭忍：叶 玉閨深掩過年華。叶平韻 獨憑繡牀方寸亂。換仄韻 腸斷：叶 淚珠穿破臉邊花。叶平韻 鄰舍女郎相借問。換仄韻 音信：叶 教人羞道未還家。叶平韻

塡三字句法

三字句有八種區別。一、平仄仄。二、仄平平。三、平平仄。四、仄仄平。五、平仄平。六、仄平仄。七、平平平。八、仄仄仄。前四種爲普通句法。後四種爲特別句法。茲特各舉一例於左。

所爲平仄仄者。如歸國謠首句之「江水碧」是所謂仄平平者。如南歌子末句之「恨春宵」是所謂平平仄者。如鶴冲天後段第一二句之「啼鶯散」「餘花亂」是所謂仄仄平者。如長相思首二句之「汴水流」「泗水流」是所謂平仄

一九

平者。如瀟湘神首二句之「斑竹枝」是所謂仄平仄者。如天仙子第五句之「淚珠滴」是所謂平平平者。如平韻憶秦娥首句之「樓烏驚」後段第五句之「相思情」是所謂仄仄仄者。如一葉落首句之「一葉落」是。至於三字句之句法。雖有上一下二與上二下一之別。然字數甚少。其語氣尚無頓逗之處。塡時似可不拘拘也。

歸國謠 國一作自 謠一作遙　馮延巳

江水碧。韻 江上何人吹玉笛。叶 扁舟遠送瀟湘客。叶 蘆花千里霜月白。叶 傷行色。叶 明朝便是關山隔。叶

南歌子 歌或作柯　溫庭筠

轉盼如波眼。娉婷似柳腰。韻 花裏暗相招。叶 憶君腸欲斷。恨春宵。叶

鶴冲天　李煜

曉月墜。宿煙微。平韻 無語枕頻欹。叶 夢回芳草思依依。叶 天遠雁聲稀。叶 啼鶯散。換仄韻 餘花亂。叶 寂寞畫堂深院。叶 片紅休掃儘從伊。叶前平 留待舞人歸。叶前平

長相思　白居易

汴水流韻　泗水流疊韻。流到瓜洲古渡頭叶　吳山點點愁。叶　思悠悠叶　恨悠悠。叶　恨到歸時方始休叶　月明人倚樓。叶

瀟湘神　劉禹錫

斑竹枝韻　斑竹枝疊句　淚痕點點寄相思。叶　楚客欲聽瑤瑟怨。瀟湘深夜月明時。叶

天仙子　皇甫松

晴野鷺鷥飛一隻。韻　水葓花發秋江碧。叶　劉郎此日別天仙。登綺席叶　淚珠滴。叶　十二晚峯高歷歷。叶

憶秦娥又一體　高觀國

棲烏驚韻　隔窗月色寒於冰。叶　寒於冰。疊三字　淡移梅影冷印疎欞。叶　幽香未覺魂先清。叶　無端勾起相思情。叶　相思情。疊三字　惱人無睡直到天明。叶

一葉落　唐莊宗

三

一葉落韻 搴珠箔。叶 此時景物正蕭索。叶 畫樓月影寒。西風吹羅幕。叶 吹羅幕。

叠三字 往事思量著。叶

塡四字句法

四字句有十二種區別。一、平平仄仄。二、仄仄平平。三、平仄仄平。四、仄平平仄。五、平平平仄。六、仄仄仄平。七、平仄平平。八、仄平仄仄。九、平平仄平。十、仄仄平仄。十一、平仄平仄。十二、仄平平平。前二種爲普通句法。後十種爲特別句法。今仍各舉一例於後。所謂平平仄仄者。如減字木蘭花首句之「長亭晚送」是所謂仄仄平平者。如減字木蘭花第三句之「小字還家」是其第一字之平仄均可通用。若上下兩句爲對句。則斷不能移易。如綺羅香第一二句云「萬里飛霜」「千林落木」是所謂平仄仄平者。如四竹園第四句之「螢度破窗」是所謂仄平平仄者。如感皇恩前段第二句之「數聲鐘定」後段第二句之「不堪重省」第四句之「綺窗依舊」是所謂平平平仄者。如感皇恩第四句之「朝來殘酒」是所謂仄仄仄平者。如感皇恩後段第一句之「往事舊歡」是所謂平仄平平者。如

三

蝶戀花前段第二句之「纔過淸明」後段第二句之「誰在秋千」是所謂仄平仄仄者如明月逐人來前段第四句之「軟紅影裏」後段第五句之「鳳幃未暖」是所謂平平仄平者如醉太平第一二句之「情高意眞」「眉長鬢靑」是所謂仄仄平仄者如荔枝香近第三句之「鳥履初會」是所謂平仄平仄者如調笑令首二句之「明月明月」第六七句之「長夜長夜」是所謂仄平平平者如壽樓春前段第五句之「照花斜陽」後段第六句之「楚蘭魂傷」是此外尙有四字全平與全仄之二種但祇長調中特定之格有之餘不多見至於四字句之句法多係兩字平行間有作上一下三者則係特別定格不可改易學者宜注意之

減字木蘭花　晏幾道

長亭晚送。韻仄 都似綠窗前日夢。叶 小字還家。韻換平 恰應紅燈昨夜花。叶 良時易過。韻換仄 半鏡流年春欲破。叶 往事難忘。韻換平 一枕高樓到夕陽。叶

綺羅香又一體　張炎

三三

萬里飛霜千山落木寒豔不招春妒韻　楓冷吳江獨客又吟愁句叶　正船檥流水孤村似花繞斜陽歸路叶　甚荒溝一片淒涼載情不去載愁去叶　長安誰問倦旅羞見客顏借酒飄零如許叶　漫倚新妝不入洛陽花譜叶　爲迴風起舞樽前盡化作斷霞千縷叶　記陰陰綠徧江南夜窗聽暗雨叶

四園竹四或作西　周邦彥

浮雲護月未放滿朱扉平韻　鼠搖暗壁螢度破窗偷入書幃叶　秋意濃閑佇立庭柯影裏叶換仄　好風襟袖先知平叶韻　夜何其叶　江南路繞重山心知漫與前期叶　奈向燈前墮淚腸斷蕭娘舊日書辭叶　猶在紙叶換仄　雁信絕清宵夢又稀叶韻平

感皇恩又一體　周邦彥

小閣倚晴空數聲鐘定韻　斗柄垂寒暮天靜叶　朝來殘酒又被春風吹醒叶　眼前猶認得當時景叶　往事舊歡不堪重省叶　自歎多愁更多病叶　綺窗依舊敲徧闌干誰應叶　斷腸明月下梅搖影叶

蝶戀花　李煜

遙夜亭皋閑信步。韻 纔過清明漸覺傷春暮。叶 數點雨聲風約住。叶 朦朧淡月雲來去。叶 桃李依依香暗度。叶 誰在秋千笑裏輕輕語。叶 一片芳心千萬緒。叶 人間沒個安排處。叶

明月逐人來　張元幹

花迷珠翠。韻 香飄羅綺。叶 簾旌外月華如水。叶 軟紅影裏誰會王孫意。叶 最樂昇平景致。叶 長記。叶 宮中五夜。春風鼓吹。叶 遊仙夢輕寒半醉。叶 鳳幃未暖歸去漏濃被。叶 更問陰晴天氣。叶

醉太平　劉過

情高意真。韻 眉長鬢青。叶 小樓明月調箏。叶 寫春風數聲。叶 思君憶君。叶 魂牽夢縈。叶 翠綃香暖雲屏。叶 更那堪酒醒。叶

荔枝香近　周邦彥

夜來寒侵酒席。露微泫。韻 舄履初會香澤方薰。無端暗雨催人。但怪燈偏簾卷。

叶。回顧始覺驚鴻去遠。叶　大都世間最苦惟聚散。叶　到得春殘。看卽是開離宴。叶　細思別後柳眼花鬢更誰翦。叶　此懷何處消遣。叶

調笑令　馮延巳

明月。韻　明月。疊句　照得離人愁絕。叶　更深影入空牀。換平韻　不道幃屏夜長。叶　長夜。換仄韻　長夜。疊句　夢到庭花陰下。叶

壽樓春　史達祖

裁春衫尋芳。韻　記金刀素手同在晴窗。叶　幾度因風殘絮。照花斜陽。叶　誰念我今無裳。叶　自少年消磨疏狂。叶　但聽雨挑燈。欹牀病酒。多夢睡時妝。叶　飛花去良宵長。叶　有絲闌舊曲金譜新腔。叶　最恨湘雲人散。楚蘭魂傷。叶　身是客愁爲鄉。叶　算玉簫猶逢韋郎。叶　近寒食人家。相思未忘蘋藻香。叶

塡五字句法

五字句有四種區別。一、平起仄收。二、仄起平收。三、平起平收。四、仄起仄收。（六七字句同。）茲試分別舉例於後。所謂平起仄收者乃第二字平而末字仄也。如昔

菩薩蠻後段第一句之「玉階空竚立」是所謂仄起平收者乃第二字仄而末字平也如憶江南第二句之「獨倚望江樓」末句之「腸斷白蘋洲」是所謂平起平收者乃第二字平而末字亦平也如菩薩蠻前段末句之「有人樓上愁」後段末句之「長亭連短亭」是所謂仄起仄收者乃第二字仄而末字亦仄也如生查子前段末句之「梁燕雙來去」後段末句之「淚滴黃金縷」是以上四種句法皆上二下三而屬於普通者又有上一下四一種則係屬於特別者蓋即從四字句上加一字豆也如醉太平前段末句之「寫春風數聲」後段末句之「更那堪酒醒」(見前四字句法第七闋)又蘭陵王第二段第五句之「愁一箭風快」第八句之「望人在天北」等皆是總之各種句法雖詞譜或註有可平可仄者究以悉照古人原作爲宜

菩薩蠻　　李白

平林漠漠煙如織。仄韻　寒山一帶傷心碧叶　暝色入高樓。換平韻　有人樓上愁。叶

玉階空竚立。換仄韻　宿鳥歸飛急。叶　何處是歸程。換平韻　長亭連短亭叶

憶江南　溫庭筠

梳洗罷。獨倚望江樓。韻　過盡千帆皆不是。斜暉脈脈水悠悠。叶　腸斷白蘋洲。叶

生查子　魏承班

煙雨晚晴天。零落花無語。韻　難話此時情。梁燕雙來去。叶　琴韻對薰風。有恨和情撫。叶　腸斷斷絃頻。淚滴黃金縷。叶

蘭陵王　周邦彥

柳陰直。韻　煙裏絲絲弄碧。叶　隋堤上曾見幾番。拂水飄綿送行色。叶　登臨望故國。叶　誰識。叶　京華倦客。叶　長亭路年去歲來。應折柔條過千尺。叶　閑尋舊蹤跡。叶　又酒趁哀絃。燈照離席。叶　梨花榆火催寒食。叶　愁一箭風快。半篙波暖。回頭迢遞便數驛。叶　望人在天北。叶　悽惻。叶　恨堆積。叶　漸別浦縈迴。津堠岑寂。叶　斜陽冉冉春無極。叶　念月榭攜手。露橋聞笛。叶　沉思前事。似夢裏。淚暗滴。叶

塡六字句法

六字句亦有四種區別。今仍舉例如下。所謂平起仄收者。如念奴嬌前段末句之

二六

「冷香飛上詩句。」後段末句之「幾回沙際歸路」是。所謂仄起平收者。如念奴嬌後段第一句之「日暮青蓋亭亭。」調笑令第五句之「不道韓屏夜長」是。（見前四字句法第九闋、下同。）所謂平起平收者。如調笑令第四句之「更深影入空牀。」水龍吟首句之「鬧花深處層樓」是所謂仄起仄收者。如念奴嬌後段第五句之「愁入西風南浦。」調笑令第三句之「照得離人愁絕」末句之「夢到庭花陰下」是以上四種句法。或則上二下四。或則上四下二。皆屬於普通者。倘有上一下五與上三下三之二種。則係屬於特別者。如青玉案第二句之「甚杖屨來何暮。」卽上一下五也。如水龍吟前段末句之「都付與鶯和燕」卽上三下三也。一則在五字句上加一字豆一則在三字句上加三字豆其平仄宜各從原詞不能移易也。

念奴嬌　　姜夔

鬧紅一舸。記來時常與鴛鴦爲侶。韻 三十六陂人未到。水佩風裳無數。叶 翠葉吹涼。玉容消酒。更灑菰蒲雨。叶 嫣然搖動。冷香飛上詩句。叶 日暮青蓋亭亭。

情人不見爭忍淩波去叶只恐舞衣容易落愁人西風南浦叶高柳垂陰老魚吹浪留我花間住叶田田多少幾回沙際歸路叶

青玉案　張炎

萬紅梅裏幽深處韻甚杖屨來何暮叶草帶湘香穿水樹叶塵留不住雲留却住叶壺內藏今古叶獨清懶入終南去叶有忙事修花譜叶騎省不須重作賦叶園中成趣琴中得趣叶酒醒聽風雨叶

水龍吟　陳亮

鬧花深處層樓畫簾半捲東風軟韻春歸翠陌平沙茸嫩垂楊金淺叶遲日催花淡雲閣雨輕寒輕暖叶恨芳菲世界遊人未賞都付與鶯和燕叶寂寞憑高念遠叶向南樓一聲歸雁叶金釵鬭草青絲勒馬風流雲散叶羅綬分香翠綃封淚幾多幽怨叶正銷魂又是疎煙淡月子規聲斷叶

塡七字句法

七字句有四種區別亦如上述其普通句法分上二下五與上四下三二種舉例

如左所謂平起仄收者。如點絳脣第二句之「社公雨足東風慢。」菩薩蠻首句之「平林漠漠煙如織」是。（見前五字句法第一闋、）所謂仄起平收者。如長相思第三句之「流到瓜洲古渡頭。」（見前三字句法第四闋、）搗練子第三句之「斷續寒砧斷續風」。是所謂平起平收者。如搗練子末句之「數聲和月到簾櫳。」憶江南第四句之「斜暉脈脈水悠悠」。是（見前五字句法第二闋、下同）所謂仄起仄收者。如憶江南第三句之「過盡千帆皆不是。」搗練子第四句之「無奈夜長人不寐」。是以上四種句法均前者爲上二下五後者爲上四下三。此外尚有特別句法二種。一爲上一下六。一爲上三下四。如雙雙燕第七句之「又軟語商量不定」。卽上一下六也。如鵲橋仙前段末句之「便勝却人間無數。」後段末句之「又豈在朝朝暮暮」。卽上三下四也。實則上一下六者。乃加一字豆於六字句上。上三下四者。乃加三字豆於四字句上。學者可任意塡之。不必拘守此法則也。

點絳脣　　寇準

三一

小陌輕寒社公雨足東風慢韻 定巢新燕叶 濕雨穿花轉叶 象尺熏爐拂曉停針線叶 愁蛾淺叶 飛紅零亂叶 側臥珠簾捲叶

擣練子

深院靜小庭空韻 斷續寒砧斷續風叶 無奈夜長人不寐數聲和月到簾櫳叶

雙雙燕 又一體

史達祖

過春社了度簾幙中間去年塵冷韻 差池欲住試入舊巢相並叶 還相雕梁藻井叶 又軟語商量不定叶 飄然快拂花梢翠尾分開紅影叶 芳徑叶 芹泥雨潤叶 愛貼地爭飛競誇輕俊叶 紅樓歸晚看足柳昏花暝叶 應是棲香正穩叶 便忘了天涯芳信叶 愁損翠黛雙蛾日日畫闌獨凭叶

鵲橋仙

秦觀

纖雲弄巧飛星傳恨銀漢迢迢暗度韻 金風玉露一相逢便勝却人間無數叶 柔情似水佳期如夢忍顧鵲橋歸路叶 兩情若是久長時又豈在朝朝暮暮叶

填對偶句法

三二

詞中句法。至七字而盡矣。其七字以上者。大約加一字豆於七字句上。或加三字豆於五字句上。卽爲八字句。加一字豆於兩四字句上。或加三字豆於六字句上。卽爲九字句。除此之外。尙有墳對句各法。或三四字者。或五六七字者。普通則平與仄對。仄與平對。其有平仄互相自對者。則係詞中特別對法。茲試各舉一例於左。三字對者。如更漏子前段第一二句之「柳絲長。春雨細。」第四五句之「驚塞雁。起城烏。」後段第四五句之「紅燭背。繡簾垂。」等皆是。四字對者。如踏莎行前段第一二句之「小徑紅稀。芳郊綠徧。」後段第一二句之。「翠葉藏鶯。珠簾隔燕。」等皆是。五字對者。如南歌子前段第一二句之「鳳髻金泥帶。龍紋玉掌梳。」後段第一二句之「弄筆偎人久。描花試手初。」等皆是。六字對者。如錦堂春前段第一二句之「樓上縈簾弱絮。牆頭礙月低花。」後段第一二句之「舞鏡鸞衾翠減。啼珠鳳蠟紅斜。」等皆是。七字對者。如浣溪沙後段第一二句之「自在飛花輕似夢。無邊絲雨細如愁。」是平仄互相自對者。如如夢令第一二句之「鶯嘴啄花紅溜。燕尾點波綠皺。」是學者須知詞之工整。雖在屬對。然總宜變換流動，斷不可僅以字面堆砌也。

更漏子又一體　　溫庭筠

柳絲長，春雨細韻仄　花外漏聲迢遞叶　驚塞雁，起城烏韻換平　畫屏金鷓鴣叶　香霧薄韻換仄　透簾幕叶　惆悵謝娘池閣叶　紅燭背，繡簾垂韻換平　夢長君不知叶

踏莎行　　晏殊

小徑紅稀，芳郊綠徧韻　高臺樹色陰陰見叶　春風不解禁楊花，濛濛亂撲行人面叶　翠葉藏鶯，珠簾隔燕叶　鑪香靜逐遊絲轉叶　一場愁夢酒醒時，斜陽卻照深深院叶

南歌子又一體　　歐陽修

鳳髻金泥帶，龍紋玉掌梳韻　去來窗下笑相扶叶　愛道畫眉深淺入時無叶　弄筆偎人久，描花試手初叶　等閒妨了繡工夫叶　笑問鴛鴦兩字怎生書叶

錦堂春　　趙德麟

樓上縈簾弱絮，牆頭礙月低花韻　年年春事關心事，腸斷欲棲鴉叶　舞鏡鸞

十四

衾翠減，啼珠鳳蠟紅斜。叶 重門不鎖相思夢。隨意繞天涯。叶

浣溪沙 沙或作紗　秦觀

漠漠輕寒上小樓。韻 曉陰無賴似窮秋。叶 淡煙流水畫屏幽。叶 自在飛花輕似夢，無邊絲雨細如愁。叶 寶簾閒挂小銀鉤。叶

如夢令　秦觀

鶯嘴啄花紅溜，韻 燕尾點波綠皺。叶 指冷玉笙寒。吹徹小梅春透。叶 依舊。叶 依舊。疊句 人與綠楊俱瘦。叶

■規則

檢用詞譜法

詞譜之種類甚多，爲初學所最適用者，莫若白香詞譜與塡詞圖譜兩種。兩書於每字右旁均附以平仄符號，平聲爲○，仄聲爲●，平而可仄者爲◓，仄而可平者爲◒。學者按圖塡字，斷無失黏落腔之病。譜中又有數種名稱，今特詳述於左，俾學者檢用之時，不致茫無頭緒也。

一曰韻　凡詞譜中註有韻字者。卽每闋詞中起首押韻之處。如感皇恩（見前四字句法第四闋、下同）第二句之「數聲鐘定」定字卽起韻也。

二曰叶　凡詞譜中註有叶字者。卽與上句所押之韻同屬一部而不變換他韻。如感皇恩第三句之「斗柄垂寒暮天靜」靜字與定字同屬一部卽爲叶也。

三曰句　凡詞譜中註有句字者。卽不押韻之句。如感皇恩第四句之「朝來殘酒」是也。

四曰豆　凡詞譜中註有豆（本作讀、圈去聲、）字者。卽一句中之頓逗處。如感皇恩前半闋末句之「眼前猶認得當時景」得字處當作頓逗是也。

五曰換　凡詞譜中註有換平者。必其上句皆押仄韻至此乃換平韻。如減字木蘭花（見前四字句法第一闋、下同）首二句爲「長亭晚送都似綠窗前日夢」起句送字押仄韻第二句叶夢字與送字同屬一部而第三句乃爲「小字還家」家是平韻卽爲換平或上句皆押平韻至此另換一平韻，亦稱換平。詞譜中註有換仄者，必其上句皆押平韻，至此乃換仄韻，如定風波（見前變換詞韻法第六闋，下同）首二句爲「破萼初驚一點紅，又看青子映簾櫳」，一起句紅字押平韻，第二句叶櫳字，與紅字同屬一部，而第三句乃爲「冰雪肌膚誰復見」，見是仄韻，即爲換仄，或上句皆押仄韻，至此另換一仄韻，亦稱換仄。既換平韻之後，又換仄韻，與上文之仄韻不同一部者，謂之三換仄，如減字木蘭花後半闋第一句之「良時易過」，是過字又換仄韻，與上文之送字夢字不同一部也。同屬一部者，謂之叶仄，如定風波後半闋第一句之「惆悵年年桃李伴」，是伴字與上文見字同屬一部也。既換仄韻之後，又換平韻者，亦同此例。他若由三換仄而四換平，由三換平而四換仄者，更可以此類推。

六曰疊　凡詞譜中註有疊字者，有四種區別，一、疊句，如如夢令（見前對偶句法第八闋）第五六句之「依舊依舊」是，二、疊字，如憶秦娥（見

三七

前三字句法第七闋）前半闋第三句之「寒於冰」後半闋第三句之「相思情」皆疊前句之尾三字也三倒疊字如調笑令）見前四字句法第九闋）第六七句之「長夜長夜」卽倒疊前句之尾二字也四疊韻如長相思）見前配押詞韻法第四闋（首二句之「紅滿枝綠滿枝」後半闋第一二句之「憶歸期數歸期」及釵頭鳳（見前配押詞韻法第五闋）前半闋結處之「錯錯錯」後半闋結處之「莫莫莫」皆是

七曰闋　詞譜中稱一首詞爲一闋闋者一曲告終而少息之謂也凡雙調之詞都兩闋而成一首故稱詞之前半首爲前半闋或稱前闋稱詞之後半首爲後半闋或稱後闋其長調多至三四闋者則稱第一闋第二闋以下類推

研究要訣法

詞以空靈爲主而不入於粗豪以婉約爲宗而不流於柔曼意旨綿邈音節和諧

樂府之正軌也。不善學之。則循其聲調。襲其皮毛。筆不能轉。則意淺。淺則薄。句不能鍊。則意卑。卑則靡。

詞要放得開。最忌步步相逢。又要收得回。最忌行行愈遠。必如天上人間。去來無迹方妙。

詞之章法。不外相靡相盪。如奇正實空、抑揚開合、工易寬緊之類。是也。詞之承接轉換。大抵不外紆徐斗健交相爲用。所貴融會章法。按脈理節拍而出之。

空中盪漾。是詞家妙訣。上意本可接入下意。卻偏不入。而於其間傳神寫照。乃愈使下意栩栩欲動。

詞要不亢不卑不觸不悖。驀然而來。悠然而逝。立意貴新。設色貴雅。構局貴變。言情貴含蓄。如驕馬弄銜而欲行。粲女窺簾而未出。則得之矣

白描之句。不可近俗。修飾之句。不可太文。生香活色。當在卽離之間。

僻詞作者少。宜渾脫乃近自然。常調作者多。宜生新斯能振動。

小令要言短意長。忌尖弱。中調要骨肉停勻。忌平板。長調要操縱自如。忌粗率。能

於豪爽中著一二精緻語。綿婉中著一二激厲語。尤見錯綜之妙。

詞有疊字。三字者易。兩字者難。要安頓生動。詞有對句。四字者易。七字者難。要流轉圓愜。

詞中吞吐之妙。全在換頭煞尾。換頭多偷聲。須和緩。和緩則句長節短。可容攢簇。煞尾多減字。須勁峭。勁峭則字過音留。可供搖曳。

詞之押韻。不必盡有出處。但不可杜撰。若只用出處押韻。却恐窒塞。

詞之句語。有二字三字四字五字至六七八字者。若一味堆垛實字。勢必讀之不通。合用虛字呼喚。單字如正、但、甚、任之類。兩字如莫是、卻又、那堪之類。三字如莫不是、最無端、又早是之類。此等虛字。要皆用得其當。若一詞之中。兩三次用之。便覺不好。謂之空頭字。不若徑用一靜字。頂上道下。來句法又健。然亦不可多用。

塡詞必先選料。大約用古人之事。則取其新僻。而去其陳因。用古人之語。則取其清雋。而去其平實。用古人之字。則取其鮮麗。而去其淺俗。

塡詞之難。難於上不似詩。下不類曲。立於二者之中。致空疏者。塡詞無意。肖曲而

四二

不覺彷彿乎曲。有學問人塡詞。儘力避詩。而究竟不離於詩。一則迫於舍此實無。一則苦於習久難變。欲去此二弊。當於淺深高下之間。悉心研究也。

襯逗虛字法

凡人無論作何文字。欲其姿態生動。轉折達意。皆不可不知虛字之用法。而塡詞爲尤要也。長調之詞。曼聲大幅。苟無虛字以襯逗之。讀且不能成文。安能望通體之靈活乎。惟用於小令中。則宜加以審愼。襯逗之字。有一字二字三字等類。今試分列如左。俾學者可以採用焉。

一字類　正　但　待　甚　任　只　漫　奈　縱　便　又　況　恰　乍　早　更　莫　似　念　記　問　想　算　料　怕　看　儘　應

二字類　試問　莫問　莫是　好是　可是　正是　更是　又是　不是　卻是　卻喜　卻憶　卻又　恰又　恰似　絕似　又還　忘卻　縱把　拚把　那知　那番　那堪　堪羨　何處　何奈　誰料　漫道　怎禁　遙想　記曾　聞道　況値　無端　獨有　迴念　乍向　只今

不須　多少

三字類　莫不是　都應是　又早是　又況是　又何妨　又匆匆　最無端　最難禁　更何堪　更不堪　更那堪　那更知　誰知道　君知否　君不見　君莫問　再休提　到而今　況而今　記當時　憶前番　當此際　問何事　倩何人　似怎般　怎禁得　且消受　都付與　待行到　便有人　拚負卻　空負了　要安排　嗟多少

鍛鍊詞句法

古人一藝之成。輒竭其畢生之精力。消磨久長之歲月。而後有所成就。斷非鹵莽滅裂者所能奏功。況乎填詞之學。拘於律。限於韻。長焉而不可減。短焉而不可增。設一闋之中。偶有一語之不工。一字之不穩。則全體必爲之減色。蓋詞家所最忌者。爲庸腐。爲生硬。若欲語語激得起。字字敲得響。鍛鍊之功。又曷可少哉。從前填詞家如周清真之典麗。姜白石之騷雅。史梅溪之句法。吳夢窗之字面。皆有獨擅勝場之處。今從宋陸輔之詞旨。摘集古人對句警句。分錄於後。以供學者之參考也。

對句

小雨分山斷雲籠口　煙橫山腹雁點秋容　問竹平安點花番次
稗柳蘇晴故溪歇雨　虛閣籠雲小簾通月　蟬碧勾花雁紅攢月　落
葉霞翻敗窗風咽　風泊波驚露零秋冷　花匝么絃象奩雙陸　珠璽
花輿翠翻蓮額　汗粉難融袖香新竊　種石生雲移花帶月　斷浦沉
雲空山掛雨　蠹裏移舟詩邊就夢　硯凍凝花香寒散霧　繫馬橋空
移舟岸易　疏綺籠寒淺雲栖月　竹深水遠臺高日出　香茸沾袖粉
甲留痕　就船換酒隨地攀花　調雨爲酥催冰作水　做冷欺花將煙
困柳　巧剪蘭心偷粘草甲　羅袖分香翠綃封淚　池面冰膠牆腰雪
老　枕簟邀涼琴書換日　薄袖禁寒輕粧媚晚　倒葦沙閑枯蘭洲冷
綠芰擎霜黃花招雨　紫曲迷香綠窗夢月　暗雨敲花柔風過柳
霜杵敲寒風燈搖夢　盤絲繫腕巧篆垂簪　翠葉垂香玉容消酒　金
谷移春玉壺貯暖　擁石池臺約花欄檻　問月賒晴憑春買夜　醉墨

四六

題香閒簫弄玉

警句

悶來彈鵲，又攪碎一簾花影。徐幹臣二郎神　雁足不來，馬蹄難駐，門掩一庭芳景。並同上　盡吸西江，細斟北斗，萬象爲賓客。扣舷獨嘯，不知今夕何夕。張于湖念奴嬌　寒光庭下水連天，飛起沙鷗一片。同上西江月　花影吹笙，滿地淡黃月。范石湖醉落魄　涼滿北窗，休共軟紅說。並同上　燈花結片時春夢，江南天闊。同上憶秦娥　惟有兩行低雁，知人倚畫樓月。同上霜天曉角　應把花卜歸期，纔簪又重數。辛稼軒祝英臺近　是他春帶愁來，春歸何處，卻不解將愁帶去。並同上　翠銷香煖雲屏，更那堪酒醒。劉龍洲醉太平　燕子不來花有恨，小院春深。劉靜寄浪淘沙　海棠影下，子規聲裏，立盡黃昏。洪平齋眼兒媚　相思無處說相思，笑把畫羅小扇覓春詞。徐山民南柯子　妾心移得在君心，方知人恨深。同上阮郎歸　驚起半簾幽夢，小窗淡月啼鴉。劉小山清平樂　千樹壓西湖寒碧。姜白石暗香　波心蕩冷月無聲。同上揚州慢　昭君不慣胡沙遠，但暗憶江南江北。同上疏影　牆頭喚酒，

四四

誰問訊城南詩客岑寂高柳晚蟬報西風消息（同上惜紅衣）問甚時同賦三十六陂秋色（並同上）冷香飛上詩句（同上念奴嬌）一般離思兩消魂馬上黃昏樓上黃昏（劉招山一剪梅）絮飛春盡天遠書沉日長人瘦（孫花翁燭影搖紅）臨斷岸新綠生時是落紅帶愁流處記當日門掩梨花剪燈深夜語（史梅溪綺羅香）愁損玉人日日畫欄獨凭（同上雙飛燕）恐鳳鞋挑菜歸來萬一灞橋相見（同上東風第一枝）新愁萬斛爲春瘦卻怕春知（高竹屋金人捧露盤）鷩愁攪夢更不管庾郎心碎（同上祝英臺近）悠悠歲月天涯醉一分秋一分憔悴（張東澤桂枝香）

揣摩詞眼法

塡詞句法最宜講究字面字面卽詞中起眼處故亦謂之詞眼講究之法當取溫飛卿、李長吉、李商隱及唐人諸家詩句中字面之好而不俗者簡鍊揣摩今試摘錄於下每句中之兩虛字卽所謂詞眼也詞眼之右以●作符號學者宜注意之

燕嬌鶯姹　綠肥紅瘦　籠燈燃月　醉雲醒月　挑雲研雪　柳昏花暝

翠陰香遠。　玉嬌香怨。　蝶悽蜂慘。　柳腴花瘦。　綰燕吟鶯。　燕昏鶯曉。
漁煙鷗雨。　翠顰紅妒。　愁臙恨粉。　月約星期。　雨今雲古。　恨煙顰雨。
燕窺鶯認。　愁羅恨綺。　移紅換紫。　聯詩換酒。　選歌試舞。　舞勾歌引。

選擇調名法

詞之題意。不外言情、寫景、紀事、詠物、四種。題意與音調相輔以成。故作者拈得題目。最宜選擇調名。蓋選調得當。則其音節之抑揚高下。處處可以助發其意趣。其法須將各調音節。爛熟胸中。而後始有臨時選擇之能力。惟是詞調多至千有餘體。何題宜用何調。豈能一一記憶。神而明之。仍在學者。茲試述其大略於左。

滿江紅、念奴嬌、水調歌頭、三體。宜爲慷慨激昂之詞。小令浪淘沙音調尤爲激越。用之懷古撫今。最爲適當。

浣溪沙、蝶戀花、二體。音節和婉。作者最多。宜寫情。亦宜寫景。

臨江仙、淒清道上、二體。最宜用於寫情。對句兩兩作結。句法更見挺拔。

洞仙歌、宛轉纏綿。可以寫情。可以紀事。一疊不足。作若干疊者更妙。

四六

祝英臺近、頓挫得神。用以紀事。亦甚佳妙。

齊天樂、音調高雋。宜用於寫秋景之詞。

金縷曲、宜用以寫抑鬱之情。此調變體甚多。別名賀新郎。可賦本意用以賀婚。

沁園春、多四字對句。宜於詠物。別名壽星明。可賦本意。用以祝壽。

高陽臺、跌宕生姿。亦爲寫情佳調。

金菊對芙蓉、一調有迴鸞舞鳳之姿。用以紀事詠物。皆流利可愛。

布置格局法

作文之法、一題到手、先審明其題理、然後命意布局、首尾如何起結、中間如何拖要、振筆疾書、自無枝枝節節、格格不吐之病、作文然、塡詞亦何獨不然、故作者每得一調、必先視其字數多寡、以定局勢之廣狹、再審其音節之抑揚高下、以定字面之虛實輕重、腔之頓挫處、卽詞之頓挫處、腔之轉折處、卽詞之轉折處、古人塡詞、往往前半闋寫景、後半闋寫情、或先寫情而後寫景、或景中帶情、或情中雜景、或單調不盡、而雙調、而三疊四疊者、類如疊嶂奇峯、層層入勝、絕非疊牀架屋處處增厭也。總之塡詞之法。先當審題擇調。次則命意布局。務於起結之處。首尾銜接。過變之處。血脈貫通。無論幾許波折。自能一氣卷舒也。

運用古事法

運用古事。莫若明事暗用。隱事明用。如蘇東坡之永遇樂云。「燕子樓空。佳人何在。空鎖樓中燕」。用張建封事。入古而化。自是詞林妙品。又點絳脣云。「不用悲愁。今年身健還高宴。江村海甸。總作空花觀。尙想橫汾。蘭菊紛相半。樓船遠。白雲飛亂。空有年年雁」。上半用工部句。下半用漢武故事。運實於虛。最得用古之法。姜白石之疎影云。「猶記深宮舊事。那人正睡裏。飛近蛾綠」。用壽陽公主事。所謂明事暗用也。又云。「昭君不慣胡沙遠。但暗記江南江北。想珮環月下歸來。化作此花幽獨」。用少陵詩。所謂隱事明用也。又容齋四筆載朱仲翊詠五月菊詞云。「舊日東籬陶令。北窗正傲羲皇」。蓋淵明於五六月。高臥北窗之下。淸風颯至。自謂羲皇上人。用此事於五月菊。洵爲淸切有味。學者於此可以悟運用古事之法。

塡詞起結法

小令篇幅甚短。著墨不多。中間無迴旋之餘地。故其起處須意在筆先。結處須意留言外。起處不妨用偏鋒。結處最宜用重筆。前半從旁面側面做出姿態。略略翻騰。點到本題立卽煞住。而又不可將意思說盡。方爲佳構。

小令起句。如周邦彥云「并刀如水。吳鹽勝雪。纖指破新橙」正是用偏鋒也。小令結語。如溫庭筠之「一葉葉。一聲聲。空階滴到明」正是用重筆也。此等句法。極鍛鍊亦極自然。故能令人掩卷後。猶作三日之想。

長調謀篇立局。須首尾銜接。一氣卷舒。其起處宜以駘蕩出之。如太原公子裼裘而來。或先於題意作進一層說。或先籠罩全首大意。如辛稼軒之「更能消幾番風雨。匆匆春又歸去」吳夢窗之「送人猶未苦。苦送春隨人去天涯」皆工於發端者也。

長調兩結最爲緊要。前結如奔馬收韁。尙存後面地步。有住而不住之勢。後結如泉流歸海。迴環通首源流。有盡而不盡之意。方能使通體靈活。無重複堆垛之病。

塡詞轉折法

詩詞雖同一機杼。而詞家氣象。有時與詩徵有不同。詩以雄直爲勝。宜若長江大河。一瀉千里。詞以婉轉爲上。宜若九曲湘流。一波三折。唐有無名氏詠醉公子詞云「門外猧兒吠。知是蕭郎至。剗襪下香階。寃家今夜醉。扶得入羅幃。不肯脫羅衣。醉則從他醉。還勝獨睡時。」此詞始則聞其聲至而喜。是一層。繼則見其醉而怒。是又一層。繼又强扶其醉。使之入幃。轉怒爲憐。是又一層。又繼則强之入幃。不肯脫衣。轉憐爲恨。是又一層。終則以雖不脫衣。勝於獨睡。轉恨爲恕。自家開脫。一篇之中。語語轉。字字折。寫盡醉公子態。可謂神乎技矣。讀此可以悟塡詞轉折之法。

塡詞言情法

言情之詞。貴乎婉轉。最忌率直。語一率直。意卽膚淺。勢必難成佳構。玆舉一例。如下。一則怨而不怒。深得國風小雅之遺。一寫別離之情。哀怨動人。皆可爲初學之金科玉律也。

摸魚兒　辛棄疾

更能消幾番風雨。匆匆春又歸去。惜春長怕花開早。何況落紅無數。春且住。見說道天涯芳草無歸路。怨春不語。算只有殷勤。畫簷蛛網。盡日惹飛絮。　長門事準擬佳期又誤。蛾眉曾有人妒。千金縱買相如賦。脈脈此情誰訴。君莫舞。君不見玉環飛燕皆塵土。閒愁最苦。休去倚危欄。斜陽正在煙柳斷腸處。

琵琶仙　姜夔

雙槳來時。有人似舊曲桃根桃葉。歌扇輕約飛花。蛾眉正奇絕。春漸遠。汀洲自綠。更添了幾聲啼鴂。十里揚州。三生杜牧。前事休說。　又還是宮燭分煙。奈秋裏。匆匆換時節。都把一襟芳思。與空階榆莢。千萬縷藏鴉細柳。爲玉尊起舞迴雪。想見西出陽關。故人初別。

塡詞寫景法

寫景之詞。大別之可分四類。一爲山水。二爲園囿。三爲節令。四爲遊宴。試各舉一例於左。

壺中天　張炎

揚舲萬里。笑當年底事中分南北。須信平生無夢到。卻向而今遊歷。老柳官河。斜陽古道。風定波猶直。野人驚問。泛槎何處狂客。 迎面綠葉蕭蕭。水流沙共遠。都無行迹。衰草淒迷秋更綠。惟有閒鷗獨立。浪挾天浮。山邀雲去。銀浦橫空碧。扣舷歌斷。海蟾飛上孤白。

掃花遊　張炎

烟霞萬壑。記曲徑幽尋。霽痕初曉。綠窗窈窕。看垂花蔫石。就泉通沼。幾日不來。一片蒼雲未掃。自長嘯。悵喬木荒涼。都是殘照。 碧天秋浩渺。聽虛籟泠泠。飛下孤峭。山空翠老。步仙風怕有采芝人到。野色閒門。芳草不除更好。境深悄。比斜川又清多少。

風入松　李肩吾

霜風連夜做冬晴。曉日千門。香葭暖透黃鍾管。正玉臺彩筆書雲。竹外南枝意早。數花開對清樽。 香閨女伴笑輕盈。倦繡停鍼。花甎一綫添紅景。看從今迤過新春。寒食相逢何處。百單五箇黃昏。

解語花　周美成

風消燄蠟。露浥烘爐。花市燈相射。桂華流瓦。纖雲散。耿耿素娥欲下。衣裳淡雅。看楚女纖腰一把。簫鼓喧。人影參差。滿路飄香麝。　因念都城放夜。望千門如晝。嬉笑游冶。鈿車羅帕。相逢處。自有暗塵隨馬。年光是也。惟只見舊情衰謝。清漏移。飛蓋歸來。從舞休歌罷。

塡詞紀事法

紀事之詞。莫妙於以不言言之。非不言也。寄言也。如寄深於淺。寄厚於輕。寄勁於婉。寄直於曲。寄實於虛。寄正於餘。皆是。今錄近人詞一闋以爲例。

渡江雲　蔣鹿潭

春風燕市酒。旗亭賭醉。花壓帽檐香。暗塵隨馬去。笑擲絲鞭。壓笛傍宮牆。流鶯別後。問可曾添種垂楊。但聽得哀蟬曲破。樹樹總斜陽。　堪傷秋生淮海。霜冷關河。縱青衫無恙。換了二分明月。一角滄桑。雁書夜寄相思淚。莫更談天寶淒涼。殘夢醒長安落葉啼鵶。

塡詞詠物法

詠物之詞最不易作。體認太眞。則拘而不暢。摹寫稍遠。則晦而不明。惟能不脫不黏。方爲恰到好處。茲舉二例於左前一闋詠梅後一闋詠雁皆能深得此法者也

瑞鶴仙　辛棄疾

雁霜寒透幙。正護月雲輕。嫩冰猶薄。溪奩照梳掠。想含香弄粉。靚妝難學。玉肌瘦弱。更重重龍綃襯著。倚東風一笑嫣然。轉盼萬花羞落。　寂寞。家山何在。雪後園林。水邊樓閣。瑤池舊約。鱗鴻更仗誰託。粉蝶兒只解尋花覓柳。開徧南枝未覺。但傷心冷淡黃昏。數聲畫角。

解連環　張炎

楚江空晚。悵離羣萬里。恍然驚散。自顧影欲下寒塘。正沙淨草枯。水平天遠。寫不成書。只寄得相思一點。歎因循誤了。殘氈擁雪。故人心眼。　誰憐旅愁荏苒。謾長門夜悄。錦箏彈怨。想伴侶猶宿蘆花。也曾念春前。去程應轉。暮雨相呼。怕

驀地玉關重見。未羞他雙燕歸來。畫簾半捲。

□ 源流

探溯詞源法

詞者。樂府之變。肇於漢世。具於六朝。若按其音律。則又雅頌之遺也。試取詩以證之。召南殷其雷篇云「殷其雷。在南山之陽」此三五言調也。小雅魚麗篇云「魚麗于罶。鱨鯊」此二四言調也。齊風還之篇云「遭我乎狃之閒兮。並驅從兩肩兮」此六七言調也。召南江有汜篇云「不我以。不我以」此疊句調也。豳風東山篇云「我來自東。零雨其濛。鸛鳴于垤。婦歎于室」此換韻調也。召南行露篇云「厭浥行露」其第二章云「誰謂雀無角」此換頭調也。蓋古代之詩。多可入樂。而後世之詞。乃詩之協律者也。故欲探溯填詞之源。舍三百篇而外。末由他求。今再錄諸家之說。以資考證。

王述菴詞綜序云。蓋詞實繼古詩而作。而本於樂。樂本乎音。有清濁、高下、輕重、抑揚之別。乃為五音十二律以著之。非句有長短。無以宣其氣而達其音。故孔氏穎達詩正義。謂風雅頌有一二字爲句。及至八九字爲句者。所以和人聲而無不均也。三百篇後。楚辭亦以長短爲聲。至漢郊祀歌、鐃吹曲房中歌。莫不皆然。蘇李盡以五言。而唐時優伶所歌。則七言絕句。其餘皆不入樂府。李太白、張志和以詞續樂府。不知者謂詩之變。而其實詩之正也。由唐而宋。多取詞入於樂府。不知者謂樂之變。而其實所以合樂也。又云國朝念詩樂失傳甚久。命儒臣取三百篇譜之。著以四上五六諸音。列以琴瑟簫管諸器。於是三百篇皆可奏之樂部。今之詞苟使伶人審其陰陽平仄。節其太過而劑其不足。安有不可入樂之詞。可入樂。卽與詩之入樂無異也。是詞乃詩之苗裔。且以補詩之窮。余故表而出之。以爲今之詞卽古之詩。卽孔氏之所謂長短句。

朱竹垞羣雅集序云。用長短句製樂府歌詞。由漢迄南北朝皆然。唐初以詩被樂。塡詞入調。則自開元天寶始。逮五代十國。作者漸多。有花間、尊前、家宴等集。宋之太宗洞曉音律。製大小曲及因舊曲造新聲。施之教坊舞隊。曲凡三百九十又琵琶一曲。有八十四調。仁宗於禁中度曲。時有若柳永。徽宗大晟名樂。時有若周邦彥、曹組、辛次膺、万俟雅言。皆明於宮調。無相奪倫者也。洎乎南渡。家各有詞。雖道學如朱仲晦、真希元亦能倚聲中律呂。而姜夔審音尤精。終宋之世。樂章大備。四聲二十八調。多至十餘曲。有引。有序。有令。有慢。有近。有犯。有賺。有歌頭。有促拍。有攤破。有摘遍。有大遍。有小遍。有轉踏。有轉調。有增減字。有偷聲。惟因劉昺所編燕樂新書失傳。而八十四調圖譜不見於世。雖有歌師板師。無從知當日之琴趣簫笛譜矣。

樓上舍儼曰。詩變爲詞。詞變爲曲。歷世久遠。聲律之分合。均奏之高下。音節之緩急過渡。既不得盡知。至若作者才思之深淺。不係文字之多寡。顧世之作譜者。類從歸自謠。銖累寸積。及於鶯啼序而止。以字之長短分調。安能各得其所。莫如論宮調之可知者。序於前。餘以時代先後爲次。斯世運升降可以觀焉。

方成培香研居詞麈。原詞之始云。古者詩與樂合。而後世詩與樂分。古人緣詩而作樂。後人倚調以塡詞。古今若是其不同。而鐘律宮商之理。未嘗有異也。自五言變爲近體。樂府之學幾絕。唐人所歌。多五七言絕句。必雜以散聲。然後可被之管

五七

絃。如陽關必至三疊而後成者。此自然之理。後來遂譜其散聲。以字句實之。而長短句興焉。故詞者所以濟近體之窮。而上承樂府之變也。

觀於以上諸說。則於詞之源流。已甚明晰。試再進而述詞與曲之同異也。

分別詞曲法

詞曲同源。古今一體。如南北劇與詞同者。小令之憶王孫。即北劇仙呂調。中調之青杏兒。即北劇小石調。他若小令之搗練子、生查子、點絳脣、卜算子、謁金門、憶秦娥、海棠春、秋蕊香、燕歸巢、浪淘沙、鷓鴣天、虞美人、鵲橋仙、步蟾宮、梅花引、霜天曉角。中調之唐多令、一剪梅、行香子、破陣子、天仙子、青玉案、風入松、剔銀燈、戀芳春、意難忘、傳言玉女、祝英台近。長調之滿江紅、滿庭芳、念奴嬌、絳都春、高陽台、喜遷鶯、真珠簾、齊天樂、二郎神、花心動、燭影搖紅、東風第一枝。皆南劇之引子。小令之梆梢青、賀聖朝。中調之醉春風、驀山溪、紅林擒近。長調之聲聲慢、桂枝香、永遇樂、解連環、沁園春、賀新郎、哨遍、八聲甘州。皆南劇之慢詞。詞與曲本不分。自古無不可入樂之詞。後因作者不明律呂。所塡之詞不入調。而播則甚佳。讀者不忍割棄。

於是以不可度之腔。謂之調。卽以可唱之詞。別名爲曲。而詞曲遂分。況乎金元以降。樂律失傳。塡詞者但就古人成法。不敢稍變。而製曲則宮譜俱存。儘可偷聲減字。伸縮於軌律之中。以是之故。詞與曲之途徑日歧。而不得不分別也。

辨別詞體法

詞體叢雜。名家詞譜。盲從臆測。均不能無差誤。如粉蝶兒與惜奴嬌。本爲兩體。而張南湖詩餘譜與舒白香詞譜。則誤而爲一。如念奴嬌之與無俗念。百字謠。賀新郎之與金縷曲。金人捧露盤之與上西平。本爲一體。而程明善嘯餘譜。則分載數體。他若燕臺春卽燕春臺。大江乘卽大江東。秋霽卽春霽。棘影卽疏影。因訛字而列數體。甚至錯亂句讀。增減字數。而強綴標目。妄分韻腳者。更不一而足。萬紅友詞律出。板較晚。於諸書多所糾正。學者可取之。以爲參考。庶於辨別詞體。有頭緒可尋。不致茫無適從也。

考正調名法

唐人之詞。必緣題製調。故詞旨多與調名相符。如臨江仙則言水仙。女冠子則述

五九

道情・河瀆神則緣詞廟・巫山一段雲則狀巫峽・醉公子則詠公子醉也・宋人則因調塡詞・故詞旨多與調名不合・如流水孤村、曉風殘月等篇・皆與調名無與・甚至衍爲慢引・新聲日繁・每創一曲・輒製異名・而調名之龐雜・至於不可勝計・今欲加以考正・則不可不知調名之起原・例如蝶戀花、取梁元帝翻階蛺蝶戀花情句・滿庭芳、取吳融滿庭芳草易黃昏句・點絳脣、取江淹白雪凝瓊貌・明珠點絳脣句・鷓鴣天、取鄭嵎春遊雞鹿塞・家在鷓鴣句・惜餘春、取太白賦語・浣溪沙、取少陵詩意・靑玉案、取四愁詩語・踏莎行、取韓翃踏莎行草過青溪句・西江月、取衛萬只今惟有西江月句・菩薩蠻、西域婦髻也・蘇幕遮・西域婦帽也・尉遲杯、尉遲敬德飲酒必用大杯也・蘭陵王、每入陣必先歌其勇也・生查子、查古槎字取張騫乘槎事也・玉樓春、取白樂天玉樓宴罷醉和春句也・丁香結、取古詩丁香結新恨句也・霜葉飛、取杜詩淸霜洞庭葉・故欲別時飛句也・淸都宴、取沈隱侯朝上閶闔宮・夜宴淸都闕句也・風流子、出文選註・風流言其風美之聲流於天下・子者・男子之通稱也・荔枝香、出唐書・貴妃生日・命小部奏新曲・未有名・適進荔枝至・因名荔枝香・解語花、出天贊遺事・明皇稱貴妃語・解連環出莊子・連環可解也・華胥引出列子・黃帝晝寢夢遊華胥之國・塞垣春・塞垣二字出後漢書鮮卑傳・玉燭新・玉燭二字出爾雅・多麗妓名・善琵琶者也・念奴嬌・唐明皇宮人念奴也・以上所舉不過十之一二・學者讀唐人之詞不難望文生義而一一考正也・

講究令慢法

詞有小令中調長調之分・唐之樂府・皆小令也・其後以小令微引而長之・於是有陽關引・千秋歲引・江城梅花引之類・又謂之近・如訴衷情近・祝英台近之類・引者近者・謂以音調相近・從而引之也・引而愈長者謂之慢・如木蘭花慢・長亭怨慢・拜新月慢之類・慢與曼通・曼之訓引也・長也・總之令者・樂家所謂小令也・引與近者樂家所謂中調也・慢者樂家所謂長調也・不曰令曰引曰近曰慢・而曰小令中調長調者・取人人易解・又能包括衆題也・至錢唐毛氏以五十八字以內爲小令・五十九字至九十字爲中調・九十一字以外爲長調・萬紅友駁斥之・謂少一字卽短・多一字卽長・必無是理・故其詞律不分小令中調長調等名・其實二氏之說・多不

近理。夫小令卽引子也。中調卽過曲也。長調卽慢詞也。在曲譜中固有區別。豈得謂詞調中可無講究乎。

◻派別

晚唐諸家詞法

詞之派別。始於晚唐。李白、溫庭筠而後。作者輩出。花間所選。未逮十一。李字太白。生於蜀昌明之青蓮鄉。故又號青蓮居士。天才英特。賀知章見其文。歎爲謫仙。言於玄宗。供奉翰林。後坐事流夜郎。遇赦得還。其所爲詞。當以菩薩蠻、憶秦娥二闋爲百代詞祖。不特音節頓挫。與詩迥異。卽以文體而論。亦復淸奇秀折。他若韋應物、戴叔倫、王建、韓翃輩。亦皆各創新調。而溫庭筠根柢離騷。塡詞最工。溫字飛卿。太原人。少敏悟。工爲詞章。然無行。不修邊幅。所作多側詞豔曲。與丞相令狐綯友善。會宣宗愛唱菩薩蠻詞。狐綯假其修撰。密進取媚。戒庭筠勿泄。而庭筠遽以告人。由是疏之。玆舉李溫二人之詞。各一闋於後。

憶秦娥　　李　白

簫聲咽。秦娥夢斷秦樓月。秦樓月。年年柳色。灞陵傷別。　樂遊原上清秋節。咸陽古道音塵絕。音塵絕。西風殘照。漢家陵闕。

菩薩蠻　　溫庭筠

小山重疊金明滅。鬢雲欲渡香顋雪。懶起畫蛾眉。弄妝梳洗遲。　照花前後鏡。花面交相映。新帖繡羅襦。雙雙金鷓鴣。

五代諸家詞法

五代君臣咸好聲律。詞華之美。尤推南唐。父子。後主李煜。字重光。元宗第六子。善爲詞。其所作小令。莫不清逸綿麗。出色當行。同時蜀有韋莊、牛嶠、毛文錫、歐陽炯等。皆以詞鳴。而南唐馮延巳尤纏綿可愛。馮字正中。廣陵人。著有陽春集樂府一卷。今錄後主煜及馮詞各一闋於下。

浪淘沙　　李煜

簾外雨潺潺。春意闌珊。羅衾不耐五更寒。夢裏不知身是客。一晌貪歡。　獨自莫凭闌。無限江山。別時容易見時難。流水落花春去也。天上人間。

蝶戀花　馮延巳

六曲闌干偎碧樹。楊柳風輕。展盡黃金縷。誰把鈿箏移玉柱。穿簾燕子雙飛去。

滿眼游絲兼落絮。紅杏開時。一霎清明雨。濃睡覺來鶯亂語。驚殘好夢無尋處。

兩宋諸家詞法

兩宋之間。詞學大盛。宋初柳永之樂章集。最爲擅名。永、初名三變。字耆卿。崇安人。景祐元年進士。官至屯田員外郎。故世號柳屯田。爲舉子時。好狹邪遊。善爲歌詞。教坊樂工每得新腔。必求永爲之詞。始行於世。餘如晏氏父子。善於言情。殊字同叔。臨川人。仁宗朝爲相。卒諡元獻。其詩文本近西崑體。故詞亦婉麗。有珠玉詞一卷。張子野爲之序。張名先。吳興人。其詞與耆卿齊名。晏子幾道。有小山詞。歐陽永叔亦好詞。不讓晏氏父子。東坡則豪情勝概。不可一世。人或病其粗霸。而以銅喉鐵板譏之。不知坡詞亦自成一體。蓋詞自晚唐五代以來。至柳永而一變。至東坡而又一變。悲歌慷慨。旁若無人。坡後以詞著者。有晁無咎、周邦彥諸人。而賀鑄又稱新一時。詞絕幽豔。南渡以降。辛棄疾、劉過師法東坡。好爲豪壯語。姜夔、吳文英則仍以醫麗爲工。繼起者更有史達祖、高觀國諸人。清奇秀逸。並爲一時之選。茲將諸家詞之傳誦者。各舉一闋於左。

卜算子　　柳永

江楓漸老。汀蕙半凋。滿目敗鴻。楚客登臨。正是暮秋天氣。引疏碪斷續斜陽裏。對晚景傷懷念遠。新愁舊恨相繼。　脈脈人千里。念兩處風情。萬重烟水。雨歇天。高望斷翠峯十二。儘無言。誰念憑高意。縱寫得離腸萬種。奈歸鴻誰寄。

踏莎行　　晏殊

碧海無波。瑤臺無路。思量便合雙飛去。當時輕別意中人。山長水遠知何處。綺席凝塵。香閨掩霧。紅箋小字憑誰附。高樓目盡欲黃昏。梧桐葉上蕭蕭雨。

臨江仙　　晏幾道

夢後樓臺高鎖。酒醒簾幕低垂。去年春恨卻來時。落花人獨立。微雨燕雙飛。記取小蘋初見。兩重心字羅衣。琵琶絃上說相思。當時明月在。曾照彩霞歸

六五

青門引　　張先

乍暖還輕冷。風雨晚來方定。庭軒寂寞近清明。殘花中酒。又是去年病。　樓頭畫角風吹醒。入夜重門靜。那堪更被明月。隔牆送過秋千影。

蝶戀花　　歐陽修

庭院深深深幾許。楊柳堆煙。簾幕無重數。玉勒雕鞍游冶處。樓高不見章臺路。雨橫風狂三月暮。門掩黃昏。無計留春住。淚眼向花花不語。亂紅飛過秋千去。

念奴嬌　　蘇軾

大江東去。浪淘盡千古風流人物。故壘西邊。人道是三國周郎赤壁。亂石穿空。驚濤拍岸。捲起千堆雪。江山如畫。一時多少豪傑。　遙想公瑾當年。小喬初嫁了。雄姿英發。羽扇綸巾。談笑間檣櫓灰飛煙滅。故國神遊。多情應笑我早生華髮。人生如夢。一尊還酹江月。

青玉案　　賀鑄

淩波不過橫塘路。但目送芳塵去。錦瑟年華誰與度。月臺花榭。瑣窗朱戶。惟有春知處。　碧雲冉冉蘅皋暮。綵筆新題斷腸句。試問閑愁都幾許。一川烟草。滿城風絮。梅子黃時雨。

念奴嬌　　辛棄疾

野棠花落。又匆匆過了。清明時節。剗地東風欺客夢。一枕雲屏寒怯。曲岸持觴。垂楊繫馬。此地曾經別。樓空人去。舊遊飛燕能說。　聞道綺陌東頭。行人曾見。簾底纖纖月。舊恨春江流不盡。新恨雲山千疊。料得明朝。尊前重見。鏡裏花難折。也應驚問。近來多少華髮。

暗香　　姜夔

舊時月色。算幾番照我。梅邊吹笛。喚起玉人。不管清寒與攀摘。何遜而今漸老。都忘卻春風詞筆。但怪得竹外疏花。香冷入瑤席。　江國正寂寂。嘆寄與路遙。夜雪初積。翠尊易泣。紅萼無言耿相憶。長記曾攜手處。千樹壓西湖寒碧。又片片吹盡也。幾時見得。

六七

金元諸家詞法

金元以後。詞學日蕪。金初有吳激、蔡松年二人。繼之者爲元遺山。遺山之作。出入蘇辛姜史。實集兩宋之大成。茲試將三家之詞各舉一闋如下

人月圓　吳激

南朝千古傷心地。還唱後庭花。舊時王謝。堂前燕子。飛入人家。恍然在遇。天姿勝雪。宮鬢堆鴉。江州司馬。青衫淚濕。同是天涯。

月華清　蔡松年

樓倚明河。山蟠喬木。故國秋光如水。常記得別時。月冷半山環佩。到而今桂影尋人。端好在竹西歌吹。如醉。望白蘋風裏。關山無際。　可惜瓊瑤千里。有少年玉人。吟笑天外。脂粉清暉。冷射藕花冰蕊。念老去鏡裏流年。空解道人生適意。誰會。更微雲疏雨。滿空鶴唳。

臨江仙　元好問

自笑此身無定在。北州又復南州。買田何日遂歸休。向來凡落落。此去亦悠悠。

六八

赤日黃塵三百里。嵩邱幾度登樓。故人多在玉溪頭。清泉明月曉。高柳亂蟬秋。

明代諸家詞法

明承元季遺習，不脫纖穠縟麗之弊，惟劉基、高啓二人，堪稱作者，基字伯溫，青田人，洪武朝爲御史中丞，封誠意伯，啓字季迪，長洲人，元末避張士誠之亂，遁居松江之青邱，洪武初召修元史，授翰林院國史編修，坐罪被誅，其後有周用、夏言、楊用修、王好問、馬洪等，先後繼起，追摹兩宋，雖未能畢肖，然自是以往，研究者衆，詞學復興矣，至崇禎朝，華亭陳子龍起，神韻天然，逼近五季，遂蔚爲一代詞宗，

臨江仙　劉基

街鼓無聲春漏咽、不知殘夜如何。玉繩歷落耿銀河。鵲驚穿暗樹、露墜滴寒莎。夢裏相逢還共說。五湖烟水漁蓑。鏡中綠髮漸無多。淚如霜後葉、摵摵下庭柯、

行香子　高啓

如此紅妝。不見春光向菊前。蓮後纔芳。雁來時節寒浥羅裳。正一番風。一番雨。一番霜。　蘭丹不採。寂寞橫塘。强相依暮柳成行。湘江路遠。吳苑池荒。恨月濛濛。人杳杳。水茫茫。

龍山花子　　陳子龍

楊柳淒迷曉霧中。杏花零落五更鐘。寂寂景陽宮外月。照殘紅。蝶化綵衣金縷盡。蟲銜畫粉玉樓空。惟有無情雙燕子。舞東風。

清代諸家詞法

清初詞人。當以龔鼎孳、吳偉業爲最。二人皆明季遺臣。入清復仕。乃爲時論所譏。惟其詞在屯田淮海之間。均不愧爲一代作家。繼之者有宋徵輿、錢芳標、顧貞觀、王士禎、性德、彭孫遹、沈豐垣、陳維崧、朱彝尊諸人。而漁洋尤傑出。格力風韻。彷彿晏叔原賀方回。康乾之際。言詞者大率宗尚朱陳。厲鶚、過春山學朱。鄭燮、蔣士銓學陳。然皆不免佻巧粗獷之病。惟太倉諸王。戛然獨異。導源晏歐。能自成一家。陽湖張惠言與其弟琦。選唐宋諸家詞爲詞選一書。於是朱陳二家之外。別成常州一派。惲敬、左輔、丁履恆、李兆洛輩附之。根基益固。其後效之者。有龔鞏祚、莊棫、譚廷獻諸人。其不入常州派者。有戈載、項鴻祚、蔣敦復、姚燮諸人。而順卿持律尤謹。嘗著詞林正韻一書。爲世所重云。

點絳脣　龔鼎孳

簾外河橋。綠圍裙帶無人主。繡鞾行處。踏碎梨花雨。　目送春山。南浦煙光暮。牽春去。柔腸無數。蘇小門前路。

如夢令　吳偉業

鎖日驚愁燕懶。徧地落紅誰管。睡起爇沈香。小飲碧螺春盌。簾捲。簾捲。一任柳絲風軟。

蝶戀花　王士禎

涼夜沈沈花漏凍。攲枕無眠。漸聽荒雞動。此際閒愁郎不共。月移窗罅春寒重。
憶共錦衾無半縫。郎似桐花。妾似桐花鳳。往事迢迢徒入夢。銀箏斷續連珠弄。

七二

踏莎行

王時翔

嫩嫩烟絲。輕輕風絮。絳旗斜颭秋千處。花枝照得畫樓空。薄情燕子和人去。

冷落闌干。淒清院宇。夕陽西下明殘雨。一雙紅豆寄相思。遠帆點點春江路。

踏莎行

王漢舒

短燭三條。凍梅一樹。月痕窗外徐徐去。落燈天似晚秋寒。病春人臥銷魂處。

撥火香殘。彈絲調苦。客愁央及啼鴉訴。夢中尋夢幾時醒。小橋流水東風路。

水調歌頭

張惠言

長鑱白木柄。斸破一庭寒。三枝兩枝生綠。位置小窗前。要使花顏四面。和著草心千朵。向我十分妍。何必蘭與菊。生意總欣然。 曉來風。夜來雨。晚來烟。是他釀就春色。又斷送流年。便欲誅茆江上。只怕空林衰草。憔悴不堪憐。歌罷且更酌。與子繞花間。

菩薩蠻

張琦

橫塘日日風吹雨。隔簾卻望江南路。蝴蝶慣輕盈。風齊魂屢驚。 闌干人似玉。

黛影分窗綠。斜日照屏山。相思羅袖寒。

步月　　戈載

梨月籠晴。柳烟搖暝。繡隄夜景淒寂。嫩寒剪剪。逗一絲風力。記攜酒流水畫橋。聽鶯語翠陰無蹟。如今換徹曉淚鵑。盡情啼急。蘼蕪芳徑窄。香影夢模糊。雲暗愁碧。玉簫甚處。正鐙飄華席。問知否。門外亂紅。已零落鈿車。消息。歸來也。蓮漏隔花靜滴。

格調

塡十六字令法

十六字令。又名蒼梧謠。十六字。四句三韻。調如下。

天。韻 休可仄 使圓蟾照客眠。叶 人何在。桂可平 影自嬋娟。叶 （蔡伸）

塡南歌子調法

南歌子。歌一作柯。又名春宵曲。二十三字。五句三韻。調如下。

轉盼如波眼。娉婷似柳腰。韻 花可仄 裏暗相昭。叶 憶可平 君腸欲斷。恨春宵。叶 （溫

七五

庭筠）

塡漁歌子調法

漁歌子•一名漁父二十七字•五句四韻•調如下•

西塞山前白鷺飛。韻 桃花流水鱖魚肥。叶 青箬笠。綠蓑衣。叶 斜風細雨不須歸。叶 （張志和）

塡憶江南調法

憶江南又名夢江南、望江南、謝秋娘、夢江口、望江梅、春去也、二十七字•五句三韻•調如下•

蘭燼可平落•屏可仄上暗紅蕉。韻 閒可仄夢江可仄南梅熟日。夜可平船吹可仄笛雨瀟瀟。叶 人可仄語驛邊橋叶 （皇甫松）

塡搗練子調法

搗練子又名深院月二十七字•五句三韻•調如下•

深院靜。小庭空。韻 斷可平續寒砧斷可平續風。叶 無可仄奈夜可平長人不寐。數可平聲和

七四

月到簾櫳。叶　（李　煜）

填憶王孫調法

憶王孫。又名豆葉黃、闌杆萬里心。三十一字。五句五韻。調如下。

萋可仄 萋芳可仄 草憶王孫。韻 柳可平 外樓高空可仄 斷魂。叶 杜可平 宇聲聲不作平 忍聞。叶 欲黃昏。叶 雨可平 打梨花深可仄 閉門。叶　（李重元）

填調笑令調法

調笑令。又名宮中調笑、轉應曲、三臺令。三十二字。六句八韻。調如下。

明月韻 明月。叠句 照得可平 離可仄 人愁可仄 絕。叶 更可仄 深影可平 入空可仄 牀。換平 不可平 道幃可仄 屏夜長。叶平 長夜換仄 長夜。叠句 夢可平 到庭可仄 花陰可仄 下。叶　（馮延巳）

填如夢令調法

如夢令。又名憶仙姿、宴桃源。三十三字。六句五韻。調如下。

遙可仄 夜月可平 明如水。韻 風可仄 緊驛亭深閉。叶 夢可平 破鼠窺燈。霜可仄 送曉寒侵被。叶 無寐。叶 無寐。叠句 門可仄 外馬嘶人起。叶　（秦　觀）

七五

填歸自謠調法

歸自謠・自一作國謠・一作遙・三十四字・前後二段各三句・共六韻・調如下・

何處笛。韻深可仄夜夢可平回情脈脈。叶竹可平風簾可仄雨寒窗隔。叶離人幾可平歲無消可仄息。叶今頭白。叶不可平眠特可平地重相憶。叶（歐陽修）

填相見歡調法

相見歡・又名烏夜啼・上西樓・秋夜月・三十六字・前段四句・後段五句・共五韻・又換二韻・調如下・

無可仄言獨可平上西樓。韻月如鉤。叶寂可平寞梧可仄桐深院鎖清秋。叶剪可平不可平斷。換仄理可平還可仄亂。叶仄是離愁。叶平別可平是一可平般滋味在心頭。叶平（李煜）

填長相思調法

長相思・又名雙紅豆・憶多嬌・青山相送迎・三十六字・前後段各四句・共八韻・

紅可仄滿可平枝。韻綠可平滿可平枝。叶宿可平雨厭厭睡可平起遲。叶閒可仄庭花可仄影移。叶憶可平歸可仄期。叶數可平歸可仄期。叶夢可平見雖多相可仄見稀。叶相可仄逢知可仄幾時。叶

七六

叶　（馮延巳）

醉太平・塡醉太平調法

醉太平又名醉思凡・四字令・三十八字・前後段各四句・共八韻・調如下

情(可仄)高意真。(韻)眉長鬢青。(叶)小(可平)樓明(可仄)月調箏。(叶)寫春風數聲。(叶)思(可仄)君憶君。(叶)魂牽夢縈。(叶)翠(可平)綃香(可仄)暖雲屏。(叶)更那堪酒醒。(叶)（劉過）

昭君怨・塡昭君怨調法

昭君怨又名一痕沙・宴西園・四十字・前段四句・二仄二平韻・後段四句・換二仄二平韻・調如下・

春(可仄)到南(可仄)樓雪(可平)盡。(韻)驚(可仄)動燈(可仄)期花(可仄)信。(叶)小(可平)雨一番寒。(換平)倚闌干。(叶平)莫(可平)把闌(可仄)干頻(可仄)倚。(三換)一(可平)望幾(可平)重煙(可仄)水。(叶三)何(可仄)處是京華。(四換平)暮雲遮。(叶四平)（万俟雅言）

酒泉子・塡酒泉子調法

酒泉子四十字・前段五句・後段五句・二平三仄韻・調如下・

七七

閒(可仄)臥(可)繡(平)幃。(韻)慵(可仄)想(可)萬(平)般情寵。(換三仄)錦檀偏。翹股重。(叶仄)翠雲蔽。(叶平)暮(可平)天(可)屛(仄)上春山碧。(三換仄)映香煙霧隔。(叶仄)蕙蘭心。魂夢役。(叶仄)(三)斂蛾眉。(叶平)（毛熙震）

七八

塡生查子調法

生查子・四十字・兩段四韻・調如下・

煙(可仄)雨晚晴天。零(可仄)落花無語。(韻)難(可仄)話此時情。梁(可仄)燕雙來去。(叶)琴(可仄)韻對薰風。有(可平)恨和情撫。(叶)腸(可仄)斷斷絃頻。淚(可平)滴黃金縷。(叶)（魏承班）

塡點絳脣調法

點絳脣・又名點櫻桃、南浦月・四十一字・前段四句・後段四句・共七韻・調如下・

一(可平)夜東風。枕邊吹(可仄)散愁多少。(韻)數聲啼鳥。(叶)夢(可平)轉紗窗曉。(叶)來(可仄)是春初去。(可平)是春將老。(叶)長亭道。(叶)一般芳草。(叶)只(可平)有歸時好。(叶)（曾允元）

塡浣溪沙調法

浣溪沙・沙或作紗・又名滿院春、廣寒秋、霜菊黃、踏花天・四十二字・兩段五韻・調如

下・

枕(可平)障薰爐冷繡幃。(韻)二(可平)年終(可仄)日苦相思。(叶)杏(可平)花明(可仄)月爾應知。(叶)

天(可仄)上人(可仄)間何處去。舊(可平)歡新(可仄)夢覺來時。(叶)黃(可仄)昏微(可仄)雨畫簾垂。(叶)

（張　曙）

填菩薩蠻調法

菩薩蠻・又名重疊金、子夜歌、巫山一片雲・四十四字・前段四句・二仄二平・後段四句・亦二仄二平・共八韻・調如下・

小(可平)山重(可仄)疊金明滅。(韻)鬢(可平)雲欲(可平)度香腮雪。(叶)懶(可平)起畫蛾眉。(平換)弄(可平)妝梳(可仄)洗遲。(叶平)照(可平)花前後鏡。(仄三換)花(可仄)面交相映。(叶仄)新(可仄)貼繡羅襦。(平四換)雙(可仄)雙金(可仄)鷓鴣。(叶平)

（溫庭筠）

填卜算子調法

卜算子・又名缺月挂梧桐、孤鴻、百尺樓・四十四字・兩段四韻・調如下・

缺(可平)月挂疏桐。漏(可平)斷人初定。(韻)時(可仄)見幽人獨往來。縹(可平)緲孤鴻影。(叶)驚

七九

可仄起卻回頭。有可平恨無人省。叶揀可平盡寒枝不肯棲。寂可平寞沙洲冷。叶

（蘇　軾）

減字木蘭花法

減字木蘭花。四十四字。前段四句。二仄二平。後段四句。又換韻亦二仄二平。調如下。

雨可平簾可仄捲。韻芳可仄樹陰陰連別館。叶涼可仄氣侵樓。可平蕉可仄葉荷枝各自秋。叶平前可仄溪夜可平舞。三換仄化可平作驚可仄鴻留不住。叶仄愁可仄摟腰肢。四換仄一可平桁香銷舊可平舞衣。

（呂渭老）

填醜奴兒調法

醜奴兒。又名采桑子、羅敷媚、羅敷艷歌。四十四字。前後段各四句。共六韻。調如下。

蝤可仄蠐領可平上訶梨子。繡可平帶雙垂。韻椒可仄戶閑時。叶競可平學摴蒱賭可平荔枝。叶叢可仄頭鞋可仄子紅編細。裙可仄窣金絲。叶無可仄事嚬眉。叶春可仄思翻教阿可平母疑。叶

（和　凝）

塡訴衷情調法

訴衷情•又名桃花水•四十四字•兩段•十句六韻•調如下•

燒(可仄)殘絳(可平)蠟淚成痕。韻街(可仄)鼓報黃昏。叶碧(可平)雲(可仄)又(可平)阻(可平)來信。廊(可仄)上月侵門。叶愁永夜。拂香裀。叶待誰溫。叶夢(可平)闌憔悴。擲(可平)果淒涼。兩(可平)處銷魂。叶

(王　益)

塡謁金門調法

謁金門•又名花自落•垂楊碧•空相憶•四十五字•前後段各四句•共八韻•調如下•

空相(可仄)憶。韻無(可仄)計得(可平)傳消息。叶天(可仄)上嫦(可仄)娥人不識。叶寄(可平)書何處覓。叶新(可仄)睡覺(可平)來無(可仄)力。叶不(可平)忍看(可平)伊書(可仄)跡。叶滿(可平)院落(可平)花春寂寂。叶斷(可平)腸芳草碧。叶

(韋　莊)

塡好事近調法

好事近•一名釣船笛•四十五字•前後段各四句•共七韻•調如下•

葉(可平)暗乳鶯啼。風(可仄)定老(可平)紅猶落。韻蝴(可仄)蝶不(可平)隨春去。入薰風池閣。叶

休可仄歌金可仄縷勸金巵。酒病可平煞如昨。叶 簾可仄卷日可平長人靜。任楊可仄花飄泊。叶（蔣子雲）

八二

填憶秦娥調法

憶秦娥。又名秦樓月碧雲深雙荷葉。四十六字。前後段各五句。共八韻調如下。

簫聲可仄咽。韻 秦可仄娥夢可平斷秦樓月。叶 秦樓月。疊三字 年可仄年柳可平色。灞陵傷別。叶 樂可平遊原可仄上清秋節。叶 咸可仄陽古可平道音塵絕。叶 音塵絕。疊三字 西可仄風殘可仄照。漢家陵闕。叶（李白）

填清平樂調法

清平樂。一名憶蘿月。四十六字。前後段各四句。四仄三平韻調如下。

禁可平闈清可仄夜。韻 月可平探金窗罅。叶 玉可平帳鴛可仄鴦噴可平蘭可仄麝。叶 時可仄落銀燈可仄香可仄灺。叶 女可平伴可平莫可平話孤眠。換平 六可平宮羅可仄綺三千。一可平笑皆可仄生百可平媚宸可仄遊。教可仄在誰邊。叶（李白）

填更漏子調法

更漏子。四十六字。前段六句。二仄二平韻。後段同。調如下。

玉闌干。金甃井。(韻) 月(可平) 照碧(可平) 梧桐(可仄) 影。(叶) 獨(可平) 自箇立多時。(換平) 露(可平) 華濃(可仄) 溼衣。(叶平) 一向(三仄換) 凝情望。(叶仄) 待(可平) 得不(可平) 成模(可仄) 樣。(叶仄) 雖叵(可平) 耐。又尋思。(叶平) 怎(可平) 生嗔(可仄) 得伊。(叶平)

（溫庭筠）

填畫堂春調法

畫堂春。四十七字。前後段各四句。共七韻。調如下。

落(可平) 紅鋪(可仄) 徑水平池。(韻) 弄(可平) 晴小(可平) 雨霏霏。(叶) 杏(可平) 花憔(可仄) 悴杜鵑啼。(叶) 無(可仄) 奈春歸。(叶) 柳(可平) 外畫(可平) 樓獨上。凭(可平) 闌手(可平) 撚花枝。(叶) 放(可平) 花無(可仄) 語對斜暉。(叶) 此(可平) 恨誰知。(叶)

（徐俯）

填阮郎歸調法

阮郎歸。又名醉桃源。碧桃春。四十七字。前段四句。後段五句。共八韻。調如下。

翠(可平) 深濃(可仄) 合曉鶯堤。(韻) 春(可仄) 如日(可平) 墜西。(叶) 畫(可仄) 圖新(可仄) 展遠山齊。(叶) 花(可仄) 深十(可平) 二梯。(叶) 風絮晚。醉魂迷。(叶) 隔(可平) 城聞(可仄) 馬嘶。(叶) 落(可平) 紅微(可仄) 沁繡鞋

泥。叶秋仄可千教仄可放低。叶

攤破浣溪沙法

攤破浣溪沙又名山花子·四十八字·前後段各四句·共五韻·調如下·

菡平可萏香銷翠葉殘。叶西仄可風愁起綠波間。叶還仄可與韶仄可光共平可憔仄可悴。不堪看。叶細平可雨夢平可回雞塞遠。小平可樓吹仄可徹玉笙寒。叶多仄可少淚平可珠何限恨。倚闌干。叶（李璟）

桃源憶故人法

桃源憶故人又名虞美人影·四十八字·前後段各四句·共八韻·調如下·

逢仄可人借平可問春歸處。叶遙仄可指蕪仄可城煙樹。叶滴平可盡柳平可梢殘雨。叶月平可闖西南戶。叶游仄可絲不平可解留伊住。叶漫平可惹閑仄可愁無數。叶燕平可子爲平可誰來去。叶似平可說江南路。叶（王之道）

填眼兒媚調法

眼兒媚·又名秋波媚·小闌干·四十八字·前後各五句·共五韻·調如下·

楊(可仄)柳(可平)絲(可仄)絲(可仄)弄輕柔。(韻)烟(可仄)縷織成愁。(叶)海(可平)棠未(可平)雨。梨(可仄)花先(可仄)雪。一(可平)半春休。(叶)而(可仄)今往(可平)事難重有。歸(可仄)夢遶秦樓。(叶)相(可仄)思只(可平)在丁(可仄)香枝(可仄)上豆(可平)蔻梢頭。(叶)

（王雱）

塡柳梢青調法

柳梢青。一名早春怨。四十九字。前後段各五句。共六韻。調如下。

岸(可平)草平沙。(韻)吳(可仄)王故(可平)苑。柳(可平)裊烟斜。(叶)雨(可平)後寒輕。風(可仄)前香(可仄)細春(可仄)在梨花。(叶)行(可仄)入(可平)棹天涯。(叶)酒醒處。殘陽亂鴉。(叶)門(可仄)外秋千。牆(可仄)頭紅(可仄)粉深(可仄)院誰家。(叶)

塡河瀆神調法

河瀆神。四十九字。前段四句。後段四句。四平四仄韻。調如下。

江上草芊芊。(韻)春(可仄)晚(可平)湘(可仄)妃(可仄)廟(可平)前。(叶)一方卵(可平)色楚南天。(叶)數(可平)行(可仄)斜雁(可平)聯(可仄)翩。(叶)獨(可平)倚朱(可仄)闌情不極。(換仄)魂(可仄)斷(可平)終(可仄)朝(可仄)相(可仄)憶。(叶仄)兩(可平)槳不(可平)知消息。(叶)遠(可平)汀時起鸂鶒。(叶)

（孫光憲）

八五

塡應天長調法

應天長・四十九字・前段五句・後段四句・共九韻・調如下・

一(可平)彎(可平)初(可仄)月臨鸞鏡。(韻)雲(可仄)鬢鳳(可平)釵慵不整。(叶)珠(可仄)簾靜。(叶)重(可仄)樓迥。(叶)

惆(可仄)悵(可仄)落(可平)花風不定。(叶)綠烟低柳徑。(叶)何(可仄)處轆(可平)轤金井。(叶)昨(可平)夜更(可仄)闌酒(可平)醒。(叶)春(可仄)愁勝(可平)卻病。(叶)

（歐陽修）

塡西江月調法

西江月・又名步虛詞・五十字・前後段各四句・共六韻・調如下・

照(可平)野瀰(可仄)瀰淺(可仄)浪。橫(可仄)空曖(可平)曖微霄。(韻)障泥未(可平)解玉驄驕。(叶)我(可平)醉欲(可平)眠芳(可仄)草。

可(可平)惜一(可平)溪明(可仄)月。莫(可平)教踏(可平)碎瓊瑤。(叶)解(可平)鞍欹(可仄)枕綠楊橋。(叶)杜(可平)宇數(可平)聲春(可仄)曉。(叶)

（蘇軾）

塡惜分飛調法

惜分飛・五十字・前段四句四韻・後段同・調如下・

釧(可平)閣桃腮香玉溜。(韻)困(可平)倚銀牀倦繡。(叶)雙(可仄)燕歸來後。(叶)相(可仄)思葉(可平)底

八六

尋紅豆。叶　碧平可 唾春衫還在否。叶 重仄可 理弓彎舞袖。叶 錦平可 藉芙蓉縟叶 翠平可 腰羞仄可 對垂楊瘦。叶　（陳允平）

塡醉花陰調法

醉花陰。五十二字前段四句三韻。後段同調如下。

薄平可 霧濃仄可 雰愁永晝。叶 瑞平可 腦噴金獸。叶 佳仄可 節又重陽。寶平可 枕紗廚。半平可 夜涼初透。叶　東仄可 籬把平可 酒黃昏後。叶 有平可 暗香盈袖。叶 莫平可 道不消魂。簾仄可 捲西風。人仄可 比黃花瘦。叶　（李清照）

塡浪淘沙調法

浪淘沙。又名賣花聲。五十四字。前段五句四韻。後段同調如下。

蹙平可 損遠山眉。叶 幽仄可 怨誰知。叶 羅仄可 衾滴平可 盡淚平可 胭脂。叶 夜平可 過春仄可 寒人未起。門仄可 外鴉啼。叶　惆仄可 悵阻佳期。叶 人仄可 在天涯。叶 東仄可 風頻仄可 動小桃枝。叶 正平可 是銷魂時候也。撩仄可 亂花飛。叶　（康與之）

塡鷓鴣天調法

八七

鷓鴣天•又名思佳客•五十五字•兩段六韻•調如下•

枕可平上流鶯和可仄淚聞。韻新可仄啼痕可仄間舊啼痕。叶一可平春魚可仄鳥無消息。千里可仄關山勞可仄夢魂。叶　無一語，對芳樽。叶安可仄排腸可仄斷到黃昏。叶甫可平能炙可平得燈兒了。雨可平打梨花深可仄閉門。叶

（秦　觀）

填臨江仙調法

臨江仙•五十六字•前後段各五句•共六韻•調如下•

夜可平久笙可仄簫吹徹。更可仄深星可仄斗還稀。韻醉可平拈裙可仄帶寫新詩。叶鎖可平窗風露。燭作平炮月明時。叶　水可平調悠可仄揚聲美。幽可仄情彼可平此心知。叶古可平香烟可仄斷綵雲歸。叶滿可平傾蕉葉。齊唱轉花枝。叶

（趙長卿）

填鵲橋仙調法

鵲橋仙•又名度寒秋•五十六字•前後段各五句•二韻•調如下

纖可仄雲弄可平巧。飛可仄星傳可仄恨。銀可仄漢迢可仄迢暗可平度。金可仄風玉可平露一相逢。便勝可平卻人間無可仄數。叶　柔可仄情似可平水。佳可仄期如可仄夢。忍可平顧鵲可平橋歸

八

可仄 路。叶 兩可平 情若可平 是久長時。又豈可平 在朝朝暮可平 暮。（秦　觀）

塡虞美人調法

虞美人・五十六字、前後各五句・各二仄二平韻・調如下・

絲可仄 絲楊可仄 柳絲絲雨。韻 春可仄 在濛濛處。叶 樓可仄 兒忒可平 小不藏愁。平換 幾可平 度
和可仄 雲飛可仄 去覓歸舟。平叶 天可仄 憐客可平 子鄉關遠。三仄換 借可平 與花消遣。仄叶 海
棠可平 紅可仄 近綠闌干。四平換 纔可仄 捲珠可仄 簾卻可平 又晚風寒。平叶 （蔣　捷）

塡一斛珠調法

一斛珠・又名醉落魄・五十七字・前後段各五句・共八韻・調如下・

曉可平 粧初可仄 過。韻 沈可仄 檀輕可仄 注些兒箇。叶 向可平 人微可仄 露丁香顆。叶 一可平 曲
清歌。暫可平 引櫻可仄 桃破。叶 羅可仄 袖裛可平 殘殷色可。叶 盃可仄 深旋可平 被香醪涴。
叶 繡可平 牀斜可仄 凭嬌無那。叶 爛可平 嚼紅茸。笑可平 向檀可仄 郎唾。叶 （李　煜）

塡踏莎行調法

踏莎行・又名柳長春・五十八字・前段五句三韻・後段同・調如下・

八九

潤可平玉籠綃。檀可仄櫻倚可平扇韻。繡可平圈猶可仄帶脂香淺叶。榴可仄心空可仄疊舞裙

紅。艾可平枝應可仄壓愁鬟亂叶。午可平夢千山。窗可仄陰一可平箭叶。香可仄瘢新可仄褪

紅絲腕叶。隔可平江人可仄在雨聲中。晚可平風菰可仄葉生秋怨叶。（吳文英）

填小重山調法

小重山五十八字前後段各六句共八韻調如下。

晴可仄浦溶溶明斷霞韻。樓可仄臺搖影處是誰家。銀可仄紅裙可仄襇皺宮紗叶。風前

坐可仄。閒可仄鬭鬱金芽叶。人可仄散樹啼鴉叶。粉可平欄黏不住舊繁華叶。雙可仄龍

尾可平上月痕斜叶。而今可仄照冷可平淡白菱花叶。（蔣捷）

填一剪梅調法

一剪梅六十字前段六句三韻後段同調如下。

紅可仄藕香殘玉可平簟秋韻。輕可仄解羅裳。獨可平上蘭舟叶。雲可仄中誰寄錦書來。雁

字可平迴時。月可平滿西樓叶。花可仄自飄零水可平自流叶。一可平種相思。兩可平處閒

愁叶。此可平情無計可消除。纔可仄下眉頭。卻可平上心頭叶。（蔣捷）

八〇

填蝶戀花調法

蝶戀花・又名鵲踏枝、鳳棲梧、黃金縷、一籮金・六十字・前段五句四韻・後段同・調如下・

六可平曲闌可仄干偎碧樹。韻 楊可仄柳風輕。展可平盡黃金縷。叶 誰可仄把鈿可仄箏移玉柱。穿可仄簾燕可平子雙飛去。叶 滿可平眼游可仄絲兼落絮。叶 紅可仄杏開時。一可平霎清明雨。叶 濃可仄睡覺可平來鶯亂語。叶 驚可仄殘好可平夢無尋處。叶 （張　泌）

填唐多令調法

唐多令・又名南樓令・六十字・前段五句四韻・後段同・調如下・

何可仄處是秋風。韻 月可平明霜可仄露中。叶 算淒涼未可平到梧桐。叶 曾可仄向垂可仄虹橋上看。有可平幾可平樹水邊楓。叶 客可平路怕相逢。叶 酒可平濃愁可仄更濃。叶 數歸期猶可仄是初冬。叶 欲可平寄相可仄思無好句。聊可仄折可平贈雁來紅。叶 （陳允平）

填破陣子調法

破陣子・又名十拍子・六十二字・前段五句三韻・後段同・調如下・

燕子來時新（可仄）社。梨（可仄）花落（可平）後淸明。（韻）池（可仄）上碧（可平）苔三四點。葉（可平）底黃鸝一兩聲。（叶）日（可平）長飛絮輕。（叶）巧笑東鄰女（可平）伴。采（可平）桑徑（可平）裏逢迎。疑（可仄）怪昨（可平）宵春夢好。元（可仄）是今朝鬭草贏。笑（可平）從雙臉生。（叶）（晏殊）

塡蘇幕遮調法

蘇幕遮又名鬢雲鬆。六十二字。前段七句四韻。後段同。惟三四句幷作九字。調如下。

碧雲天。黃葉地。（韻）秋（可仄）色連波。波（可仄）上含煙翠。（叶）山（可仄）映斜陽天接水。（叶）芳（可仄）草無情。更在斜陽外。（叶）黯鄉魂。追旅思。（叶）夜（可平）夜除非（依調當絕句）好（可平）夢留人睡。（叶）明（可仄）月樓高休獨倚。（叶）酒（可平）入愁腸。化作相思淚。（叶）（范仲淹）

塡漁家傲調法

漁家傲又名綠蓑令。六十二字。前後段各五句五韻。調如下。

灰（可仄）煖香（可仄）融銷永晝。（韻）薔（可仄）薇架（可平）上春藤秀。（叶）曲（可平）角闌（可仄）干羣雀鬬。（叶）淸明（可仄）後。（叶）風（可仄）梳萬（可平）縷亭前柳。（叶）日（可平）照釵（可仄）梁光欲溜。（叶）循（可仄）堦竹

九二

(可平)粉霑衣袖。(叶)拂(可平)拂面(可平)紅新著酒。(叶)沈吟(可平)久。(叶)昨(可平)宵正(可平)是來時候。

(叶)(周邦彥)

塡定風波調法

定風波六十二字。前段五句。後段六句。共十一韻。調如下。

暖(可日)日閒牕映碧紗。(韻)小(可平)池春(可仄)水浸晴霞。(叶)數(可平)樹海(可平)棠紅欲盡。(換仄)爭

忍。(叶仄)玉(可平)閨深(可仄)掩過年華。(叶平)獨(可平)憑繡(可平)牀方寸亂。(三換仄)腸斷。(叶仄)淚(可平)珠

穿(可仄)破臉邊花。(叶平)鄰(可仄)舍女(可平)郎相借問。(四換仄)音信。(叶仄)教(可仄)人羞(可仄)道未還家。

(叶)(歐陽炯)

塡婦人嬌調法

婦人嬌六十四字。前後段各六句。共八韻。調如下。

雲(可仄)傲屏風。花(可仄)爲行(可仄)幃。(韻)屏(可仄)幃(可平)裏(可平)見春襆襆。(叶)小(可平)晴未(可平)了。輕

陰一(可平)餉。(叶)酒(可平)到處恰(作平)如把春拈(可仄)上。(叶)宦(可仄)柳黃輕。河(可仄)堤綠(可平)濕。

(叶)花(可仄)多(可仄)處(可平)少停闌槳。雪(可平)邊花(可仄)際。(平)蕪疊(可平)幛。(叶)遠(可平)一段淒(可仄)涼

九三

爲誰悵可平望叶。（毛滂）

·塡靑玉案調法

靑玉案·六十六字前後段各六句五韻調如下·

蕙可平花老可平盡離騷句韻綠染可平遍江頭樹叶日可平午酒可平消聽雨叶。靑可仄榆錢小碧苔錢古叶難可仄買東君住叶官荷不礙遊鞭路叶。被芳可仄草將愁去叶多可仄定紅可仄樓簾影暮叶蘭可仄燈初上夜香初駐叶。猶可仄自聽鶗鴂。叶

（史達祖）

·塡解珮令調法

解珮令六十六字前後段各六句·共十韻調如下·

人可仄行花可仄塢韻。衣沾香可仄霧叶。有新詞可仄逢春分付叶。屢可平欲傳情。奈可平燕子可平不可平曾飛去叶。倚珠簾詠郎秀可平句叶。相可仄思一可平度叶。濃愁一可平度叶。最難忘可仄遮燈私語叶。澹可平月梨花。借可平夢來可仄花可仄邊廊廡叶。指春衫淚曾可平濺處叶。

（史達祖）

九四

塡天仙子調法

天仙子・六十八字・前後段各六句・共十韻・調如下・

水(可平)調數(可平)聲持酒聽。(韻)午(可平)醉醒(可平)來愁未醒。(叶)送(可平)春春(可仄)去幾時回。臨晚(可平)鏡。(叶)傷流(可仄)景。(叶)往(可平)事後(可平)期空記省。(叶)沙(可仄)上並(可平)禽池上暝。(叶)雲(可仄)破月(可平)來花弄影。重(可仄)重簾(可平)幙密遮燈。風不(可平)定。(叶)人(可仄)初(可平)靜。(叶)明(可仄)日落(可平)紅應滿徑。(叶)

（張　先）

塡江城子調法

江城子・七十字・前後段各八句五韻・調如下・

杏(可平)花村(可仄)館酒旗風。(韻)水溶溶。(叶)颺殘紅。(叶)野(可平)渡(可平)舟(可仄)橫。(可仄)楊柳綠陰濃。(叶)望(可平)斷江(可仄)南山色遠。人不見。草連空。(叶)夕陽樓外晚煙籠。(叶)粉香融。(叶)淡眉峯。(叶)記得年時。相見畫屏中。(叶)只有關山今夜月。千里外。素光同。(叶)

（謝　逸）

九五

塡千秋歲調法

千秋歲·七十一字·前後段各八句·共十韻·調如下·

楝可平花飄可仄砌。韻蔌可平蔌清香細、叶梅可仄雨過。蘋風起。叶情可仄隨湘水遠。夢可平
遶吳峯翠。叶琴書可仄倦。鷓可平鴣喚可平起南窗睡。叶密可平意無人寄。叶幽可仄恨
憑誰洗。叶修可仄竹畔。疏簾裏。叶歌可仄餘塵拂扇。舞可平罷風掀袂。叶人散可平後，一
可、平鉤淡可平月天如水。叶　（謝　逸）

填離亭燕調法

離亭燕·七十二字·前段六句四韻·後段同·調如下·

一可平帶江可仄山如畫。韻風物向秋瀟灑。叶水可平浸碧可平天何處斷。霽色冷可平光
相射。叶蓼嶼荻花洲。掩可平映竹可平籬茅舍。叶雲可仄際客可平帆高挂。叶煙可仄外
酒旆低亞。叶多可仄少六可平朝興廢事。盡入漁可仄樵閒話。叶悵望倚層樓。寒可仄日
無可仄言西下。叶　（張　昇）

填風入松調法

風入松·七十三字·前後段各六句四韻·調如下·

一可平宵風可仄雨送春歸。韻綠可平暗紅稀。叶畫可平樓燈可平日無人到。與可平誰同可仄撚花枝。叶門可仄外薔可仄薇開可仄也。枝可仄頭梅可仄子酸時。叶玉可平人應可仄是數歸期。叶翠可平斂愁眉。叶塞可平鴻不可平到。雙魚遠。嘆可平樓前流可仄水難西。叶新可仄恨欲可平是紅可仄葉。東可仄風滿可平院花飛。（康與之）

塡祝英台近法

祝英臺近。或無近字。一名月底修簫譜。七十七字。前後段各八句。共八韻。調如下。

寶釵分。桃葉渡。煙可仄柳暗南浦。韻怕可平上層樓。十可平日九風雨。叶斷可平腸可仄點可平點飛紅。都可仄無人可仄管。倩誰喚流可仄鶯聲住。叶鬢邊覷。叶試可平把可平花可仄卜歸期。纔可仄簪又重數。叶羅可仄帳燈昏。哽可平咽可平夢中語。叶是可平他可仄春可仄帶愁來。春可仄歸何可仄處。卻不解帶可平將愁去。叶（辛棄疾）

塡御街行調法

御街行。七十八字。前後段各七句。共八韻。調如下。

紛紛墜葉飄香砌。韻夜寂可平靜。寒聲碎。叶眞珠簾捲玉樓空。天淡銀河垂地。叶

九七

年年今(可仄)夜。月(可平)華如練。長是人千里。(叶)愁腸已斷無由醉。(叶)酒未(可平)到先成淚。(叶)殘燈明滅枕頭攲。諳盡孤眠滋味。(叶)都來此(可平)事。眉(可仄)間心上。無計相迴避。(叶)

(范仲淹)

金人捧露盤法

金人捧露盤。金一作銅。一名上西平。又名西平曲。七十九字。前段八句。後段九句。共八韻。調如下。

愛春歸。愛春(可仄)去。爲春忙。(韻)旋點(可平)檢(可平)雨(可平)障雲妨。(叶)遮(可仄)紅護(可平)綠。翠(可平)幃羅(可仄)幙。任高張。(叶)海(可平)棠明(可仄)月杏花天。(可仄)更(可平)惜濃芳。(叶)喚鶯吟招蝶(作平)拍。迎柳舞。倩桃粧。盡呼(可仄)起。(可平)萬(可平)籟笙簧。(叶)一(可平)觴一(可平)詠。儘(可平)教陶(可平)寫繡心腸。(叶)笑(可平)他人(可仄)世謾嬉游。(可仄)擁(可平)翠偎香。(叶)

(程　垓)

塡新荷葉調法

新荷葉。一名折新荷。八十二字。前後段各八句。共九韻。調如下。

欲(可平)暑還涼。如(可仄)春有(可平)意。重歸。(韻)春(可仄)若歸來。任他鶯(可仄)老花飛。(叶)輕(可仄)雷瀟可平雨。似可平晚可平風可仄歎可仄得單衣。叶簷可仄聲驚可仄醉、起可平來新可仄綠成圍，叶回可仄首分攜。叶光可仄風冉可平冉菲菲。叶曾可仄幾何時。故山疑可仄夢還非。叶鳴可仄琴再可平撫。將可仄清可仄恨可平都可仄人金徽。叶永可平懷橋可仄下。繫可平船溪可仄柳依依。叶

（趙彥端）

填驀山溪調法

驀山溪·一名陽春·又名上陽春·八十二字·前後段各九句三韻·調如下·

一可平番小可平雨。陡可平覺添秋色·韻桐可仄葉下銀牀。又可平送可平箇可平淒涼消可仄息。叶故可平鄉何可仄處。搔可仄首對西風·衣可仄線可平斷。帶可平圍可仄寬。衰可仄鬢添新白·叶錢可仄塘江可仄上。冠可仄蓋如雲積。叶騎可仄馬傍朱門·誰可仄肯可平念可平塵埃墨可平客。叶佳可仄人信可平杳。日可平暮碧雲深。樓可仄獨可平倚。鏡可平頻可仄看。此可平意無人識。叶

（張元幹）

填洞仙歌調法

洞仙歌·八十三字·前段六句·後段七句·共六韻·調如下·

九九

冰（可仄）肌玉（可平）骨。自清涼無汗。（韻）水（可平）殿風來暗香滿（叶）繡簾開一點明（可仄）月窺
人。人未寢。欹（可仄）枕釵橫鬢（可平）亂。（叶）起（可平）來攜素手庭（可仄）戶無聲時（可仄）見疏星
渡河漢（叶）試問夜如何。夜（可平）已三更。金波（可仄）淡玉（可平）繩低（可仄）轉（叶）但屈指西風
幾時來又不道流年。暗中偷換。（叶）（蘇軾）

江城梅花引法

江城梅花引八十七字。前段八句。後段十句。共十一韻。調如下。
娟（可仄）娟霜（可仄）月冷侵門。（韻）怕黃昏（叶）又黃昏（叶）手撚一枝獨（作平）自對芳樽。（叶）酒
（可平）又不（可平）禁花又惱。漏聲遠。一更更總斷魂（叶）斷魂斷魂（二疊字）不（可平）堪聞。（叶）
被（可平）半溫（叶）香（可仄）半薰（叶）睡也睡也睡不穩。誰與溫存（叶）惟（可仄）有牀前銀燭照
啼痕（叶）一（可平）夜爲（可仄）花憔悴損人瘦也。比梅花瘦幾分（叶）（康與之）

塡意難忘調法

意難忘九十二字。前段十句。後段十句。共十二韻。調如下。
衣染鶯黃（韻）愛停（可仄）歌駐（可平）拍勸（可平）酒持觴（叶）低鬟蟬影動。私（可仄）語口脂香。（叶）

蓮露滴竹風涼。叶 拌可仄 劇飲淋浪。叶 夜漸深籠可仄 燈就可平 月。子可平 細端相。叶
知音見說無雙。叶 解移可仄 宮換可平 羽。未可平 怕周郎。叶 長顰知有恨。貪可仄 要不成
妝。叶 些個事。惱人腸。叶 待可平 說與何妨。叶 又恐伊。尋可仄 消問可平 息。瘦可平 減容光。
叶

（周邦彥）

塡滿江紅調法

滿江紅·九十三字·前段八句四韻·後段十句五韻·調如下·

門可仄 掩垂楊。寶可平 香可仄 度翠可平 簾重可仄 疊。春可仄 寒可仄 在羅可仄 衣初試·素肌猶
怯。叶 薄可平 霧籠可仄 花天欲暮。小可平 風送可平 角聲初咽。叶 但獨可平 褰幽幌悄無言。
傷初別。叶 衣上可平 雨眉間月。叶 滴可平 不可平 盡。顰空切。叶 羨可平 棲可仄 梁歸燕。入
簾雙蝶。叶 愁可仄 緒多可仄 於花絮亂。柔可仄 腸過可平 似丁香結。叶 問甚可平 時重理錦
囊書。從頭說。叶

（程　垓）

塡滿庭芳調法

滿庭芳又名鎖陽臺、滿庭霜·九十五字·前後段各九句·共九韻·調如下·

南可仄月驚烏西風破可平雁又是可平秋可仄滿平湖。韻採可平蓮人盡。寒色戰菰蒲。叶傷可平信江南好景。一作平萬可平里輕可仄覓蓴鱸。叶誰知道。吳儂未識蜀作平客已情孤。叶憑高增悵望。湘雲盡處。都可仄是平蕪、叶問故可平鄉何可仄日。重可仄見吾廬。叶縱可平有荷紉芰製。終不可平似菊可平短籬疏、叶歸情遠。三更雨夢。依舊繞庭梧。叶（程垓）

填水調歌頭法

水調歌頭・又名江南好、花犯念奴・九十五字・前段九句・後段十句・共八韻・調如下・

明可仄月幾時有。把可平酒問青天。韻不可平知天可仄上宮可仄闕。可平今可仄夕是何年。叶我可平欲乘可仄風歸可仄去。又可平恐瓊樓玉作平宇。高可仄處不勝寒。叶起可平舞弄清影。何可仄似在人間。叶轉可平朱可仄閣。可平低可仄綺可平戶。照無眠。叶不可平應有可平恨。何可仄事可平常可仄向別時圓。叶人可仄有悲可仄歡離可仄合。月可平有陰晴圓可仄缺。此可平事古難全。叶但可平願人可仄長久。千可仄里共嬋娟。叶（蘇軾）

填燭影搖紅法

燭影搖紅•九十六字•前段九句•後段同•共十韻•調如下•

梅(可仄)雪飄香。杏花開(可仄)艷熱春晝。(韻) 銅(可仄)駝煙淡曉風輕。搖(可仄)曳青青柳。(叶) 海(可平)燕歸(可仄)來未久。(叶) 向雕梁初成對偶。(叶) 日長人困。綠(可平)水池塘清明時候。(叶) 簾(可仄)幕低垂。麝煤烟(可仄)噴黃金獸。(叶) 天(可仄)涯人去杳無憑。不(可平)念東陽瘦。(叶) 眉(可仄)上新(可仄)愁壓舊。(叶) 要消遣(可平)除非殢酒。(叶) 酒醒人靜。月(可平)滿南樓。相(可仄)思還又。(叶)

（趙長卿）

塡聲聲慢調法

聲聲慢•九十七字•前段十句•後段九句•共八韻•調如下•

雲(可仄)深山(可仄)塢。煙(可仄)冷江臯。人生(可仄)未(可平)易相逢。(韻) 一(可平)笑燈前。釵行(可仄)兩(可平)兩春容。(叶) 清芳夜爭眞(可仄)態。引生(可仄)香撩亂東風。(叶) 探(可平)花(可仄)手。與安排金(可仄)屋。懊(可平)惱司空。(叶) 憔(可仄)悴敲翹委(可平)佩。恨玉(可平)奴消(可仄)瘦。飛(可仄)趁輕鴻。(叶) 試(可平)問知心。樽前(可仄)誰(可仄)最情濃。(叶) 連呼紫雲伴(可平)醉。小丁(可仄)香纔吐微紅。(叶) 還解語。待攜歸行雨夢中。(叶)

（吳文英）

〔一〇三〕

填醉蓬萊調法

醉蓬萊·九十七字·前後段各十一句·共八韻·調如下·

任落(可平)梅鋪(可仄)綴。鴈(可平)齒斜橋。裙(可仄)腰芳草。韻 閒(可仄)伴游絲。過曉(可平)園庭沼。叶
斷(可平)近清明。雨(可平)晴風(可仄)輭。稱少(可平)年尋討。叶 碧(可平)樓簷頭。紅(可仄)雲水(可平)面。柳(可平)隄花島。叶 誰(可仄)信而今。怕愁慣酒。對(可平)着花枝。自疎歌笑。叶 鶯(可仄)語丁寧。問甚(可平)時重到。叶 夢(可平)筆題詩。帕(可平)綾封(可仄)淚。向鳳(可平)簫人道。叶 處(可平)處傷懷。年(可仄)年遠(可平)念。惜(可平)春人老。叶 （呂渭老）

填暗香詞調法

暗香·一名紅情·九十七字·前後段各九句·共十二韻·調如下·

舊時月(可平)色。韻 算幾番照我。梅邊吹笛。叶 喚起玉人。不(可平)管清寒與攀摘。叶 何遜而今漸老。都(可仄)忘卻春風詞筆。叶 但怪得竹(可平)外疎花。香冷入瑤席。叶 江國。叶 正寂寂。叶 嘆寄與路遙。夜雪(可平)初積。叶 翠尊易泣。叶 紅萼無言耿相憶。叶 長記曾攜手處。千樹壓西湖寒碧。叶 又片片吹盡也。幾時見得。叶 （姜 夔）

塡八聲甘州法

八聲甘州。九十七字。前後段各九句。共八韻。調如下。

對瀟瀟暮(可平)雨灑江天。一(可平)番洗淸秋。(韻)漸霜風淒(可仄)緊。關河冷(可平)落。殘(可仄)照當樓。(叶)是處紅(可仄)衰綠(可平)減。苒苒(可平)物華休。(叶)惟(可仄)有長(可仄)江水。無(可仄)語東流。(叶)不忍登(可仄)高臨(可仄)遠。望故(可平)鄉渺(可平)邈。歸(可仄)思難收。(叶)歎年(可仄)來蹤(可仄)跡。何(可仄)事苦淹留。(叶)想佳人妝(可仄)樓長(可仄)望。誤幾回天(可仄)際識歸舟。(叶)爭知我倚闌干處。正(可平)恁凝愁。(叶)

（柳　永）

塡雙雙燕調法

雙雙燕。九十八字。前後段各九句。共十二韻。調如下。

過春社了。度(可平)簾幕中間。去年塵冷。(韻)差池欲住。試(可平)入舊巢相並。(叶)還相雕梁藻井。(叶)又軟(可平)語商量不(作平)定。(叶)飄然快拂花梢。翠尾分開紅影。(叶)芳徑。(叶)芹泥雨潤。(叶)愛貼地爭飛。競誇輕俊。(叶)紅樓歸晚。看足柳昏花暝。(叶)應是棲香正穩。(叶)便忘(可仄)了天涯芳信。(叶)愁損(可平)翠黛雙蛾。日(可平)日畫(可平)闌獨凭。(叶)

一〇五

（史達祖）

填晝夜樂調法

晝夜樂九十八字前後段各八句共十一韻調如下

洞可平房記可平得初相遇。韻便只作平合作平長相聚。叶何可仄期小會幽歡。變作別可平離情可仄緒。叶況可平值闌珊春色暮。叶對滿可平目可平亂花狂絮。叶直可平恐好風光。盡隨伊歸去。叶一可平場寂可平寞憑誰訴。叶算前言總可平輕負。叶早可平知恁地難捨。悔不當可仄初留可仄住。叶其可仄奈風流端正外。更別可平有可平繫人心處。叶一可平日不思量。也攢眉千度。叶

（柳　永）

填鎖窗寒調法

鎖窗寒九十九字前段十句後段九句共十韻調如下

暗柳啼鴉。單衣佇立。小簾朱戶。韻桐花半畝。靜鎖一庭愁雨。叶灑空階更闌未休。故人剪燭西窗語。叶似楚江暝宿。風燈零亂。少年羇旅。叶遲暮。叶嬉游處。叶正店舍無煙。禁城百五。叶旗亭喚酒。付與高陽儔侶。叶想東園桃李自春。小

一〇六

屛秀醫今在否。叶 到歸時定有殘英。待客攜樽俎。叶

（周邦彥）

塡念奴嬌調法

念奴嬌、又名無俗念、壺中天慢、百字令、杏花天。前段九句。後段十句。共八韻。調如下。

野可平棠花落。又可平匆可仄匆可仄過可平了淸明時節。韻 剗可平地東風欺客夢。一可平枕銀可仄屛寒怯。叶 曲可平岸持觴。垂可仄楊繫可平馬。此可平地曾經別。叶 樓可仄空人去。舊游飛燕能說。叶 聞道綺陌東頭。行人長可仄見。簾底纖纖月。叶 舊可平恨春江流不盡。新可仄恨雲山千疊。叶 料可平得明朝。樽可仄前重可仄見。鏡可平裏花難折。叶 也可平應驚問。近來多少華髮。叶

（辛棄疾）

塡瑞鶴仙調法

瑞鶴仙。一百二二字。前段十句。後段十一句。共十三韻。調如下。

杏可平煙嬌濕鬢。韻 過杜可平若可平汀可仄洲可平楚可平衣香潤。叶 回頭翠樓近。叶 指鴛鷰可仄沙上。可平暗可平藏春恨。叶 歸鞭隱隱。叶 便不可平念可平芳痕未穩。叶 自簫聲吹

可仄落雲東。再可平數故園花信。叶　誰問叶聽可平欹窗畔。倚月鉤闌。舊家輕俊。叶
芳心一寸。叶相可仄思可仄後。總灰盡。叶奈春風多可仄事。吹花搖柳。也可平把幽情喚
醒。叶對南溪桃可仄萼。翻紅又成瘦損。叶　（史達祖）

填水龍吟調法

水龍吟。又名龍吟曲、小樓連苑、海天闊處。一百二字。前後段各十一句。共九韻。調如下。

楚天千可仄里清秋。水可平隨天可仄去秋無際。叶遙可仄岑遠目。獻可平愁供恨。玉可平簪
螺髻。叶落可平日樓頭。斷可平鴻聲可仄裏。江可仄南游子。叶把吳可仄鉤看可平了。闌可仄干
拍可平遍。無人會。登臨意。叶　休可仄說鱸魚堪可仄膾。叶儘西風季可平鷹歸未。叶求
可仄田問舍。怕可平應羞見。劉可仄郎才氣。叶可可平惜流年。憂可仄愁風可仄雨。樹可平猶如
此。叶倩何人喚取。紅可仄巾翠可平袖。搵英雄淚。叶　（辛棄疾）

填齊天樂調法

齊天樂。又名五福降中天、臺城路、如此江山。一百二字。前段十句。後段十一句。共

九韻·調如下·

一可平襟餘可仄恨宮魂斷。年年翠陰庭樹·韻乍咽涼柯。還移暗葉。重可仄把離愁深訴。叶西窗過雨。叶怪瑤佩流空。玉箏調柱。叶鏡暗妝殘、爲誰嬌鬢尚如許。叶銅仙鉛淚似洗。嘆移盤去遠。難貯零露。叶病翼驚秋。枯形閱世。消可仄得斜陽幾可平度。叶餘音更苦。甚獨可平抱清商。頓成淒楚。叶謾想熏風。柳絲千萬縷。叶（王沂孫）

塡南浦詞調法

南浦·一百二字·前段九句·後段八句·共八韻·調如下·

風悲畫角。聽單于三弄落譙門。韻投可仄宿駸駸征騎。飛雪滿孤村·叶酒市漸闌燈火。正敲窗亂葉舞紛紛。叶送數聲驚雁。乍離煙水。嘹唳度寒雲。叶好在半朧淡月。到如今無處不銷魂。叶故可平國梅花歸夢。愁損綠羅裙。叶爲問暗香閒豔。也相思萬點付啼痕。叶算翠屏應是。兩眉餘恨倚黃昏。叶（魯逸仲）

塡綺羅香調法

一〇九

綺羅香・一百四字・前後段各九句・共八韻・調如下・

燕子梁深。秋千院冷。半可平濕垂楊煙縷。韻怯可平試春衫。長可仄恨踏青期阻。叶梅可仄子可平後可平餘可仄潤留寒。藕可平花可仄外可平便涼銷暑。叶漸驚他秋可仄老梧桐。蕭可仄蕭金井斷蛩語。叶薰籠須待被暖。催雪新詞未穩。重尋箋譜。叶水可平閒雲窗。總可平是慣曾經處。叶曾可仄信可平有可平客可平裏關河。又可平怎可平禁可仄夜深風雨。叶一聲聲滴可平在疏篷。做成情味苦。叶（張　翥）

填永遇樂調法

永遇樂・又名消息・一百四字・前後段各十一句・共八韻・調如下・

清可仄逼池亭。潤侵山可仄閣。雲可仄氣可平凝聚。韻未可平有蟬前。已可平無蝶可平後。花可仄事隨流水。叶西可仄園支徑。今可仄朝重可仄到。半可平礙醉筇吟袂。叶除可仄非是可平鶯身瘦可平小。暗可平中可仄引雛可仄穿去。叶梅可仄簷滴可平溜。風可仄來吹斷。放得斜可仄陽一縷。叶玉可平子敲枰。香可仄綃落可平翦。聲可仄度深幾許。叶層可仄層離恨。淒可仄迷如可仄此。點可平破漫煩輕絮。叶應可仄難認可平爭春舊館。倚紅杏處。叶（蔣　捷）

一三〇

塡二郎神調法

二郎神。一百五字。前段十句。後段十一句。共九韻。調如下。

瑣窗睡起。閒可仄佇立海棠花影。韻記翠幄銀塘。紅牙金縷。杯泛梨花凍冷。叶燕子銜來相思字。道玉瘦不作平禁春病。叶應蝶粉半銷。鴉雲斜墜。暗塵侵鏡。叶還省。叶香痕碧唾。春衫都凝。叶悄一似酴醾。玉肌翠可平被。消得東風喚醒。叶青可仄杏單衣。楊可仄花小可平扇。閒卻晚春風景。叶最可平苦是。蝴蝶盈盈弄晚。一簾風靜。叶（湯　恢）

塡望海潮調法

望海潮。一百七字。前後段各十一句。共十一韻。調如下。

梅英疏淡。冰澌溶可仄洩。東風暗換年華。韻金谷俊遊。銅駝巷陌。新晴細履平沙。叶長記誤隨車。叶正絮可平翻蝶可平舞。芳可仄思交加。叶柳下桃蹊。亂分春色到人家。叶西園夜飲鳴笳。叶有華燈礙可平月。飛可仄蓋妨花。叶蘭苑未空。行人漸老。重來是事堪嗟。叶煙暝酒旗斜。叶但倚可平樓極可平目。時可仄見棲鴉。叶無可仄奈歸

心。暗隨流水到天涯。叶　（秦觀）

填一萼紅調法

一萼紅·一百八字·前段十一句·後段十句·共九韻·調如下·

步深幽。韻 正雲可仄 黃天可仄 淡。雪作平 意未全休。叶 鑑可平 曲寒沙。茂可平 林煙可仄 草。俛可平 仰可平 今古悠悠。叶 歲華可仄 晚可平 飄零漸可平 遠。誰可仄 念可平 我可平 同載五湖舟。叶 磴可平 古松斜。厓可仄 陰苔可仄 老。一可平 片清愁。叶 回可仄 首天涯歸可仄 夢。幾魂飛西浦。淚可平 灑東州。叶 故可平 國山川。故可平 園心可仄 眼。還可仄 似可平 王粲登樓。叶 最負可平 他可仄 秦鬟妝可仄 鏡。好可平 江可仄 山可仄 何事此時遊。叶 爲喚狂可仄 吟老可平 監。共可平 賦銷憂。叶　（周密）

填疏影詞調法

疏影·又名綠意·一百十字·前後段各十句·共九韻·調如下·

苔枝綴玉。韻 有翠禽可仄 小小。可平 枝上同宿。叶 客裏相逢。籬角黃昏。無可仄 言可仄 自可平 倚可平 脩竹。叶 昭君不慣胡沙遠。但暗憶江可仄 南江北。叶 想佩環月可平 夜歸來·

化作此花幽獨。叶　猶記深宮舊事。那人正睡裏。飛近蛾綠。叶　莫似春風。不作平管盈盈。早與安排金屋。叶　還教一片隨波去。又卻怨玉可平龍哀曲。叶　等恁時重可仄覓幽香。已入小窗橫幅。叶

（姜　夔）

填沁園春調法

沁園春、又名壽星明、洞庭春色。一百十四字。前段十三句。後段十二句。共十韻。調如下。

孤可仄鶴歸飛。再過遼天。換盡舊人。韻　念纍可平纍枯可仄冢。茫可仄茫夢可平境。王可仄侯螻可仄蟻。畢可平竟成塵。叶　載可平酒園林。尋可仄花巷可平陌。當可仄日何曾輕可仄負春。叶

流年改。嘆圍可仄腰帶可平賸。點可平鬢霜新。叶　交親叶　散可平落如雲。叶　又豈可平料如今餘可仄此身。叶　幸眼可平明身可仄健。茶可仄甘飯可平軟。非可仄惟我可平老。更可平有人貧。叶　躲可平盡危機。消可仄殘壯可平志。短可平艇湖中閒可仄采蓴。叶　吾何恨。有漁可仄翁共可平醉、溪可仄友爲鄰。叶

（陸　游）

填摸魚兒調法

二三

摸魚兒。又名買陂塘、陂塘柳。一百十六字。前後段各十句。共十三韻。調如下。

更能消幾番風雨。怱怱春又歸去。韻 惜可平春長可仄怕花開早。何可仄況落紅無數。叶 春且住。叶 見可平說道天涯芳可仄草無歸路。叶 怨可平春不語。叶 算只可平有殷勤。畫可平簷蛛可仄網。盡可平日惹飛絮。叶 長門事準可平擬佳期又誤。叶 蛾眉曾有人妒。叶 千金縱可平買相如賦。脈可平脈此情誰訴。叶 君莫舞。叶 君不見玉環飛可仄燕皆塵土。叶 閑愁最苦。叶 休去可平倚危欄。斜可仄陽正可平在。煙可仄柳斷腸處。叶

（辛棄疾）

塡賀新郎調法

賀新郎。一作涼。又名金縷曲、乳燕飛、貂裘換酒。一百十六字。前段十句。後段同。共十二韻。調如下。

風可仄雨連朝夕。韻 最驚心春可仄光晼晚。又過寒食。叶 落可平盡一可平番新桃李。芳草南園似積。叶 但可平燕子歸來幽寂。叶 況可平是單可仄棲饒惆悵。儘無聊有可平夢寒猶力。叶 春意遠。恨虛擲。叶 東君自是人間客。叶 暫時來怱怱卻去。爲誰留

得。叶 走可平馬搖可平花當年事。池畹空餘舊跡。叶 奈可平老去流光堪惜。叶 杳可平隔天可仄涯人千里。念無憑寄可平語長相憶。叶 回首處。暮雲碧。叶 （毛　幵）

填蘭陵王調法

蘭陵王・一名高冠軍・一百三十字・第一段九句・第二段八句・第三段十句・共十八韻・調如下・

漢江側。韻 月可平弄仙人珮色。叶 含情久搖曳楚衣。天可仄水空濛染嬌碧。叶 文漪簟影織。叶 涼骨。叶 時將粉飾。叶 誰曾見羅襪去時。點可平點波間冷雲積。叶 相思舊飛舄。叶 謾想像風裳。追恨瑤席。叶 涉可平江幾可平度和愁摘。叶 記可平雪映雙腕。剌縈絲纏。分開綠可平蓋素袂濕。叶 放新句吹入。叶 寂作平寂。叶 意猶昔。叶 念淨社因緣。天許相覓。叶 飄蕭羽可平扇搖團白。叶 膩側臥尋夢。倚欄無力。叶 風標公子。欲下處。似去聲認去聲得。叶 （史達祖）

填多麗詞調法

多麗・又名綠頭鴨・一百三十九字・前段十三句・後段十一句・共十二韻・調如下・

晚山青。韻一可平川雲可仄樹冥冥。叶正參可仄差煙可仄凝紫可平翠。斜可仄陽畫可平出南屏。叶館娃歸吳可仄臺游可仄鹿。銅可仄仙可仄去漢可平苑飛螢。叶懷可仄古情多。憑可仄高望可平檻。且可平將樽可仄酒慰漂零。叶自湖可仄上愛可平梅仙可仄遠。鶴可平夢幾時醒。叶空留得六可平橋疏可仄柳。孤可仄嶼危亭。叶待蘇隄歌可仄聲散可平盡。更可平須攜可仄妓西泠。叶藕花深雨可平涼翡翠。菰可仄蒲可仄軟風可仄弄蜻蜓。叶澄可仄碧生秋。鬧可平紅駐可平景。採可平菱新可仄唱最堪聽。叶見一可平片水可平天無可仄際。漁可仄火兩三星。叶多情月爲可平人留可仄照。未可平過前汀。叶（張　翥）

填戚氏詞調法

戚氏•二百十二字•前段十四句•中段十二句•末段十五句•共廿四韻•調如下•

晚秋天。韻一作平霎作平微雨灑庭軒。叶檻菊蕭疏。井梧零亂•惹殘煙。叶淒然叶望江關。叶飛雲黯可平淡夕陽間。叶當時宋玉悲感。向此作平臨水與登山。叶遠可平道迢遞。行人淒楚。倦聽平聲隴可平水潺湲。叶正蟬鳴敗葉。蛩響衰草。相應聲喧。叶孤館度日如年。叶風露漸變。悄悄至更闌。叶長天靜。絳河清淺。皓月嬋娟。叶思

一一六

綿綿。叶 夜永對景那堪、叶 屈指暗想從前、叶 未名未祿、綺陌紅樓、往平可往經歲遷延。叶 帝里風光好。當年少日、暮宴朝歡。叶 況有狂朋怪侶。遇當歌對酒競留連。叶 別來迅景如梭、舊游如夢、煙水程何限、叶仄 念利名憔悴長縈絆。叶仄 追往事空慘愁顏。叶 漏箭移稍覺輕寒。叶 聽嗚咽平作畫角數聲殘。叶 對閑窗畔。停燈向曉。抱影無眠。叶

（柳　永）

塡鶯啼序調法

鶯啼序・二百四十字・第一段八句四韻・第二段九句四韻・第三段十四句六韻・第四段十四句四韻・共十八韻・調如下・

殘寒正欺病酒。掩沈香繡戶。韻 燕來晚飛入西城。似說平作春事遲暮。叶 畫船載清明過卻。晴煙冉冉吳宮樹。叶 念羈情遊蕩隨風化爲輕絮。叶 十載西湖傍柳繫馬。趁嬌塵軟霧。叶 遡紅漸招入仙溪、錦兒偷寄幽素。叶 倚銀屏春寬夢窄。斷紅溼歌紈金縷、叶 暝隄空輕把斜陽總還鷗鷺。叶 幽蘭旋聲去老杜若還生。水鄉尚寄旅。叶 別後訪六橋無信。事往花萎瘞玉埋香。幾番風雨、叶 長波妒盼。

遙山羞黛。漁燈分影春江宿。叶記當時短檝桃根渡。叶青樓髣髴。叶臨分敗壁一一八
題詩。淚墨作平慘淡塵土。叶危亭望極。草色天涯。嘆鬢侵半苧。叶暗點檢離痕
歡唾。尚染鮫綃。嚲鳳迷歸。破鸞慵舞。叶殷勤待寫。書中長恨。藍霞遼海沈過雁。
謾相思。彈入哀箏柱。叶傷心千里江南。怨曲重招。斷魂在否。叶（吳文英）

傅汝楫《最淺學詞法》

傅汝楫生平事跡不詳，著有《最淺學詞法》《最淺學詩法》等。《最淺學詞法》是專門為初學填詞指示門徑的實用手冊。匯集前人論詞精華，精心搜求文獻，甄採精要，並刪減前人錯誤之處，自成體系，為初學者指南。從詞源、詞體、音律、用韻、格律等各方面加以講解，並列舉常用詞牌，註明平仄、用韻之處，方便讀者使用，並附有簡單注釋，深入淺出。《最淺學詞法》有民國九年（1920）上海大東書局石印線裝本，1934年大東書局再版本。2014年中國書店出版排印本。本書據上海大東書局民國二十三年（1934）版影印。

傅汝楫著

最淺學詞法

上海大東書局印行

中華民國二十三年六月七版

最淺學詞法

(全一册定價大洋四角)
(外埠酌加郵費匯費)

編著者 傅汝楫
上海北福建路三三一號
發行人 沈駿聲
上海北福建路三三一號
印刷者 大東書局
上海四馬路三一〇號
總發行所 大東書局

分發行所
南京 北平 天津 瀋陽 廣州
開封 長沙 濟南 漢口 汕頭
梧州 常州 徐州 南昌 重慶
成都 杭州 哈爾濱 新嘉坡
大東書局

緒言

比物陳事寓言興感詞之爲效也大矣是以從古迄今代有作者李唐一代韋應物戴叔倫王建韓翃白居易劉禹錫皆别創格調自成一家而溫庭筠根柢離騷尤爲傑出自是以下唐之昭宗後唐之莊宗皆優爲之而南唐中主璟後主煜所作小令悽惋動人絕唱千古他若蜀之韋莊南唐之馮延巳深情曲致亦堪伯仲宋初帝王如太宗徽宗大臣如寇準韓琦范仲淹司馬光多精通音律能製腔塡詞下逮天聖明道晏殊歐陽修張先柳永及晏殊幾道亦皆工豔詞而小山尤善於言情洎乎蘇東坡一掃綺羅香澤而空之豪情勝槪直欲上追靑蓮無咎繼之力量稍遜而伉爽磊落亦足以取同時秦少游淸遠婉約髣髴溫韋周美成沉鬱頓挫體兼衆長又其卓卓者[illegible]之後姜夔可稱大宗餘如辛棄疾王沂孫史達祖吳文英張炎陳允平周密高觀國亦各具特長金元之間吳激蔡松年二人最著

繼之者爲遺山出入蘇辛姜史說者謂爲集兩宋之大成明末陳子龍崛起華亭綿邈悱惻神韻天然爲一代詞冠清初有龔芝麓梁肯堂吳梅村宋徵輿錢芳標顧貞觀王士禎彭孫遹沈豐垣李雯沈謙陳維崧朱彝尊諸人俱以詞名而乾嘉之際作者尤夥張皋文之沈鬱疏快左仲甫之閒情逸致惲子居之寄託遙深李申耆之冷豔幽香鄭掄元之思長筆苦尤其藉藉者也他若戈載項鴻祚許宗衡蔣春霖蔣敦復姚燮王錫振七子亦不愧名手至於近今風雅道衰屈指海內作家寥寥直如景星慶雲不可多見設長此以往恐閱數十年難免如高筑嵇琴絕響人間矣心竊憂之用是廣稽名篇博采羣籍輯爲此編以導來者挽頹旨於未墮開絕學於將來區區苦心想能見亮於明哲之士也

中華民國九年四月　　茂苑龐三省識

編輯大意

一本書定名學詞法。專就淺近立說。爲已解吟詠。而欲進窺倚聲者。指示門徑

一語云登高自邇。行遠自卑。本書爰本斯旨。分列七章。曰尋源。曰述體。曰論韻。曰考音。曰協律。曰塡辭。曰立式。由淺及深。依次遞進。學者得此。可無躐等之弊

一詞體繁雜。綜核古人之作。約有二千三百餘式。本書不憚煩瑣。摘述其體製之異同。及調名之緣起。務使學者應有盡有。不須調查他本。

一韻分陰陽。音有清濁。本書廣徵博引。言之綦詳。不第考其淵源。正其是非。而尤三致意於叶韻辨音之道。庶幾操觚之時。可無落韻失腔之失。

一金元以降。詞學日蕪。琢辭練句。風華自尚。不復研究音理。遂使詞不合樂。本書有鑒於此。特詳解協律、製調、塡腔、運聲、以及鬲指、務頭等法。以蘄詞曲合一之效。

一按譜綴字。諸家名論極多。本書甄采其精要。爲學者南針之指。

一市上通行之詞譜。或失之太繁。或失之太簡。均非初學所宜。本書別選古詞若干首。註明平仄用韻之處。以供模楷。并附注釋。一覽可以了然。

一本書編者。雖從事有年。稍窺門徑。而學識淺陋。舛謬實多。尚希海內博雅。匡其不逮。幸甚。

最淺學詞法目次

最淺學詞法

第一章　尋源

上古之時。六藝之中。詩樂並列。誠以聲音之道。感人最深。移風易俗。莫甚於樂。及墨子作非樂篇。習俗相沿。降及秦漢。樂經遂亡。然漢設樂府之官。而依永和聲。猶不失先王之旨。至於六朝。樂府之官廢。樂教盡淪。而文人墨客。無復永言詠歎。以寄其思。乃創爲詞。以紹樂府之遺。是故詞者。樂府之變。肇於漢世。具於六朝。若按其音律。則又遠自三百篇也。試取詩以證之。召南殷其雷篇云。殷其雷。在南山之陽。此三五言調也。小雅魚麗篇云。魚麗于罶。鱨鯊。此二四調也。齊風還篇云。遭我乎猺之間兮。並驅從兩肩兮。此六七言調也。召南江有汜篇云。不我以。不我以。此疊句韻也。豳風東山篇云。我來自東。零雨其濛。鸛鳴于垤。婦歎于室。此換韻調也。召南行露篇云。厭浥行露。其第二章云。誰謂雀無角。此換頭調也。凡此煩促相宣。

短長互用。實啓後人協律之原。今最錄諸家之說。以資考證。

王述菴先生詞綜序云。汪氏晉賢序竹垞太史詞綜。謂長短句本於三百篇。並漢之樂府。其見卓矣。而猶未盡也。蓋詞實繼古詩而作。而本於樂。樂本乎音。有清濁、高下、輕重、抑揚之別。乃爲五音十二律以箸之。非句有長短。無以宣其氣而達其音。故孔氏穎達詩正義謂風雅頌有一二字爲句。及至八九字爲句者。所以和人聲而無不均也。三百篇後。楚辭亦以長短爲聲。至漢郊祀歌、鐃吹曲、房中歌。莫不皆然。蘇李晝以五言。而唐時優伶所歌。則七言絕句。其餘皆不入樂府。李太白、張志和以詞續樂府。不知者謂詩之變。而其實詩之正也。由唐而宋。多取詞入於樂府。不知者謂樂之變。而其實所以合樂也。又云。國朝念詩樂失傳甚久。命儒臣取三百篇譜之。著以四上五六諸音。列以琴瑟簫管之器。於是三百篇皆可奏之樂部。今之詞苟使伶人審其陰陽平仄。節其太過。而劑其不足。安有不可入樂之詞。可入樂。卽與詩之入樂無異也。是詞乃詩之苗裔。且以補詩之窮。余故表而出之。

以爲今之詞。卽古之詩。卽孔氏之謂長短句。案先生之論極精確。但三百篇入樂。乃以音就字。以上四工尺之音。就平上去入之字。其節奏無考。其格調難尋。卽所謂聽古樂而恐臥者。若唐宋人之詞。則皆知律呂者爲之。所謂今樂也。有音節可考。又有律有腔有五音十二宮。由音生字。與以音就字者不同。若不知律者所作之詞。雖師曠復生。亦難入樂。調錯句訛。字脫音梗。改不勝改。勢必另作而後可。豈伶人之事乎。今人之詞。皆可入樂。似非通論。朱竹垞先生羣雅集序云。用長短句製樂府歌詞。由漢迄南北朝皆然。唐初以詩被樂。塡詞入調。則自開元天寶始。逮五代十國。作者漸多。有花間、尊前、家宴等集。宋之太宗洞曉音律。製大小曲。及因舊曲造新聲。施之教坊舞隊。曲凡三百九十。又琵琶一曲有八十四調。仁宗於禁中度曲。時有若柳永。徽宗大晟名樂。時有若周邦彥、曹組、辛次膺、万俟雅言。皆明於宮調。無相奪倫者也。洎乎南渡。家各有詞。雖道學如朱仲晦、眞希元。亦能倚聲中律呂。而姜夔審音尤精。終宋之世。樂章大備。四聲二十八調。多至十餘曲。有引

最淺學詞法　四

有序。有令。有慢。有近。有犯。有賺。有歌頭、有促迫。有攤破。有摘遍。有大遍。有小遍。有轉踏。有轉調。有增減字。有偷聲。惟因劉昺所編燕樂新書失傳。而八十四調圖譜不見於世。雖有歌師板師。無從知當日之琴趣簫笛譜矣。樓上舍儼曰。詩變爲詞。詞變爲曲。歷世久遠。聲律之分合。均奏之高小。音節之緩急過渡。既不得盡知。至若作者才思之淺深。不係文字之多寡。顧世之作譜者。類從歸自謠銖累寸積。及於鶯啼序而止。以字之長短分調。安能各得其所。莫如論宮調之可知者。敍於前。餘以時代先後爲次。斯世運升降。可以觀焉。予曰、旨哉。當以段安節樂府雜錄。王灼碧雞漫志及宋元高麗諸史所載調存詞佚者。具載之。並以張炎沈伯時樂府指迷冠於首。學者觀此。若大水之涉津梁焉。此序於詞之源流派別。最爲明晰。蓋自詩變爲樂府。詞與曲本不分。無不可入樂之詞。緣作者不明律呂。所作之詞不入調。而語則甚佳。讀者不能割愛。於是以不可度之腔、謂之詞。卽以可唱之詞。別名爲曲。而詞曲遂分。故宋人之知律呂者。詞皆可歌也。至後之人。則曲亦有不可歌者矣。

香研居詞麈。歙西方成培撰。深明音律之原。語多可采。原詞之始云。古者詩與樂合、而後世詩與樂分。古人緣詩而作樂。後人倚調以塡詞。古今若是其不同。而鐘律宮商之理。未嘗有異也。自五言變爲近體。樂府之學幾絕。唐人所歌。多五七言絕句。必雜以散聲、然後可被之管絃。如陽關必至三疊而後成音。此自然之理。後來遂譜其散聲、以字句實之。而長短句興焉。故詞者所以濟近體之窮。而上承樂府之變也。

六合徐鼒水雲樓詞序云。詩餘之作、蓋亦樂府之遺。孤臣孽子。勞人思婦。籲閶闔而不聽。繼以歌哭。懽正容之莫悟。矢以曼音。其體卑。其思苦。其寄託幽隱。其節奏嘽緩。故爲之者必中句中矩。端如貫珠。宜宮宜商。較之棃黍。太白飛卿。實導先路。南唐兩宋。蔚成巨觀。玉宇高寒。子瞻抒其忠愛。斜陽煙柳。壽皇識爲怨誹。朝野不少賞音。元之雜以俳優。明人決裂阡陌。淫哇日起。正始胥亡。高論鄙之。弁髦小儒鼓其瓦缶。臣質之死。匠石傷焉。案元人雜以俳優。明人決裂阡陌二語。詞之壞於明。而實壞於元。俳優竄而大雅之正音已失。阡陌開。而井田之舊迹難尋，夫詞變爲曲。猶詩變爲詞。非製曲之過。乃塡詞之過。然曲之粗鄙。製曲者取悅於俗耳。則元人不得辭其責矣。

第二章 述體

詞體叢雜。各家詞譜。盲從臆測。均不能無誤。張南湖詩餘譜。與舒白香詞譜。平仄差訛。而用黑白及半白半黑圈以分別之。不無亥豕之訛。且載調太略。如粉蝶兒與惜奴嬌本兩體。而誤爲一。程明善嘯餘譜。則舛誤並甚。如念奴嬌之與無俗念百字謠大江東。賀新郎之與金縷曲。金人捧露盤之與上西平。本一體也。而分載數體。燕臺春卽燕春臺。大江乘卽大江東。秋霽卽春霽。棘影卽疎影。因訛字而列數體。甚至錯亂句讀。增減字數。而强綴標目。妄分韻脚者。不一而足。萬紅友詞律。

出板較晚。於嘯餘譜等書。已多所糾正。然其中句讀。仍有舛誤。要其大體。勝前三書多矣。學者可取之以爲參考。庶於辨別體製。有頭緒可尋。不致茫無適從也。唐人之詞。多緣題生詠。如臨江仙則言水仙。女冠子則述道情。河瀆神則緣祠廟。巫山一段雲則狀巫峽。醉公子則詠公子醉也。誠以古人作詞。以調爲題。觸景抒情。必合詞名之本意。若宋人塡詞。則不復緣題生詠，如流水孤村。曉風殘月等篇。皆與調名無與。而王晉卿人月圓詞，語非詠月。謝無佚漁家傲曲。詞異志和。是唐人以詞調爲題。而宋人不復以詞調爲題也。蓋唐人由詞而製調。故詞旨多與調名相符。宋人因調而塡詞。故詞旨多與調名不合。而詞牌之外。別有詞題矣。此則宋詞之異於唐詞者也。

調名起原。楊用修及都元敬考之甚晰。而沈天羽掩楊論爲己說。如蝶戀花取梁元帝翻階蛺蝶戀花情。滿庭芳取吳融滿庭芳草易黃昏。點絳脣、取江淹白雪凝瓊貌。明珠點絳脣。鷓鴣天、取鄭嵎春遊雞鹿塞。家在鷓鴣天。惜餘春、取太白賦語。

浣溪紗、取杜陵詩意。青玉案、取四愁詩語。踏莎行、取韓翃詩踏莎行草過青溪。西江月、取衞萬詩只今惟有西江月。菩薩蠻、西域婦髻也。蘇幕遮、西域婦帽也。尉遲杯、尉遲敬德飲酒、必用大杯也。蘭陵王、每入陣必先歌其勇也。生查子、古槎字。張騫乘槎事也。瀟湘逢故人、柳渾詩句也。又如玉樓春、取白樂天詩玉樓宴罷醉和春。丁香結、取古詩丁香結恨新霜。葉飛、取杜詩清霜洞庭葉。故欲別時飛。清都宴、取沈隱侯朝上閶闔宮夜宴清都闕。風流子、出文選。劉良文選註曰。風流言其風美之聲流於天下。子者男子之通稱也。荔枝香、出唐書貴妃生日。命小部奏新曲、未有名。適進荔枝至。因名荔枝香。解語花、出天寶遺事。亦明皇稱貴妃語。解連環、出莊子連環可解也。華胥引、出列子黃帝晝寢。夢遊華胥之國。塞垣春、塞垣二字、出後漢書鮮卑傳。玉燭新、玉燭二字出爾雅。多麗、張均妓名善琵琶者也。念奴嬌、唐明皇宮人念奴也。按宋人詞調不下千餘。新度者卽本詞取句命名。餘俱按譜塡綴。若如用修等一一推鑿。何能盡符原指。且僻調甚多。又安能一一傅會載籍。

自命稽古哉。學者寧失闕疑可耳。

詞有同調異名者。昔人分爲二體。實可從删。如搗練子杜晏二體。卽望江樓。荆州亭卽清平樂。眉峯碧、卽卜算子。月中行、卽月宮春。惜分飛卽惜雙雙。桂華明、卽四犯令。清川引卽凉州令。杏花天、卽於中好。番槍子、轆轤金井、卽四犯剪梅花。月下笛卽瑣窗寒。八犯玉交枝卽八寶妝。鷓金蕉卽虞美人之半。醉思仙卽醉太平。折丹桂卽一落索。醉桃源卽桃源憶故人。醉春風卽醉花陰。惜餘妍卽露華。慶千秋卽漢宮春。雪月交輝卽醉蓬萊。雪夜漁舟卽繡停鍼。戀春芳慢卽萬年歡。月中仙卽月中桂。菩薩蠻引卽解連環。十六字令卽蒼梧謠。南歌子卽南柯子。又卽春宵曲。雙調卽望秦川。又卽風蝶令。三臺令卽翠華引。又卽開元樂。憶江南卽夢江南、望江南、江南好。又卽謝秋娘。其望江梅、夢江口、歸塞北、春去也等名。則人不甚知矣。深院月卽搗練子。陽關曲卽小秦王。賣花聲、過龍門、曲入眞、卽浪淘沙。憶君王、豆葉黃、欄干萬里心、卽憶王孫。宮中調笑、轉應曲、三臺令、卽調笑令。憶仙姿、宴桃源、即如夢令。一絲風、桃花水即訴衷情。內家嬌即風流子。紅娘子、灼灼花、即小桃紅。水晶簾、即江城子。烏夜啼、上西樓、西樓子、月上瓜洲、秋夜月、憶真妃、即相見歡。雙紅豆、憶多嬌、吳山青、即長相思。醉思凡、四字令、即醉太平。愁倚欄令、即春光好。一痕沙、宴西園、即昭君怨。溼羅衣、即中興樂。南浦月、沙頭月、占櫻桃、即點絳脣。月當窗、即霜天曉。百尺樓即卜算子。羅敷媚、羅敷豔歌、采桑子、即醜奴兒。青杏兒、似娘兒、即促拍醜奴兒。慢子、夜靜、重疊金、即菩薩蠻。釣船笛、即好事近。好女兒、即繡帶兒。玉連環、洛陽春、上林春、即一落索。花自落、垂楊碧、即謁金門。喜沖天、即喜遷鶯。秦樓月、碧雲深、玉交枝、即憶秦娥。江亭怨、即荊州亭。憶蘿月、即清平樂。醉桃源、碧桃春、即阮郎歸。烏夜啼、即錦堂春。虞美人歌、胡搗練、即桃源憶故人。秋波媚、即眼兒媚。早春怨、即柳梢青。小闌干、即少年游。步虛詞、白蘋香、即西江月。明月棹孤舟、夜行船、即雨中花。春曉曲、玉樓春、惜春容、即木蘭花。玉瓏璁、折紅英、即釵頭鳳。思佳客、即鷓鴣天。舞春風、即瑞鷓鴣。醉落魄、即一斛珠。一籮金、黃金縷、明月生南浦、鳳棲梧、鵲踏枝、捲珠簾、魚水同歡、即蝶戀花。南樓令即唐多令。孤雁兒即玉階、行。月底修簫譜即祝英臺近。上西平、西平曲、上南平、即金人捧露盤。上陽春即驀山溪。瑞鶴仙影即悽涼犯。鑠陽臺、滿庭霜、即滿庭芳。碧芙蓉即尾犯。綠腰即玉漏遲。花犯念奴、即水調歌頭。紅情即暗香。綠意即疏影。催雪即無悶。瑤臺聚八仙、八寶粧即秋雁過粧樓。百字令、百字謠、大江東去、酹江月、大江西上曲、壺中天、淮甸春、無俗念、湘月即念奴嬌。疏簾淡月即桂枝香。小樓連苑、莊椿歲、龍吟曲、海天闊處、即水龍吟。鳳樓吟、芳草即鳳簫吟。臺城路、五福降中天、如此江山即齊天樂。柳色黃即石州慢。四代好即宴清都。菖蒲綠即歸朝歡。西湖即西河。春霽即秋霽。望梅、杏梁燕、玉聯環、即解連環。扁舟尋舊約即飛雪滿羣山。惜餘春慢、蘇武慢、選冠子、即過秦樓。壽星明即沁園春。金縷曲、貂裘換酒、乳燕飛、風敲竹、即賀新郎。安慶摸、買陂塘、陂塘柳、即摸魚兒。畫屏秋色即秋思耗。綠頭鴨即多麗。箇儂即六醜。六州歌頭。本鼓吹曲也。音調悲壯。又以古興亡事實之。聞之使人慷慨。良不與豔

最淺學詞法　一二

詞同科。誠可喜也。六州得名。蓋唐人西邊之州。伊州、梁州、石州、甘州、渭州、氐州也。宋人大祀大卹。皆用此調。明朝大卹。則用應天長矣。

詞有隱括體有迴文體。迴文之逐句迴者。自東坡晦庵始也。其通體迴者自義仍始也。然逐句難於通首。昔惟丁藥園擅此。今錄其一篇云。下簾低喚郎知也也知郎喚低簾下。來到莫疑猜。猜疑莫到來。道儂隨處好。好處隨儂道。書寄待何如。如何待寄書。

小調換頭。長調多不換頭。間如小梅花江南春諸調。凡換韻者。多非正體。不足取法。又昔人詞中有襯字。因此句限於字數。不能達意。偶增一字。如南北劇這字那字正字個字卻字之類。後人竟可不用。

南北劇有與詞同者。青杏兒中調卽北劇小石調。憶王孫小令卽北劇仙呂調小令之搗練子、生查子、點絳脣、霜天曉角、卜算子、謁金門、憶秦娥、海棠春、秋蕊香、燕歸梁浪淘沙、鷓鴣天、虞美人、步蟾宮、鵲橋仙、夜行船、梅花引。中調之唐多令、一剪梅、破陣子、行香子、青玉案、天仙子、傳言玉女、風入松、剔銀燈、祝英臺近、滿路花、戀芳春、意難忘。長調之滿江紅、尾犯、滿庭芳、燭影搖紅、絳都春、念奴嬌、高陽臺、喜遷鶯、東風第一枝、眞珠簾、齊天樂、二郎神、花心動、寶鼎現、皆南劇之引子。小令之柳梢青、賀聖朝、中調之醉春風、紅林檎近、驀山溪、長調之聲聲慢、八聲甘州、桂枝香、永遇樂、解連環、沁園春、賀新郎、集賢賓、哨遍、皆南劇慢詞。外此更有南北曲與詩餘同名。而調實不同者。胡元瑞云。宋人黃鶯兒、桂枝香、二郎神、高陽臺、好事近、醉花陰、八聲甘州之類。與元人毫無相似。若菩薩蠻、西江月、鷓鴣天、一剪梅、元人雖用。悉不可按腔矣。

第三章　論韻

詞盛於兩宋。其時即用爲樂章。付之伶工。被諸筦絃。故必諧於聲律。而後稱工。自元曲行。而詞僅爲學士大夫餘暇所涉獵。按調製篇。已詫博雅。不復研究聲律。而詞韻遂失傳矣。有淸以來。詞韻專書。雖有數家。但各逞臆見。罔合古人。所可視爲詞家正鵠者。惟戈氏順卿詞林正韻一書。參酌訂成。較爲完善。今舉其大略。而附其說於後。

詞林正韻

第一部（平）一東二冬三鍾通用（仄）（上）一董二腫（去）一送二宋三用通用

第二部（平）四江十陽十一唐通用（仄）（上）三講三十六養三十七蕩（去）四絳四十一漾四十二宕通用

第三部（平）五支六脂七之八微十二齊十五灰通用（仄）（上）四紙五旨六止七尾十一薺十四賄（去）五寘六至七志八未十二霽十三祭十四太十八隊二十廢通用

第四部（平）九魚十虞十一模通用（仄）（上）八語九噳十姥（去）

九御十遇十一暮通用
第五部　（平）十三佳十四皆十六咍通用（仄）（上）十二蟹十三駭十五海（去）十四太十五卦十六怪十七夬十九代通用
第六部　（平）十七眞十八諄十九臻二十文二十一欣二十三魂二十四痕通用（仄）（上）十六軫十七準十八吻十九隱二十一混二十二很（去）二十一震二十二稕二十三問二十四焮二十六圂二十七恨通用
第七部　（平）二十二元二十五寒二十六桓二十七刪二十八山一先二仙通用（仄）（上）二十阮二十三旱二十四緩二十五潸二十六產二十七銑二十八獮（去）二十五願二十八翰二十九換三十諫三十一襇三十二霰三十三線通用
第八部　（平）三蕭四宵五爻六豪通用（仄）（上）二十九篠三十小三十一巧三十二皓（去）三十四嘯三十五笑三十六效三十七號通用

第九部（平）七歌八戈通用（仄）（上）三十三哿三十四果（去）三十八箇三十九過通用

第十部（平）十三佳九麻通用（仄）（上）三十五馬（去）十五卦四十禡通用

第十一部（平）十二庚十三耕十四清十五青十六蒸十七登通用（仄）（上）三十八梗三十九耿四十靜四十一迥四十二拯四十三等（去）四十三映四十四諍四十五勁四十六徑四十七證四十八隥通用

第十二部（平）十八尤十九侯二十幽通用（仄）（上）四十四有四十五厚四十六黝（去）四十九宥五十候五十一幼通用

第十三部（平）二十一侵獨用（仄）（上）四十七寢（去）五十二沁通用

第十四部（平）二十二覃二十三談二十四鹽二十五沾二十六咸二十七銜

二十八嚴二十九凡通用（仄）（上）四十八感四十九敢五十琰五十一忝五十二儼五十三豏五十四檻五十五范（去）五十三勘五十四闞五十五豔五十六㮇五十七驗五十八陷五十九鑑六十梵通用

第十五部　（仄）（入）一屋二沃三燭通用

第十六部　（仄）（入）四覺十八藥十九鐸通用

第十七部　（仄）（入）五質六術七櫛二十陌二十一麥二十二昔二十三錫二十四職二十五德二十六緝通用

第十八部　（仄）（入）八勿九迄十月十一沒十二曷十三末十四黠十五鎋十六屑十七薛二十九葉三十帖通用

第十九部　（仄）（入）二十七合二十八盍三十一業三十二洽三十三狎三十四乏通用

戈氏曰。詞始於唐。唐時別無詞韻之書。宋朱希眞嘗擬應制詞韻十六條。而別列入聲韻四部。其後張輯釋之。馮取洽增之。至元陶宗儀曾譏其淆混。欲爲改定。而其書久佚。且亦無自攷矣。厲鶚論詞絕句有云。欲呼南渡諸公起。韻本重雕菉斐軒。注云。曾見紹興二年刊菉斐軒詞林要韻一册。分東紅邦陽十九韻。亦有上去入三聲作平聲者。於是人皆知有菉斐軒詞韻。而又未之見。近秦敦夫先生取阮芸臺先生家藏詞林韻釋。一名詞林要韻。重爲開雕。題曰宋菉斐軒刊本。而跋中疑爲元明之季謬託。又疑此書專爲北曲而設。誠哉是言也。觀其所分十九韻。且無入聲。則斷爲曲韻無疑。樊榭偶未深究耳。是欲輯詞韻。前既無可考。而此書又不可據以爲本也。國初沈謙曾著詞韻略一編。毛先舒爲之括略。並註以東董江講支紙等標目。平領上去。而止列平上。似未該括。入聲則連二字。曰屋沃。曰覺藥。又似紛雜。且用陰氏韻目。删併既失其當。則分合之界模糊不清。字復亂次以濟。不歸一類。其音更不明晰。舛錯之譏。實所難免。同時有趙鑰曹亮武均撰詞韻。與去矜大同小異。若李漁之詞韻四卷。列二十七部。以支微部分爲三。曰支紙寘。曰圍委未曰奇起氣。魚虞部分爲二。曰魚雨御。曰夫甫父。家麻部分爲二。曰家假駕。曰嗟姐借。覃鹽部分爲二。曰甘感紺。曰兼檢劍。入聲則以屑葉爲一部。厥月褐缺爲一部。物北爲一部。撻伐爲一部。以鄉音妄自分析。尤爲不經。至前此胡文煥文會堂詞韻。平上去三聲用曲韻。入聲用詩韻。騎牆之見。亦無根據。近又有許昂霄輯詞韻考略。亦以今韻分編平上去分十七部。入聲分九部。曰古通古轉。曰今通今轉。曰借叶。自稱本樓敬思洗硯集中之論。大旨以平聲貴嚴。宜從古。上去較寬。可參用古今。入聲更寬。不妨從今。但不知所謂古今者。何古何今。而又何所謂借叶。痴人說夢。更不足道。所幸者諸書俱未風行。猶不謬以傳謬。今塡詞家所奉爲圭臬信之不疑者。則莫如吳烺程名世諸人所著之學宋齋詞韻。其書以學宋爲名。宜其是矣。乃所學者皆宋人誤處。眞諄臻文欣魂痕庚耕淸靑蒸登侵皆同用。元寒桓刪山先仙覃談鹽沾嚴咸銜凡又皆併部。入聲則物迄入質陌韻。合盍業洽狎乏入月屑韻。濫通取便。[馬者]駁不堪。試取宋人名作讀之。果盡若是之寬者乎。

且字數太略。音切又無分合。半通之韻。則臆斷之。去上兩見之字。則偏收之。種種疎謬。其病百出。不知而作。貽誤來茲。莫此爲甚。而復有鄭春波者。繼作綠漪亭詞韻。以附會之。羽翼之。而詞韻遂因之大紊矣。是古人之詞。具在無韻而有韻。今人之韻成書。有韻而無韻。豈不大可笑哉。是書列平上去爲十四部。入聲爲五部。共十九部。皆取古人之名詞。參酌而審定之。盡去諸弊。非謂前人之書皆非。而予言獨是也。不過求合於古。一片苦心。知音者自能鑒諒爾。

詞韻與詩韻有別。然其源卽出於詩韻。乃以詩韻分合之耳。詩韻自南齊永明時。謝朓王融劉繪范雲之徒。盛爲文章。始分平上去入爲四聲。汝南周子。乃作四聲切韻。梁沈約繼之。爲四聲譜。此四聲之始。而其書已久失傳。隋仁壽初。陸法言與劉臻顏之推魏淵等八人。論定南北是非。古今通塞。撰切韻五卷。唐儀鳳時。郭知元等又附益之。天寶中孫愐諸人。復加增補。更名曰唐韻。宋祥符初。陳彭年邱雝重修。易名曰廣韻。景德四年。戚綸等承詔詳定考試聲韻。別名曰韻略。景祐初。宋祁鄭戩建言以廣韻爲繁略失當。乞別刊定。卽命祁戩與賈昌朝同修。而丁度李淑典領之。寶元二年。書成。詔名曰集韻。是自切韻始。而唐韻。而廣韻。而韻略。而集韻。名雖屢易。而其書之體例未易。總分爲二百六部。獨用同用。所注了然。非特可用之於詩。卽用之於詞。亦無不可也。至江北平水劉淵師心變古。一切改併。省至一百七部。而元初黃公紹古今韻會因之。又有陰氏時中時夫著韻府羣玉。復併上聲之拯部。存一百六部。字亦删剩八千八百餘字。較廣韻十之四。集韻僅十之二。此卽今通行韻本。考之於古。鮮有合焉者矣。卽以詞論。灰咍本爲二韻。灰可以入支微。咍可以入皆來。元魂痕本爲三韻。元可以入寒删。魂痕可以入眞文。卽佳泰卦三韻。於詞有半通之例。其字皆以切音分類。各有經界。分合自明。乃妄爲删併。紛紜淆亂。而塡詞者亦不知所宗矣。

詞韻與曲韻亦不同。製曲用韻。可以平上去通叶。且無入聲。如周德淸中原音韻。列東鍾江陽等十九部。入聲則以之配隸三聲。例曰廣其押韻。爲作詞而設。以予推之。入爲瘂音。欲調曼聲。必諧三聲、故凡入聲之正次清音。轉上聲。正濁作平。次濁作去。隨音轉協。始有所歸耳。高安雖未明言其理。而予測其大略如此。實則宋時已有中州韻之書。載嘯餘譜中。不著撰人姓氏。而凡例謂爲宋太祖時所編。毛馳黃亦從其說。是高安已有所本。明范善溱又撰中州全韻。清初李書雲有音韻須知。王鵕有音韻輯要。此又本高安而廣之者。至詞林韻釋。與中原音韻亦同。而標目大異。如東鍾則曰東紅。魚模則曰車夫。桓歡則曰鸞端之類。要其爲十九部、以入聲配三聲則一也。此皆曲韻也。蓋中原音韻諸書。支思與齊微分二部。寒山桓歡、先天分三部、家麻、車遮分二部。監咸廉纖分二部●於曲則然。於詞則不然。況四聲缺入聲。而詞則明明有必須用入之調。斷不能缺。故曲韻不可爲詞韻也。惟入聲作三聲。詞家亦多承用。如晏幾道梁州令莫唱陽關曲。曲字作邱雨切。叶魚虞韻。柳永女冠子樓臺悄似玉。玉字作於句切。又黃鶯兒暖律潛催幽谷。谷字作公五切。皆叶魚虞韻。晁補之黃鶯兒兩兩三三修竹。竹字作張汝切。亦叶魚虞韻、黃庭堅鼓笛令眼廝打過如拳踢。踢字作他禮切。叶支微韻。辛棄疾醜奴兒慢過者一霎。霎字作雙鮓切。叶家麻韻。杜安世惜春令悶無緒玉簫抛擲。擲字作征移切。叶支微韻。張炎西子妝漫遙岑寸碧。碧字作邦彼切。亦叶支微韻。又徵招換頭京洛染緇塵。洛字須韻作郎到切。叶蕭豪韻。此皆以入聲作三聲而押韻也。又有作三聲而在句中者。如歐陽修摸魚子恨人去寂寂。鳳枕孤難宿。寂寂叶精妻切。柳永滿江紅待到頭終久問伊著。著字叶池燒切。又望遠行斗酒十千。十字叶繩知切。蘇軾行香子酒斟時須滿十分。周邦彥一寸金便入魚鉤樂。十字入字同。李景元帝臺春憶得盈盈拾翠侶。拾字亦同。周邦彥又有瑞鶴仙正值寒食。值字叶征移切。秦觀望海潮金谷俊游。谷字叶公五切。又金明池才子倒玉山休訴。玉字叶語居切。吳文英無悶鸞駕弄玉。玉字同。黃庭堅品令心下快活自省。活字叶華戈切。辛棄疾千年調萬斛泉。斛字叶紅姑切。呂渭老薄倖攜手處花明月滿。月字叶胡靴切。姜夔暗香舊時月色。吳文英江城梅花引帶書傍月自鋤畦。兩月字同。

万俟雅言梅花引家在日邊。日字叶入智切。又三臺錫香更酒冷踏青路。踏字叶當加切。方千里瑞龍吟暮山翠接。接字叶兹野切。又倒犯樓閣參差簾櫳悄闃。闃字叶岡懊切。陳允平應天長曾慣識淒涼岑寂。識字叶傷以切。周密醉太平眉銷額黃。額字叶移介切。諸如此類。不可悉數。

詞之爲道。最忌落腔。落腔者。卽丁仙現所謂落韻也。姜白石云。十二宮住字不同。不容相犯。沈存中補筆談。載燕樂二十八調殺聲。張玉田詞源。論結聲正訛。不可轉入別腔。住字、殺聲、結聲。名雖異而實不殊。全賴乎韻以歸之。然此第言收音也。而用韻之喫緊處。則在乎起調畢曲。蓋一調有一調之起。有一調之畢。某調當用何字起。何字畢。起是始韻。畢是末韻。有一定不易之則。而住字、殺聲、結聲。卽由是以別焉。詞之諧不諧。恃乎韻之合不合。韻各有其類。亦各有其音。用之不紊。始能融入本調。收足本音耳。韻有四呼七音三十一等。呼分開合。音辨宮商。等敍清濁。而其要則有六條。一曰穿鼻。二曰展輔。三曰斂脣。四曰抵齶。五曰直喉。六曰閉口。

穿鼻之韻。東冬鍾江陽唐庚耕清青蒸登三部是也。其定必從喉間反入穿鼻而出作收韻、謂之穿鼻。展輔之韻、支脂之微齊灰佳皆咍二部是也。其字出口之後。必展兩輔知笑狀作收韻。謂之展輔。斂脣之韻。魯虞模蕭宵爻豪尤侯幽三部是也。其字在口半啓半閉。斂其脣以作收韻。謂之斂脣。抵齶之韻。眞諄臻文欣魂痕元寒桓刪山先仙二部是也。其字將終之際、以舌抵著上齶作收韻。謂之抵齶。直喉之韻、歌戈佳麻二部是也。其字直出本音。以作收韻。謂之直喉。閉口之韻、侵覃談鹽沾嚴咸銜凡二部是也。其字閉其口。以作收韻。謂之閉口。凡平聲十四部。已盡於此。上去卽隨之。惟入聲有異耳。入聲之本體。後有論四聲表在、亦可類推。至其叶三聲者、則入某部。卽從某音、總不外此六條也。明此六音。庶幾韻不假借。而起畢住字。無不合矣。又何慮其落韻乎。

楊纘有作詞五要。第四云。要隨律押韻。如越調水龍吟。商調二郎神。皆合用平入聲韻、古詞俱押去聲。所以轉摺怪異。成不祥之音。昧律者反稱賞之。直可解頤而啓齒也。楊纘字守齋。蘋洲漁笛譜中所稱紫霞翁者。卽是諸詞書引之爲楊誠齋。該也。守齋洞曉音律。常與草窗論五凡工尺義理之妙。未按管色。早知其誤。草窗之詞。皆就而訂正之。玉田亦稱其持律甚嚴。一字不苟作。觀其所論可見矣。予嘗卽其言而推之。詞之用韻。平仄兩途。而有可以押平韻。又可以押仄韻者。正自不少。其所謂仄。乃入聲也。如越調之有霜天曉角。慶春宮。商調之有憶秦娥。其餘則雙詞之慶佳節。高平調之江城子。中呂宮之柳梢青。仙呂宮之望梅花。聲聲慢。大石調之看花回。雨同心。小石調之南歌子。用仄韻者。皆宜入聲。滿江紅有入南呂宮。有入仙呂宮。入南呂宮者。卽白石所改平韻之體。而要其本用入聲。故可改也。外此又有用仄韻。而必須入聲者。則如越調之丹鳳吟、大酺。越調犯正宮之蘭陵王。商調之鳳凰閣、三部樂、霓裳中序第一、應天長慢、西湖月、解連環。黃鐘宮之侍香金童・曲江秋。黃鐘商之琵琶仙。雙調之雨霖鈴。仙呂宮之好事近、蕙蘭芳引、六么令、暗香、疎影。仙呂犯商調之淒涼犯。正平調之淡黃柳。無射宮之惜紅衣。正宮中呂宮之尾犯。中呂商之白苧。夾鐘羽之玉京秋。林鐘商之一寸金。南呂商之浪淘沙慢、此皆宜用入聲韻者。勿概之曰仄。而用上去也。其用上去之調、自是通叶。而亦稍有差別。如黃鐘商之秋宵吟。林鐘商之清商怨、無射商之魚游春水。宜單押上聲、仙呂調之玉樓春。中呂調之菊花新、雙調之翠樓吟。宜單押去聲。復有一調中必須押上。必須押去之處、有起韻結韻、宜皆押上。宜皆押去之處。學者自加攷核。不能一一臚列。

宋人詞有以方音爲叶者。如黃魯直惜餘歡、閤合同押。林外洞仙歌。鎖考同押。曾覿釵頭鳳、照透同押、劉過轆轤金井。溜倒同押、吳文英法曲獻仙音。冷向同押、陳允平水龍吟、草驟同押、此皆以土音叶韻、究屬不可爲法。中原音韻諸書、則以庚耕清之橫烹棚榮兄轟薨瓊。登韻之肱朋甍肱等字。俱入東鍾。尤韻之罘蜉入魚模。此在中州音則然。止可施之於曲。詞則無有用者。唯有借音之數字、宋人多習用之。如柳永鵲橋仙、算密意幽歡。盡成辜負。負字叶方佈切。辛棄疾永遇樂憑誰問廉頗老矣尙能飯否。否字叶方古切。趙長鄉南鄉子、要底園兒糖上浮。浮字叶房逋切。周邦彥大酺況蕭索青蕪國。國字叶古六切。潘元質倦尋芳、待歸來碎揉花打。打字叶當雅切。姜夔疎影、但暗憶江南江北。北字叶逋沃切。韓玉曲江秋、亦用國北叶屋沃韻。吳文英端正好、夜寒重長安紫陌。陌字叶末各切。燭影搖紅、相間金茸翠畝。畝字叶忙補切、蔣捷女冠子、羞與鬧娥兒爭耍。耍字叶霜馬切之類。略舉數家。已見一斑。相沿至今。既有音切、便可遵用。

四聲之中。入聲最難分別。中原音韻以入作三聲。惟支微、魚虞、皆來、蕭豪、歌戈、家麻。尤侯、七部。其音卽隨部轉協。此入聲而非入聲也。若四聲表之以入分配。則有無相反、其說亦徵有不同。就詞韻而論。莫如以沃屋燭爲東鍾之入聲。覺鐸藥爲江陽之入聲。質術櫛爲眞文之入聲。勿迄月沒曷末黠轄屑薛葉帖爲寒删之入聲。陌麥昔職德、爲庚清之入聲、緝爲侵尋之入聲。盍業洽押乏爲覃鹽之入聲。其餘七部皆無則至當不易。毛先舒所撰七韻。似有與詞合者。如一屋單用。二質七陌八緝通用。五屑十葉通用。亦可單用。此爲南曲而設。南曲卽本乎詞、其於宋詞之用韻。信乎殊流而同源、至三曷六葉通用。四轄九合通用。則又於詞不合矣。詩韻分部甚嚴。而許景宗曾議其韻窄、奏請合用。宋景祐時、詔國子監以禮部韻略、其韻窄者。許令附近通用。故有同用獨用之目。至詞家則合而用之者更寬。卽由此意而推廣之、耳若謂詞韻之合用。卽本古韻之通轉、則非也。古韻通轉始於武夷吳棫韻補一書。其例言謂皆集韻諸書所不載、或載而訓義不同、或註釋未收者。則補之。徐蕆之序。稱其淵源精確。朱子亦間取之。以叶三百篇之音。然其所注通轉、頗多疎舛、如文曰古轉眞。是以通爲轉也。魂曰古轉眞。痕曰古通眞。是同類而一作通。一作轉也。覃談鹽沾嚴咸銜凡亦同類。而曰覃古通刪、談古通覃鹽古通先。沾古通鹽、咸銜古通刪、嚴古通先、凡古通嚴。且平之元曰古通眞。平之覃曰古通刪。上之感曰古通銑。去之願曰古通霰。是平上去三聲前後不同也。此不獨施之於詩。有所不合。卽詞亦不可遵而用之。其後鄭庠有古音辨。亦論通轉、乃分爲六部。東冬鍾江陽唐庚耕清青蒸登、皆協陽音。支脂之微齊佳皆灰哈、皆協支音。眞諄臻文欣元魂痕寒桓删山先仙、皆協先音。魚虞模歌戈麻、皆協虞音。蕭宵爻豪尤侯幽、皆協尤音。侵覃談鹽沾嚴咸銜凡、皆協覃音。所論皆古韻與詞韻之分合。絕不相蒙。勿謂吳鄭皆宋人。可據爲則。故併論及之。

第四章　考音

音者、譜也。古人按律治譜。以詞定聲。故玉田生平好爲詞章。用功逾四十年。錘鍛字句。必求協乎音律。觀詞源一書、可知用功之所在。今世之人。往往視詞爲易事。伸紙染翰。率爾而作。不知宮調爲何物。卽有知玉田爲正軌者。而所論五音之數。六律之理。又茫然在雲霧中。宜乎元音日以晦滅。而詞不能協律也。

音生於日。律生於辰。日爲十母。甲乙角也。丙丁徵也。戊己宮也。庚辛商也。壬癸羽也。辰爲十二子。六陽爲律。六陰爲呂。一曰黃鍾。元間大呂。二曰太簇。二間夾鍾。三曰姑洗。三間仲呂。四曰蕤賓。四間林鐘。五曰夷則。五間南呂。六曰無射。六間應鍾。此陰陽聲律之名也。五音中。宮。喉音屬土。君之象。爲信。徵所生。其聲濁。生數五。成數十。商。齶音屬金。臣之象。爲義。宮所生。其聲次濁。生數四。成數九。角。舌音屬木。民之象。爲仁。羽所生。其聲半清半濁。生數三。成數八。徵。齒音屬火。事之象。爲禮。角所生。其聲次清。生數二。成數七。羽。脣音屬水。物之象。爲智。商所生。其聲最清。生數一。成數六。六律中。黃鐘、所以宣養六氣九德也。又曰。黃者中也。鍾者種也。又曰。黃者、中和之氣。太簇所以金奏贊揚出滯也。又曰。言萬物簇生也。又曰陽氣旣大。奏地而達出也。顏氏曰。奏進也。又曰。萬物始大。湊地而出之也。姑洗、所以修潔百物考神納賓也。又曰萬物洗生。又曰。姑必也。洗潔也。言陽氣洗物。必使之潔也。又曰姑者故也。洗者鮮也。萬物去故就新。莫不鮮明也。蕤賓所以安靖神人。獻酬交酢也。又曰陰氣幼少。故曰蕤。萎陽不用事。故曰賓。又曰。蕤、繼也。賓、導也。言陽始導陰氣。使繼萬物也。又曰。蕤者、下也。賓者、敬也。言陽氣上極。陰氣始賓敬也。夷則、所以詠歠九則。平民無貳也。又曰。言陰氣之賊萬物也。又曰。則法也。言陽氣正法度。使陰氣夷當傷之物也。又曰。夷、傷也。則、法也。萬物始傷被刑法也。無射、所以宣布哲人之令德。示民軌儀也。又曰。射厭也、言陽氣究物而使陰氣畢剝落之。終而復無厭已也。又曰。射者、終也。言萬物隨陽而終。當復隨陰而起。無有終已也。大呂、助宣物也。又曰。呂、旅也。言陰氣大。旅助黃鐘宣氣而牙物也。夾鐘、出四隙之細也。又曰。言陰陽相夾廁也。又曰。言陰氣夾助太簇宣四方之氣而出種物也。中呂、宣中氣也。又曰。言萬物盡旅而西行也。又曰。言微陰始起未成。著於其中。旅助姑洗宣氣齊物也。又曰。言陽氣將極中充大也。林鐘、和展百事。俾莫不任肅純恪也。又曰。林、君也。言陰氣受任。助蕤賓君主種物。使長大楙盛也。又曰。言萬物就隕氣林林然。又曰。林者、衆也。言萬物成就種類多也。南呂、贊揚秀也。又曰。言萬物之旅入藏也。又曰。言陰氣旅助夷則任成萬物也。又曰。南、任也。言陽氣尚任包大生薺麥也。應鐘、均利器用。俾應復也。又曰。陽氣之應不用事也。又曰。言陰氣應無射。該藏萬物於十二子爲亥。亥者該也。言萬物應陽而動下藏。此陰陽聲律之説也。氣始於冬至。律本於黃鍾。或損或益。以生商角徵羽。陽下生陰。陽上生陽。下生者倍其實。三其法。上生者四其實。倍其法。故黃鍾長九寸。倍之爲十八。三之爲六。而生林鍾之長。林鍾長六寸。四之爲二十四。三之爲八。而生太簇之長。此律呂損益相生之道也。

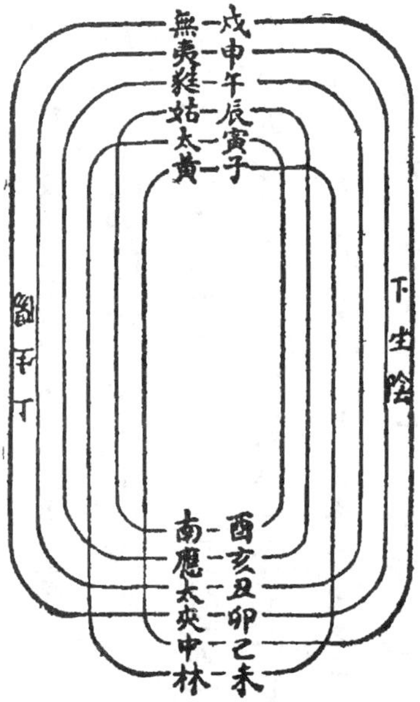

上圖紀陰陽上下相生之道。自子至於巳爲陽。故自黃鍾至中呂皆下生。自午至於亥爲陰。故自蕤賓至應鍾皆上生。六十律相反。所以分爲一紀也。以漢志所論同類娶妻隔八生子。

納音之法推之。即律呂相生之義。蓋一律具五音。十二律納六十音也。凡氣始於東方而右行。音起於西方而左行。陰陽相錯。而變化生焉。列表如下。

黃鍾、長九寸。爲父。陽律。三分損一、下生林鍾、

林鍾、長六寸。爲母。陰呂、三分益一、上生太簇、

太簇、長八寸。爲子。陽律。三分損一、下生南呂。

南呂、長五寸三分寸之一。爲子妻。陰呂。三分益一。上生姑洗。

姑洗、長七寸九分寸之一。爲孫。陽律。三分損一、下生應鍾。

應鍾。長四寸二十七分寸之二十、爲孫妻。陰呂。三分益一、上生蕤賓。

蕤賓。長六寸八十一分寸之二十。爲曾孫。陽律。三分損一。下生大呂

大呂、長八寸二四十三分寸之一百四。爲曾孫妻。陰呂。三分益一、上生夷則。

夷則。長五寸七百廿九分寸之四百五十一。爲元孫。陽律。三分損一。下生夾鍾。

夾鍾。長七寸二千一百八十七分寸之千七十五。爲元孫妻、陰呂。三分益一。上生無射、

無射。長四寸六千五百六十一分寸之六千五百二十四。為來孫。陽律三分損一。下生中呂。

中呂。長六寸萬九千六百八十三分寸之萬二千九百七十四。為來孫妻。陰呂三分益一。上生黃鍾。

律呂隔八相生圖

古者以宮商角徵羽五聲。乘黃鍾、大呂、太

簇、夾鍾、姑洗、中呂、蕤賓、林鍾、夷則、南宮、無射、應鍾、十二律得八十四調。所以限定樂器管色之高低也。其法如上圖隔八相生。

黃鍾之均。則以黃鍾律爲宮音之調。從本律數八。至林鍾爲徵。林鍾數八。至太簇爲商。太簇數八。至南呂爲羽。南呂數八。至姑洗爲角。此五音之正調也。姑洗數八至應鍾爲閏宮。應鍾數八。至蕤賓爲閏徵。此二變調也。共爲七調。餘十一律。仿此。古謂之七宗。又謂七始。漢志稱舜欲聞七始是也。夫五音得二變。而后成音。猶四時得閏而后成歲。空積忽徵。變化相推。自然之理。樂中之神妙也。淮南子云。姑洗生應鍾。比於正音。故爲和。應鍾生蕤賓。不比正音。故爲繆。按和繆。卽二變之謂。應鍾變宮在南呂羽之後。不雜五聲正音中。故曰比。和者。如歌之聲相應也。古樂聲之餘。皆有和。蕤賓變徵。雜入正音角羽之間。故曰不比。繆者。如絲之亂而理也。古樂聲之終。皆有亂。蔡元定以相去二律。爲二變之說。所以濟五音之不及。予謂五音。各以陰陽相從相間而成。至應鍾則不値五洗之名。故仍間姑洗角而還爲宮也。蕤賓去五音益遠。故又得間應鍾。變宮而再變爲徵也。以律呂環而推之。應鍾之陰。從黃鍾之陽林鍾之陰。又從蕤賓之陽。故七音皆清次濁也。其曰閏者。聲也。曰變者。調也。宋陳暘未達斯理而深排之。値矣。

十二律呂八十四調圖

調名	俗名	譜字	
黃鍾宮	正黃鍾宮	∆ 合 本律	
黃鍾商	大石調	マ 四 太簇	黃
黃鍾角	正黃鍾宮角	一 一 姑洗	∆
黃鍾變	正黃鍾宮轉徵	ㄥ 勾 蕤賓	鍾（同用）
黃鍾徵	正黃鍾宮正徵	∧ 尺 林鍾	幺
黃鍾羽	般涉調	7 工 南呂	宮

	黃鍾閏	大石角	八 應鐘 凡

按ᐃ即宋譜合字。爲本律。幺即宋譜六字。爲清聲，故云同用。下仿此。

大⑦呂同用㋐宮

	大呂宮	高宮	㋖ 本律 下四
	大呂商	高大石角	㊀ 夾鍾 下一
	大呂角	高宮角	ㄣ 中宮 上
	大呂變	高宮變徵	⋀ 林鍾 尺
	大呂徵	高宮正徵	⑦ 夷則 下工
	大呂羽	高般涉調	㊇ 無射 下凡
	大呂閏	高大石角	ᐃ 黃鍾 合
	太簇宮	中管高宮	マ 本律 四

太	太簇商	中管高大石調	㇀ 一姑洗
㇆	太簇角	中管高宮角	㇄ 勾蕤賓
簇（同用）	太簇變	中管高宮變徵	⑦ 下工夷則
丂	太簇徵	中管高宮正徵	㇇ 工南呂
宮	太簇羽	中管高般涉調	八 凡應鍾
	太簇閏	中管高大石角	㋙ 下四大呂
	夾鍾宮	中呂宮	㊀ 下一本律
夾	夾鍾商	雙調	ㄣ 上中呂
㊀	夾鍾角	中呂正角	人 尺林鍾
鍾（同用）	夾鍾變	中呂變徵	㇇ 上南呂
⑦	夾鍾徵	中呂正徵	⑪ 下凡無射

宮	夾鍾羽	中呂調	A	黃鐘 合
	夾鍾閏	雙角	マ	太簇 四
姑洗一宮	姑洗宮	中管中呂宮	一	本律 一
	姑洗商	中管雙調	ㄥ	蕤賓 勾
	姑洗角	中管中呂角	⑦	夷則 下工
	姑洗變	中管中呂變徵	⑪	無射 下凡
	姑洗徵	中管中呂正徵	川	應徵 凡
	姑洗羽	中管中呂調	マ	太簇 四
	姑洗閏	中管雙角	㊀	夾鍾 下一
中	中呂宮	道宮	ㄣ	本律 上
	中呂商	小石調	ㄟ	林鐘 尺

中呂宮	中呂角	道宮角	7	工 南宮
	中呂變	道宮變徵	川	凡 應鍾
	中呂徵	道宮正徵	A	合 黃鍾
	中呂羽	正平調	マ	四 太簇
	中呂閏	小石角	一	一 姑洗
蕤賓宮	蕤賓宮	中管道宮	∠	勾 本律
	蕤賓商	中管小石調	⑦	下工 夷則
	蕤賓角	中管道宮角	⑪	下凡 無射
	蕤賓變	中管道宮變徵	A	合 黃鍾
	蕤賓徵	中管道宮正徵	⑦	下四 大呂
	蕤賓羽	中管正平調	㊀	下一 夾鍾

	蕤賓閏	中管小石角	ㄣ	中呂 上
林鍾八宮	林鍾宮	南呂宮	∧	本律 尺
	林鍾商	歇指調	フ	南呂 工
	林鍾角	南呂角	川	應鍾 凡
	林鍾變	南呂變徵	㋮	太呂 下四
	林鍾徵	南呂正徵	マ	太蔟 四
	林鍾羽	高平調	一	姑洗 一
	林鍾閏	歇指角	ㄥ	蕤賓 勾
夷	夷則宮	仙呂宮	⑦	本律 下工
	夷則商	商調	⑪	無射 下凡
	夷則角	仙呂角	A	黃鍾 合

則⑦	夷則變	仙呂變徵	マ	四 太簇
	夷則徵	仙呂正徵	㊀	下一 夾鐘
宮	夷則羽	仙呂調	ㄣ	上 中呂
	夷則閏	商角	∧	尺 林鐘
	南呂宮	中管仙呂宮	フ	工 本律
南	南呂商	中管商調	川	凡 應鐘
	南呂角	中管仙呂角	㋮	下四 大呂
呂フ	南呂變	中管仙呂變徵	㊀	下一 夾鐘
	南呂徵	中管仙呂正徵	一	一 姑洗
宮	南呂羽	中管仙呂調	L	勾 蕤賓
	南呂閏	中管商角	⑦	下工 夷則

無射（川）宮			
無射宮	黃鍾角	(川)	本律　下凡
無射商	越調	A	黃鍾　合
無射角	黃鍾角	マ	太簇　四
無射變	黃鍾變徵	一	姑洗　一
無射徵	黃鍾正徵	ㄣ	中呂　上
無射羽	羽調	ㄥ	林鍾　尺
無射閏	越角	フ	南呂　工
應鍾川			
應鍾宮	中管黃鍾宮	川	本律　凡
應鍾商	中管越調	(マ)	大呂　下四
應鍾角	中管黃鍾角	(一)	夾鍾　下一
應鍾變	中管黃鍾變徵	ㄣ	中呂　上

宮		
應鍾徵	中管黃鍾正徵	ㄥ 勾 蕤賓
應鍾羽	中管羽調	⑦ 下工 夷則
應鍾閏	中管越角	(川) 下凡 無射

右取律寸、律數、用字紀聲。而七聲高下之用。宮調殺聲之別。並在其中。以蔡元定燕樂新書考之、悉合。但沈括補筆談所云中呂商今爲雙調。南呂羽今爲般涉調者。王灼碧雞漫志乃云。夾鍾商俗呼雙調。黃鍾羽俗呼般涉調。復與沈說互異。自來論樂者惑之。淩廷堪本宋樂志及詞源。撰燕樂表。頗發其徵而未詳其目。覽者仍不能明。因於圖中所紀字譜管色下。以細書條注某律某字。凡八十四調。始於黃鍾。終於無射。自無射再間應鍾一律。又爲黃鍾。其理不越旋宮之法。此字譜配律之精義。驗之聲度。稽之陳編。確然不易。而王沈諸說。本無異義。學者於此。亦得一以貫之。事逸而功倍。將舉世所大惑。視爲神奇莫測者。不煩言而解矣。

古人用合四一工凡上勾尺六五十六字。以配十二律四清聲。而今人度曲。有仕

最淺學詞法　四五

伬二字。而無勾字。蓋古人四乙凡工四字。有高下二聲。五字有上下緊三聲。獨上尺兩字。無有高下。今人度曲。上尺兩字。卻有高下二聲。而絕無勾字。夫勾爲蕤賓清次仲呂者也。上字爲仲呂。仩字（今之高上字）清次上者也。則今之仩字。卽勾字也。今之伬字。（今之高尺字）在林鍾夷則之間。亦古所無也。然則今人度曲。雖不知有勾字之名。而未嘗無勾字之實矣。鄭世子云。今民間笛六孔全閉低吹爲尺。卽下徵也。徵下於宮。故曰下徵。卽林鍾倍律聲也。（按卽今之五字調）從尾放開一孔。低吹爲工。卽下羽也。羽下於宮。故曰下羽。卽南呂倍律聲也。（卽今之六字調）放開二孔。低吹爲凡。卽應鍾倍律聲也。（卽今之凡字調）放開三孔。低吹爲合。卽黃鍾正律聲。（卽今之小工調）放開四孔。低吹爲四。卽太簇正律聲。（卽今之尺字調）放開五孔。低吹爲乙。卽姑洗正律聲。（卽今之上字調）六孔全開低吹爲勾。卽蕤賓正律聲。（卽今之乙字調）此黃鍾之均七聲也。其林鍾、南呂、應鍾、正律之聲。及黃鍾、太簇、姑洗、半律之聲。開閉同前。但高吹耳。按今俗樂乙字調六孔全開低吹爲上。而高吹爲仩。而世子云。低吹爲勾。高吹爲半律之聲。則仩字卽勾字。無疑矣。

宮調皆繫乎殺聲。殺聲不能盡歸本律。而後有犯。試分列於左。

宮犯商	商犯羽	羽犯角	角歸本宮
黃鍾宮	無射商	夾鍾羽	無射閏
大呂宮	應鍾商	姑洗羽	應鍾閏
太簇宮	黃鍾商	中呂羽	黃鍾閏
夾鍾宮	大呂商	蕤賓羽	大呂閏
姑洗宮	太簇商	林鍾羽	太簇閏
中呂宮	夾鍾商	夷則羽	夾鍾閏
蕤賓宮	姑洗商	南呂羽	姑洗閏
林鍾宮	中呂商	無射羽	中呂閏
夷則宮	蕤賓商	應鍾羽	蕤賓閏

南呂宮　林鍾商　黄鍾羽　林鍾閏
無射宮　夷則商　大呂羽　夷則閏
應鍾宮　南呂商　太簇羽　南宮閏

以宮犯宮爲正犯。以宮犯商爲側犯。以宮犯羽爲偏犯。以宮犯角爲旁犯。以角犯宮爲歸宮。周而復始。

姜白石云。凡曲言犯者。謂以宮犯商商犯宮之類。如道調宮上字住。雙調亦上字住。所住字同。故道調曲中犯雙調。或雙調曲中犯道調。其他準此。唐人樂書云。犯有正旁偏側。宮犯宮爲正。宮犯商爲旁。宮犯角爲偏。宮犯羽爲側。此說非也。十二宮所住之字不同。不容相犯。十二宮特可犯商角羽耳。案此言犯調之義甚詳。白石所謂道調雙調兩曲可相犯者。雙調爲夾鍾之商。道調爲中呂之宮。夾鍾用一上尺工下凡合四六五一五。中呂用上尺工凡合四一六五。而皆住聲於上字、所不同者惟凡與下凡耳。故可相犯。夢溪筆談謂每律名用各別外則爲犯。其所記諸調用聲。可云賅備。今學者但依前譜所注十二宮。每宮中所用之字譜。凡黃大太夾四律加四淸聲、綜而計之。卽與沈說相合、明其住字、審其用聲。而諸宮調之可犯不可犯者。亦瞭如指掌矣。

第五章　協律

詞必協律。而後可以付樂工。南宋時修內司所刊樂府混成集。巨帙百餘。周草窗齊東野語。謂其於古今歌詞宮調、靡不備具。當時塡詞家奉爲圭臬。故所作之詞。播諸管絃。咸能協律。元明以來。混成集失傳。作者僅稽舊譜。按字塡綴。而於宮商之理。不復探賾索隱。於是詞之體漸卑。詞之學漸廢。而詞之律、則更鮮有言之者。七百年古調元音。直欲與高筑嵇琴。同成絕響。寧不大可惜耶。

自漢唐至宋。郊祀大樂。率先爲詞章。而後協以律。協律之法。宋行在譜。謂視每章首尾二字。章首一字是某調。章尾卽以某調終之。如關雎關字、合作無射調結尾亦作無射聲應之。葛覃葛字。合作黃鍾調。結尾亦作黃鍾聲應之。如七月流火三章。皆七字。起七字則是清聲調。亦以清聲結之。案此北宋大樂配字之法也。然實未盡善。姜夔進大樂議。言七音之協四聲。各有自然之理。今以平入配重濁。以上去配輕清。奏之多不諧協。正指舊譜專以清濁配字之失也。至於詞曲。若依此法。則更疎矣。然則其法當如何始能諧協。曰當先定其宮調。當用何管色。當用何字殺。而歸重於起韻兩結。其中之清濁高下。若轉圜然。有一定之理。而無一定之音也。如專以平入配重濁。上去配輕清。則聲律之理。亦淺甚矣。

詞莫甚於宋。上自帝王朝廷。下及士庶閭巷。莫不各製新腔。爭相酬和。雖理學如朱子、眞西山。德業如范文正、司馬溫公。皆不免染指焉。宋史樂志言太宗洞曉音律。親製大曲十八。小曲二百七十。備載其名。又言民間作新聲者甚衆。蓋不待周邦彥提舉大晟府。而後廣爲體製也。其時知音者。或先製腔。而後實之以詞。如楊元素先自製腔。而張子野、東坡先生塡詞實之。名勸金船。范石湖製腔。而姜堯章塡詞實之、名玉梅令之類是也。或先率意爲長短句。然後協之以律。定其宮調。命之以名。如姜堯章長亭怨詞自序所云是也。又有所謂犯調者。或採本宮諸曲合成新調、而聲不相犯。則不名曰犯。如曹勛八音諧之類是也。或採各宮之曲合成一調。而宮商相犯。則名之曰犯。如姜夔淒涼犯。仇遠八犯玉交枝之類是也。或採他人兩曲合成一調、而宮調遂異。如白石暗香、疏影兩曲、本仙呂宮。張肎採暗香前段。疎影後段。合成暗香疎影一調。遂屬夾鍾宮。非復仙呂宮矣。此又一類也。腔生於律、律不調者。其腔不能工。故必熟於音理。然後能製腔。製腔之法。必吹竹以定之。或管、或笛、或簫皆可。（金石絲革。無不可製腔造譜者。此獨以竹言。取其聲易調不走作也。故古人和絃。亦必取定於管色。）惟吾意而吹焉、卽以筆識其工尺於紙。然後酌其句讀。劃定板眼。（聲之雅俗在板之疎密。宋人詩餘贈板甚少。故其聲猶有雅淡之意。）而復吹之。聽其腔調不美。音律不調之處。再三增改。務必使其抗墜抑揚。圓美如貫珠而後已。再看其起韻之處。與前後兩結。是何字眼。而知其爲某宮某調也。假如是六字起調。六爲黃鍾清。而第一拍轉至起韻。用高五字。爲太簇黃鍾均。以太簇爲商。則此曲屬太簇清商也。在燕樂名爲大石調。餘做此。若兩結不用高五字住。則爲出調。凌犯他宮。非復大石調矣。至於犯調宮商雖犯。而律字相同。實有以類相從。聲應氣求之義。不可以凌犯例之。此古人製犯調之精意也。蓋宮調之理。譬諸圍棋然、止此五音六律八十四聲。而腔調之出無窮。亦如黑白二子三百六十一著。而終古無人同局。但腔之美者。如國手之棋、可以爲譜焉耳。不知音律而欲自度新腔。則如童子戲弈。以黑白子盡爲局。終不識動靜陰陽生死方圓爲何物矣。新腔既定。命名以識之。而後實之以詞、即不實之以詞、亦可被諸管絃。但不能歌耳。混成集所稱有譜無詞者居半。正指此等而言。先儒謂南陔、白華、華黍、由庚、崇丘、由儀六詩。有聲無詞。即此義也。新腔雖無詞句可遵。第照其板眼塡之。聲之悠揚相應處。即用韻之處也。故宋人用韻少之詞。謂之急曲子。用韻多者。謂之慢曲子。義蓋如此。此皆非所難。難在審其起韻兩結工尺之高低清濁。而以韻配之。使歌者便於融入某律某調耳。然腔調雖至多。韻脚亦至夥。而止以清濁陰陽高下配之。且所重止在起韻兩結、而其他不論、故其法又簡易而不煩。古之知音者。卽酒邊席上。任意揮毫、莫不可諧諸律呂、蓋識此理也。至於舊腔、第照前人詞句塡之、有宮調可考者。稍致謹於煞尾兩字、卽無不合律矣、此塡腔之法也。

楊守齋曰。作詞有五要。第一要擇腔。腔不韻則勿作。如塞翁吟之衰颯。帝臺春之不順。隔浦蓮之寄煞、鬭百花之無味是也、按不韻、謂不美也。第二要擇律。律不應。則不美、如十一月須用正宮。元宵詞必用仙呂宮爲宜也。按九宮各譜、正月配以仙呂。蓋本諸此、而不知實誤也。正宮乃黃鍾變宮聲、故十一月用之。仙呂宮乃夷則之宮聲。當用之七月。元宵胡爲用之乎、以意斷之、仙呂乃南呂之譌也。何則、正月律當用太簇、（卽高宮）太簇之均。以南呂爲徵、徵爲火。元宵燈火之事。故宜用南呂。古人用律之精如此。然所云南呂者。不專指一調而言。如揭指調、（卽南呂商）越調、（即南呂角）般涉調、（即南呂羽）皆可用也。如十一月越調、（即黃鍾商）中呂調、（即黃鍾羽）高大石角。（即黃鍾角）皆可用也。不然。一歲之事、只消十二調便足。其餘曲俱屬無用。有是理乎。宮字衍文。蓋南呂宮。卽林鍾宮。當於六月用之也。正宮一本作黃鍾。最是。言黃鍾則正宮大食角諸調。皆見。言正宮則不見也。第三要句韻按譜。自古作詞。能依句者少。依譜用字者。百無一二。詞若歌韻不叶。奚取哉。或謂善歌者能融化其字。則無疵。殊不知製作轉折。用或不當。則失律。正旁偏側。凌犯他宮。非復本調矣。按宋人多先製腔而後塡詞。觀其工尺當用何字協律。方始塡入。故謂之塡詞。及其調盛傳。作者不過照前人詞句塡之。故云依句者少。依譜用字者。百無一二也。轉折乃節奏所關。故下字不當。則失律凌犯他宮。起韻過變兩結。尤爲喫緊。第四要催律押韻。如越調水龍吟。商調二郎神。皆用平入聲韻。古調俱押去聲。所以轉折乖異。按催字。譌。當作推。律乃相傳剞劂之誤。推求此調屬某律某音。然後叶某韻塡之。方始合律。卽段安節五音二十八調所說是也。水龍吟越調。卽黃鍾商。二郎神商調。卽無射商。若去聲韻當叶宮聲之調。非商調所宜矣。然宋詞往往不拘。蓋文士揮毫。不暇推求合律故耳。第五要立新意。按後人塡詞。止知此耳。然務求尖新。不近自然。便俗樂府雜錄載別樂識五音二十調云。平聲羽七調。第一運中呂調。第二運正平調。第三運高平調。第四運仙呂調。第五運黃鍾調。第六運般涉調。第七運高般涉調。上聲角七調。第一運越角調。第二運大石角調。第三運高大石角調。第四運雙角調。第五運小石角調。亦名正角調。第六運歇指角調。第七運林鍾角調。去聲宮七調。第一運正宮調。第二運高宮調。第三運中呂宮。第四運道調宮。第五運南呂宮。第六運仙呂宮。第七運黃鍾宮。入聲商七調。第一運越調。第二運大石調。第三運高大石調。第四運雙調。第五運小石調。第六運歇指調。第七運林鍾商調。上平聲調爲徵聲。商角同用。宮逐羽音。按運者、用也。分爲四聲。各用一韻。以塡七調。如平聲韻則用以塡中呂正平等七調。上聲則用以塡越角大石角等調。非此則不協律也。上平聲調爲徵聲者。言徵調宜用上平聲韻塡之。但有其聲無其調。

故但云爲徵聲而已、商角同用者。角調宜叶上聲韻。商調宜叶入聲韻。而上平之韻。二調亦可叶也。宮逐羽音者。宮音之調。宜叶去聲韻。羽音之調。宜叶平韻。而去聲之宮。亦可叶平聲之羽。故曰宮逐羽音也。

詞有字句韻脚無絲毫異、而所注宮調有絕不相同者。蓋有一曲而有十二均皆可叶、此雅樂之例也。一曲屬一宮調而不必相通、此燕樂之例也。知音者按月用律。因題擇腔。則亦有時以雅樂之例。旋於燕樂。故有一曲屬此宮調而又入他宮調者焉、此蓋燕樂之變例。然此類亦無多也。如柳永樂章集中玉樓春詞共一十三首。其昭華夜醮逢清曙五闋。注大石調。卽太簇商也。太簇爲正月律。第一第二首言齋醮事。第三首詠上元。第四首言朝賀、皆正月事也。故用大石調。其第五首狹邪之作。而亦用此調者。所謂大石宜風流蘊藉、而不論月律也。又剪裁用盡春工意三首。詠杏花海棠柳枝、又心娘自小能歌舞四首。贈妓。皆注林鍾商。卽小石調。所謂小石宜旖旎柔媚。取其聲與題稱。而林鍾爲十二月律所不計也。又有個人人眞堪羨，詞字句亦同。而注仙呂調。乃通押去聲韻。卽樂府雜錄所謂平聲羽七調，第四運仙呂調，去聲宮七調。宮逐羽音者也。此皆字句同，而宮調不同之義也。或曰字句韻脚皆同。何以能移入他宮調，曰大石爲太簇，當用高四字住。小石爲林鍾，當用尺字住，仙呂調爲仲呂，當用上字住。但於起韻兩結用字，擇其聲之高下清濁，與四尺上三字相配者用之。卽協某宮某調矣。蓋甚易而無難也。又有曲名同。而句法宮調異者。其理亦是如此。惟雅樂一詩十二律皆可協。其法小有不同。蓋緣一字原具五音故也，

過腔，亦謂之鬲指聲。見晁無咎集。凡解吹竹者類能爲之。昔姜堯章湘月詞，自注卽念奴嬌鬲指聲。於雙調中吹之。蓋念奴嬌本大石調卽太簇商。雙調爲仲呂商。律雖異而同是商音，故其腔可過。太簇當用四字。仲呂當用上字。今姜詞欲音諧婉。不用四字住。而用上字住。簫管四上字中間只鬲一孔，笛四上字兩孔相聯。只在鬲指之間，又此兩調、畢曲當用一字尺字。亦在鬲指之間。故曰鬲指聲也。

詞麈論繁聲云。黃鍾醉花陰本五句。並換頭止五十二字。起調當用黃淸六。今樂家乃先用六五凡工爲襯聲。然後用中呂上字起調。以律推之。乃是黃鍾淸角。非黃鍾宮也。又加襯八十餘字。繁聲太多。音節太密。去古益遠矣。蓋始作此曲者。或四言。或五言。或七言。必有襯字以贊助之。通爲五十二字。後人撰詞。並其襯字亦用詞塡實。工師不知。於定腔五十二字之外。又加襯字至八十餘。皆淫哇之聲也。必刪去始爲近古。按繁聲唐宋人謂之纏聲。太眞傳明皇吹玉笛。遲其聲以媚之。卽纏聲多也。今人譜工尺。多用贈板。音方旖旎悅耳。卽淫哇之謂。古靡靡之音也。善乎稗編之言曰。今樂與古樂同者器也。律也。其不同者。其製詞有邪正敬慢也。度曲之節。有繁簡嚴媚濃淡也。用其所同。而去其所不同。使其詞一歸於正。其曲淡而不豔。其節稀而不密。則古樂豈外是哉。白樂天詩云。正始之音其若何。朱絃疎越淸廟歌。一彈一唱再三歎。曲淡節稀聲不多。蓋有以識此矣。雖然。論大樂則當去其繁聲。若燕樂如今之曲子。但去其邪慢之詞便足。不必盡以此例之也。又論側商調云。姜堯章琴曲自序曰。側商之調久亡。唐人詩云。側商調裏唱伊州。余以此語尋之。伊州大石調黃鍾律法之商。乃以慢角轉絃取變宮變徵散聲。此調甚流美也。蓋慢角乃黃鍾之正。側商乃黃鍾之側。他言側者皆同此。此一段甚難解。後觀姜越相側商調一曲。始略悟其旨。蓋大石調爲應鍾角。黃鍾商乃黃鍾之正聲。當用太簇起調畢曲。今姜此詞用太簇畢曲。而用應鍾起調。曲中多取應鍾角爲變宮變徵之聲。非黃鍾商之正。故曰側商耳。側弄、側楚、側蜀、皆是此義。

務頭之說。解者紛紛。周德清中原音韻簡末附論務頭一卷。洋洋數千言。而其理愈晦、究不知、於意云何。周氏之言曰。要知某調某句某字是務頭。可施俊語於其上。據此則每一調之務頭。皆有一定之定格矣。顧周氏書中所列之定格四十首。則又不盡然。往往註明務頭在第幾句上。似乎可以隨意爲之。且既云某調某句是務頭。可施俊語。然則凡不是務頭處。皆可放筆塡詞。潦草塞責乎。此必不然者也。李笠翁別解務頭曰。凡一曲中最易動聽之處。是爲務頭。此論尤難辨別。試問以笛管度詞高低抑揚。焉有不動人聽者乎。則所謂最易動聽四字。亦殊無據。然則務頭二字。究爲何物。曰務頭者。調中平上去三音聯串之處也。如七字句則第三第四第五之三字。不可用同一之音。大抵陽去與陰上相連。陰上與陽平相連。或陰去與陽上相連。陽上與陰平相連亦可。每一調之中。必須有三音相連之一二語。或二音（或去上或去平或上平看牌名以定之）相連之一二語。此卽爲務頭處。今卽以嘯餘譜中所列定格四十首證之。白仁甫寄生草云。長醉後方何礙。不醒時有甚思。糟醃兩箇功名字。醅渰千古朝廷事。麴埋萬丈虹蜺志。不達時皆笑屈原非。但知音盡說陶潛是。詞中用醒時二字。爲陰上與陽平相連。古朝與屈（作上）原四字亦然。有甚二字。爲陰上與陽去相連。盡說陶三字。爲陽去陰上陽平相連。皆是務頭也。又白仁甫醉中天云。疑是楊妃在。怎脫馬嵬災。曾與明皇捧硯來。美臉風流殺。叵奈揮毫李白。覷著嬌態。灑松煙點破桃腮。此詞詠佳人黑痣。文極佳妙。馬嵬與明皇四字。爲陰上與陽平相連。捧硯爲陰上與陽去相連。

點破桃三字爲陰上陽去陽平相連。皆是務頭也。又宮大用醉扶歸云。十指如枯筍。和袖捧金樽。搊殺銀箏字不眞。揉癢天生鈍。縱有相思淚痕索把拳頭搵。詞中指如殺銀把拳六字皆爲陽上與陰平相連。字不眞爲陽去陰上陰平相連。皆是務頭也。嘯餘譜共有定格四十首。而取其第一第二第三三首論之。已明晰如彼矣。以下三十七首。學者可用我說求之。則無所不合也。

字音與曲調。盭然相反。四聲中字音以上聲爲最高。而在曲調中則上聲諸字。反處極低之處。又去聲之音讀之。似覺最低。不知在曲調中。則去聲最易發調。最易動聽。故逢去上兩字連用之處。（謂一句中相連處）用去上者必佳。用上去者次之。所謂卑亢之間。最難聯貫也。凡事自上而下較易。自下而上較難。自去聲至上聲。由上而下也。自上聲至去聲。由下而上也。所以去上之聲必優美於上去。總之。就曲調之高低。以律字音之卑亢。調之低者。宜用上聲字。調之高者。宜用去聲字。而總要一語。必須文字優美。能上聲字少用。則所塡諸詞。無不可被管絃矣。雖然。此特爲不知音者塡詞而發也。若詞林宗匠。儘有出奇操勝之妙。局促於短轅之下。有才者反多一束縛矣。

玉田講律至嚴。其結聲正譌云。商調是ㄦ字。結聲用折而下。若聲直而高。不折則成ㄙ字。卽犯越調。案越調本律爲黃鍾商。用合字。淸聲用六字。商調爲應鍾商。故不可以商犯商也。仙呂宮是⑦字。結聲用平直。若徵折而下。則成⑪字。卽犯黃鍾宮。案夷則下工與無射下凡聲近易譌。雖宮可犯宮。而住字不同。犯之則落韻矣。正平調是マ字。結聲用平直而去。若徵折而下。則成ㄣ字。卽犯仙呂調。案正平調爲太簇羽。仙呂調爲中呂羽。四上相混。則是以羽犯羽。無是律也。道宮是ㄥ字。結聲要平下。若太下而折。則帶∧一雙聲。卽犯中呂宮。案中管道宮用勾字。勾爲下尺。中呂宮用下一字。一近下一。尺近勾。故易雜入雙聲。高宮是可字。結聲要淸高。若平下則成八字。犯大石。徵高則成ㄙ字。是正宮。案中管高宮爲太簇宮。用四字。淸聲用五字。故曰要淸高也。大石角爲應鍾閏。用凡字。正宮黃鍾淸聲用六字。故五字聲或高下。皆易混也。南呂宮是∧字。結聲要平而去。若折而下。則成一字。卽犯高平調案南呂宮、高平調。同屬林鍾、雖宮可犯羽。而尺一住字不同。卽同宮亦不可偏犯。以上數宮調。腔韻相近。若結聲轉入別宮調。謂之走腔。若高下不拘。乃是諸宮別調矣。

第六章　塡辭

塡詞須先審題。因題擇調名。次命意。次選韻。次措詞。其起結須先有成局。然後下筆。最是過變勿斷了曲意。要結上起下爲妙。

詞中句法貴平妥精粹。一曲之中。安能句句高妙。只要襯副得去。於好發揮處。勿輕放過。自然使人讀之擊節。

句法中有字面。生硬字切勿用。必深加鍛鍊。字字推敲響亮。歌之妥溜。方爲本色語。方回夢窗精於鍊字者。多從李長吉溫庭筠詩中取法來。故字面亦詞中起眼處不可不留意也。

詞要清空。勿質實。清空則古雅峭拔。質實則凝澀晦昧。姜白石如野雲孤飛。去留無迹，吳夢窗如七寶樓臺。眩人眼目。拆碎下來。不成片段。此爲清空質實之說。

詞中用事要融化不澀。如東坡永遇樂云。燕子樓空。佳人何在。空鎖樓中燕。用張建封事。白石疏影云。猶記深宮舊事。那人正睡裏。飛近蛾綠。用壽陽事。又云昭君不慣胡沙遠。但暗憶江南江北。想環珮月下歸來。化作此花幽獨。用少陵詩。皆用事而不爲所使。

詩難詠物，詞爲尤難。體認稍眞。則拘而不暢。摹寫差遠。則晦而不明。須收縱聯密。用事合題。如邦卿東風第一枝詠雪。雙雙燕詠燕。白石齊天樂賦促織。全章精粹。瞭然在目。而不留滯於物者也。

詞之難於小令。如詩之難於絕句。蓋十數句間。要無閒句字。要有閒意趣。末又要有有餘不盡之意。

語句太寬則容易。太工則苦澀。故對偶處卻須極工。字眼不得輕泛。正如詩眼一例。若八字既工。下句便須少寬、約莫太寬、又須工緻、方爲精粹。

詞忌堆積。堆積近縟、縟則傷意。詞忌彫琢。彫琢近澀、澀則傷氣、

遇事命意。意忌庸、忌陋、忌襲、立意命句、句忌庸、忌澀、忌晦、意卓矣、而束之以音、屈音以就意。而意能自達者鮮。句奇矣、而攝之以調、屈句以就調、而句能自振者鮮、此詞之所以難也、

調之最醜者、爲酸腐、爲怪誕、爲粗莽、以險麗爲貴矣。又須泯其鏤刻痕乃佳。

凡詞中兩結、最爲緊要、前結如奔馬收韁、尙存後面地步、有住而不住之勢、後結如泉流歸海、迴環通首源流。有盡而不盡之意方妙。

一調中通首皆拗者。遇順句必須精警。通首皆順者。遇拗句必須純熟。此爲句法之要、又頻伽詞話云、有拗調拗句、須渾然脫口。若不可不用此平仄聲者、方爲作手。如未能極工。無難取成語之合者以副之。斯不覺其聱牙耳。

詞有疊字。三字者易。兩字者難、要安頓生動、詞有對句、四字者易、七字者難。要流轉圓愜。

詞之章法。不外相靡相盪、如奇正實空抑揚開合工易寬緊之類。是也。詞之承接轉換。大抵不外紆徐斗健、交相爲用。所貴融會章法。按脈理節拍而出之。

空中蕩漾。是詞家妙訣、上意本可接入下意、卻偏不入。而於其間傳神寫照。乃愈使下意栩栩欲動。

詞之爲物、色香味宜無所不具。以色論、有眞色、有借色、借色每爲俗情所豔。必先將借色洗盡、而後眞色乃見也、

詞澹語要有味。壯語要有韻、秀語要有骨。

詞深於興。則覺事異而情同、事淺而情深。故沒要緊語、正是極要緊語。亂道語、正是極不亂道語。

詞中用事、貴無事障、晦也。膚也。多也。板也。此類皆障也。僻事熟用。熟事虛用。學有

餘而約以用之。善用事者也。乍敍事而間以理言、得活法者也。

詞要清空妥溜。固然。惟須妥溜中有奇創、清空中有沈厚。纔見本領。描頭畫角、是詞之低品。蓋詞有全體、宜無失其全。詞有內蘊、宜無失其蘊。

詞與詩不同。詞之句語。有二字三字四字至六字七八字者。若堆垛實字。讀且不通。況付之雪兒乎。合用虛字呼喚。單字如正但甚任之類。兩字如莫是還又那堪之類。三字如更能消最無端又卻是之類。此等虛字。卻要用之得其所。若能盡用虛字。句語自活。必不質實。

大詞之料。可以斂爲小詞。小詞之料。不可展爲大詞。良以一句之意。引而爲兩三句。或引他意入來。捏合成章。必踳駁互見。定無一唱三歎之理。

詞要放得開、最忌步步相逢。又要收得回。最忌行行愈遠。必如天上人間、去來無迹方妙。

中調長調轉換處、不欲全脫。不欲明黏。如畫家開合之法。須一氣而成。則神味自足。

詞中對句。正是難處。切莫認作襯句。至五言對句。七言對句。使觀者不作對句方佳。

小調要言短意長。忌尖弱。中調要骨肉停勻。忌平板。長調要操縱自如。忌粗率。能於豪爽中著一二精緻語。緜婉中著一二激厲語。尤見錯綜之妙。

詞要不亢不卑。不觸不悖。驀然而來。悠然而逝。立意貴新。設色貴雅。構局貴變。言情貴含蓄。如驕馬弄銜而欲行。粲女窺簾而未出。則得之矣。白描不可近俗。修飾不可太文。生香活色。當在卽離之間。

僻詞作者少。宜渾脫。乃近自然。常調作者多。宜生新。斯能振動。

詞以空靈爲主。而不入於粗豪。以婉約爲宗。而不流於柔曼。意旨綿邈。音節和諧。樂府之正軌也。不善學之。則循其聲調。襲其皮毛。筆不能轉。則意淺。淺則薄。不能鍊。則意卑。卑則靡詞雖小道。第一要辨雅俗、結構天成。而中有豔語、雋語、豪語、苦語、癡語、沒要緊語、如巧匠運斤。毫無痕迹、方爲妙手、古詞中如秦娥夢斷秦樓月。小樓吹徹玉笙寒、香老春蕪償盡迷樓花債。豔語也。對桐陰滿庭清晝。任老卻蘆花。秋風不管。祇有夢來去。不怕江闌住。雋語也。試問琵琶。煙沙外怎生風色。河星瀲灩晴雲熱、月輪桂老。搗破珠胎。柳鎖鶯魂。奇語也。卷起千堆雪、任天河水瀉流乾銀汁。易水瀟瀟風冷。滿座衣冠如雪。豪語也。淚花落枕紅棉冷。黃昏卻下瀟湘雨。楊柳梢頭能有春多少。斷送一生憔悴。能銷幾個黃昏。苦語也。牡丹開後。望到如今。惟有樓前流水。應念我終日凝眸。蟋蟀哥哥。倘後夜暗風淒雨。再休來小窗悲訴。癡語也。這次第怎生一個愁字了得。怕無人料理黃花。等閒過了。一寸相思千萬結。人間沒個安排處。沒要緊語也。此類甚多。略拈出一二。至如密約佳期。把燈撲滅。巫山雲雨好夢驚散等句。字面惡俗。不惟不佳。亦君子所不屑道也。

詞有點染。耆卿雨淋鈴云。多情月。自古傷離別。更那堪冷落清秋節。今宵酒醒何處。楊柳岸曉風殘月上二句點出離別冷落。今宵二句乃就上二句染之。點染之間。不得有他語相隔。隔則警句亦成死灰矣。

詞以鍊章法爲穩。鍊字句爲秀。秀而不穩。猶百琲明珠而無一線穿也。

詞之妙莫妙於以不言言之。非不言也。寄言也。如寄深於淺。寄厚於輕。寄勁於婉。寄直於曲。寄實於虛。寄正於餘。皆是。

司空表聖云。梅止於酸。鹽止於鹹。而美在酸鹹之外。嚴滄浪云。妙處透徹玲瓏。不可湊泊。如水中之月。鏡中之象。此皆論詩也。詞亦以得此境爲超詣。

凡詞起句。須見所詠之意。不可汎入閒事。方入主意。詠物尤不可汎。

詞過處多是自敘。若才高者。方能發起別意。然不可太野。走了元意。

詠物須時提調。覺不分曉。須用一兩件事印證方可。如清眞詠梨花。水龍吟第三第四句。須用樊川靈關事。又深閉門及一枝帶雨事。覺後段太寬。又用玉容事。方表得梨花。若全篇只說花之白。則是凡白花皆可用。如何見得是梨花。

要求字面。當看溫飛卿、李長吉、李商隱、及唐人諸家詩句中字面好而不俗者。採摘用之。他如花間集小詞。亦多好句。

鍊句下語。最是緊要。如說桃不可直說破桃。須用紅雨劉郎等字。如詠柳不可直說破柳。須用章臺灞岸等字。又用事如曰銀鉤空滿、便是書字了。不必更說書字。玉筋雙垂。便是淚了。不必更說淚。如綠雲繚繞。隱然髻髮。困便湘竹。分明是簟。正不必分曉。如教初學小兒。說破這是甚物事。方見妙處。

遇兩句可作對。便須對。短句須剪裁齊整。遇長句須放任婉曲。不可失硬。

押韻不必盡有出處。但不可杜撰。若只用出處押韻。卻恐窒塞。

腔子多有句上合用虛字。如嗟字奈字況字更字又字料字頓字正字甚字。用之不妨。如一詞兩三次用之。便不好。謂之空頭字。不若徑用一靜字頂上道下來。句法又健。然亦不可多用。

壽詞最難作。切宜戒壽酒壽香老人星千春百歲之類。須打破舊詞規模。只形容其人事業纔能隱然有祝頌之意。

詞中用事使人姓名須委曲得不用出最好。清眞詞多用兩人名對仗。可不必學。他如晏清都云庾信愁多。江淹恨極。西平樂云東陵晦迹。彭澤歸來。大酺云蘭成憔悴。衞玠清羸。過秦樓云才減江淹。情傷荀倩之類是也。

詞宜雅矣。而尤貴得趣。雅而不趣。是古樂府。趣而不雅。是南北曲。李唐五代多雅趣并擅之作。

雅如美人之貌。趣是美人之態。有貌無態。如皋不笑。終覺寡情。有態無貌。東施效顰。亦將卻步。

詞句欲敏。字欲捷。長篇須曲折三致意。而氣自流貫乃得。

小調不學花間。則當學歐晏秦黃。總以不盡爲佳

詞非自選詩樂府來。不能入妙。

詞至詠古。非惟著不得宋詩腐論。並著不得晚唐人翻案法。反復流連。別有寄託。

詞不在大小淺深。貴於移情。曉風殘月。大江東去。體製雖殊。讀之皆若身歷其境。惝怳迷離。不能自主。文之至也。

塡詞結句。或以動蕩見奇。或以迷離稱雋。著一實語。敗矣。康伯可正是銷魂時候也。撩亂花飛。晏叔原紫騮認得舊遊蹤。嘶過畫橋東畔路。秦少游悶花無語對斜暉。此恨誰知。深得此法。

詞雖以險麗爲工。實不及本色語之妙。如李易安眼波纔動被人猜。蕭淑蘭去也不教知。怕人留戀伊。魏夫人爲報歸期須及早。休誤妾一春閒。孫光憲留不得。留得也應無益。嚴次山一春不忍上高樓。爲怕見分攜處。觀此種句。覺紅杏枝頭春意鬧。尚書安排一箇字。費許大氣力。

小詞以含蓄爲佳。亦有作決絕語而妙者。如韋莊誰家年少足風流。妾擬將身嫁與一生休。縱被無情棄。不能羞之類是也。牛嶠須作一生拌。盡君今日歡。抑亦其次。柳耆卿衣帶漸寬終不悔。爲伊消得人憔悴。亦即韋意。而氣加婉矣。

凡寫迷離之況者。止須述景。如小窗斜日到芭蕉。半牀斜月疏鐘後。不言愁而愁自見。

作險韻者以妥爲貴。如史梅溪一斛珠用愜躡疊接等韻。語甚生新。卻無一字不妥。

塡詞意欲層深。語欲渾成。然往往詞意層深者。語便刻畫。語渾成者。意便淺膚。兩難兼也。永叔詞淚眼問花花不語。亂紅飛過鞦韆去。此方謂層深而渾成。何也。因花而有淚。此一層意也。因淚而問花。此一層意也。花竟不語。此一層意也。不但不語。且又亂落飛過鞦韆。此一層意也。人愈傷心。花愈惱人。語愈淺而意愈入。又絕無刻畫費力之迹。謂非層深而渾成可乎。然作者初非措意。直如化工生物。筍未出苞而節已具。非寸寸爲之也。若先措意。便刻畫愈深。愈墮惡境矣。

長調不下於詩之歌行。長篇歌行。猶可使氣。長調使氣。便非本色。高手當以情致見佳。蓋歌行如駿馬驀坡。可以一往稱快。長調如嬌女步春。旁去扶持。獨行芳徑。

徙倚而前。一步一態。一態一變。雖有强力健足。無所用之。

詞以自然爲宗。但自然不從琱琢中來。便率易無味。如所云絢爛之極。乃造平淡耳。若使語意淡遠者。稍加刻畫。則鏤金錯繡。漸近天然。斯爲絕唱矣。

作詞必先選料。大約用古人之事。則取其新僻。而去其陳因。用古人之語。則取其清雋。而去其平實。用古人之字。則取其鮮麗。而去其淺俗。

作詞之難。難於上不似詩。下不類曲。立於二者之中。致空疏者作詞。無意肖曲。而不覺彷彿乎曲。有學問人作詞。儘力避詩。而究竟不離於詩。一則苦於習久難變。一則迫於舍此實無。欲去此二弊。當究心於淺深高下之間也。

第七章　立式

近日通行之詞譜。種類甚多。其詳者如萬紅友詞律。欽定詞譜等。其簡者如舒白香詞譜。塡詞圖譜等。然詳者取體務備。收材極廣。以致卷帙浩繁。立論龐雜。難爲學者實習之書。簡者似覺稍爲有要。而於平仄處但加圈識。刻本不無舛誤。故詞譜雖多。而能簡當適用者殊少。今別選古詞若干首。分小令、中調、長調三類。詳記其字數用韻及句中可平可仄者。兼附異名。略加解說。其同名而字數長短不同有數體者。止錄後人效法稍多者一體。雖不免武斷陋略。然爲初學者立式。不得不如此也。

第一節　小令

昔人撰詞譜。以不及六十字者爲小令。六十至九十字者爲中調，九十字以上者爲長調，今從之。錄小令格式如下。

十六字令。十六字，四句三韻。又名蒼梧謠。式如左。

天。韻休可仄使圓蟾照客眠，叶人何在，桂可平影自嬋娟。叶（蔡伸）

此調舊刻收周美成作明月影穿窗白玉錢一首。詞綜校正之。謂此係周晴川詞，明字乃眠字之誤。本一字句。月影以下爲七字句。今蔡詞亦天字起韻。則作三字起句者非也。

南歌子亦作南柯子。二十三字。五句三韻。式如左。

轉盼如波眼。娉婷似柳腰。韻 花仄可裏暗相招。叶 憶平可君腸欲斷。恨春宵。叶（溫庭筠）

此調句法。唯五言對句。與雙調同。餘均異。此外亦有用仄韻者。句法雖同。而平仄互異矣。

漁歌子一名漁父。二十七字。五句四韻。式如左。

西塞山前白鷺飛。韻 桃花流水鱖魚肥。叶 青箬笠。綠蓑衣。叶 斜風細雨不須歸。叶（張志和）

此調和凝詞結句用香引芙蓉惹釣絲。平仄不同。又玄眞一首起二句松江蟹舍主人歡。菰飯蓴羹亦共餐。平仄全異。和凝又一首青箬笠句用釣車子。是仄平仄。想亦不拘。然自宋以後。皆依西塞一體。今作者宜從之。

憶江南二十七字。五句三韻。又名夢江南、謝秋娘、夢江口、望江南、望江梅、春去也。共有四體。字數不同。茲選一體如左。

蘭燼平可落。屏仄可上暗紅蕉。韻閒仄可夢江仄可南梅熟日。夜平可船吹仄可笛雨瀟瀟。叶人仄可語一邊橋。叶（皇甫松）

此調按宋王灼碧雞漫志云。此曲自唐至今皆南呂宮。字句皆同。又唐段安節樂府雜錄云。此詞乃李德裕爲謝秋娘作。故名謝秋娘。因白居易詞更今名。

搗練子二十七字。五句三韻。又名深院月。式如左。

深院靜。小庭空。韻斷平可續寒砧斷平可續風。叶無仄可奈夜平可長人不寐。數平可聲和月到簾櫳。叶（南唐後主）

此調名搗練子。卽詠搗練也。詞苑叢談云。常見一舊本則係鷓鴣天詞。前有半闋云。塘水初澄似玉容。所思還在別離中。誰知九月初三夜。露似珍珠月似弓。下接深院靜云云。此說頗新異。然揆前四句。語氣不類。且兩複月字。恐屬未確。

憶王孫三十一字。五句五韻。又名豆葉黃。闌干萬里心。式如左。

萋(仄可)萋芳(仄可)草憶王孫(韻)柳(平可)外樓高空(仄可)斷魂(叶)杜(平可)宇聲聲不(平作)忍聞(叶)

欲黃昏(叶)雨(平可)打梨花深(仄可)閉門。(叶)（李重元）

此調若添兒字襯。卽北曲一半兒。但元曲亦有憶王孫。與此同者。當是一調異名。

調笑令三十二字。六句八韻。又名宮中調笑。轉應曲。三臺令。式如左。

明月(韻)明月。(句疊)照得(平可)離人(仄可)愁(仄可)絕(叶)更(仄可)深影(平可)入空(仄可)牀。(平換)不(平可)道幃

(仄可)屏夜長。(平叶)長夜(仄換)長夜。(句疊)夢(平可)到庭(仄可)花陰(仄可)下。(叶)（馮延己）

此調起二字疊後長夜二字。卽以上句尾二字顚倒而疊之。凡三用韻。二仄一平。

如夢令三十三字。六句五韻。又名憶仙姿。宴桃源。比梅。式如左。

遙(仄可)夜月(平可)明如水。(韻)風(仄可)緊驛亭深閉。(叶)夢(平可)破鼠窺燈。霜(仄可)送曉寒侵被。

無寐(叶)無寐。(句疊)門(仄可)外馬嘶人起。(叶)（秦觀）

此調無寐疊上二字。趙長卿作第四句目斷行雲凝竚下。卽用凝竚凝竚。雖亦有

此格。然不多。不宜從也。

訴衷情三十三字。十一句九韻。又換二韻。一名一絲風。式如左。

鶯語韻花舞。叶春晝午。叶雨霏微。平換金帶枕。仄三換宮錦。仄叶三鳳凰帷。平叶二柳平可弱燕交飛。平叶二依依。平叶二遼仄可陽音信稀。平叶二夢中歸。平叶二（溫庭筠）

此調第二字用韻起。二三兩句連叶帷字。以下俱叶微韻。枕錦二字換韻。間於其中。

歸自謠自一作國謠。一作遙。三十四字。前後兩段各三句。共六韻。式如左。

何處笛。韻深仄可夜夢平可回情脈脈。叶竹平可風簾仄可雨寒窗隔。叶離人幾平可歲無消仄可息。叶今頭白。叶不平可眠特平可地重相憶。叶（歐陽修）

此調離人句。歐別作香閨寂寂門半掩。又作蘆花千里霜月白。半字、月字、俱用仄聲不拘。

相見歡三十六字。前段四句。後段五句。共五韻。又換二韻。一名烏夜啼。上西樓。憶眞妃西樓子月上瓜州秋夜月。式如左。

無(仄可)言獨(平可)上西樓。(韻)月如鉤。(叶)寂(平可)寞梧(仄可)桐深院鎖淸秋。(叶)剪(平可)不(平可)斷。(仄換)理(平可)還(仄可)亂。(仄叶)是離愁。(平叶)別(平可)是一(平可)般滋味在心頭。(平叶)（南唐後主）

此調寂寞至清秋。別是至心頭。皆是九字句語氣。亦可於第四字畧斷。斷亂二字。是換仄韻。如昭蘊之幕閣。稼軒之轉斷。希眞之事淚。友古之路處等。俱同各譜俱失注。是使學者落、去二韻。其誤甚矣。

長•相•思三十六字。前後段各四句。共八韻。又名雙紅豆。山漸青。憶多嬌。式如左。

汴(平可)水(平可)流。(韻)泗(平可)水(平可)流。(叶)流(仄可)到瓜州古(平可)渡頭。(叶)吳(仄可)山點(平可)點愁。(叶)

思(平可)悠(仄可)悠。(叶)恨(平可)悠(仄可)悠。(叶)恨到歸時方(仄可)始休。(叶)•月(平可)明人(仄可)倚樓。(叶)

（白居易）

此調前後段起二句俱用疊韻。或云後首句可不叶韻。

醉•太•平三十八字。前後段各四句。共八韻。式如左。

長仄可亭短亭。韻春風酒醒。叶無仄可端惹平可起離情。叶有黃鸝數聲，叶芙仄可蓉繡裀。叶江山畫屏。叶夢平可中昨夜分明。叶悔先行一程。叶（戴復古）

此調各譜註有悔二字可用平聲誤

昭•君•怨•四十字。前段四句二仄二平韻。後段四句換二仄二平韻。又名一痕沙。宴西園。式如左。

春仄可到南仄可樓雪平可盡。韻驚仄可動燈仄可期花仄可信。叶小平可雨一番寒。平換倚闌干。平叶莫平可把闌，仄可干頻仄可倚。仄三換一平可望幾平可重煙仄可水。仄叶三何仄可處是京華。平四換暮雲遮。平叶四（万俟雅言）

此調詞統等書於第三句上添二字。名曰添字昭君怨。查唐宋金元未有此體，不宜取法。

生•查•子•四十字。兩段四韻。式如左。

煙仄可雨晚晴天。零仄可落花無語。韻難仄可話此時情。梁仄可燕雙來去。叶琴仄可韻

對薰風。有平可恨和情撫。叶腸仄可斷斷絃頻。淚平可滴黃金縷。叶（魏承班）

此調平仄作者每多參差。至五代而宋漸加紀律。故或亦依此魏體。而前後首句第二字用平者爲多。雖間有一二拗句者。然名流則如出一軌也。

點絳脣四十一字。前段四句。後段四句。共七句。式如左。

雪平可霽山橫翠。濤擁平可起千重恨。韻砌成愁悶。叶那平可更梅花褪。叶　鳳平可管雲笙。無仄可不槃方寸。叶丁寧問。叶淚痕羞搵。叶界平可破香顋粉。叶（趙長卿）

右詞中翠字用去聲。妙甚。砌字淚字亦去。俱妙。凡名作俱然。作平則不起調。近見時人有於翠字用平。而砌成句用平平仄仄。是不深於詞者也。

浣溪沙四十二字。兩段五韻。式如左。

枕平可障熏爐冷繡幃。韻二平可年終仄可日苦相思。叶杏平可花明仄可月爾應知。叶

天仄可上人仄可間何處去。舊平可歡新仄可夢覺來時。叶黃仄可昏微仄可雨畫簾垂。叶（張曙）

此調詞統收匏菴一首。起二句云。晚來疏雨過柴關。還我斜陽屋滿間。平仄全誤。此等明朝先輩之作。原弄筆適興。未嘗究心。選以爲世模楷。反揚其短矣。是非作者之過。而選者之過也。

卜算子。又名百尺樓。四十四字。兩段四韻。式如左。

缺平可月掛疏桐。漏平可斷人初定。韻 時仄可見幽人獨往來。縹平可緲孤鴻影。叶 驚仄可起卻回頭。有平可恨無人省。叶 揀平可盡寒枝不肯棲。寂平可寞沙洲冷。叶（蘇軾）

此調據毛氏云。駱義烏詩用數名。人謂爲卜算子。故牌名取之。而秦詞有極目煙中百尺樓。故又名百尺樓也。

醜奴兒。四十四字。前後段各四句。共六韻。又名羅敷媚、羅敷豔歌、采桑子。式如左。

蝤仄可蠐領平可上訶梨子。繡平可帶雙垂。韻 椒仄可戶閒時。叶 競平可學摴蒱賭平可荔枝。叶 叢仄可頭鞵仄可子紅編細。裙仄可窣金絲。叶 無仄可事顰眉。叶 春仄可思翻。教阿平可母疑。叶（和凝）

此詞爲本調正格。古來作者皆從之。

菩薩蠻四十四字。前段四句二仄二平。後段四句。亦二仄二平。共八韻。又名子夜歌、巫山一片雲、重疊金。式如左。

平（仄可）林漠（平可）漠煙如織。（韻）寒（仄可）山一（平可）帶傷心碧。（叶）暝（可平）色入高樓。（平換）有（平可）人樓（仄可）上愁。（平叶）玉（平可）階空佇立。（仄三換）宿（平可）鳥歸飛急。（仄叶三）何（仄可）處是歸程。（平三換）長（仄可）亭連（仄可）短亭。（平叶四）（李白）

此調兩句一韻。共易四韻。連字或作更字。然此一字用平爲佳。用平則此句首一字可用仄。

好事近四十五字。前後段各四句。共七韻。一名釣船笛。式如左。

汀上採春回。正（平可）值早（平可）梅時節。（韻）兩（平可）行（去聲）小（平可）槽雙鳳按涼州初徹。（叶）謝（平可）娘扶（仄可）下繡鞍來。紅韉踏殘雪。（叶）歸（仄可）去不（平可）須銀燭。有山（仄可）頭明月。（叶）

（鄭獬）

此調中紅韡句與向子諲之尙喜知時節。洪咨夔之半陰晴方好。稍有不同。然踏殘雪用仄平仄。甚起調名詞皆然。兩結用仄平平平仄。圖譜謂可用平仄平仄仄。誤。

謁金門•• 四十五字。前後段各四句。共七韻。又名花自落。式如左。

空相(可仄)憶。(韻) 無(可仄)計得(可平)傳消息。(叶) 天(可仄)上嫦(可仄)娥人不識。(叶) 寄(可平)書何處覓。(叶) 新(可仄)睡覺(可平)來無(可仄)力。(叶) 不(可平)忍看(可平)伊書(可仄)迹。(叶) 滿(可平)院落(可平)花春寂寂。(叶) 斷(可平)腸芳草碧。(叶) （韋莊）

此調各家俱從此體。獨孫光憲後起云輕別離。甘拋擲。作三字兩句叶韻。同。不另錄。

憶秦娥•• 四十六字。前後段各五句。共八韻。又名秦樓月、碧雲深、雙荷葉。式如左。

簫聲(可仄)咽。(韻) 秦(可仄)娥夢(可平)斷秦樓月。(叶) 秦樓月。(疊三字) 年(可仄)年柳(可平)色。灞陵傷別。(叶) 樂(可平)遊原(可仄)上清秋節。(叶) 咸(可仄)陽古(可平)道音塵絕。(叶) 音塵絕。(疊三字) 西(可仄)風

殘仄可照。漢家陵闕。叶（李白）

此調秦樓月音塵絕二句。俱疊上三字。灞漢二字。必用仄字。得去聲尤妙。今人竟有於傷字及陵闕之陵字用仄者。大謬。沈選王修徵竟於年年西風二句。作仄仄平平。更奇。

畫堂春四十七字。前後段各四句。共七韻。式如左。

落平可紅鋪仄可徑水平池。韻弄平可晴小平可雨霏霏。叶杏平可花憔仄可悴杜鵑啼。叶無仄可奈春歸。叶　柳平可外畫平可樓獨上。憑平可闌手平可撚花枝。叶問平可花無仄可語對斜暉。叶此平可恨誰知。叶（徐俯）

此調秦少游作。後起比前起少一字。

阮郎歸四十七字。前段四句。後段五句。共八韻。又名醉桃源、碧桃春。式如左。

翠平可深濃仄可合曉鶯隄。韻春仄可如日平可墜西。叶畫平可圖新仄可展遠山齊。叶花仄可深十平可二梯。叶　風絮晚。醉魂迷。叶隔平可城聞仄可馬嘶。叶落平可紅徵仄可沁繡鴛

泥。叶秋仄可千教仄可放低。叶（吳文英）

此調後起句。六一作淺螺黛。東坡作雪肌冷。俱用仄平仄。然此亦是偶爾。作者自當用平仄仄也。

桃•源•憶•故•人四十八字。前後段各四句。共八韻。又名虞美人影。式如左。

逢仄可人借平可問春歸處。韻遙仄可指蕪仄可城煙樹。叶滴平可盡柳平可梢殘雨。叶月平可闌西南戶。叶游仄可絲不平可解留伊住。叶漫平可惹閒仄可愁無數。叶燕平可子爲平可誰來去。叶似平可說江南路。叶（王之道）

此調字句叶韻。前後兩段相同。桃源二字。汲古放翁詞作桃園。誤。

柳•梢•靑•一名早春怨。四十九字。前後各五句。共六韻。式如左。

岸平可草平沙。韻吳仄可王故平可苑。柳平可裊煙斜。叶雨平可後寒輕。風仄可前香仄可細。春仄可在梨花。叶行仄可人一平可棹天涯。叶酒醒處。殘陽亂鴉。叶門仄可外秋千。牆仄可頭紅仄可粉。深仄可院誰家。叶（秦觀）

此調首句有用仄聲。不拘。

西江月又名步虛詞。五十字。前後段各四句。共六韻。式如左。

裙仄可摺綠平可羅芳仄可草。冠仄可梁白平可玉芙蓉韻次平可公筵仄可上見山公。叶紅仄可綬欲平可銜雙仄可鳳。叶換仄　已平可向冰仄可奩約平可月吏平可來玉平可界乘風。平叶淩仄可波襪平可冷一樽同。平叶莫平可負彩平可舟涼仄可夢。仄叶（史達祖）

此調平仄兩叶。又有前二平一仄。後又換韻二平一仄者。山谷夢窗皆有此體。

惜分飛五十字。前段四句四韻。後段同。式如左。

釧平可閣桃顋香玉溜。韻困平可倚銀牀倦繡。叶雙仄可燕歸來後。叶相仄可思葉平可底尋紅豆。叶　碧平可唾春衫還在否。叶重仄可理弓彎舞袖。叶錦平可藉芙蓉褥。叶翠平可腰羞仄可對垂楊瘦。叶（陳允平）

此調聖求雙燕句作簾映春窈窕。窈窕二字誤。或窈字之上尚有一平聲之字。而寫者誤落耳。

醉花陰五十二字。前段四句三韻。後段同。式如左。

薄(可平)霧濃(可仄)雰愁永晝。(韻)瑞(可平)腦噴金獸。(叶)佳(可仄)節又重陽。寶(可平)枕紗廚。半(可平)夜涼初透。(叶)　東(可仄)籬把(可平)酒黃昏後。(叶)有(可平)暗香盈袖。(叶)莫(可平)道不消魂。簾(可仄)捲西風。人(可仄)比黃花瘦。(叶)（李清照）

此調有暗香句以有字領句。與瑞腦句語氣異。然查各家如稼軒東堂逃禪等。前後皆用瑞腦句法。又後段起句與前段起句平仄相反。東堂亦然。餘家前後俱用東籬句法。

臨江仙五十六字。前後段各五句。共六韻。式如左。

夜(可平)久笙(可仄)簫吹徹。更(可仄)深星(可仄)斗還稀。(叶)醉(可平)拈裙(可仄)帶寫新詩。(叶)鎖(可平)窗風露。燭(作平)炧月明時。(叶)　水(可平)調悠(可仄)揚聲美。幽(可仄)情彼(可平)此心知。(叶)古(可平)香煙(可仄)斷綵雲歸。(叶)滿(可平)傾蕉葉。齊唱轉花枝。(叶)（趙長卿）

此調前後起處六字兩句相對。兩結俱一四字。一五字。其別體甚多。茲不贅錄。

鷓鴣天一名思佳客。五十五字。兩段六韻。式如左。

枕(平可)上流鶯和(仄可)淚聞。(韻)新(仄可)啼痕(仄可)間舊啼痕。(叶)一(平可)春魚(仄可)鳥無消息。千(仄可)里關山勞(仄可)夢魂。(叶)　無一語。對芳樽。(叶)安(仄可)排腸(仄可)斷到黃昏。(叶)甫(平可)能炙(平可)得燈兒了。雨打梨花深閉門。(叶)（秦觀）

此調後起用三字二句。與前起異。和勞深三字不妨用仄。然各調中此等七字句。第五字古人多用平聲。卽如北曲賞花時。南曲懶畫眉等調。亦有此義。又魚鳥之鳥字。當作雁字。

鵲橋仙五十六字。前後段各五句二韻。調名或加令字。式如左。

纖(仄可)雲弄(平可)巧。飛(仄可)星傳(仄可)恨。銀(仄可)漢迢(仄可)迢暗(平可)度。金(仄可)風玉(平可)露一相逢。便勝(平可)卻人間無(仄可)數。(叶)　柔(仄可)情似(平可)水。佳(仄可)期如(仄可)夢。忍(平可)顧鵲(平可)橋歸(仄可)路。(叶)兩(平可)情若(平可)是久長時。又豈(平可)在朝朝暮(平可)暮。(叶)（秦觀）

此調酒邊詞首句作合沓風流。平仄異。然不可從。

虞美人五十六字。前後段各五句。各二仄二平韻。式如左。

絲絲楊柳絲絲雨。春在冥濛處。樓兒忒小不藏愁。幾度和雲飛去覓歸舟。天憐客子鄉關遠。借與花消遣。海棠紅近綠闌干。纔捲珠簾卻又晚風寒。（蔣捷）

此調兩結九字。語氣或可六字豆。或可四字豆。

一斛珠五十七字。又名醉落魄。前後段各五句。共八韻。式如左。

曉妝初過。沈檀輕注些兒箇。向人微露丁香顆。一曲清歌。暫引櫻桃破。羅袖裛殘殷色可。杯深旋被香醪涴。繡牀斜凭嬌無那。爛嚼紅茸。笑向檀郎唾。（南唐後主）

右詞按詞譜。曉妝作晚妝。

踏莎行又名柳長春。五十八字。前段五句三字。後段同。式如左。

潤玉籠綃。檀櫻倚扇。繡圈猶帶脂香淺。榴心空疊舞裙紅。艾平可枝應仄可壓愁鬟亂。叶午平可夢千山窗仄可陰一平可箭。叶香仄可瘢新仄可褪紅絲腕、叶隔平可江人仄可在雨聲中。晚平可風菰仄可葉生秋苑。叶（吴文英）

此調楊炎於第二句不起韻第三句方起韻。諸家無此體。蔡伸後起云一切見聞。不可思議。見可二字仄聲。此係偶用禪家成語。亦無此體。俱不可學。

第二節　中調

中調較小令更多。若一一臚舉。未免太繁。今但取其最通行者。以爲學者軌範。

一翦梅六十字。前段六句三韻。後段同。式如左。

紅仄可藕香殘玉平可簟秋。韻輕仄可解羅裳。獨平可上蘭舟。叶雲仄可中誰寄錦書來。雁字平可迴時。月平可滿西樓。叶花仄可自飄零水平可自流。叶一平可種相思。兩平可處閒愁。叶此平可情無計可消除。纔仄可下眉頭。卻平可上心頭。叶（李清照）

此調亦有每句叶韻者。蔣捷一首云。

一平可片春愁帶平可酒澆。韻江仄可上舟搖。叶樓仄可上帘招。叶秋仄可娘容仄可與泰娘嬌。叶風仄可又飄飄。叶雨平可又瀟瀟。叶　何仄可日雲帆卸平可浦橋。叶銀仄可字箏調。叶心仄可字香燒。叶流仄可光容仄可易把人拋。叶紅仄可了櫻桃。叶綠平可了芭蕉。叶（蔣捷）

蝶戀花六十字。前段五句四韻。後段同。又名一籮金、黃金縷、鵲踏枝、鳳棲梧、明月生南浦、卷珠簾、魚水同歡。式如左。

六平可曲闌仄可干偎碧樹。韻　楊仄可柳風輕。展平可盡黃金縷。叶　誰仄可把鈿仄可箏移玉柱。穿仄可簾燕平可子雙飛去。叶　滿平可眼游仄可絲兼落絮。叶紅仄可杏開時。一平可霎清明雨。叶濃仄可睡覺平可來鶯亂語。叶驚仄可殘好平可夢無尋處。叶（張泌）

此調壽域首句新月羞花影庭樹末三字仄平仄。此係偶然。不可從。又有一首前第四句畫閣巢新燕聲喜。後第四句冉冉光陰似流水。又一首前第四句衰柳搖風尙柔輭。後第四句獨倚闌干暮山遠。則全用仄平仄。或有此體。然作詞但從其多者可耳。

唐多令六十字。前段五句四韻。後段同。又名南樓令。式如左。

何仄可處是秋風。韻月平可明霜仄可露中。叶算淒涼未平可到梧桐。叶曾仄可向垂仄可虹橋上看。有平可幾平可樹水邊楓。叶客平可路怕相逢。叶酒平可濃愁仄可更濃。叶數歸期猶仄可是初冬。欲平可寄相仄可思無好句。聊仄可折平可贈雁來紅。叶（陳允平）

此調前後段第三句皆七字。又一體前後皆八字。茲不贅錄。

破・陣・子・六十二字。前段五句三韻。後段同。又名十拍子。式如左。

燕子來時新仄可社。梨仄可花落平可後清明。韻池仄可上碧平可苔三四點。葉平可底黃鸝一兩聲。叶日平可長飛絮輕。叶巧笑東鄰女平可伴。采桑徑平可裏逢迎。疑仄可怪昨平可宵春夢好。元仄可是今朝鬬草贏。笑平可從雙臉生。叶（晏殊）

此調本唐教坊樂。一唱十拍。因以爲名。

漁・家・傲・六十二字。前後段各五句五韻。式如左。

灰仄可燼香仄可融銷永晝。韻蒲仄可萄架平可上春藤秀。叶曲平可角闌仄可干羣雀鬬。叶清明仄可後。叶風仄可梳萬平可縷亭前柳。叶日平可照釵仄可梁光欲溜。叶循仄可階竹

(可平)粉霑衣袖。(叶)拂(可平)拂面(可平)紅新蕃酒。(叶)沈吟(可仄)久。(叶)昨(可平)宵正(可平)是來時候。(叶)（周邦彥）

此調惜香一首後段三字句不叶韻。乃誤也。用修誤於拂拂句用仄平平仄平平仄。天羽選徐小淑作。前後首句俱反作次句平仄。又次句反作首句平仄大誤。雖閨人所作當恕。然以入選。作後人矜式。則不可也。

定風波六十二字。前段五句。後段六句。共十一韻。式如左。

暖(可平)日閒窗映碧紗(韻)小(可平)池春(可仄)水浸晴霞。(叶)數(可平)樹海(可平)棠紅欲盡。(換仄)爭忍。(叶仄)玉(可平)閨深(可仄)掩過年華。(叶平)獨(可平)凭繡(可平)牀方寸亂。(三換仄)腸斷。(叶仄)淚(可平)珠穿(可仄)破臉邊花。(叶平)鄰(可仄)舍女(可平)郎相借問。(四換仄)音信。(叶仄)教(可仄)人羞(可仄)道未還家。(叶平)（歐陽炯）

此調平韻一。仄韻三。是定格也。圖譜因收葉石林詞。其第一仄用見淺。第二仄用件斷。第三仄用暮雨。遂注件斷叶前見淺之韻。是使人必於後起兩句叶前三四兩句矣。誤甚。

蘇幕遮六十二字。前段七句四韻。後段同。又名鬢雲鬆令。式如左。

鬢雲鬆眉葉聚。韻 一可平闋離歌不可平爲行人駐。叶 檀可仄板停時君看取。叶、數可平尺鮫綃半是梨花雨。叶 鷺飛遙天尺五。鳳可平閣鸞坡看可平郎飛騰去。叶 今可仄夜長亭臨別處。叶 斷可平梗飛雲。盡是傷情緒。叶（周邦彥）

此調結句。不惟定格如此。而聲響亦不得不如此。圖譜於前結注云。可用平平平仄仄者誤

殢人嬌六十四字。前後段同。各六句。共八韻。式如左。

雲可仄做屏風花可仄爲行可仄幛。韻 屏可仄幛可平裏可平見春模樣。叶 小可平晴未可平了。輕陰一可平餉。叶 酒可平到處恰作平如把春拈可仄上。叶 官可仄柳黃輕。河可仄隄綠可平漲。叶 花可仄多可仄處可平少停蘭槳。叶 雪可平邊花可仄際。平蕪疊可平幛。叶 這可平一段淒可仄涼爲誰悵可平望。叶（毛滂）

右詞案歷代詩餘選、起句雲字作雪字。

解珮令六十六字。前後段各六句、共十韻。式如左。

人（可仄）行花（可仄）隝、（韻）衣沾香（可仄）霧、（叶）有新詞（可仄）逢春分付。（叶）屢（可平）欲傳情。奈（可平）燕子（可平）不（可平）曾飛去、（叶）倚珠簾詠郎秀（可平）句。（叶）相（可仄）思一（可平）度。（叶）濃愁一（可平）度。（叶）最難忘（可仄）遮燈私語、（叶）澹（可平）月梨花。借（可平）夢來（可仄）花（可仄）邊廊廡。（叶）指春衫淚曾濺（可平）處。（叶）（史達祖）

千秋歲七十一字。前後段各八句。共十韻。式如左。

楝（可平）花飄（可仄）砌。（韻）蔌（可平）蔌清香細。（叶）梅（可仄）雨過。蘋風起。（叶）情（可仄）隨湘水遠。夢（可平）繞吳峯翠、（叶）琴書（可仄）。倦鷓（可平）鴣喚（可平）起南窗睡。（叶）密（可平）意無人寄、（叶）幽（可仄）恨憑誰洗、（叶）修（可仄）竹畔。疏簾裏。（叶）歌（可仄）餘塵拂扇。舞（可平）罷風掀袂。（叶）人散（可平）後、一（可平）鉤淡月天如水。（叶）（謝逸）

離亭燕七十二字。前段六句四韻。後段同式如左。

一平可帶江仄可山如畫。韻風物向秋瀟灑。叶水平可浸碧平可天何處斷。霽色冷平可光相射。叶蓼嶼荻花洲。掩平可映竹平可籬茅舍。叶雲仄可際客平可帆高掛。叶煙仄可外酒旆低亞。叶多仄可少六平可朝興廢事。盡入漁仄可樵閒話。叶悵望倚層樓。寒仄可日無仄可言西下。叶（張昇）

風入松七十四字。前後段各六句四韻。式如左。

禁煙過後落花天。韻無奈輕寒。叶東風不管春歸去。共平可殘紅仄可飛仄可上秋千。叶看盡天涯芳草。春愁堆在闌干。叶楚江橫斷夕陽邊。叶無限青煙。叶舊時雲去今何處。山仄可無數平可柳平可漲平川。叶與問風前回雁。甚時吹過江南。叶（周紫芝）

此調前後相同。不應互異。各譜所收伯可一首。第四句前云與誰同撚花枝六字。後云歎樓前流水難西七字。必無此體。斷是前段少一字也。

御街行七十六字。前後段各七句。共八韻。式如左。

燔(可仄)柴煙(可仄)斷星河曙。(韻)寶(可平)輦回天步。(叶)端(可仄)門羽(可平)衛簇雕闌。六(可平)樂舜
(可平)韶先舉。(叶)鶴(可平)書飛(可仄)下。雞(可仄)竿高(可仄)聳。恩露均寰寓。(叶)赤(可平)霜袍(可仄)爛
飄香霧。(叶)喜(可平)色成春煦。(叶)九(可仄)儀三(可仄)事仰天顏。八(可平)彩旋(可平)生眉宇。(叶)椿
(可仄)齡無(可仄)盡蘿(可仄)圖有(可平)慶。常作乾坤主。(叶)(柳永)

祝英臺近七十七字。前後段各八句。共八韻。一名月底修簫譜。式如左。

寶釵分。桃葉渡。煙(可仄)柳暗南浦。(韻)怕(可平)上層樓。十(可平)日九風雨。(叶)斷(可平)腸(可仄)點
(可平)點飛紅。都(可仄)無人(可仄)管。倩誰喚流(可仄)鶯聲住。(叶)鬢邊覷。(叶)試(可平)把(可平)花(可仄)
卜歸期。纔(可仄)簪又重數。(叶)羅(可仄)帳燈昏。哽(可平)咽(可平)夢中語。(叶)是(可平)他(可仄)春(可仄)帶
愁來、春(可仄)歸何(可仄)處。卻不解帶(可平)將愁去。(叶)(辛棄疾)

金人捧玉盤又名西平曲、上西平。七十九字。前段七句。後段九句。共八韻。式如左。

愛春歸。憂春(可仄)去。爲春忙。(韻)旋點(可平)檢(可平)雨(可平)障雲妨。(叶)遮(可仄)紅護(可平)綠翠(可平)
幃羅(可仄)幙任高張。(叶)海(可平)棠明(可仄)月。杏花天(可仄)更(可平)惜濃芳。(叶)喚鶯吟。招蝶

（作平）拍。迎柳舞。倩桃妝。盡呼（可仄）起（可平）萬（可平）籟笙簧。（叶）一（可平）觴一（可平）詠。儘（可平）教陶（可平）寫繡心腸。（叶）笑（可平）他人（可仄）世。謾嬉游（可仄）擁（可平）翠偎香。（叶）（程垓）

此調因有別名。故各書多複收之。而圖譜乃收至三體。既收金人捧露盤與上西平。又收一元人詞上南平調。蓋嘯餘於兩結原讀作一七字一四字。故圖譜亦以杏花天三字屬上句。而嘯餘所收之詞於天字用仄。圖譜所收之詞於天字用平。且偶與通篇之韻合。故以爲另一體而列之矣。

新荷葉八十二字。前後段各八句。共九韻。式如左。

欲（可平）暑還涼。如（可仄）春有（可平）意重歸。（韻）春（可仄）若歸來。任他鶯（可仄）老花飛。（叶）輕（可仄）雷澹（可平）雨。似（可平）晚（可平）風（可仄）欺（可仄）得單衣。（叶）簷（可仄）聲驚（可仄）醉。起（可平）來新（可仄）綠成圍。（叶）

回（可仄）首分攜。（叶）光（可仄）風冉（可平）冉菲菲。（叶）曾（可仄）幾何時。故山疑（可仄）夢還非。（叶）鳴（可仄）琴再（可平）撫。將（可仄）清（可仄）恨（可平）都（可仄）入金徽。（叶）永（可平）懷橋（可仄）下。繫（可平）船溪（可仄）柳依依。（叶）（趙彥瑞）

此調後段起句叶韻。然亦有不叶者。可不拘也。

驀山溪一名上陽春。前後段各九句三韻。亦有每段第七八句共叶韻者。式如左。

一（可平）番小（可平）雨。陡（可平）覺添秋色。（韻）桐（可仄）葉下銀牀。又（可平）送（可平）箇（可平）淒涼消（可仄）息。（叶）故（可平）鄉何（可仄）處。搔（可仄）首對西風。衣（可仄）線（可平）斷。（可平）帶（可平）圍（可仄）寬。（可仄）衰（可仄）鬢添新白。（叶）錢（可仄）塘江（可仄）上。冠（可仄）蓋如雲積。（叶）騎（可仄）馬傍朱門。誰（可仄）肯（可平）念（可平）塵埃墨（可平）客。（叶）佳（可仄）人信（可平）杳。日（可平）暮碧雲深。樓（可仄）獨（可平）倚。（可平）鏡（可平）頻（可仄）看。（可仄）此（可平）意無人識。（叶）（張元幹）

洞仙歌或加令字。又名羽仙歌。八十三字。前段六句。後段七句。共六韻。式如左。

冰（可仄）肌玉（可平）骨。自清涼無汗。（韻）水（可平）殿風來暗香滿。（叶）繡簾開一點明（可仄）月窺人。人未寢。欹（可仄）枕釵橫鬢（可平）亂。（叶）起（可平）來攜素手。庭（可仄）戶無聲。時（可仄）見疏星渡河漢。（叶）試問夜如何。夜（可平）已三更。金波（可仄）淡玉（可平）繩低（可仄）轉。（叶）但屈指西風幾時來。又不道流年暗中偷換。（叶）（蘇軾）

此調句法。各家不齊。今所錄者。乃常用之體。

江城梅花引八十七字。前段八句。後段十句。共十一韻。式如左。

娟(可仄)娟(可仄)霜(可仄)月冷侵門。(韻)怕黃昏。(叶)又黃昏。(叶)手撚一枝獨(作平)自對芳樽。(叶)酒又(可平)不(可平)禁花又惱。漏聲遠。一更更。總斷魂。(叶)斷魂斷魂。(二字疊)不(可平)堪聞。(叶)被(可平)半溫。(叶)香(可仄)半薰。(叶)睡也睡也睡不穩。誰與溫存。(叶)惟(可仄)有牀前銀燭照啼痕。(叶)一(可平)夜爲(可平)花憔悴損。人瘦也。比梅花瘦幾分。(叶)（康與之）

此調相傳前半用江城子。後半用梅花引。故合名江城梅花引。蓋取江城五月落梅花句也。但前半自首至花又惱確然爲江城子。而後全不似梅花引。至過變以下。則并與兩調俱不相合。止惟有至憔悴損十六字同耳。未知以爲梅花引是何故也。

第三節　長調

凡詞字數多至九十餘。皆謂之長調。宋人自度者頗夥。不可勝錄。略選二十四式。

以賓模楷而已。

意難忘九十二字。前段十句。後段十句。共十二韻。式如左。

衣染鶯黃(韻)愛停(可仄)歌駐(可平)拍。勸(可平)酒持觴。(叶)低鬟蟬影動。私(可仄)語口脂香。(叶)蓮露滴。竹風涼、(叶)拌(可仄)劇飲淋浪。(叶)夜漸深籠(可仄)燈就(可平)月。子(可平)細端相。(叶)知音見說無雙。(叶)解移(可仄)宮換(可平)羽。未(可平)怕周郎。(叶)長顰知有恨。貪(可仄)耍不成妝。(叶)些個事。惱人腸。(叶)待(可平)說與何妨。(叶)又恐伊尋(可仄)消問(可平)息。瘦(可平)減容光。(叶)（周邦彥）

此調按歷代詩餘共收九首。平仄約略相同。蓮露滴句。蓮作檐。尋消問息句。問作聽。

滿江紅九十三字。前段八句四韻。後段十句五韻。式如左。

門(可仄)掩垂楊。寶(可平)香(可仄)度翠(可平)簾重(可仄)疊。(韻)春(可仄)寒(可仄)在羅(可仄)衣初試。素肌猶怯。(叶)薄(可平)霧籠(可仄)花天欲暮。小(可平)風送(可平)角聲初咽。(叶)但獨(可平)褰幽幌悄無言。

傷初別。叶　衣上平可雨。眉間月。叶　滴平可不平可盡。羣空切。叶　羨平可樓仄可梁歸燕。入簾雙婕。叶　愁仄可緒多仄可於花絮亂。柔仄可腸過平可似丁香結。叶　問甚平可時重理錦囊書。從頭說。（程垓）

此調各家詞俱從此體。

滿•庭•芳•九十五字、前後段各九句、共九韻。一名鎖陽臺、滿庭霜、式如左。

南仄可月驚烏。西風破平可雁。又是平可秋仄可滿平湖。韻　採平可蓮人盡、寒色戰菰蒲。叶　舊平可信江南好景、一平作萬平可里輕仄可覓蓴鱸。叶　誰知道、吳儂未識、蜀平可客已情孤。叶　憑高增悵望。湘雲盡處。都仄可是平蕪。叶　問故平可鄉何仄可日。重仄可見吾廬。叶　縱平可有荷紉芰製。終不平可似菊平可短籬疏。叶　歸情遠。三更雨。夢依舊繞庭梧。叶（程垓）

此詞前後第七句。比他作俱多一字。不作儷語。此通用體也。後起二字不用韻。問故鄉五字亦與前異。

水•調•歌•頭九十五字。前段九句。後段十句。共八韻。夢窗名江南好。白石名花犯念奴。式如左。

明(可仄)月幾時有。把(可平)酒問青天。(韻)不(可平)知天(可仄)上宮(可仄)闕。(可平)今(可仄)夕是何年。(叶)我(可平)欲乘(可仄)風歸(可仄)去。又(可平)恐瓊樓玉(作平)宇高(可仄)處不勝寒。(叶)起(可平)舞弄清影。何(可仄)似在人間。(叶)轉(可平)朱(可仄)閣。(可平)低(可仄)綺(可平)戶。照無眠。(叶)不(可平)應有(可平)恨。何(可仄)事(可平)常(可仄)向別時圓。(叶)人(可仄)有悲(可仄)歡離(可仄)合。月(可平)有陰晴圓(可仄)缺。此(可平)事古難全。(叶)但(可平)願人(可仄)長久。千(可仄)里共嬋娟。(叶)(蘇軾)

右詞幾時有弄清影用仄平仄絕妙。人長久之人字若亦用仄聲尤妙。後人多用平平仄。全不起調矣。不知至何年十一字語氣一貫。有於四字一頓者。有於六字一頓者。平仄亦稍有不同。但隨筆致所至。不必拘定耳。

鳳•凰•臺•上•憶•吹•簫九十五字。前段十句。後段九句。共九韻。式如左。

香(可仄)冷金猊。被(可平)翻紅(可仄)浪。起(可平)來慵(可仄)自梳頭。(韻)任寶奩塵滿。日(可平)上簾鉤。

生仄可怕離懷別平可苦。多少平可事欲平可說還休。叶新來瘦。非干病酒。不是悲秋。叶休休。叶此二字可叶可不叶這回去也。千萬平可遍陽關也。平可則難留。叶念武陵人遠。煙仄可鎖秦樓。叶惟仄可有樓前流仄可水。應念平可我終仄可日凝眸。叶凝眸處。從今又添一段新愁。叶（李清照）

右詞休休二字叶韻他家多不叶。可不拘也。

燭影搖紅九十六字。前段九句。後段同。共十韻。式如左。

秋仄可入燈花。夜深簷仄可影琵琶語。韻越平可娥青鏡洗紅埃。山仄可鬭秦眉嫵。叶相間金仄可茸翠畝。叶認城陰春耕舊處。叶晚春相應。新仄可稻吹香。疏煙林莽。叶清磬風前。海沈宿平可裊芙蓉炷。阿平可香秋夢起嬌啼。玉平可女傳幽素。叶人仄可駕海平可查未渡。叶試梧桐聊分宴俎。叶採菱別平作調留取蓬萊。霎時雲住。叶（吳文英）

此調將憶故人詞加一段。南宋以後俱用之。夜海二字須仄聲。至若翠舊未宴。尤須用仄。得去聲更妙。蓋此字仄而末句用林字雲字平聲。方得抑揚聲響。若前用平後反用仄。便是落腔矣。

暗香九十七字。前後段各九句共十二韻。一名紅情。式如左。

縣花誰葺。韻 記滿庭燕麥。朱扉斜闔。韻 妙手作新。公館青紅曉雲溼。叶 天際疏星趁馬。畫簾隙冰絃三疊。叶 盡換卻吳水吳煙。桃李靚春靨。叶 風急。叶 送帆葉。叶 正雁水夜清。臥虹平帖。叶 輭紅路接。叶 塗粉闈深早催入。叶 懷煖天香宴果。花隊簇輕軒銀蠟。叶 便問訊湖上柳兩隄翠匝。叶（吳文英）

右詞公館至換卻。與後塗粉至問訊同。姜堯章詞首句第三字是月字。譜俱作仄。觀此誰字。則知可用平。吳水二字。姜作竹外。可知竹字可平。送帆葉姜作正寂寂。可知第一箇寂字作平。臥虹姜作夜雪。可知雪字作平矣。

醉蓬萊九十七字。前後段各十一句共八韻。式如左。

任落平可梅鋪仄可綴。雁平可齒斜橋。裙仄可腰芳草。韻 閒仄可伴游絲。過曉平可園庭沼。叶斷平可近清明。雨平可晴風仄可輭稱少平可年尋討。叶碧平可縷牆頭。紅仄可雲水平可面柳平可隄花島。叶　誰仄可信而今怕愁憎酒。對平可著花枝自疎歌笑。叶鶯仄可語丁寧。問甚平可時重到。叶夢平可筆題詩。帊平可綾封仄可淚。向鳳平可簫人道。叶處平可處傷懷。年仄可年遠平可念。惜平可春人老。叶（呂渭老）

右詞對著下與前雁齒下俱同。任過稱問向諸字定用仄聲。且須去聲方妙。歷覽古人作者無不如此。蓋此一句領句必去聲方喚得起下面也。此亦易明之理。

鎖•窗•寒•九十九字。前段十句。後段九句。共十韻。式如左。

暗柳啼鴉。單衣竚立。小簾朱戶。韻桐花半畝。靜鎖一庭愁雨。叶灑空階更闌未休。故人翦燭西窗語。叶似楚江暝宿。風燈零亂。少年羈旅。叶　遲暮。叶嬉游處。叶正店舍無煙。禁城百五。叶旗亭喚酒。付與高陽儔侶。叶想東園桃李自春。小脣秀靨今在否。叶到歸時定有殘英。待客攜樽俎。叶（周邦彥）

此調千里和詞。於畝字用許。酒字用羽。似叶而非也。更闌未休。闌字平聲。桃李自春。李字上聲可通用。不可因仄聲而用去聲也。未字自字則必用去耳。汲古刻片玉詞更字作夜。此字用仄不妨。自字作經則誤矣。桐花至窗語與後旗亭至在否同。而在字用去聲。查此字他家有作平聲。如前段窗字者。但千里和詞亦用舊字。碧山玉田亦用更雁自等字。故知用去聲者當從也。

念奴嬌一百字。又名百字令、百字謠、酹江月、大江東去、大江西上曲、壺中天、無俗念、淮甸春、湘月等。前段九句。後段十句。共八韻。式如左。

野（可平）棠花落。又（可平）悤（可仄）悤（可仄）過（可平）了。清明時節。（韻）剗（可平）地東風欺客夢。一（可平）枕銀（可仄）屏寒怯。（叶）曲（可平）岸持觴。垂（可仄）楊繫（可平）馬。此（可平）地曾經別。（叶）樓（可仄）空人去。舊游飛燕能說。（叶）　聞道綺陌東頭。行人長（可仄）見。簾底纖纖月。（叶）舊恨春江流不盡。新（可仄）恨雲山千疊。（叶）料（可平）得明朝。樽（可仄）前重（可仄）見。鏡（可平）裏花難折。（叶）也（可平）應驚問。近來多少華髮。（叶）（辛棄疾）

右詞爲念奴嬌正格。清明明字平。而于湖作一點。張樞作漁唱。李彭老作清透。董

明德作多愛均用仄聲、

水龍吟一百二字。前後段各十一句。共九韻。又名龍吟曲、小樓連苑、海天闊處、莊椿歲。式如左。

×楚天千(仄可)里清秋。水(平可)隨天(仄可)去秋無際。(韻)遙(仄可)岑遠目。獻(平可)愁供恨。玉(平可)簪螺髻。(叶)落(平可)日樓頭。斷(平可)鴻聲(仄可)裏江(仄可)南游子。(叶)把吳(仄可)鈎看(平可)了。闌(仄可)干拍(平可)遍。無人會登臨意。(叶)休(仄可)說鱸魚堪(仄可)膾。(叶)儘西風季(平可)鷹歸未。(叶)求(仄可)田問舍。怕(平可)應羞見。劉(仄可)郎才氣。(叶)可(平可)惜流年。憂(仄可)愁風(仄可)雨。樹(平可)猶如此。(叶)倩何人喚取。紅(仄可)巾翠(平可)袖。搵英雄淚。(叶)（辛棄疾）

右詞遙岑至拍遍與後求田至翠袖同。篇中四字句前後各六。但上三句俱仄。下三句一平二仄。勿誤。把吳鈎五字句。闌干四字句。無人會三字句。登臨意三字句。此一定鐵板也。

齊天樂一百二字。前段十句。後段十一句。共九韻。又名臺城路、五福降中天、如此江山式如左。

一（可平）襟餘（可仄）恨宮魂斷。年年翠陰庭樹。（韻）乍咽涼柯。還移暗葉。重（可仄）把離愁深訴。（叶）西窗過雨。（叶）怪瑤佩流空。玉箏調柱。（叶）鏡暗妝殘。爲誰嬌鬢尙如許。（叶）銅仙鉛淚似洗。歎移盤去遠。難貯零露。（叶）病翼驚秋。枯形閱世。消（可仄）得斜陽幾度。（可平）（叶）餘音更苦。甚獨（可平）抱淸商。頓成悽楚。（叶）謾想薰風。柳絲千萬縷。（叶）（王沂孫）

右詞乍咽以下至妝殘。與後病翼以下至薰風同。過雨更苦用去上聲妙。萬萬不可用平仄而萬縷尤爲要緊。前後結平仄一字不可更改。後結須如五言詩一句。

眉嫵。一百三字。前段十句。後段九句。共十一韻。又名百宜嬌。式如左。

漸新痕懸柳、澹影穿花。依約破初暝。（韻）便（可平）有團圓意。深深拜、相逢誰在香徑、（叶）畫眉未穩。（叶）料素娥猶帶離恨。（叶）最堪愛一曲銀鉤小。寶簾掛秋冷。（叶）千古盈虧休問、（叶）歎謾磨玉斧。難補金鏡。（叶）太（可平）液池猶在。淒涼處何人重賦淸景。

叶故山夜永。叶試待他窺戶端正。叶看雲外山河。還老桂花舊影。叶（王沂孫）

右詞便有至離恨與後太液至端正同。畫眉未穩故山夜永用去平去上眞名筆也。觀石帚翠尊共款亂紅萬點可見圖譜奈何以意竄定乎。其餘破在帶掛補賦戶等字俱用仄。是定格。石帚後起云。無限風流疎散。譜因注二字叶韻。起觀此篇則知非叶也。

一萼紅一百八字。前段十一句。後段十句。共九韻。式如左。

步深幽、韻正雲仄可黃天仄可淡、雪平作意未全休。叶鑑平可曲寒沙。茂平可林煙仄可草。俛平可仰平可今古悠悠。叶歲華仄可晚平可飄零漸平可遠、誰仄可念平可我平可同載五湖舟、叶磴平可古松斜厓仄可陰苔仄可老。一仄可片清愁、叶回仄可首天涯歸仄可夢幾魂飛西浦。淚平可灑東州。叶故平可國山川。故平可園心仄可眼、還仄可似平可王粲登樓。叶最負平可他仄可秦鬟妝仄可鏡。好平可江仄可山仄可何事此時游。叶爲喚狂仄可吟老平可監。共平可賦銷憂。叶（周密）

此調草窗詞最負他三字。負作憐。可從。又按此調王碧山五首。張玉田三首。句法皆與此同。至萬氏所論尹磵民李篔房二詞。謂誤落一字。查劉伯溫一首。亦一百七字。如謂劉係踵前詞之誤。而尹李乃同時之人。何以所少之字皆同。尹作更易凝眸。李作老是來期。疑另有此體。非誤落也。

疏影一百十字。前後段各十句。共九韻。又名綠意。式如左。

苔枝綴玉。韻 有翠禽可仄小小，可平枝上同宿。叶 客裏相逢。籬角黃昏。無可仄言可仄自可平倚可平修竹。叶 昭君不慣胡沙遠。但暗憶江可仄南江北。叶 想佩環月可平夜歸來。化作此花幽獨。叶 猶記深宮舊事。那人正睡裏。飛近蛾綠。叶 莫似春風。不作平管盈盈。早與安排金屋。叶 還教一片隨波去。又卻怨玉可平龍哀曲。叶 等恁時重可仄覓幽香。已入小窗橫幅。叶 （姜夔）

此調姜詞爲祖。圖譜收鄧剡詞。其平仄與姜相合。乃以前結想佩環二字。分作二句。一五字。兩四字。而後則仍作上七下六。可謂亂點兵矣。

沁園春 一百十四字。前段十三句。後段十二句。共十韻。式如左。

孤（仄可）鶴歸飛。再過遼天換盡舊人。（韻）念纍（平可）纍枯（仄可）冢。茫（仄可）茫夢（平可）境。王（仄可）侯螻（仄可）蟻。畢（平可）竟成塵。（叶）載（平可）酒園林尋（仄可）花巷（平可）陌。當（仄可）日何曾輕（仄可）負春。（叶）流年改。歎圍（仄可）腰帶（平可）賸。點（平可）鬢霜新。（叶）交親（叶）散（平可）落如雲。（叶）又豈（平可）料如今餘（仄可）此身。（叶）幸眼（平可）明身（仄可）健。茶（仄可）甘飯（平可）輭。非（仄可）惟我（平可）老。更（平可）有人貧。（叶）躱（平可）盡危機。消（仄可）殘壯（平可）志。短（平可）艇湖中閒（仄可）采蓴。（叶）吾何恨。有漁（仄可）翁共（平可）醉。溪（仄可）友爲鄰。（叶）（陸游）

右詞一百十四字。爲沁園春正格。念纍纍以下與後幸眼明以下同。當日句短艇句七字。又豈料句八字。定格也。各家有前後用八字而過變處反用七字者。更有前八後七。前七後八者。非偶筆卽誤刻。蓋兩段相同。不宜參差。作者但從此篇爲安。

摸魚兒 一百十六字。前後段各十句。共十三韻。兒或作子。又名買陂塘。安慶摸。式如左。

漲西湖半篙新雨。麴(平作)塵波外風輭。(韻)蘭舟同(仄可)上鴛鴦浦。天(仄可)氣嫩寒輕煖。(叶)簾半捲。(叶)度(平可)一縷歌雲不(平可)礙桃花扇。(叶)鶯嬌燕婉。(叶)任狂(仄可)客無腸王(仄可)孫有(平可)恨莫(平可)放酒杯淺。(叶)　垂楊岸何(仄可)處紅亭翠館。(叶)如今遊興全懶。(叶)山容水(平可)態依然好。惟(仄可)有綺羅雲散。(叶)君不見。(叶)歌(仄可)舞地青蕪滿(平可)目成秋苑。(叶)斜陽又晚。(叶)正落(平可)絮飛花將(仄可)春、欲(平可)去目(平可)斷水天遠。(叶)（張翥）

此調最幽咽可聽。然平仄一亂。便風味全減。如麴塵句。如今句。必要平平平仄平仄。天氣句惟有句。必要平(仄可)仄仄平平仄而何處句則必要平(仄可)仄平平仄仄圖譜總用混汼。簾半卷之半字。君不見之不字。或有用平聲者。然不如仄爲佳。蓋此用仄。而下歌雲用平。正是抑揚起調處也。燕婉又晚用去上。妙。不可用平仄。至酒字水字。則自有此調以來便用仄聲。

賀新郎一百十六字。前段十句。後段同。共十二韻。郎一作涼。又名金縷曲、乳燕飛、貂裘換酒。式如左。

風仄可雨連朝夕。韻最驚心春仄可光晼晚、又過寒食。叶落平可盡一平可番新桃李。芳草南園似積。叶但平可燕子歸來幽寂。叶況平可是單仄可棲饒惆悵。儘無聊有平可夢寒猶力。叶春意遠。恨虛擲。叶　東君自是人間客。叶暫時來怱怱卻去。為誰留得。叶走平可馬插平可花當年事。池晼空餘舊迹。叶奈平可老去流光堪惜。叶杳平可隔天仄可涯人千里。念無憑寄平可語長相憶。叶回首處。暮雲碧。叶（毛幵）

右詞按歷代詩餘寄語長相憶句。寄語作為寄。

秋思耗又名畫屏秋色。一百二十三字。前段十一句。後段同。共十三韻。式如左。

堆枕香鬟側。韻驟夜聲偏稱畫屏秋色。叶風碎串珠。潤侵歌板。愁壓平作眉窄。叶動羅箑清商寸心低訴敍怨抑。叶映夢窗零亂碧。叶待漲綠春深。落花香泛。料有斷紅流處。暗題相憶。叶　歡夕。叶檐花細滴。叶送故人粉黛重飾。叶漏浸瓊瑟。丁東敲斷。弄晴月作平白。叶怕一曲霓裳未終。催去驂鳳翼。叶歎謝客作平猶未識。叶謾瘦卻東陽。燈前無夢到得。路隔重雲雁北。叶（吳文英）

此調或云自潤侵至春深。與後丁東至東陽相同。動羅箑以下十二字於商字分豆。怕一曲以下十二字於終字分豆。然總之十二字一氣平仄不差語句分豆。不拘也。或謂客字亦是叶韻。燈前無夢四字句與前落花香泛同。到得二字句叶韻。路隔亦二字句叶韻。重雲雁北四字句叶韻。俱用去入二聲。爲此調促拍淒緊之處。此說甚新。然不敢從。姑採其說於此。

蘭陵王一百三十字。第一段九句。第二段八句。第三段十句。共十八韻。式如左。

漢江側。韻月可平弄仙人珮色。叶含情久搖曳楚衣天可仄水空濛染嬌碧。叶文漪簟影織。叶涼骨。叶時將粉飾。叶誰曾見羅襪去時。點可平點波閒冷雲積。叶相思舊飛鵠。叶謾想像風裳。追恨瑤席。叶涉可平江幾可平度和愁摘。叶記可平雪映雙腕。刺縈絲縷。分開綠可平蓋素袂溼。叶放新句吹入。叶寂作平寂。叶意猶昔。叶念

淨社因緣天許相覓。叶飄蕭羽平可扇搖團白。叶屢側臥尋夢倚闌無力。叶風標公子欲下處。似去聲認去聲得。叶（史達祖）

此調案隋唐嘉話齊文襄長子長恭封蘭陵王與周師戰勇冠三軍武士共歌謠之曰蘭陵王入陣曲此調名所始也又案此調後結必用六仄聲以仄去仄去去入爲最合。

多麗又名綠頭鴨。一百三十九字。前段十三句。後段十一句。共十二韻。式如左。

晚山青。韻一平可川雲仄可樹冥冥。叶正參仄可差煙仄可凝紫平可翠。斜仄可陽畫平可出南屏。叶館娃歸吳仄可臺游仄可鹿。銅仄可仙仄可去漢平可苑飛螢。叶懷仄可古情多。憑仄可高望平可極。且平可將樽仄可酒慰漂零。叶自湖仄可上愛平可梅仙仄可遠鶴平可夢幾時醒。叶

空留得六平可橋疎仄可柳。孤仄可嶼危亭。叶待蘇隄歌仄可聲散平可盡更平可須攜仄可妓西泠。叶藕花深雨平可涼翡翠菰仄可蒲仄可軟風仄可弄蜻蜓。叶澄仄可碧生秋。鬧平可紅駐平可景。採平可菱新仄可唱最堪聽。叶見一平可片水平可天無仄可際漁仄可火兩三星。

叶多情月爲可平人留可仄照。未可平過前汀。叶（張翥）

右詞詞品言爲石孝友作。今查金谷遺音不載。而張仲舉蛻巖樂府自注云。西湖泛舟。席上以晚山青爲起句。各賦一詞。且玩其字句。非蛻巖無此手筆。其爲張詞無疑矣。

夜半樂●一百四十四字。三段。第一段十句。第二段九句。第三段七句。共十二韻。式如左。

凍雲黯淡天氣。扁舟一葉。乘興離江渚。韻渡萬壑千巖。越溪深處。叶怒濤漸息。樵風乍起。更聞商旅相呼。片帆高舉、叶泛畫鷁翩翩過南浦。叶望中酒旆閃閃。一簇煙村。數行霜樹、叶殘日下漁人鳴榔歸去。叶敗荷零落。衰楊掩映。岸邊兩兩三三。浣紗遊女。叶避行客含羞笑相語、叶到此因念繡閣輕拋。浪萍難駐。叶歎後約丁寧竟何據。叶慘離懷空恨歲晚歸期阻。叶凝淚眼杳杳神京路。叶斷鴻聲遠長天暮。叶（柳永）

此調三段。首渡萬壑以下。與中段殘日以下同。雖渡萬壑二句。上五下四。殘日句應三字豆。然語氣一貫不拘也。中段起亦六字。圖於旆字分句。誤。閃閃而動。正言酒旆。不可指煙村。中段尾笑相語。正對首段尾過南浦。同爲仄平仄。而各刻俱作相笑語。誤甚。

戚氏二百十二字。前段十四句。中段十二句。末段十五句。共廿四韻。式如左。

晚秋天。韻 一作平 霎作平 微雨灑庭軒。叶 檻菊蕭疎。井梧零亂。惹殘煙。叶 凄然。叶 望江關。叶 飛雲黯可平 淡夕陽間。叶 當時宋玉悲感。向此作平 臨水與登山。叶 遠可平 道迢遞。行人凄楚。倦聽平聲 隴可平 水潺湲。叶 正蟬鳴敗葉。蛩響衰草。相應聲喧。叶 孤館度日如年。叶 風露漸變。悄悄至更闌。叶 長天靜。絳河清淺。皓月嬋娟。叶 思綿綿。叶 夜永對景那堪。叶 屈指暗想從前。叶 未名未祿。綺陌紅樓。往可平 往經歲遷延。叶 帝里風光好。當年少日。暮宴朝歡。叶 況有狂朋怪侶。遇當歌對酒競留連。叶 別來迅景如梭。舊游似夢。煙水程何限。叶仄 念利名憔悴長縈絆。叶仄 追往

事空慘愁顏。叶漏箭移稍覺輕寒。叶聽嗚咽平作畫角數聲殘。叶對閒窗畔。停燈

向曉。抱影無眠。叶（柳永）

此調圖譜於然字不注叶。失一韻矣。遠道迢遞。譜云可平平平平。蛩響衰草。譜云

可仄平平仄。風露漸變。譜云可仄平平仄。均誤。

鶯啼序二百四十字第一段八句四韻。第二段九句四韻。第三段十四句六韻。第

四段十四句四韻。共十八韻。式如左。

殘寒正欺病酒。掩沈香繡戶。韻燕來晚飛入西城。似說平作春事遲暮。叶畫船載

清明過卻。晴煙冉冉吳宮樹。叶念羈情游蕩。隨風化為輕絮。叶十載西湖傍

柳繫馬。趁嬌塵輭霧。叶遡江漸招入仙溪。錦兒偷寄幽素。叶倚銀屏春寬夢窄。

斷紅溼歌紈金縷。叶暝隄空。輕把斜陽。總還鷗鷺。叶幽蘭旋去聲老。杜若還生。

水鄉尚寄旅。叶別後訪六橋無信。事往花萎。瘞玉埋香。幾番風雨。叶長波妒盼。

遙山羞黛。漁燈分影春江宿。叶記當時短檝桃根渡。叶青樓彷彿。叶臨分敗壁

題詩淚墨（作平）慘淡塵土（叶）危亭望極草色天涯歎鬢侵半苧（叶）暗點檢離痕歡唾尚染鮫綃嚲鳳迷歸破鸞慵舞（叶）殷勤待寫書中長恨藍霞遼海沈過雁謾相思彈入哀箏柱（叶）傷心千里江南怨曲重招斷魂在否（叶）（吳文英）

詞調最長者惟此序而最難訂者亦惟此序蓋因作者甚少惟夢窗數闋與詞林萬選所收黃在軒一首耳其中句法字法多有不一今姑列吳文英一式餘從略